图书在版编目（CIP）数据

北大荒文学研究/车红梅著．—北京：中国社会科学出版社，2017.6
ISBN 978 - 7 - 5161 - 9949 - 7

Ⅰ.①北…　Ⅱ.①车…　Ⅲ.①中国文学—当代文学—文学研究
Ⅳ.①I206.7

中国版本图书馆 CIP 数据核字（2017）第 042094 号

出 版 人	赵剑英
责任编辑	郭晓鸿
特约编辑	席建海
责任校对	李　莉
责任印制	戴　宽

出　　　版	中国社会科学出版社
社　　　址	北京鼓楼西大街甲 158 号
邮　　　编	100720
网　　　址	http://www.csspw.cn
发 行 部	010 - 84083685
门 市 部	010 - 84029450
经　　　销	新华书店及其他书店

印刷装订	北京君升印刷有限公司
版　　　次	2017 年 6 月第 1 版
印　　　次	2017 年 6 月第 1 次印刷

开　　　本	710×1000　1/16
印　　　张	24
插　　　页	2
字　　　数	309 千字
定　　　价	99.00 元

凡购买中国社会科学出版社图书，如有质量问题请与本社营销中心联系调换
电话:010 - 84083683

我读《北大荒文学研究》

（代序）

　　车红梅教授在牡丹江师范学院从事中国现当代文学的教学与研究，她的《北大荒知青文学：地缘文学的另一副面孔》是一部优秀的知青文学研究专著，2012 年由中国社会科学出版社出版，推动了知青文学研究。现在她又完成了国家社科基金项目的研究，写出学术专著《北大荒文学研究》。我对北大荒文学知之甚少，读了《北大荒文学研究》，颇受启发。如书中所述，由于受对"北大荒文化"和"北大荒"域名无统一界定的影响，学界对带有北大荒地域特色的文学的研究，没有给予足够的重视，长期以来对北大荒文学缺少深入系统的创作论析和理论阐释。本书作者在全面发掘、梳理、研究已有相关资料和研究成果的基础上，对北大荒文学创作的地域特征、时代转变、审美价值做出了独到的审美论述。

　　谈北大荒文学，首先要对"北大荒"作出界定。作为地域概念，历史上广义的北大荒是指东北原始荒原，狭义的北大荒则是指黑龙江地区广大的未开垦的荒芜地域。今天的北大荒已经不是未开垦的荒原状态了，在这里存在着历史变迁的故事，孕育着北大荒文学。人们从不同的视角来界定北大荒文学，认为"北大荒文学是指 20 世纪五六十年代和 80 年代初期，表现并反映开发'北大荒'的生活和人物的文学作品"；"北大荒文学当属地域性的文学流派，即生活或曾经生活在黑龙江中上游流域的作家群，以这片土地为审美对象创作的具有独特审美内涵的文学作品";"凡是写出这一方人的风采心声情韵的,都是'北大荒文学'"。而《北大荒文学研究》的作者则从广义的北大荒的历史变革的广阔视野,以北大荒独特的自然生态、风俗人情、人文精神审视北大荒文学。作者指出:"北大荒文学中表现出相对稳定的精神个体性,人们称之为'朔雪风格'即刚劲、壮美、雄浑、粗犷的风格";"北大荒文学主要特征是地域观念与主流意识形态的高度契合";"北大荒文学表达的是时代和社会主流话语统摄下的北大荒精神",这种认识阐释了北大荒文学研究的理论方法,对北大荒文学的整体研究是具有理论启示意义的。

《北大荒文学研究》的作者采用题材、作者双重论界定北大荒文学,在地域划分的基础上,把北大荒人写的,表现北大荒地域上人的生活的小说、诗歌、散文、戏剧、影视等文学作品划为北大荒文学。赞同这样一种观点:"北大荒文学应以垦区文学为中心,包含整个黑龙江的乡土文学在内,是一个广义的'北大荒派'"。

这个"北大荒派"的作家群体,在社会历史的变革制动和文学流派的变动发展方面,有着自己的独特性:根在北大荒,生于斯长于斯的作家、历史上的流人作家、20世纪五六十年代黑龙江军垦大军中的作家、来北大荒接受改造的"右派"作家、当地与外来的知青作家。他们以自己的人生体验创作反映北大荒人的世事变迁、人事生活的作品,既延续着北大荒文化的血脉,保护着北大荒自然、人文的"蛮荒"之形神,又不失作者固有的审美情趣和创作个性。在《北大荒文学研究》里,作者从萧红的传统写起,写到韩乃寅、杨宝琛、贾宏图、张雅文、阿成、孙少山、王立纯、关恒武,写到扛鼎作家梁晓声、迟子建、张抗抗和那些政治移民、右派、复转军人、支边青年的创作,在对作家作品的具体解析中,整体上考察、论析了北大荒文学以地域性、边缘性、复杂性的写作而存在的独异文学样态和北大荒文学形象的嬗变,展现了北大荒文学独特的精神风貌和创作艺术的丰富多彩。

在中国现当代文学史上从创作流派和地域文学上分论，有京派、海派、山药蛋派、白洋淀派、陕西作家群、巴蜀作家群、黔南作家群等，都有自己的文学史定位。《北大荒文学研究》可贵之处还在于作者从北大荒文学的文化渊源、文化形态和审美形态，考察了北大荒文学的文化底蕴。作者缜密地论述了北大荒文学的特殊性："北大荒文学是地域风俗民情、民族心理积淀和集体无意识等文化质素的重要载体，各种文化要素成为文学中的活跃成分，这是民族文化心理的重要组成部分。北大荒文学为丰富中国文学版图的完整性，在地理意义上重绘中国文化地图做出了贡献。从中国文学史的角度来看，北大荒文学作为文化边缘地带的文学，特别是长期处在弱势文化状态的边缘文化传统中，从1950年开始已经摆脱疏离主流话语的状态，充分展现了北大荒文学的时代性和地域性，为文坛提供了永远鲜活的记忆。北大荒特殊的地缘、人缘结构，铸就了北大荒文学粗犷、宁静和苍凉的底色，激发人倾听生命的天籁，在世俗的世界里保留一块心灵的栖息地。"明确指出："北大荒文学作为地方性民风民俗、心理积淀和民族无意识等文化质素的重要载体，渗透了各种各样复杂的要素。因此要重绘中国文学地图，必须有北大荒文学的加入才有可能构成一幅真正的地理意义上的中国文学地图。"这些论述都为北大荒文学确立了应有的文学史定位。

《北大荒文学研究》的作者也可以说是生于北大荒（牡丹江市）、长于北大荒，又致力于北大荒文学与文化研究的学者，我们期待着她以更多的研究成果为推动北大荒文学与文化的研究做出新的贡献。

刘中树

目　录

绪论　北大荒文学的有关问题 ……………………………………… 1

第一章　北大荒文学形象的嬗变 …………………………………… 21

　第一节　蛮荒：萧红传统 …………………………………… 21

　第二节　拓荒：政治移民的书写 …………………………… 45

　第三节　家园：心灵栖息的守望 …………………………… 81

第二章　北大荒作家的精神立场 …………………………………… 110

　第一节　意识形态统摄下的革命话语 ……………………… 110

　第二节　触摸生活的脉搏 …………………………………… 133

　第三节　坚守日常生活的写作 ……………………………… 152

第三章　北大荒作家的写作姿态 …………………………………… 189

　第一节　北大荒情结 ………………………………………… 189

　第二节　倾心尊严的书写 …………………………………… 202

　第三节　倾听"天籁" ……………………………………… 225

第四章　文化考察 ·· 274

第一节　北大荒文学的文化渊源 ·························· 274

第二节　北大荒文化形态 ······························· 291

第三节　交相呼应的审美形态 ·························· 326

余论　文学史视野中的北大荒叙事 ····················· 362

参考文献 ·· 368

后　记 ·· 373

绪论　北大荒文学的有关问题

作为一个文学版图，北大荒文学在中国现当代文学领域是一个不可忽视的存在，对北大荒文学的研究，无疑应当成为中国现代文学研究和当代文化研究的重要课题之一。从地域文化角度入手研究文学是新时期以来中国现当代文学研究的一个新视角，为中国现当代文学研究拓展了一个新的空间。

本课题拟在现有研究资料的基础上，对北大荒地域文学进行深入系统的研究，站在新的历史语境中对北大荒文学作全面整体研究，既观照到自然环境中独特的地域特征所形成的生活方式、地方文化、价值观念和心理意识等因素，又观照到北大荒文化作为一个动态的区域因素在中国 20 世纪历史中由于政治、经济和文化上的发展变化而不断生成的特征，挖掘其对北大荒文学形成的重要影响。"就 20 世纪地域文学而言，作品中所呈现出的文化特征、文化性格并不仅仅是那些已经成为本区域具有象征或原型意义的颜色、声音、气味或气质，它还必然渗透着 20 世纪本身所塑造出的文化特征或精神倾向。它虽然还没有成为固态的、定型的区域文化特征，却以它的时代力量穿透文本，直接进入文学形态内部，并参与各个元素的形成。"① 因此，对北大荒文学进行整合性、系统性和有深度的理论探讨是对其进行研究的

---

① 梁鸿:《"外省"：一个新的地域文学研究的理论视野——以 20 世纪河南文学为个案》,《郑州大学学报》2007 年第 2 期，第 102 页。

有效路径。

在我国，由于受"北大荒无文化"、北大荒界定的观点不一致等因素的影响，学界对带有北大荒地域特色的文学研究并没有给予足够的重视。这就使得长期以来，对北大荒文学缺少深入而系统的理论研究。就目前的研究状况来看，作为地域文学研究的一个方面，北大荒文学研究只是被研究者零散的关注，如：1988 年，杨治经等合著了《北大荒文学艺术》①，该书以黑龙江来界定"北大荒"，宏观与微观相结合，对黑龙江省文学艺术发展脉络进行梳理，并对现实发展状况进行深刻剖析，对北大荒文学艺术发展的规律及美学特征进行了有价值的探讨。这一成果被誉为黑龙江省文艺战线第一部大型的、综合性的文艺研究专著。1996 年，佳木斯农垦总局文联的邓灿、孙勇才编了《北大荒文学艺术史》②，该书是第一部专门的北大荒文学艺术史。另外，以黑龙江文学冠名的有 2002 年彭放编的《黑龙江文学通史》③，2002 年冯毓云、罗振亚主编《龙江特色作家研究丛书》④，包括了杨利民、李琦、张雅文、阿成、贾宏图、杨宝琛、张抗抗、王立纯、孙少山、迟子建、梁南 11 位作家。2007 年，鸡西大学滕宗仁教授出版《北大荒作家研究》⑤，为进一步研究北大荒作家提供宝贵的资料。2007 年，林超然出版专著《1990 年代黑龙江文学研究》⑥。整体上看，研究者们的"拓荒"是艰难的学术探险，其研究本身就有不可替代的学术价值。尤其是《龙江特色作家研究丛书》择取了 11 位具有全国性影响的作家，进行深入的个案研究，并以此对龙江文学做全方位的定点扫描。这套

① 杨治经等：《北大荒文学艺术》，北方文艺出版社 1988 年版。
② 邓灿、孙勇才：《北大荒文学艺术史》，黑龙江人民出版社 1996 年版。
③ 彭放：《黑龙江文学通史》，北方文艺出版社 2002 年版。
④ 冯毓云、罗振亚：《龙江特色作家研究丛书》，黑龙江人民出版社 2002 年版。
⑤ 滕宗仁：《北大荒作家研究》，中国戏剧出版社 2007 年版。
⑥ 林超然：《1990 年代黑龙江文学研究》，黑龙江人民出版社 2007 年版。

丛书可以看出，"论者们从每个对象的独特精神个性出发，切入其精神活动的深层规律；在简笔勾勒其创作过程的基础上，重点剖析其心理结构、精神人格、思维方式、文学观念以及其作品的审美意蕴、艺术品格、特殊贡献与影响。同时根据不同文体的特质，摈弃了整齐划一的方法而各有侧重；因此每本书在理论阐释与审美判断甚至语言操作上形态迥异"。[①] 丛书通过"个案"来研究区域文学，"为撰写龙江新文学史作阶段性准备"[②]。但大多研究仅局限在个体与局部研究层面，或只论及单篇作品和单个作家，或只表现为现象描述，并未对现象背后的规律进行"辩证"的探询，未能将文学书写本质看作一个当代作家的精神活动，缺乏总体性阐释和个别性差异相结合的研究。这是整体上被遮蔽的研究盲点，虽有学者对北大荒文学进行了研究，但并没有做到充分的阐释和论述。专门研究北大荒文学的著作还没有出现，研究成果多为一些评论文章，停留在现象描述层面，而且大多是在中国当代文学研究的背景下对个别作家创作的把握，目前仍没有整体上对北大荒文学研究的整体观照，更没有对此进行理论层面的深入研究，缺少从广阔的文化背景上去阐释北大荒文学内涵的深层动因，正是基于这样的现状，本人在完成《北大荒知青文学：地缘文学的另一副面孔》[③] 后，将北大荒文学作为研究对象加以关注，在历时性的考察中对其创作的地域特征、时代演变及其个性质素进行共时性的探讨，揭示其发展脉络、身份认同、价值判断、文本探索的意义。北大荒文学研究是深化当代地域文学研究的探索。

---

① 冯毓云、罗振亚：《龙江特色作家研究丛书·总序》，黑龙江人民出版社 2002 年版，第 7 页。
② 同上。
③ 车红梅：《北大荒知青文学：地缘文学的另一副面孔》，中国社会科学出版社 2012 年版。

一 北大荒的界定

要界定北大荒文学，首先要对北大荒做出学理上的界定。北大荒是一个地域概念，北大荒位于中国东北部，主要地貌是大面积的平原、山地与丘陵的结合，它以美丽神奇的风景、荒蛮富饶的黑土地——"漠漠大荒，苦寒绝塞"而闻名于世。高纬度大陆季风性气候与多民族历史文化发展的变迁，形成了它独具特色的地域文化特征。关于北大荒的界定问题，目前学界有三种观点：

一是北大荒分狭义和广义两种：北大荒广义上是指东北原始荒原，把"大荒"一词作为某地域泛称，它的可考历史上溯到汉魏时期，"北大荒"名称起源于记载中国古代神话的《山海经》，与《山海经·大荒北经》中的"大荒北经"一词相关联，《山海经·大荒北经》中记载："东北海之外，大荒之中，河水之间，……大荒之中，有山名曰不咸，有肃慎氏之国。"① 大荒指最荒远之地，具体指东北海之外的最荒远之地。由此可看到：一是当时人们已经有了具体的"大荒"的概念，二是当时人们把"不咸山"和"肃慎氏之国"称为"大荒北"，三是"不咸山"和"肃慎氏之国"在"大荒"之北，是比"大荒"更为广大、边远的荒凉之地。《山海经》中关于"肃慎氏"的记载，可以从《史记·五帝本纪·舜》中得到佐证。"唯禹之功为大……定九州……方五千里，至于荒服。南抚交阯、北发，西戎、析枝、渠瘦、氐、羌，北山戎、发、息慎，东长、鸟夷。四海之内咸戴帝舜之功。"② 东汉经学大师郑玄注："息慎或谓之肃慎，东北夷。"③《山海经》所指明的"大荒北"方位与我们今天所说的"北大荒"的地理区域已有吻合的地方。《三国志·魏书·陈留王奂纪》：景

① 王学典：《山海经》，哈尔滨出版社 2007 年版，第 250 页。
② 司马迁：《史记》，线装书局 2006 年版，第 4 页。
③ 顾奎相：《东北古代民族研究论纲》，中国社会科学出版社 2007 年版，第 184 页。

元三年（公元 262 年）"夏四月，辽东郡言肃慎国遣使重译入贡……"
而据《后汉书》载：肃慎先民，商、周时，居"不咸山北……东滨大
海"。据考证，不咸山即今天的长白山，不咸山北即今天的老爷岭和
完达山，"东滨大海"指的则是今天的日本海。而肃慎部族当时的活
动地域在牡丹江流域至黑龙江下游，中心在今天牡丹江流域的宁安市
一带，唐神功元年（公元 697 年）始称渤海（公元 697 年到 926 年）。
而今天黑龙江垦区的牡丹江、红兴隆、建三江三个分局就位于古肃慎
部族活动的区域内①。综上所述，从实际考察情况看，"北"指地处
祖国东北边陲，"大"指幅员辽阔，"荒"指历史上的亘古荒原，是
昔日天荒、地荒、人荒的真实写照。据近年来的考古发现：两千多年
前，肃慎氏后裔挹娄、勿吉人告别游牧生活，在三江平原建起城邦，
开始了定居生活。可见，曾经的北大荒并不是荒无人烟。有研究者认
为"北大荒广义上是指东北原始荒原，随着关内移民的闯关东谋生，
北大荒的荒原面积逐渐缩小，北大荒狭义上是指黑龙江"②。随着关内
移民的闯关东谋生，北大荒的荒原面积逐渐缩小，19 世纪中叶清政府
对黑龙江地区开禁放荒，"北大荒"作为一个地理概念被确立。黑龙
江地区的广大尚未开垦的荒芜地域都被泛指为"北大荒"。这是狭义
上的"北大荒"。

　　二是认为北大荒就是黑龙江。其中，姜志军的观点最具代表性，
他认为"'北大荒'不是特指三江平原等地域，而是代指整个黑龙江
省的全部地区。因为黑龙江省较其他省份、特别是关内的省份相比，
具有开发的较晚，又地处祖国北端，且有版图大，较荒凉等特点，
所以人们称之为'北大荒'。即使是'北大荒'这一名称诞生于黑
龙江省内的某一特定的局部地区，但现在它也具有了泛指黑龙江省

---

①　北大荒历史　http：//www. bdhbwg. com/Home/B_ bl. asp。
②　赵国春：《荒野灵音——名人在北大荒》，北方文艺出版社 2000 年版，第 440 页。

全部地域的意蕴，这正像'黑龙江省'得名于'黑龙江'一样，我们决不会因它的得名而将黑龙江省的领地误认为只是一条黑龙江"①。这种观点在一些史料中也得到了印证。民国三十六年（1947年）夏，嫩江县土改工作队负责人解云清向中共黑嫩省委汇报土改工作的报告中称："嫩江处于严寒的北大荒……北大荒土地多……特别是北大荒妇女少……"在这份报告中首次提出了"北大荒"的概念。1947年岁末，中共黑龙江省委机关报《新黑龙江报》连续刊出《农民识字课本》，其中第一课开篇即说："北大荒，庄稼强。雇农贫农，饿的慌。"②由此可见，"北大荒"已是当时整个黑龙江省的泛称了。当时的黑龙江省还不包括今天的合江、牡丹江、嫩江和哈尔滨等广大地区，仅局限在当时的齐齐哈尔、北安、讷河、望奎、肇东、漠河等1市5专区38县的区域之内。1954年6月19日，松江省和黑龙江省合并为黑龙江省。1958年4月12日，黑龙江省农垦总局前身——黑龙江省铁道兵农垦局，在密山车站广场隆重召开欢迎到密（山）虎（林）宝（清）饶（河）地区开垦荒原的转业官兵大会。面对刚到密山的万余名转业官兵，解放军副总参谋长、农垦部部长王震上将身着戎装代表解放军总部致欢迎词，"大家来开垦北大荒，这个任务是很艰苦的"③。这是有史以来人们第一次把"北大荒"这一称谓用于黑龙江省东部的密山、虎林及合江地区。1959年9月27日，毛泽东给曾在中南海工作过并已参加到十万转业官兵垦荒行列的李艾复信，请她"问候北大荒的同志们"④。这是第一次把"北大荒"的区域限定在黑龙江垦区范围之内。上述称谓虽然对北大荒界定不一致，但恰巧

---

① 姜志军：《鲁迅与萧红研究论稿》，黑龙江人民出版社1994年版，第126页。
② 尚志发：《"北大荒"考》，《北方人》1996年第12期，第28页。
③ 李宗杰：《老兵自选集》，中国文联出版社2005年版，第117页。
④ 王玉利：《毛泽东访苏归来——1950年毛泽东在黑龙江》，中共党史出版社2012年版，第141页。

说明北大荒就是限定在黑龙江省范围内。北大荒包括垦区、矿区、油田、林区、城市以及组织相对松散的农村。地域研究属于文化研究范畴，包括特定空间内特定的人群文化的起源、发展、演变等内容，因此对地域的界定不能截然地与所在的行政区域完全区分开来，否则地域的界定也就带有模糊性。如果从文化演进的角度来看，甚至可以说北大荒的区域划分要比黑龙江的行政划分还要大。正如任何归纳总结都有疏漏一样，如果不从现在的行政区域划分的角度来界定北大荒，显然又有割裂其整体性之嫌。因此，北大荒地域划分与行政区域划分的黑龙江等同研究更具学理性。研究北大荒文化，首先应具有一个大的文化视角，这既是文化地图完整的需要，也是重绘中国文学版图的合理范式。

三是北大荒就是指黑龙江垦区，这是真正意义上狭义的"北大荒"。北以黑龙江、东以乌苏里江、东南以兴凯湖和俄罗斯为界，西同内蒙古自治区相连，南与吉林省毗邻，即指黑龙江省的三江平原、松嫩平原和小兴安岭南麓地区、牡丹江平原（从完达山到兴凯湖）上纵横千里的大片荒原，这片沉寂的荒原上蕴藏着世界上最稀有、也是最肥沃的被人称为"土中之王"的黑土地，它是世界三大黑土区之一，总面积八千多万亩。直到 20 世纪 50 年代，这里还是荒原寂寥，森林莽莽，沼泽密布，野兽成群。这虽然是一片盛产粮食的沃土，但它向来以气候恶劣著称，暴虐的西伯利亚寒流长久地滞留此地，漫漫长冬占据了一年中三分之二的时间，更可怕的是，每年的极端最低温度可达到摄氏零下 46.5 度，境内的大兴安岭，北起黑龙江省最北端，"兴安"在满语中为"极寒处"的意思，大、小兴安岭因此得名。发配到"北大荒"的人民文学出版社副社长、著名诗人聂绀弩写下了《北大荒歌》，描述北大荒冷到呼气为霜，滴水成冰，赤手则指僵，裸头则耳断的程度。① "大烟炮"过后，时见雏鹰跌落于林下，孤雁陈尸于河谷。北大荒春季多风沙，占全年的60%以上，夏季的大雨也是具有威胁性的因素。可见开发北大荒极具挑战性。随着解放战争的到来，尤其是1958年十万转业官兵和20世纪60年代后五十四万城市知识青年的加入，北大荒掀开了开发建设的历史。此后又由于话剧、电影《北大荒人》在全国的播映，北大荒也就成了黑龙江垦区的代名词了。1979年出版的《辞海》列专条解释"北大荒"："北大荒，旧指黑龙江省嫩江流域、黑龙江谷地和三江平原广大荒芜地区。新中国成立后已开垦，已建立密山、合江、黑河等垦区。"可见，"北大荒"就是在那个特殊的年代、特殊条件下产生的特定地域名称，它见证了黑龙江农垦事业的发展。以上这三种概括能够从在北大荒博物馆的第一展厅石碑上刻着的作家韩乃寅写的一首小诗得到最好的诠释：

> 五百年前有人说，
>
> 北京往北是北大荒；
>
> 三百年前有人说，
>
> 关东就是北大荒；
>
> 一百年前有人说，
>
> 黑龙江才是北大荒；
>
> 如今人们都说，
>
> 黑龙江垦区就是北大荒！

---

① "北大荒，天苍苍，地茫茫，一片衰草枯苇塘。……大烟儿炮，谁敢当？天低昂，雪飞扬，风癫狂。无昼夜，迷八方。雉不能飞，狍不能走，熊不出洞，野无虎狼。……天地末日情何异，冰河时代味再尝，一年四季冬最长。"罗孚编、朱正等笺注：《聂绀弩诗全编》，学林出版社1999年版，第177页。

二 北大荒文学

目前学界对北大荒文学的界定也存在着差异，较为典型的有以下三种：

一是"北大荒文学是指 20 世纪五六十年代和 80 年代初期，表现并反映开发'北大荒'（指严格意义）的生活和人物的文学作品"[①]。

二是"北大荒文学当属地域性的文学流派，即生活或曾经生活在黑龙江中上游流域的作家群，以这片土地为审美对象创作的具有独特审美内涵的文学作品"[②]。

三是"凡是写出这一方人的风采心声情韵的，都是'北大荒文学'"[③]。

北大荒文学中表现出相对稳定的精神个体性，人们又称之为"朔雪风格"，即刚劲、壮美、雄浑、粗犷的风格[④]。实际上真正狭义的北大荒文学是随着中国共产党对北大荒几次大规模的开发而发展繁荣起来的。1945 年年底，毛泽东根据当时局势发出了《建立巩固的东北根据地》的指示，中共中央东北局本着"培养干部，积累经验，示范农民"的方针，在黑龙江创办了第一批国营机械农场。1947—1949 年，黑龙江地区共有 103 个农场，生产了大量的粮食，有力支援了解放战争。同时出现了鲁琪、钟山、丁耶等诗人。1956 年 6 月，国务院批准在黑龙江省密山镇（今密山市）建立铁道兵农垦局，1957 年著

---

① 张广崑：《坚硬·蓬勃·灿烂——从梁晓声说到北大荒文学风格》，《文艺评论》1986 年第 6 期，第 74 页。
② 张连荣：《北大荒文学断想》，《文艺评论》1987 年第 4 期，第 38 页。
③ 唐晓敏：《"北大荒文学"漫议》，《文艺评论》1988 年第 4 期，第 7 页。
④ 张广崑：《坚硬·蓬勃·灿烂——从梁晓声说到北大荒文学风格》，《文艺评论》1986 年第 6 期，第 74 页。又见郤绍明《影视高考文艺综合常识》，中国广播电视出版社 2012 年版，第 47 页。

名作家李准创作电影文学剧本《老兵新传》① 被誉为北大荒文学的第一篇代表作,大大激发了人们开发北大荒的热情。1958 年十万转业官兵浩浩荡荡开进沉睡千年的北大荒,出现了第二次开发建设北大荒的热潮,他们爬冰卧雪、顽强斗争,为荒原开发做出巨大的贡献。这是一个知识密集型的文化群体,一大批有知识、有文化还不乏创作经验的官兵一方面开发北大荒,支援全国建设;另一方面也为北大荒文化发展繁荣做贡献。对北大荒的开发不仅仅带有经济功利目的,还有文化开发的诉求。郭沫若用诗歌《向地球开战》为十万垦荒大军壮行,"现在你们有不少同志解甲归田,不,你们是转换阵地,向地球开战。毛主席说过:我们要先攻破地球表层,然后再进入外层空间。这样广阔无边的战场,已经展开在我们六亿人民的面前。……赶快向地球开战吧,同志们/无论在天涯海角,让我们陷阵冲锋。"② 这是对北大荒文学的热切期盼,客观上推动了北大荒文学的发展。王震将军高度重视北大荒文学事业,他为北大荒的开发写下了一副对联:"密虎宝饶,千里沃野变良田;完达山下,英雄建国立家园。"为反映这一火热的生活,1958 年 11 月,转业官兵在虎林所辖的密山县北大营农垦局创办了《北大荒》文学杂志③。客观地说,反映开发建设北大荒的文学作品是北大荒文学史上开天辟地的创举,也是新中国文学史上重要的篇章。北大荒聚集了一批年轻的作者,创作出了一批有影响的作品,北大荒文学在国内文坛亮相。作家们对北大荒文化的大力表现,不是封闭式的,而是将其放在与其他地域文化的碰撞、融合中,表现出北大荒文化的独特魅力及多方吸纳的开放性与包容性。北大荒文学因而

---

① 李准:《老兵新传》,《收获》1958 年第 1 期。

② 郭沫若:《向地球开战》,《北大荒诗集》,农垦出版社 1958 年版,第 4 页。

③ 这份创刊号上的原名一直被错认为《北大荒文艺》,以讹传讹,错用至今。彭放:《个体研究"北大荒文学"的第一人》,宗仁《北大荒作家研究》,中国戏剧出版社 2007 年版,第 3 页。

具有深厚的文化底蕴。

1960 年 4 月，文学期刊《北大仓》（从第三期开始改名为《北大仓文艺》）在佳木斯创刊，郭小川 20 世纪 60 年代初到北大荒采访，写下"这是一片神奇的土地——人间地上难寻"的诗句。这对北大荒文学的发展起到了引领作用，一批作家随之涌现。不容忽视的是在 1958 年之后，又有一批"右派"作家，如丁玲、聂绀弩、艾青、吴祖光等下放到北大荒。他们在这片土地上创作了一批反映北大荒生活的作品，丁玲写了《初到密山》《杜晚香》，聂绀弩创作了诗集《北荒草》。后来，北大荒人中还出现了林予、宗涛、王忠瑜、林青、郑加真等作家。林予的长篇小说《雁飞塞北》，宗涛的长篇小说《大甸风云》及散文《北大荒踏查记》，郑加真的长篇小说《江畔朝阳》等都扩大了北大荒文学的影响。聂绀弩在《北大荒文艺》编辑部为培养新人做出了贡献。农垦总局对文学创作高度重视，为反映十万官兵开发北大荒的感人事迹，宣传部门组织业余作者创作了剧本《北大荒人》，还从"右派队"借来了两位名人，其中就有被分到八五二农场二分场六队参加劳动的吴祖光。王震将军亲自参加剧本的讨论，剧本由范国栋执笔①，剧本在 20 世纪 60 年代公演轰动全国，并由北影厂改编成电影搬上银幕，引起人们的广泛关注，推动了北大荒文学的发展。"北大荒人"的称号也从此诞生。"'北大荒'一旦与文艺联结起来，它的含义便发生了历史性的蜕变，具有了特定的审美含义，逐渐成为一个地域的、具有文学流派含义的美学概念。"② 可以说，一部北大荒文学史就是北大荒人的拓荒创业史。这种心理逐渐形成了一种北

---

① 当时作为剧本的执笔者范国栋修改剧本时，采纳了吴祖光的一些意见。如第一幕中燕子在过灯节时点蜡的细节对当场几个人物性格的刻画和舞台气氛的渲染都是很生动的。赵国春：《吴祖光与〈北大荒人〉》，《荒野灵音——名人在北大荒》，北方文艺出版社 2000 年版，第 2 页。

② 杨治经：《北大荒文学艺术》，北方文艺出版社 1988 年版，第 2 页。

大荒人的集体无意识，也构成了北大荒文学的内在品质。

20 世纪 80 年代，《文艺评论》开辟了研究北大荒文学风格的专栏，其中关于北大荒文学的界定问题，有以下三种说法：一是按题材（以地域范畴划分为标准）予以界定。将三江平原的全部、嫩江平原部分和大小兴安岭山区生活题材的作品，以及把反映北大荒的生活，表现"北大荒精神"的作品称为北大荒文学。"北大荒文学主要是按照客观的、自然的、特定的地理环境来界定的。北大荒文学，就是在北大荒这个地域上产生的，反映北大荒的生活和精神风貌的文学作品的总和。它不单单只含小说，而且也含散文、诗歌、电影、戏剧的文学脚本等等。"① 二是按作者加以界定。也就是北大荒人或者在北大荒生活过的作者创作的作品称为北大荒文学。三是题材、作者双重界定。在地域划分的基础上，把北大荒人写的、表现北大荒地域上人的生活作品，称为北大荒文学。本书则采用题材作者双重论界定北大荒文学。北大荒文学应以垦区文学为中心，包含整个黑龙江的乡土文学在内。② 而对北大荒文学的界定"就是生活在祖国最北方的人们的文学，它描写这块土地上的过去的、现在的、未来的人和事情"③。相对而言，对北大荒文学广义的概括更具说服力："北大荒文学应以垦区文学为中心，包含整个黑龙江的乡土文学在内，是一个广义的'北大荒派'"④。因此"人们习惯上把黑龙江的文学用既能表现这一文学总体风格，又和地域特色相吻合的'北大荒'这一地理名词来代表，这

---

① 姜志军：《鲁迅与萧红研究论稿》，黑龙江人民出版社 1994 年版，第 126 页。
② 目前，是用"北大荒文学"指称黑龙江文学。唐晓敏：《"北大荒文学"漫议》，《文艺评论》1988 年第 4 期，第 86 页。
③ 唐晓敏：《"北大荒文学"漫议》，《文艺评论》1988 年第 4 期，第 87 页。
④ 彭放：《"北大荒文学风格"讨论会在哈尔滨召开》，《学习与探索》1985 年第 2 期。1985 年 1 月 15—17 日，黑龙江省第一次北大荒文学讨论会于在哈尔滨召开，会议是由黑龙江省文联文艺理论研究室、省社会科学院文学研究所、省农垦总局文化中心和黑龙江省"创作之家"联合主办的，省内作家、学者近五十人参加研讨。

就是人们乐于称道的所谓的北大荒文学"①。当韩少功"寻根文学"的口号提出后，中国文坛上便兴起了"寻根热"。这无疑在客观上促进了区域文化的发展。以金河为代表的东北作家及理论作者迅速亮出"东北文学"的旗帜，不久，黑龙江又提出了"北大荒文学"的口号。北大荒文学是指整个黑龙江的乡土文学。

北大荒文学的时间界限不能仅仅限定到20世纪50年代末，而应是从北大荒最初的文学算起。本书重点研究范围限定在共和国开发北大荒之后产生的文学，即上限到20世纪50年代末，十万转业官兵开进北大荒拓荒为界。但这并不是否认北大荒文学的承续性，尤其是"上个世纪三十年代东北作家群中的萧红、萧军、舒群、金剑啸等作家的创作，四十年代关沫南、陈雷等同志的创作，以及后来周立波的《暴风骤雨》、曲波的《林海雪原》、丛深等同志的《间隙与奸细》等等，均应属于北大荒文学的范畴"②。这些"都对北大荒文学风格的形成和发展起了奠基或发展作用，所以对北大荒文学不能割截历史，取其一端，破坏这一文学流派的整体性"③。这些作家受到自然环境、风俗民情的濡染，无形中影响了他们的精神状态和审美追求，无论是在题材上，还是人物、语言特色上，都有着相似性。作品散发着浓郁的地域色彩，生成一种粗犷豪放、雄浑厚重的风格。北大荒文学风格是与时代、地域、民族、文化等多种元素交互作用的产物，影响了北大荒人独特的审美追求。20世纪80年代，《文艺评论》就刊发研究北大荒文学风格的论文。主要有"朔雪风格"，即"坚硬""蓬勃"

---

① 滕贞甫：《地域观念与审美局限——北大荒作家有待挣扎的心理困惑》，《文艺评论》1989年第4期，第67页。
② 姜志军：《鲁迅与萧红研究论稿》，黑龙江人民出版社1994年版，第126页。
③ 同上书，第127页。

"灿烂"的风格①；"粗犷和质朴的特质，体现出一种剽悍和浑朴的美"②。北大荒文化是长期以来在对土著文化血脉的传承改造基础上，在与齐鲁、燕赵为主的中原文化的碰撞交融和相互影响中，注入新的因素，而不是强加来的。这还包括与以俄罗斯为主的异国文化的激荡互动，北大荒以土著文化为基础，以开放的心态对待外来文化，汇集了军旅文化、中原文化、城市文化、农场文化、俄罗斯等异国文化，这些文化是丰富的，恰恰是多种文化经过复杂的交流、融合之后，又体现出一种主导性的文化心理和群体精神，这种文化具有客观性和开放性。其核心是敢闯敢拼的拓荒精神、不断探索的创新精神和无私无畏的献身精神，这构成了"北大荒精神"的精髓。作家的写作体现出一种观念，这与他的精神立场密切相关，二者相辅相成。一方面文学创作体现的价值观念，是由作家的精神立场转化于写作中；另一方面文学要彰显作家的价值观，是通过读者阅读作品体悟到的作家姿态。前者是精神立场决定写作姿态，后者是写作姿态反作用于精神立场。新中国成立后的北大荒真正迎来了经济文化迅速发展的时机，大规模的现代化经济建设，以开放的姿态、兼容并包的品格成就文化上的辉煌。

作家通过创作体现出北大荒文化黏合剂的优势，北大荒精神的语言符号体现。北大荒文学是以"北大荒"文化为载体，以北大荒生活为题材的文学。北大荒文学表现出少传统重负而又多付诸实践的开拓精神，尤其是新中国成立后，北大荒人的行为深受政治、经济、文化的影响。国家行为的大规模、有组织的开发建设，十万官兵开发北大荒，五十四万城市知青建设北大荒，再加之被流放的文化名人和支边

---

① 张广崑：《坚硬·蓬勃·灿烂——从梁晓声说到北大荒文学风格》，《文艺评论》1986 年第 6 期，第 71 页。

② 滕贞甫、刘锡顺：《西部文学与北大荒文学之比较》，《文艺评论》1986 年第 2 期，第 37 页。

青年的加入，强化了北大荒文学的政治意味和鲜明的时代感。很多作家心灵深处沉潜着难以割舍的"北大荒情结"，北大荒甚至是他们创作的王牌资源。北大荒文学在20世纪五六十年代就拥有复转军人中的文化工作者或文学骨干而组成的作家，如林予、钟涛、林青、丁继松、郑加真、郭力、王忠瑜、梁南等，在异常艰苦的垦荒生活中，他们一手扶犁耕耘着北大荒的土地，一手握笔再现了垦荒生活的真实景象。加之下放到北大荒的"右派"作家的呼应，北大荒文学出现了小说《雁飞塞北》《大甸风云》，戏剧《北大荒人》，散文《冰凌花》《大豆摇铃的时节》，诗歌集《野百合》《爱的火焰花》，报告文学《雁窝岛》《在南泥湾道路上》《战斗在北大荒》等享誉全国的作品。20世纪五六十年代的北大荒文学远远超出文学本身的影响，形成创作的高峰，产生了轰动效应。"文化大革命"后以丁玲、聂绀弩为代表的一部分流放到北大荒的老作家的复出和以梁晓声、张抗抗、陆星儿、肖复兴、蒋巍等为代表的北大荒知青作家的崛起，再度掀起北大荒文学创作的高潮。此后，北大荒本土和扎根在北大荒的作家扛起了北大荒文学的大旗，代表作家有孙少山、王凤麟、杨宝琛、韩乃寅、贾宏图等，他们以《八百米深处》《野狼出没的山谷》《北京往北是北大荒》《大江弯弯》《破天荒》《岁月》《龙抬头》等作品彰显了北大荒文学的精神特质和价值取向。

由于特殊的社会历史发展状况，特别是主流意识形态的倡导，北大荒文学呈现出与其他地域文学不同的特征。但由于不同年代、不同生活道路，造就了作家不同的气质和文学追求。北大荒作家或执着于对那段不堪回首历史的反思，或执着于精神家园的守望，或执着于展现作为建设者的北大荒人的自豪。从时代的高度观照北大荒人的开拓精神，挖掘人物崇高的精神境界，为北大荒文学勾勒了鲜活的精神轨迹。构建其内在的精神品格，拥有共同的价值观念，个体的文化认同，引领先进的文化价值观，军垦式拓荒文化为北大荒留下了文化胎记。坚韧、倔强、疾恶如仇的性格，豁达而热烈的气质，与北大荒人的爽直、刚健勇猛与复转军人不服输的性格相统一。用文学表现北大荒社会生活时，原生态再现北大荒的荒芜、粗野的自然风貌和客观地表现人们的生活与斗争，呈现出一种不饰雕琢，狂放粗野、悲怆雄强的风格，追求自然、古朴之美和创业艰辛的悲壮美。透露出北大荒的风貌和北大荒人勇于创业的精神气度，李准的《老兵新传》奏响了开拓者进军北大荒的序曲。

北大荒毕竟是荒凉落后之地，乡野的荒寂与贫穷，尤其是在野蛮落后的民风习俗中体现出人的愚昧、麻木和狡黠。从萧红的《生死场》《呼兰河传》到梁晓声的《苦艾》，张抗抗的《何以解忧》，再到孙少山的黑色系列，关恒武的《两半屯》等，可以看出北大荒原生态的人文环境，那种一如苦艾一样绵绵不绝的苦涩，作家的怜悯、愤怒之情弥漫开来。北大荒文学作为东北乡土文学的一个重要组成部分，受到以萧红、萧军为代表的"东北作家群"的影响。20世纪50年代产生一批北大荒作家，此后，又有一批"右派"作家被流放到北大荒，70年代后成长起来一批知青作家及一大批本土作家为北大荒文学大壮声色。北大荒文学是北大荒文化的载体，传达的是北大荒文化的一种精神品格和审美价值取向。特定地理环境下的自然生态所呈现出的荒寒之美成为作家的一种审美自觉。萧疏浅淡、灵静悠远的景观和建设者的宏大气魄高度契合。自然的野逸之美从满足感观层面的自然描写上升至精神层面的美学追求，北大荒人作为自然世界中的一个构成元素，在自然法则中，同其周围的一切事物一起形成了特点鲜明的生存群体。在北大荒文学创作中，人以外的自然界成为作家艺术审美精神的寄托，探寻着文学表达方式的多重可能。北大荒文学所传达出的审美品格，正是人与自然在相互依存所展现苍茫古朴、粗犷浑厚、大气豪迈的风格，显示了北大荒人豪放、热情、率真的性格特征，外部形态与内在心灵相统一的大气美，体现主体精神的坚守和心灵自由的统一。

三　北大荒文学的特殊性

相对于文化底蕴丰厚的中原来说，北大荒处于边地，开发较晚、文学创作相对滞后，除去《秃尾巴老李》《伊玛堪》《摩苏昆》等民间文学，清代就只有杨泰师等的渤海诗歌与吴兆骞为首的流人诗歌。到了20世纪30年代北大荒文学出现了萧红、骆宾基、金剑啸、陈隄、关沫南等作家。四五十年代，周立波的《暴风骤雨》、曲波的《林海雪原》、乌·白辛的《赫哲人的婚礼》将北大荒引入当代文坛。北大荒文学真正的崛起是十万官兵的文学开拓，林予、王忠瑜、刘畅园、王书怀、郑加真、范国栋、林子、陆伟然等作家，以浓郁的现实主义风格展现了北大荒文学的风采。新时期以来，关沫南、鲁琪、丛深、梁南、满锐、谢树等老作家勤奋笔耕，梁晓声、张抗抗、贾宏图、陆星儿、蒋巍、肖复兴等知青作家深情抒怀，本土作家迟子建、阿成、庞壮国、杨利民、王立纯、李琦、韩乃寅、张雅文等持守家园，他们共同勾画了北大荒文学的版图。还有后来的一些作家为繁荣北大荒文学做出贡献。当时盛行的"北大荒的小说新疆诗"的美誉就是北大荒文学繁荣的标志，此后无论是"北部戏剧"，还是"黑土诗派"的称谓都是对北大荒文学在当代文坛上的影响的定位。作为一个地域文学流派，北大荒文学有别于其他地域文学的特点，就是强烈反映现实生活的时效性。北大荒文学中的大多作品直面人生，坚持现实主义的创作方法。尤其是通过对艰苦卓绝的环境描写，重在表现北大荒人的高尚品格。

北大荒文学主要特征是地域观念与主流意识形态的高度契合。这在反映北大荒开发建设的作品中表现明显，尤其是在垦区文学中。北大荒文学整体上是在主流意识形态话语框架中的文学叙事，"所有意识形态都通过主体这个范畴发挥的功能，把具体的个人呼唤或传唤为具体的主体。"① 主流意识形态作为独一的、中心的绝对主体,向每个个体发出"招募"令。个体听从"呼唤",成为接受意识形态的主体。也就是说,个体与主体实现了意识形态的认同。个体接受话语权力的支配往往是自觉的行为。尽管"这种服从是在无意识层面发生的,对个体而言呈现为积极自由的一种假象"②。20世纪60—70年代的北大荒叙事,尽管其生成的文化语境被主流意识形态统摄着,使这些文本必然带有这一时期文化语境的烙印,被纳入"想象中国"这一叙事体系中,然而在忠实于现实体验的一代作家笔下,在现实主义创作原则的指导下,在反映时代大叙事的特征下,也获得自我独立存在价值,构成中国当代文学叙事的重要组成部分。北大荒文学运用了大量对知识阶层与复转军人在建设北大荒中自发认同的符号、暗示,而这些符号、暗示在现实生活中又存在着真实而深厚的基础。北大荒文学在中国当代文学史上具有一定的影响力,十七年文学时期,延泽民、郭小川、曲波、乌·白辛、林予、郑加真、郭先红、张抗抗等作家都曾引领了时代主旋律。20世纪80年代,张抗抗、梁晓声、贾宏图、孙少山、杨宝琛等作家在国内文坛有一定影响,此后,阿成、迟子建、杨利民、王立纯、李琦、韩乃寅等作家以更本土的宏阔视野描绘了北大荒的生活,将国内各项文学大奖收入囊中。北大荒文学表达的是时代和社会主流话语统摄下的北大荒精神,这是北大荒文学产生的特殊背景和发展实际决定的。北大荒苍茫辽阔,孕育出的文学雄浑阔大,主要以单纯的现实主义描写和深厚的精神底蕴而著称。20世纪50年代,北大荒文学以描写北大荒开发建设为主,其长篇小说尤为著名,林予的《雁飞塞北》、郑加真的《江畔朝阳》、郭先红的《征途》、张抗抗的《分界线》等成为北大荒文学崛起的标志性成果。20

---

① 陈越:《哲学与政治:阿尔都塞读本》,吉林人民出版社2003年版,第364页。
② 同上书,第372页。

世纪 80 年代以后，梁晓声的《今夜有暴风雪》《这是一片神奇的土地》《雪城》等，韩乃寅的《远离太阳的地方》《岁月》都是浓墨重彩地展现北大荒生活的作品，建构起了北大荒文学在中国当代文学的主流叙事话语。

主流意识形态是构成一个社会思想文化的中枢和支柱，构成一个民族精神信仰的基础和载体，起着扩大政治认同、进行政治整合、规范政治行为、增强政治体系的合法性、促进政治稳定的巨大作用①。北大荒文学作品中虽有一些作品淡化了主流意识形态话语，主要展示了曾被遮蔽的北大荒民间精神，但这毕竟是少数。主流意识形态即一定社会中占统治地位的阶级所拥有的一整套系统的认知体系，反映并服务于统治阶级的利益和愿望。北大荒文学的主流意识形态特征来源于国家行为的集体组织，提起最初的北大荒形象塑造，文坛关注的只是《燕飞塞北》《大甸风云》《北大荒人》《老兵新传》等有限的几部作品，联想到的也只是燕窝岛、大烟炮、大酱缸等意象。北大荒完完全全是寒冷荒凉的无人区、让人望而却步的地带，这些是真实的生活反映，北大荒建设者的正面形象得以充分彰显。这种现象源于作家对主流意识形态的高度认同，也是开发建设北大荒实践的一种真实感悟。北大荒小说的意义在于以强烈的主体意识书写了一个时代一些特殊群体真实的心灵史。通过对包含在叙事话语中的一些生活体验、真实事件和人物关系的设置和书写，通过对个体化或主观化的生命的体验，构建了一种对受众具有影响力的独特审美空间。

北大荒文学在主流意识形态话语框架中的叙事，并不排除个体的体验。"当我们说到意识形态时，我们应该知道，意识形态浸透一切人类活动，它和人类存在的'体验'本身是一致的：正因为如此，在伟大小说里让我们'看到'的意识形态的形式，以个人的'体验'

① 张娟：《建国以来主流意识形态的变迁及启示》，《求实》2006 年第 6 期，第 35 页。

作为它的内容。这个'体验'不是一个给定的值，不是由某个纯粹的'现实'所给定的，而是意识形态在其现实事物的特有关系中自发产生的'体验'。这一点很重要，因为它使我们能够理解，艺术与之打交道的并不是它本身所特有的现实，并不是现实中它享有垄断权的某个特殊领域"①。北大荒文学中不乏以独特的自我经验为中心的作品，何凯旋的长篇小说《江山图画》、关恒武的长篇小说《两半屯》都是以民间立场描绘极边苦寒之地的北大荒开发建设，通过对农民的生产生活的细致描绘，展现北大荒的生活画卷。北大荒文学中拥有一种足以让人动容的情怀，移民文化所孕育的物质化元素与北大荒本土文化情境进行成功对接，满足北大荒人强烈的心理诉求。特殊的环境孕育了北大荒人特殊的性格和心理结构，冰天雪地和凶险无比的森林沼泽锤炼了人的冒险开拓、勇敢顽强，作品中所传达出的是粗犷豪迈和男儿的血性。这些恰恰与意识形态所影响的人的素质密切相关。在北大荒人意识里自然威胁已然不重要，这完全符合开发北大荒的国家意志。

---

① 参见［法］阿尔都塞：《艺术与意识形态的关系——答安德烈·达斯普尔》，董学文、荣伟编《现代美学新维度：西方马克思主义美学论文精选》，北京大学出版社 1990 年版，第 261 页。

第一章　北大荒文学形象的嬗变

整体上考察北大荒文学，不难看出它是以地域性、边缘性、复杂性的写作而存在的独特文学形态。作家笔下的北大荒文学形象也是随着北大荒被整体开发而不断嬗变的过程。追溯到 20 世纪 30 年代的东北作家群中的萧红创作，她为北大荒文学奠定了蛮荒的传统。

第一节　蛮荒：萧红传统

文学是社会意识形态，属于一种社会现象，文学又是精神现象，属于一种人文现象，文学创作既是社会生活的反映，同时又是作家精神和情感的产物。萧红以北方女子率真的文人气质，在艺术上执着追求孩童般的不谙世事的文学表述形式。这使她成为中国现代文坛中一个独特的作家。萧红作品在文学史上的意义在于它多维度地呈现了北大荒的荒蛮景象。萧红的《生死场》因表现了北方人民生的坚强，抗日色彩浓重，受到左翼成员们的重视。而《呼兰河传》没有涉及抗日战争题材，描写的人物又缺乏自觉的斗争意识，受到当时主流文学意识形态的批评。萧红坚持文学写作不一定要有战地的人生阅历，不一定要到前方去，不一定都写流血牺牲，作家不必非要投笔从戎。她说："作家不是属于某个阶级的，作家是属于人类的。现在或是过去，作家们写作的出发点是对着人类的愚昧……一个题材必须要跟作者的情感熟悉起来，或者跟作者起着一种思恋的情绪。但这多少是需要一点时间才能把握住的。"① 萧红始终以毫不矫饰的姿态写作，以人类的目光透视着历史和现实，把"对着人类的愚昧"作为创作的首要任务。她执着于聚焦个体的感受，超越了当时单一救亡的时代主旋律，拨开复杂的表象探寻国民灵魂，显示出创作思想的成熟。萧红的作品流溢出一种独特的北大荒地域文化意味，北大荒特有的物候呈现浓郁的地方文化色彩。引人入胜的风景画，既引人遐思，又具有很高的民俗学、文化学价值。萧红通过对典型的东北风土人情的充分展示，营造鲜明的、特殊的地域文化氛围。

一　地荒：荒凉的景象

萧红笔下那深沉、雄浑，野性未脱、神秘原始、粗犷的北大荒，就是她笔下人物活动的场景。由于很少有天然屏障，北大荒具有空旷、荒凉、边地化的地理环境特征，这使人无论在何处都能将其一览无余。这种荒凉的地域环境再加上人烟稀少而产生的寂寞感，萧红用她纤细的情感、多彩的文字描绘出了地域的荒凉。荒凉的场景描绘成为萧红小说的重要特征，她笔下的荒山、旷野、麦场、菜圃、屠场、乱坟岗子等都有着独特的指向，成为其作品中必不可少的元素，而在这些荒凉的环境中上演着无数的悲剧，荒凉的场景本身也就有了深刻的象征意味。

《生死场》中写道：

> 乱坟岗子，死尸狼藉在那里。无人掩埋，野狗活跃在尸群里。

---

① 萧红：《现实文艺活动与〈七月〉》，《七月》1938 年第 15 期。

太阳血一般昏红；从朝至暮蚊虫混同着蒙雾充塞天空。高粱、玉米和一切菜类被人丢弃在田圃，每个家庭是病的家庭，是将要绝灭的家庭。

全村静悄了。植物也没有风摇动它们。一切沉浸在雾中。①

萧红似乎乐于写雾，雾气笼罩下的一切了无生气，这恰好映衬出地域的荒凉："雾气像云烟一样蒙蔽了野花，小河，草屋，蒙蔽了一切声息，蒙蔽了远近的山岗。"② 在雾的掌控下，一切都变得荒芜而悲凉。在写到荒山时，更是具有肃杀之气："山上的雪被风吹着像要埋蔽这傍山的小房似的。大树号叫，风雪向小房遮蒙下来。一株山边斜歪着的大树，倒折下来。寒月怕被一切声音扑碎似的，退缩到天边去了！"③ 荒山是这样的荒凉，山上黄了的草叶、树叶都蒙盖上灰白色的霜，即使是花草的香气也零落凄迷。而在自家的院子中也充满荒凉之感："我家的院子是荒凉的，冬天一片白雪，夏天则满院蒿草。风来了，蒿草发着声响，雨来了，蒿草梢上冒烟了。"④ 到了冬天，不仅万物凋零，孩子们的耳朵都冻得要脓胀起来，手或是脚都裂开条口。蛮荒辽阔的北大荒构成的生存环境流泻在萧红的笔下，短篇小说《旷野的呼喊》中写尽了风的威势，风在横扫一切，在施暴、肆虐的大风中，受伤的人在痛苦地呼号，荒凉的地域，人的心境也是荒凉、冷寂的。"现在大风像在洗刷着什么似的，房顶没有麻雀飞在上面，大田上看不见一个人影，大道上也断绝了车马和行人。而人家的烟囱里更没有一家冒着烟的，一切都被大风吹干了。这活的村庄变成了刚刚被掘出土地的化石村庄了。一切活动着的都停止了，一切响叫着的都哑默了，一切歌唱着的都在叹息了，一切发光的都变成混浊的了，一切

① 萧红：《生死场　呼兰河传》，江苏文艺出版社 2009 年版，第 62 页。
② 萧红：《王阿嫂的死·呼兰河传》，陕西师范大学出版社 2009 年版，第 239 页。
③ 萧红：《生死场　呼兰河传》，江苏文艺出版社 2009 年版，第 34 页。
④ 同上书，第 251 页。

颜色都变成没有颜色的了。"① 一切有生命的事物都湮没在大风里，一切美好的事物都变得异常可怕："天空好像一张土黄色的大牛皮，被大风鼓着，荡着，撕着，扯着，来回地拉着。从大地卷起来的一切干燥的、拉杂的、零乱的，都向天空扑去，而后再落下来，落到安静的地方，落到可以避风的墙根，落到坑坑洼洼的、不平的地方，而添满了那些不平。所以大地在大风里边被洗得干干净净的、平平坦坦的。而天空则完全相反，混沌了，冒烟了，刮黄天了，天地刚好吹倒转了个。人站在那里就要把人吹跑，狗跑着就要把狗吹得站住，使向前的不能向前，退后的不能退后。"② 《旷野的呼喊》借大风在旷野撒欢传达了陈公公走出家门，去寻找被日本人抓走的儿子时内心无尽的悲凉与无望。大风和黑夜吞噬了他，周围都是黑滚滚的，他无助地摸索在黑夜的大风中。

萧红不但写了北大荒的阔大和死寂，还写出了它的荒寒。自然风光渗入人的情感从而独具荒凉特色，北大荒闭塞朴陋的水土，变得格外灵动。北大荒的冬天向来以严寒著称，萧红的作品中有许多处对寒冷冬天的描写，她借助这一自然环境传达的是一种特定的情感。即使是北大荒独有的让人望而生畏的严寒、万物肃杀的冬天，在萧红的笔下也都具有生气。《呼兰河传》一开头就为我们展现出一派北国严冬的乡土味道，空旷寂寥。大地被严寒控制，地被冻裂：

> 严冬一封锁了大地的时候，则大地满地裂着口。从南到北，从东到西，几尺长的，一丈长的，还有好几丈长的，它们毫无方向地，便随时随地，只要严冬一到，大地就裂开口了。
> 严寒把大地冻裂了。③

---

① 萧红：《旷野的呼喊》，中国城市出版社2012年版，第10—11页。
② 同上书，第31页。
③ 萧红：《生死场·呼兰河传》，江苏文艺出版社2009年版，第107—108页。

这是对地域景色的空间展览。作者捕捉到一个个跳跃的却又相互关联的画面，生动地描绘出北大荒独有的严寒景象。"严寒把大地冻裂了""人的手被冻裂了""盛豆腐的方木盘冻在地上了"，冰雪把卖馒头的老头的脚底封满，水缸被冻裂，井被冻住……天气不仅奇寒，还有大风雪，天地混沌，带着蛮荒的原始情调，字里行间饱含着萧红对家乡彻骨寒冷的深切体验，那奇寒、空旷本身就透出了一种新鲜的荒凉感。萧红在描写地域环境和塑造人物时，传递出一种情韵共融的乡土意识，先声夺人。在这人烟稀少的寒冷地带，"什么也看不见，远望出去是一片白。从这一村到那一村，根本是看不见的。只有凭了认路的人的记忆才知道是走向了什么方向。"① 这是北中国最荒寒的所在，最广大的荒原地理位置偏远闭塞、严酷的自然环境不适宜人居住。一些具有地域特点的场景描绘突出了蛮荒的特征。萧红笔下人物的生存环境无疑具有隐喻意味，荒寒寂寥是北大荒的基本特征，人心的荒蛮则是成长环境造就的。

萧红采用个人化写作手法，叙述自己刻骨铭心的感受，她忠实于人性化的书写，不加雕琢地把荒凉之气写进作品。她热爱精神原乡"呼兰河"的大自然。她用纯真的童年眼光打量着周遭陌生的一切，揣摩和体察大自然带给人荒凉的内心世界，用儿童纯真的心灵世界反衬了国民的麻木性，其间夹杂着饱经沧桑的情感。蛮荒奇寒的世界映现着既成的秩序，生活惯性力量的顽固、强大，被压迫的农民、卑微的磨倌、可怜的童养媳的命运，都被萧红浓缩在这荒凉的环境中。她写在这阴冷、荒凉、寂寞的北大荒中的那一个个披枷戴锁的生命悲剧。人们的日常生活已经被荒凉的地域环境深深地影响着。萧红融自己的主观情感于荒凉景观的展示中，她的景观描写是以自己的感受为中心的。她通过个人化的体验展示呼兰这闭塞、荒凉的边缘地带，展

---

① 萧红:《生死场·呼兰河传》，江苏文艺出版社 2009 年版，第 108 页。

示笼罩在封建宗法制度下人荒凉的生存环境。人们在荒凉的地域寂寞凄凉地生活着，只有在鬼神迷信活动中狂欢式的自慰。扎彩铺里的"好的一切都有，坏的不必有"的彩景让穷人觉得活着没有死了好，卖麻花的、卖凉粉的、卖瓦盆的、换破烂的、卖豆腐的带出的生活场景，都是闲散、麻木、落后、卑琐、平凡的，人们的日子过得一塌糊涂，他们的精神世界全是为神鬼准备的，人们在这"精神盛宴"中大肆享受。在边远、广袤的北大荒，民间有"强萨满赛过名戏子""宁看跳大神，不瞅大秧歌"的说法。荒凉的地域人们是在观赏中得到满足的，萧红把人们竞相观看跳大神的景况和封建愚昧联系在一起，揭示长期封闭、落后、艰险的生存环境中人们迷信巫术的生活状态。《呼兰河传》中生动地描写跳大神的情景："那神一下来，可就威风不同，好像有万马千军让她领导似的，她全身是劲，她站起来乱跳。"① 写着写着，她似乎不经意间走了神溜到看客身上："跳大神，大半是天黑起跳，只要一打起鼓来，都往这跳神的人家跑，若是夏天，就屋里屋外都挤满了人。还有些女人，拉着孩子，抱着孩子，哭天叫地地从墙头上跳过来，跳过来看跳神的。"② 跳到半夜时分，萨满歌舞"从几十丈远的地方传来，实在是冷森森的，越听就越悲凉。听了这种鼓声，往往终夜而不能眠的人也有。"③ 这段文字，与其说是精彩地再现了跳大神这一生动场面，不如说是对人们的痴迷和沉醉程度的描摹。萧红这些对跳大神场景精彩的描写，带有奇特而强烈的地域文化色彩。她在客观上展示了这方神奇的土地上宗教的魅力，把泥土气息、荒凉滋味透过文字传达出来。在萧红的笔下，人们在观看跳大神的过程中，体味和领悟到的并不是人生的欢乐与生活的美好：

---

① 萧红：《生死场·呼兰河传》，江苏文艺出版社 2009 年版，第 136 页。
② 同上。
③ 同上书，第 137 页。

　　那鼓声就好像故意招惹那般不幸的人，打得有急有慢，好像一个迷路的人在夜里诉说着他的迷惘，又好像不幸的老人在回想着他幸福的短短的幼年。又好像慈爱的母亲送着她的儿子远行。又好像是生离死别，万分地难舍。

　　人生为了什么，才有这样凄凉的夜。

　　似乎下回再有打鼓的连听也不要听了。其实不然，鼓一响就又是上墙头的上墙头，侧着耳朵听的侧着耳朵在听，比西洋人赴音乐会更热心。①

　　这是闭塞、愚昧、落后的北大荒才有的特色。荒凉的自然环境具有影响人的思想和行为方式的功能。萧红以满蕴着乡土气息的作品展现地域文化物象，她对边地的自然景观和社会的书写，尤其是独特的心理感受成就了具有浓厚的乡土气息和地域色彩的北大荒文学。

二　人荒：日常习俗透视

　　不同的自然地域环境决定了人们生产方式和生活方式的不同，由此决定对应的风俗民情、地域民族性格、心理及精神状态的差异。自然环境蛮荒而严酷的北大荒固然造就了边民顽强的生命意志，但人性之荒也如影随形。萧红对她书写的人性荒寒进行隐喻性批判。萧红远离故乡去观照那些如蝼蚁一般在岁月中自生自灭的小人物，他们短暂而卑微的生命本身就是人性荒寒、人生悲凉的见证。原始陋习使守旧愚昧的农民进行娱人娱神活动，他们依赖鬼神形象进行自安自慰。虽然人们辛苦劳动，但生活依然贫困，粗粝、原始的生活只有在节日来临时才有些生气。萧红以个人的情感及生活体验，将节日祭祀活动中的原始崇拜抽空。她把节日祭祀活动转化为调节单调的日常生活的功

_____

① 萧红：《生死场·呼兰河传》，江苏文艺出版社 2009 年版，第 137 页。

利需求。因此放河灯、野台子戏、庙会成为一种世俗化的节日活动，在歌舞、仪式等娱乐形式中，特定的民俗审美文化元素作为一种鲜活的地方性文化形态，展现着呼兰河人的生命状态。人们爱热闹，争相看为冤魂怨鬼托生放的河灯，"把街道跑得冒了烟了"①，看完河灯，"内心里无由的来了空虚"②；野台子戏看似是全民大狂欢，人们借此机会来完成自己的事，媒人、男女双方父母相看或者只有男家"偷看"女家，还有喝酒作乐的就随便给女儿许了人家，相亲、定亲的闹剧一幕幕上演，野台子戏期间人们的举动"充满着对一切神圣事物的亵渎和歪曲，充满了不敬和猥亵，充满了同一切人一切事的随意不拘的交往"③。实际上，野台子戏是为了求雨后的还愿而设。风俗决定了野台子戏幕后的一切，人们依旧是生活在愚昧中。喧嚣热闹的场面，使"整个世界、其中一切最神圣的东西，表现在这里都不带任何的距离，出于粗俗交往的领域中，一切都是伸手可及的"④。可见野台子戏根本没有演员和观众之分。人们不是去看野台子戏，而是于其中自我狂欢，乐此不疲。萧红看似随意地写到呼兰河居民看野台子戏在河滩过夜："不用说这沙滩上是很雄壮的，夜里，他们每家燃了火，煮茶的煮茶，谈天的谈天，但终归是人数太少，也不过二三十辆车子。所燃起来的火，也不会火光冲天，所以多少有一些凄凉之感。夜深了，住在河边上，被河水吸着又特别的凉，人家睡起觉来都觉得冷森森的。尤其是车夫马倌之类，他们不能够睡觉，怕是有土匪来抢劫他们马匹，所以就坐以待旦。"⑤ 这是借露营者的感觉，写出狂欢过后人们依然凄凉的心境。四月十八的娘娘庙会也是与鬼神相关，但人们不忘

---

① 萧红：《生死场·呼兰河传》，江苏文艺出版社 2009 年版，第 138 页。
② 同上书，第 140 页。
③ 钱中文、白春仁、顾亚铃译：《巴赫金文集》（第 5 卷），河北教育出版社 1998 年版，第 170 页。
④ 同上书，第529页。
⑤ 萧红：《生死场·呼兰河传》，江苏文艺出版社 2009 年版，第 150 页。

在拜神的时候为自己寻求行为的合法性和自我安慰。塑泥像的人把娘娘塑得很温顺，而把老爷塑得很凶猛，让人望而生畏。这就是要告诉人们女人就该是温顺的、老实的，生来就是让男人欺负的。看到庙里的娘娘特别的温顺，就以为她是因为常常被打的原因："所以男人打老婆的时候便说：'娘娘还得怕老爷打呢？何况你一个长舌妇！'""可见男人打女人是天理应该，神鬼齐一。"① 逛庙这种看似是娱神的仪式，其实质是娱人的功利性需求。男人找到打老婆的合法性，女人知道了被打的合理性。在扎彩铺的兴旺上体现了人们对于鬼神和死亡的复杂认知。他们从本能上对鬼神和死亡极度恐惧，因此他们定期为鬼神做些虔诚的供奉，还适当地"贿赂"（漏粉的过河时总要向河里的河神投几枚铜板，因为他们相信这样就不会被神鬼轻易地夺取生命了），扎彩铺里所展现的阴间金碧辉煌，使活着没享受过荣华富贵的穷人消解了对死亡的恐惧。在他们看来，似乎死去的鬼也因在阳间得不到好的待遇，而在死后保佑活着的人，使活着的人继续供奉他们。这些风俗衬托出生者精神的空虚和无助。第二章借着精神生活场面的流动，传达出叙述者的惆怅情绪。一次次喧嚣热闹过后，凄凉感从人心底油然而生，透露出作家心灵深处难以掩盖的悲凉感。唱大戏谢神、放河灯送鬼投生、赶庙会拜神，人们表现了极大的虔诚与兴致。尽管他们对神鬼世界并不知道，也不可能知道，神鬼因其不可知才使活着的人极其恐惧，虽没有亲眼看见神鬼强大的法力，但他们却集体无意识地把贫穷、疾病、灾荒、瘟疫和死亡等悲惨的生活境遇都视为神鬼作祟。所以他们祖祖辈辈都敬神鬼，传下来的规矩是不能变的，在这人鬼交织的盛宴中，有更为深邃的隐喻，他们为鬼神做一切，麻木和愚昧是他们悲剧的原因。

　　萧红的小说很重视自己情感和姿态的直接传达，在没有遮掩的叙

---

① 萧红：《生死场·呼兰河传》，江苏文艺出版社 2009 年版，第 153 页。

述中,真实地袒露她的主观倾向。在《呼兰河传》后半部分进入对底层人的命运书写时,渗入萧红的情感体验。在第四章的第二节开头写道:"我家是荒凉的";第三节:"我家的院子是很荒凉的";第四节:"我家的院子是很荒凉的";第五节:"我家是荒凉的";第六章的第十二节:"我家的院子是荒凉的"。萧红用这种单纯重复的语句,故意以孩子的稚拙和啰唆,回环往复地展现那些沉重的、不堪直面的生存之痛,她的寂寞和想要表达的含义是深远的。"我家的荒凉"隐喻呼兰河人人生的荒凉和整个社会的荒凉。萧红详细描写一个殷实的小户人家"黑忽忽、笑呵呵"的十二岁的小团圆媳妇,她刚进婆家就招来了邻居的非议:"见人一点也不知道羞""头一天来到婆家,吃饭就吃三碗""十二岁会长得那么高"……这些都不符合传统社会对于一个媳妇所要求的低眉顺眼、害羞隐忍等标准。"慈眉善目"的婆婆疯狂地要把她规矩成好人,她被吊在大梁上被叔公公用皮鞭狠抽、婆婆用烧红的烙铁烙脚心,婆婆的所作所为得到了邻居女人们的舆论支持,以证明其合法性。萧红通过一个不谙世事的小孩子的眼睛,详尽地描述人们整治小团圆媳妇的种种手段,从跳大神到吃偏方、抽帖、洗热水澡、驱鬼等,手法不断翻新,场面异常热闹。小团圆媳妇本性天真,被打后不停地哭喊要回家出于孩子本能地寻求亲生父母的保护,在被折磨病了时还与"我"玩玻璃球。她无辜地被婆婆和周围的人摆布着。为了"驱邪逐鬼",一晚上就活活被热水烫昏了三次……一个鲜活的生命就在折磨中结束了。婆婆在整个悲剧中既是元凶,又是受害者。她本是要耍婆婆做派,出于教育和拯救自己儿媳的愿望,没想到却用愚昧的传统杀了儿媳,这是她绝对不想看到的结果。她满腹委屈,看似是非常无奈的举措,实则是一份供词,是一个十二岁的小女孩所受到的非人虐待而死的真实记录。婆婆对钱非常吝啬是出了名的,为了几十吊钱,她在田上爬半月二十天,一粒一粒地捡拾黄豆粒,手被豆秧扎了,肿得像冬瓜似的都舍不得买二两花红。因为心疼订儿媳妇花出去的钱，为了能够治好儿媳妇的病，她不惜血本，花钱请人跳大神赶鬼、用猪肉拌黄连的偏方、抽帖画符给儿媳治病、用大缸盛上开水洗澡、拿银针刺手指尖让昏死的儿媳妇苏醒、烧"替身"等一切可能想到的办法去救治小团圆媳妇。她根本不知自己在用传统陋习毒害儿媳妇，手段残忍却愚昧不自知。当从云游真人口中得知抽帖画符每帖十吊钱时，婆婆马上算计：十吊钱能捡二十块豆腐，养一口小肥猪，十来个鸡。她是在异常艰难的生活中省吃俭用过来的，从经济利益上衡量，儿媳妇的命根本抵不上一块豆腐、一个鸡蛋，虽然因为激愤而差点流了眼泪，但她还是抽帖了，想要治好儿媳妇的病。因为担心虐待儿媳妇遭报应，她用大笔钱贿赂真人。她对宗教既虔诚又怨愤，对鬼神又畏惧又狐疑，她一直心疼自己的血汗钱，烧"替身"的时候，她见看热闹的人这么少，一边烧着还一边后悔花了一百多吊钱给"替身"穿上真衣裳。由于又悔又恨，忘了念一套祷神告鬼的词句。她骨子里认同封建宗法社会的传统习惯和尊卑长幼制度，在婆婆面前努力争着做勤劳、孝敬、节俭的好儿媳；作为大儿媳，看了弟妹温顺的儿媳妇她很眼热，所以早早接小团圆媳妇进门。婆婆身份本该是她炫耀的资本，作为婆婆，她也要求儿媳妇像她一样恭顺，可儿媳妇没得到她和周围人的认可。多年来作为儿媳妇被压抑的欲望、委屈进入潜意识，作为长房却无长孙的不甘已经使她郁结沉重。儿媳妇恰好成为她发泄的对象。婆婆对儿媳妇进行毒打等非人的折磨，与其说是出于规矩好人，不如说源于施虐带给她的一种无以名状的心理快感；她不仅看到受虐的儿媳痛苦地哭号，更感受到她作为婆婆的权威；她的举动得到舆论支持和热闹的围观。这也在和弟媳斗法，她惩罚儿媳妇，通过毒打来征服儿媳妇，规规矩矩地听她指使，没想到却打出病来。尽管她花去五千多吊钱，可还是人财两空，她的心被痛苦和怨恨攫取了，她哭瞎了眼睛。萧红注重对家乡呼兰河的风俗画描写，这与她关注民间最普遍的生活方式有密切的关系，"萧红的乡土小说中也有对乡村愚昧习俗的批判……她善于从日常平凡的生活中揭示出惊心动魄的东西，惊人真实地描绘出传统历史惰力的可怕。"① 善良勤劳、真诚坦荡、豁达乐观的王大姑娘和小团圆媳妇一样有着生命活力，她热爱生活，更爱美。她的辫子总是梳得很光，红辫根，绿辫梢，干干净净。有时候，她在"我"家后园摘完菜临走时，会折一朵马蛇菜花戴在头上。她身材高挑、大眼睛、红红的脸庞展现出健康的美。无怪周三奶奶说："看谁家有这么大的福气，看吧，将来看吧。"② 没想到她爱上会拉胡琴、唱唱本的热爱生活的穷磨倌冯歪嘴子，因为贫穷没有热闹吹打，他们以简陋的方式自愿结合。男权社会是女性被奴役、被迫害的罪恶渊薮，由此形成各式各样的清规戒律和愚民制度残酷地迫害着女性，成了套在女性颈上的无形枷锁。王大姑娘在炕沿水盆都结冰的磨房里生了孩子，却被住着暖屋的掌柜的太太恶毒地辱骂为"不干不净的野老婆"③。女性苦难的背后，既有主要来自男权的绞杀，也有来自女性的自轻自贱。在男权世界里，女人是不祥的，生命是低贱的。而掌柜太太也恶语伤人，将邪火撒在正在坐月子的王大姑娘身上，把她视为不祥的征兆轰走，还将不发家的罪责都算在她身上。好好一个姑娘竟然偷偷委身于一个穷汉，舆论哗然。周围人的冷漠、愚昧、阴暗的窥探心理，流言家的阴私都被暴露出来。"群众——尤其是中国的——永远是戏剧的看客。"④ 萧红不仅仅写出呼兰河人的看客心理，还揭示了更可怕的谋杀，王大姑娘之前在人们眼里的优点全变成了缺点，夫妻俩给人们平庸的生活带来了莫名的兴奋。全院子的人有给她做论的，做传的，还有写日记的，更有

---

① 黄晓娟：《雪中芭蕉：萧红创作论》，中央编译出版社 2003 年版，第 52 页。
② 萧红：《生死场·呼兰河传》，江苏文艺出版社 2009 年版，第 265 页。
③ 同上书，第 261 页。
④ 鲁迅：《娜拉走后怎样》，《鲁迅经典杂文集》，吉林出版集团有限责任公司 2010 年版，第 17 页。

无聊的人在冯歪嘴子门下靠偷听打探消息，探访员们最喜欢造谣生事：一会儿说冯歪嘴子上吊死了，一会儿又说孩子冻死了，使得小团圆媳妇死后那冷清些许日子的后园一下又恢复了往日的热闹，男男女女，拖家带口到冯歪嘴子门前参观。尽管冯歪嘴子竭尽全力维护这个家，但王大姑娘还是在艰辛的生活和周围环境的冷酷中日渐憔悴，最终难产而死。即便这样人们还不放过她："这样的女人死了，大庙不收，小庙不留，是将要成为游魂的。"① 在这样的环境中，曾经鲜活的小团圆媳妇和王大姑娘戴着一副无形的枷锁，在丑陋的世界消失了。周围人爱凑热闹的举动后隐藏着无所事事的空虚和畸形与嗜血的狂热，不怀好意的热心背后是几千年的封建统治的恶果。

萧红用女性的敏感揭示着人们麻木的生存状态和丑陋风俗的"合理性"。由于地主阶级沉重的剥削和土匪的横行，北大荒的人们经常处于吃不饱穿不暖的艰难困境中，加上汉民族因循守旧的生活态度，东北社会更多地体现出蒙昧、病态冷酷与畸形，同时也透着凝重与悲凉气。村民们过着守旧、落后而又自我满足的生活。在自古以来千篇一律、单调、封闭、保守的生活中"和动物一起忙着生，忙着死"。他们既没有对过去生活有什么不满，也不对未来生活有什么奢求，一切都按着前人曾经过的枯燥的、周而复始的生活继续着。《生死场》深刻地揭示了农民的悲惨命运：贫困、落后、愚昧左右着他们，糊里糊涂地忙着生死。小说用了三分之二的篇幅，写的是农民，尤其是农村妇女，在封建制度与封建思想的统治下，进行着生与死的挣扎，这就是他们固有的生活方式。《呼兰河传》中穷人们过着窘迫的生活，漏粉的一家租住三间破草屋，已经长着青苔蘑菇，而且房子每天都向北走，正方形的窗子也已变为菱形，住在里面的粗人一个一个和猪一样邋遢，上房采蘑菇的人鞋掉进漏粉的锅里也不取出。他们唱歌就像

---

① 萧红：《生死场·呼兰河传》，江苏文艺出版社 2009 年版，第 274 页。

含着眼泪在笑似的，这完全融入叙述者的情感体验："那粉房里的歌声，就像一朵红花开在了墙头上，越鲜明，就越觉得荒凉。"① 他们在剥削和压迫下卑微而凄凉地活着。有二伯非主非奴，是个备受摧残、精神上有着种种隐痛的底层人物，跑毛子时，"我"家全跑了，他为同宗族的人卖命看家护院，可到头来一生贫穷无安身之所，被褥像毡片漏着棉花，枕头漏稻壳，三天两头地缝补，破衣烂衫。老厨子骂他老"绝后"，这触动了他内心的隐痛，无家无业，死了连个打灵幡的都没有。他对同宗族充满怨恨又无力反抗，他因为偷东西和长时间的指桑骂槐遭到作为晚辈的少主人的毒打，他整夜地大骂并对着不经世事的"我"痛骂："你们家里没好东西，尽是些耗子，从上到下都是良心长在肋条上，大人是大耗子，小孩是小耗子……"② 有二伯在卑琐、贫困的生活中过活，愚昧、麻木的精神状态与无法摆脱的凄楚交织在一起。

萧红截取婚丧嫁娶等典型的生活画面，展现日常生活中的风俗和人的精神世界。"在日常生活中，人们很难意识到民俗的规范力量，因此也就不会对其加以反抗。民俗对人的控制是一种'软控'，但却是一种最有力的深层控制。"③ 萧红从民间立场出发，大篇幅地书写荒凉的农民生活，她是北大荒风俗民情的集中展示者，她绘制了一幅幅粗蛮却异常热闹的民俗画，尤其展现历史积习的封建迷信。萧红审视封建社会的种种恶习，展示着人蒙昧的生命状态。对婚俗的描写体现出封建社会种种不良的传统，如不把女人当人，女人是男权意识的附属品。《呼兰河传》呈现了婚俗文化的多样性。小团圆媳妇是娃娃亲陋习的牺牲品，八岁定亲，十二岁走进婆家，她根本不懂得成人世界的"规矩"，封建礼教及伦理规范最终扼杀了无辜的生命，她永远

---

① 萧红：《生死场·呼兰河传》，江苏文艺出版社 2009 年版，第 185 页。
② 同上书，第 253 页。
③ 钟敬文：《民俗学概论》，上海文艺出版社 1998 年版，第 29 页。

定格在了十二岁。古老民风习俗的描写，揭示了传统文化鄙俗的一面，男女还没见过面，双方父母就决定了他们的婚事。而"指腹为亲"更是一种可悲的陋习，这又是有钱人家才有的资格，"两家的公子、小姐还没生出来，就给定下亲了。"① 叙述者的一句"但是这指腹为亲，好处不太多，坏处是很多的"②。此后的如是男家穷了，女家必须嫁过去，否则"那姑娘的名誉就很坏，说她把谁家给'妨'穷了，又不嫁了。……嫁过去之后，妯娌之间又要说她嫌贫爱富，百般地侮辱她。丈夫因此也不喜欢她了，公公婆婆也虐待她，一个年轻未出过门的女子，受不住这许多攻击，回到娘家去，娘家也无办法，就是那当年指腹为亲的母亲说：'这都是你的命（命运），你好好地耐着吧！'"③ 哭告无门的年轻女子跳井的跳井，上吊的上吊。最可悲的是，死后婆家还要给她修节妇坊，可一律都删去了她跳井或上吊的原因，只写"温文尔雅，孝顺公婆"，她成为"三从四德"的殉葬品。而如果女家穷了，那还好办，男家可以不娶，这也没有什么，女方也只有认命。无论世事怎样变化，最终的受害者都是女子。这是萧红对女性悲剧命运的深切体察，而女性的命运就是呼兰河的命运。父权制滋生的男权意识，垄断社会，女性的悲剧是必然的。"父母之命，媒妁之言"成为封建社会合法婚姻的依据，这一法规残害了许多追求婚姻自由的生命。王大姑娘就是在这样的绞杀下渐渐失去健康和活力，最终撇下丈夫和两个儿子离开人世。封建道德要求女性"从一而终"，这不仅给再嫁的寡妇加上种种罪名，还要殃及其女儿，《小城三月》中翠姨便是再嫁的寡妇的女儿。这可怕的株连，像魔咒一样无时无刻不在棒杀着无辜的她。她不能反抗母亲定的婚事，将爱葬在心底，和自己一起死去。这是人生原始状态的写真，显示了粗粝的生存真相。

---

① 萧红:《生死场·呼兰河传》，江苏文艺出版社 2009 年版，第 145 页。
② 同上。
③ 同上书，第 145—146 页。

陈规陋习依然肆虐成灾，萧红将对生命悲剧性的感叹融入婚俗描写，呈现出对现实生活的审视和批判力度。

丧葬仪式这种特殊的民俗，不仅宣泄着人们对于死亡的恐惧，也是对生者的安慰，还有对死者的虔敬，所以在呼兰河丧葬习俗很受重视。活着的人再贫穷，死后也不能再受穷，凡是好的他们都为死者准备了一套："大至喷钱兽、聚宝盆、大金山、大银山，小至丫鬟使女、厨房里的厨子、喂猪的猪倌，再小至花盆、茶壶茶杯、鸡鸭鹅犬，以至窗前的鹦鹉。"① 呼兰河人对于死人的慷慨属于一种补偿心理，补偿死者在阳间所受的苦，也是安慰自己虽在阳间吃苦受穷死后还是会得到想要的一切。阴间生活的富足让穷人觉得活着还没有死了好。丧葬习俗中重要的一个步骤就是报庙，就是死者的家人到庙里向阎王爷报告，好给他在阴间留一个位置。这是生者对于阴间的想象和对死者的交代。《生死场》中就有"后村的庙前，两个村中无家可归的老头，一个打着红灯笼，一个手提水壶，领着平儿去报庙"②。这些具有民俗色彩的描写，最大限度地消解了众人对死亡的恐惧。在艺术审美化的过程中，走进了底层文化，和他们同喜同悲，品尝着生命带来的悲欢离合，喜怒哀乐。萧红作品触摸到了草根生命的无奈。

萧红笔下的民俗世界具有丰富的审美内涵，从呼兰河人生存的艰难到娱人娱神的精神文化生活，她揭示了人粗俗的生存状态和精神状态。"在乡村，永久不晓得，永久体验不到灵魂，只有物质来充实她们。"③《生死场》中，冬天妇女们聚集在王婆家的炕头上边做针线活，边互相开着粗俗无聊的玩笑，是因为她们的内心世界空虚无聊；村里最美丽的女人月英病瘫在炕上，受尽丈夫的虐待，浑身烂得长满了蛆，惨死后被埋在荒山下；贫农家少女金枝还没有过门就怀了孕，

---

① 萧红:《生死场·呼兰河传》，江苏文艺出版社 2009 年版，第 120 页。
② 同上书，第 56 页。
③ 同上书，第 33 页。

受到舆论的嘲讽，丈夫嫌累赘，竟把不满月的孩子活活摔死；赵三们刚燃起的反抗火苗，竟被地主耍花招扑灭……这都反映了人们精神的空虚、冷漠和死寂。这是没有灵魂、没有活力，只有麻木忍受的人荒，与北大荒自然的荒凉交织共现。萧红从丰富的生活积累和情感积淀中截取素材，展现了北大荒地域的原始风貌和风土人情，构建了稳定的民俗审美范式。

三 情荒：无法重返的家园

萧红背离了故乡，她说自己没有故乡。但自从离开家乡呼兰，乡愁一直是萧红挥之不去的情愫。她这样写道："家乡这个观念，在我本不甚切的，但当别人说起来的时候，我也就心慌了！虽然那块土地在没有成为日本的之前，'家'在我就等于没有了。"① 萧红对故乡的情感是复杂的：逃离故乡后，家园变得越来越遥远，她一直处于无根的漂泊状态，尤其是身处香港时期，饱尝人世艰辛的她身心疲惫，渴望皈依家园。萧红的创作有双重结构，表层是叙写呼兰河的生活场景，深层是抒写作家的情感心理。萧红的作品无不浸润着她内心深处对故乡的爱与无奈，这是她的灵魂和生命的牵系。萧红是地主之家的小姐，从未被衣食所困，在一个重男轻女的大家庭里，萧红没有得到过父母之爱，祖母曾故意等她"犯错误"然后用针扎她的手指，唯一给年幼的她关爱的是慈爱的祖父。家里的后花园是她童年的乐园，年迈的祖父是她的玩伴，这成为她一生一世的回想。历尽人世的沧桑与无奈，依然年轻的萧红在《呼兰河传》中写道：

呼兰河这小城里边，以前住着我的祖父，现在埋着我的祖父。

我生的时候，祖父已经六十多岁了，我长到四五岁，祖父就

---

① 萧红：《现代名家经典：小城三月》，新世纪出版社1998年版，第122页。

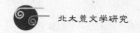

快七十了。

我还没有长到二十岁，祖父就七八十岁了。祖父一过了八十，祖父就死了。

从前那后花园的主人，而今不见了。老主人死了，小主人逃荒去了。①

从祖父那里所得到的爱成为萧红一生的精神给养，她反复强调"我"对祖父的记忆，一层一层地逼近生命的深处，直到"老主人死了，小主人逃荒去了"。这"重复"性的叙述犹如一首无限感伤的诗，一点点传达出寂寞和忧思，重复中展示一种直抵灵魂的痛。后花园的小黄瓜、大倭瓜、蜻蜓、蚂蚱成为她一生最美的记忆。它们比人类更纯净地、自由地生长，而"那里边的人都是天黑了就睡觉，天亮了就起来工作。一年四季，春暖花开、秋雨、冬雪，也不过是随着季节穿起棉衣来，脱下单衣去地过着。生老病死也都是一声不响地默默地办理"②。这里的人日复一日地生存，是一种麻木的惯性，他们在一种相对停滞的环境中麻木而被动地忍受着生活带来的所有的苦难和悲哀。在粗粝而寂寞的生活的打磨下，他们没有对生命细腻的体验。人甚至是动物化的生存着，《生死场》中的麻面婆出来取柴，"茅草在手中，一半托在地面，另一半在围裙下，她是拥着走。头发飘了满脸，那样，麻面婆是一只母熊了！母熊带着草类进洞。"③ 让"麻面婆说话，就像让猪说话一样，也许她喉咙组织和猪相同，她总发着猪声"④。王婆"在星光下，她的脸纹得绿了些，眼睛发青，她的眼睛是大的圆形。……邻居的孩子们会说她是一头

---

① 萧红：《生死场·呼兰河传》，江苏文艺出版社 2009 年版，第 140 页。
② 同上书，第 118 页。
③ 同上书，第 7 页。
④ 同上。

'猫头鹰'"①。贫穷、疾病、荒诞的环境，把打鱼村最美丽的女人月英折磨得人不人鬼不鬼，"她的眼睛，白眼珠完全变绿，整齐的一排前齿也完全变绿，她的头发烧焦了似的，紧贴住头皮。她像一头患病的猫儿，孤独而无望。"②金枝好像患着传染病的小鸡一般，眯着眼睛蹲在柿秧下，她什么也没有理会，她逃出了眼前的世界。四月里，鸟雀们也孵雏了！常常看见黄嘴的小雀飞下来，在檐下跳着啄食。小猪的队伍逐渐肥起来，只有女人在乡村夏季更贫瘦，和耕种的马一般。二里半长形的脸孔配起摆动的身子来，有点像一个驯服的猿猴。《呼兰河传》中粉房中的粗人没有好鞋袜和行李，一个个和小猪差不多，还有一个歪鼻瞪眼的孩子。在人与动植物的对比中显示出人的卑微。这是萧红在人物描写时有别于其他作家的独到之处，她笔下的人物不仅外在形态被动物化，而且生存状态就像牲畜，甚至不如牲畜！她对那群处于生活最原始、最窘迫层面上的人们给予通达理解和极大悲悯，《生死场》写人性麻木，特别注重外化成人对孩子的态度（即对弱小生命的态度），王婆因为忙着下田干活致使三岁孩子摔死，当看见自家麦粒变大，她一点都不后悔，一滴眼泪都没淌下；金枝不小心踩到一颗菜，母亲就暴怒打骂她，写尽人心灵的荒凉。在《呼兰河传》中写了大量愚昧的生存境遇，染缸房里，一个学徒把另一个学徒按进染缸里淹死了，这死人的事不声不响地就成了故事，至于造纸的纸房里边饿死了一个私生子，则因他是一个初生的孩子，算不了什么。胡家大儿媳唯一的儿子踩死一只小鸡，她竟打了儿子三天三夜，把他打出一场病来，在这个生存艰难的乡土世界里，人的生和死都无足轻重。人们对果菜，豢养的牛、马、羊充满了感情，"农家无论菜棵，或是一株茅草也要

---

① 萧红:《生死场·呼兰河传》，江苏文艺出版社 2009 年版，第 10 页。
② 同上书，第 36 页。

超过人的价值"①。乡村的母亲们永远像敌人一般对待孩子，疯狂地摧残孩子。萧红刻画了在黑暗残酷的社会和传统恶势力积压下的一个个扭曲的灵魂。

在经年累月的日常生活化了的生存环境中，人们没有丝毫的尊严和自由可言。生气勃勃的后花园滋养了萧红的率真性格。她对植物的人化描写显然承袭了北大荒土著对自然生灵的敬仰和崇拜。他们以游牧和渔猎为生，在与自然的抗争中，由于落后的生产方式和有限的认知，他们对于自然产生敬畏的心理，产生了原始的图腾崇拜。自然被视为一个巨大的生命场，最高形态的人并不是这个场中最为重要的存在，自然界的万事万物都是有生命的，生命即使在最低的形态中也有着不可亵渎的尊严。这种对于自然的崇拜凝结为北大荒民众特有的集体意识，体现出了一种生活的姿态，影响了萧红的社会理想表现形态和文学创作审美意识。她以儿童的天性感受亲近大自然，并与自然对话，她的作品中总有一位调皮、活泼而又敏感、诗意的抒情主人公。动植物都被赋予了人的感情，带着迷人的声响和姿态，成为有生命的自由的个体。

花开了，就像花睡醒了似的。鸟飞了，就像鸟上天了似的。虫子叫了，就像虫子在说话似的。一切都活了。都有无限的本领，要做什么，就做什么。要怎么样，就怎么样。都是自由的。倭瓜愿意爬上架就爬上架，愿意爬上房就爬上房。黄瓜愿意开一个谎花，就开一个谎花，愿意结一个黄瓜，就结一个黄瓜。若都不愿意，就是一个黄瓜也不结，一朵花也不开，也没有人去问它。玉米愿意长多高就长多高，它若愿意长上天去，也没有人管。蝴蝶随意的飞，一会从墙头上飞来一对黄蝴蝶，一会又从墙

---

① 萧红：《生死场·呼兰河传》，江苏文艺出版社 2009 年版，第 23 页。

头上飞走了一个白蝴蝶。它们是从谁家来的，又飞到谁家去？太阳也不知道这个。①

这段带有精细感觉描写的文字中，有一个极富主观情感色彩的词——"愿意"，它给无生命的自然以生命的情感律动。景物描写不仅体现为具体的生存状态与人情，它同时也意味着一种人化价值上的终极关怀，表现出萧红深受万物有灵的萨满教的影响。同时将后花园视为情感和精神寄托之所，于是，她笔下的一切都有了生命的暗示，像极富生气的田园诗。

> 那磨房的窗子临着我家的后园。我家的后园四周的墙根上，都种着倭瓜、西葫芦或是黄瓜等类会爬蔓子的植物；倭瓜爬上墙头了，在墙上开起花来了，有的竟越过了高墙爬到街上去，向着大街开了一朵火黄的黄花。
>
> 因此那磨房的窗子上，也就爬满了那顶会爬蔓子的黄瓜了。黄瓜的小细蔓，细得像银丝似的，太阳一来了的时候，那小细蔓闪眼湛亮，那蔓梢干净得好像用黄蜡抽成的丝子，一棵黄瓜秧上伸出来无数的这样的丝子。丝蔓的尖顶每棵都是掉转头来向回卷曲着，好像是说它们虽然勇敢，大树，野草，墙头，窗棂，到处的乱爬，但到底它们也怀着恐惧的心理。
>
> ……
>
> 再过几天，一不留心，那黄瓜梗经过了磨房的窗子，爬上房顶去了。
>
> 后来那黄瓜秧就像彼此招呼着似的，成群结队地就都一齐把那磨房的窗给蒙住了。②

---

① 萧红：《生死场·呼兰河传》，江苏文艺出版社 2009 年版，第 158 页。
② 同上书，第 254—255 页。

这一窗子黄瓜秧充满生命的活力，萨满教在自然崇拜的仪式中表现出对生命创造和生命复活的强烈感受和欲望。那些黄瓜的小细蔓代表的更是生的坚韧和执着，一棵黄瓜秧上伸出无数这样的丝子，隐含着一种生命的激情，一种含蓄而又难耐的执拗。萧红情感丰盈地描写"表达了生生不已的大自然的基本气质和变化，表达了人类性格中仍然留存着的动物性冲动，表达了人从其特有的使其成为造物主宰的精神禀赋中所得到的欢快"①。"怀着恐惧的心理"是一种奔放的激情衍生出的担忧意识。正是这些处于生命黄金时期的疯长的欲望，恰恰隐喻着冯歪嘴子和王大姑娘的两情相悦的爱恋，而严冬一到，万物肃杀，他们的爱情结晶也暴露在世俗的眼光中。

四　萧红对地域文学的贡献

萧红最擅长写生活在北大荒的农民，她的作品具有非常浓郁的地方色彩。她通过日常民俗描画出农民身上所体现出的复杂的民族性，这种在表现地域性特质时冷静的处理方式，凝结着作家的生活体验，显示出萧红在文学建构中从容的态度。地域性的北大荒在萧红的文学世界里是一种完整意义的符号，萧红不具备思想家的气质，更没有真正生命意义上的哲学造诣，她只是凭借着对苦难生活渗入灵魂的体验，达到了思想上对形而上的认知。这种生命意义上的哲学，是与灵魂冲突、绝叫后的彻悟与悲悯共同构成的。她对生老病死的平静地讲述，承载着深厚的人道主义与悲悯情怀。这是远离故土，贫病交加的萧红写作的动力所在。呼兰河成了具有象征意义的图景，作品中天荒、地荒、人荒，无处不荒。萧红的呼兰河系列不仅展示了北大荒寒地的荒原景象，还展示了生命的荒凉。人们生活是那样的贫乏，甚至没有真正的精神生活。他们只是按照千百年来传下的习惯单调、刻板

---

① ［美］苏珊·朗格：《情感与形式》，中国社会科学出版社1986年版，第384页。

地日出而作、日落而息。他们把一切都归结为命，既然命该如此，那自然就没有非分之想了。他们破费财物，请神敬鬼。于是一幕幕闹剧与悲剧轮番上演着。萧红在漂泊中，她的思想中灌注了现代意识，这种意识驱使她对乡土人生进行远距离的重新审视与反思，对故乡的历史、现状和未来具有深沉的忧患意识。时空隔离、过滤掉乡土真实的、外在的灰尘与浮躁，沉淀下那些点点滴滴的往事，萧红靠着乡土生活所获得的经验，通过远距离地回望与选择，她经过艺术和审美过滤，用民俗这种鲜活的地方性文化范型破解地域文化密码。

萧红在"坚持启蒙立场，揭发民间的愚昧落后、野蛮的深刻性上和展示中国民间生的坚强、死的挣扎这两方面都达到了极致"①。生命中的本质状态属于另一套话语系统。她将所有的生命体验、情感经历、生命惯性毫无遮拦地写出来，显示了生活的粗糙质感。生命力的顽强，人性的扭曲与残暴，一种毫不掩饰的粗俗，都是源于自然的生活。虽有残缺、扭曲和病态，但真实的民间场景充满隐喻性。这一切都源于萧红真情的流露，对真实朴素的力量追求。她以北大荒地域为背景，探讨人类情感生活，体现人类生命力，这一超越时空的话题，是萧红的传统。带着底层苦难生存状态的冯歪嘴子，是萧红风俗画中最亮色的存在。冯歪嘴子的生命力非常顽强，他像一棵压在巨石底下的小草，在石缝间弯弯曲曲地向上生长着，争取着阳光和水分。不管遭遇多么险恶的环境，他都没有像流言家们期待的那样去上吊或者自刎，他依然欣然地、好好地活着。作为父亲，他对孩子十分怜爱。当人们戏耍地称他的儿子为"大少爷"时，善良忠厚的他并不觉得这是在嘲笑他；他把主人赏给的馒头、菜肴用帽子或手巾包着带回家给孩子吃，而他对此"一点也不感到羞耻"；他实实在在、竭尽所能地爱

---

　　① 陈思和：《启蒙视角下的民间悲剧：〈生死场〉中国现当代文学名篇十五讲》，北京大学出版社 2003 年版，第 273 页。

护着自己的妻子，当妻子生完第二个孩子死去后，人们以为冯歪嘴子要完了，大家纷纷准备看热闹，可他自己动手喂刚出生的孩子。他虽然也曾一度眼含泪水，但当看到大儿子会拉着小驴饮水了，立刻就转悲为喜，说："慢慢地就中用了。"① 他没有像人们期待的那样垮下去，"他觉得在这世界上，他一定要生根的。要长得牢牢的。"② 萧红真实再现了社会底层民众的生活态度和精神状态，揭示民间生存中所蕴含的强悍生命力，呈现了民间文化形态的生存逻辑、伦理欲求和审美趋向。这种表达渗透着萧红无限的悲悯情怀。萧红是背叛了地主之家成为流浪者的，她经常要忍受贫穷和疾病的困扰，即使后来有了稿费收入，战乱和疾病的痛苦仍然缠绕着她。这种体验让她觉得自己不配用悲悯的眼光观照她笔下的人物。"我开始也悲悯我的人物，他们都是自然的奴隶，一切主子的奴隶。但写来写去，我的感觉变了。我觉得我不配悲悯他们，恐怕他们倒应该悲悯我呢！悲悯只能从上到下，不能从下到上，也不能施之于同辈之间。我的人物比我高"③。她自觉地以穷人的眼光，从人生存的角度来打量这个世界，传达自己的生命感受。

萧红创作的深远意义在于其超越了地域性，以独特的个人化写作展现来自社会历史、地域文化和性别等因素造成的生命痛苦，具有人类文化的精神底蕴，虽写呼兰河这一地域的生活，却与人类精神永远相通，这些构成了萧红北大荒文学特有的艺术魅力。地域文学是文化融入民族文化的一种特定形态，萧红的地域性书写是中国现当代文学史上一个非常重要的地理坐标。她通过自己的"呼兰河系列"拓展现代文学表现的地域边界，挖掘了地理表达的空间，展现地域景观的复杂性和丰富性。萧红系统而全面地书写自己的乡土记忆，描绘呼兰河

---

① 萧红：《生死场·呼兰河传》，江苏文艺出版社 2009 年版，第 276 页。
② 同上书，第 275 页。
③ 聂绀弩：《回忆我和萧红的一次谈话》，《新文学史料》1981 年第 1 期。

地域的自然风光、民俗事象、方言俚语涵养的日常生活化的地域生命形态，发掘既封闭保守又豪放坚韧的地域文化品格。萧红为中国现代文学地图绘上最东北的版块，凸现了现代意义上的北大荒。她以生命实践为特征的对启蒙立场的坚守，具有地理坐标意义的地域文学风格的开创，粗犷而悲壮的女性意识的表达，对生命悲悯的人道主义关切，文体创造的自觉与实践，是萧红对北大荒文学也是对百年中国现当代文学发展的卓越贡献，更是其文学创作被奉为经典的核心价值所在。

第二节　拓荒：政治移民的书写

北大荒在 20 世纪 40 年代以来接纳了大批的政治移民。包括复转军人、知识青年、"右派"、科技人员、支边青年等。他们在北大荒的土地上留下了智慧的结晶，包括对北大荒生活的文学书写。

一　家园书写："拓荒者"笔下的北大荒

北大荒文学中渗透着浓重的家园意识，人们都有一种对家园的渴望。这是对落叶归根，故土难离的最好诠释。漂泊真正的目的是寻求归宿，对漂泊者而言，寻找归宿，也就是寻找家园。对于响应号召开进北大荒的复转军人来说，他们的心理感受和外化行为都是要符合意识形态的要求指向着扎根北大荒建立新家园的。虽然对家园有着不同的理解和体验，但垦荒者，都面临着建立新家园的任务。因此，北大荒文学中个人情爱的书写成为十七年文学主流叙事中的"别样"风景，这种叙述在当时的政治化语境中之所以得到合法化的言说，是建立在国家垦荒事业需要的前提下的。个人情爱背后是对家园的瞩望，而家园塑造是国家开发建设北大荒的话语与移民自我精神诉求的共谋成果。移民主体是十万复转官兵，他们服从国家意志，在北大荒建立功业，"北大荒人"融合了不同地区文化的特征，为移民亮出了独特的文化身份，成为身份认同的符号，北大荒文学生动诠释了"北大荒人"的主体精神。北大荒文学对于开发建设进程的书写体现了政治方针对区域经济文化的改造，也传达了主流意识形态对个体生命的影响，更为重要的是渗透着开发者浓重的家园意识。在十七年文学场域中，垦荒反映现实层面意识形态的规约，是现代化进程的注脚，也是个体内在精神的诉求。北大荒文学中出现的《老兵新传》《雁飞塞北》《大甸风云》《北大荒人》及20世纪90年代出现的《岁月》等作品，裹挟着荒寒之地的独特风情，用质朴的文字诠释着特定的语境下"北大荒人"对家园的瞩望和理解。

（一）情爱书写：十七年文学中的"别样"风景

文学总是在特定的政治语境中得以存在，这就必然使其与政治有着某种联系，尤其是在特殊的历史时期，文学的政治倾向也尤为明显。情爱书写也是动态的、历史化的过程，定格在十七年文学中的情爱，在某种意义上是在政治话语的召唤和规训下生成的。在这种历史语境下，个人的情爱书写也无法摆脱这种话语力量的规约。在这种文学生产机制和创作生成逻辑的推演下，十七年文学中大多数作家的主体意识湮没于政治话语中，涉及个人情感，尤其是异性情感的作品，既要符合意识形态话语为文学制定的合法性的准则，又不能逾越政治化的叙事模式和价值规范。

从这个角度上说，北大荒文学中"垦荒＋爱情"的叙事模式，反映出现代化进程中国家话语与个体诉求、历史理性与个人情感的共生关系。新中国成立以来，国家话语为了完成其特定需求，要有意识地对文学创作进行意识规范，甚至开展了一系列的批判活动，以达到意识形态正规化。在十七年文学叙事中"不谈爱情",要谈也是隐藏在政治话语的裂隙中,成为一种叙事惯例和叙事常态。但北大荒文学中,"垦荒＋爱情"的叙事却成为主流叙事模式,并形成恒定化、普泛化的态势。这些作品没有遭到类似萧也牧的《我们夫妇之间》、路翎的《洼地上的"战役"》那样受批判的厄运,更深层次的原因在于,在一定程度上它暗合了国家开发建设北大荒的方针。爱情叙述是有条件的,"爱情,只有建筑在对共同事业的关心、对祖国无限忠诚、对劳动的热爱的基础上,才是有价值的,美丽的,值得歌颂的。"① 国家意志统摄下的情爱书写使北大荒文学还充满了强烈的理想主义色彩。这与主流文学要求的虽无观念上的差异,但爱情和婚姻这种私密性的书写,在当时的政治化语境中之所以得到合法化的言说,是建立在符合国家垦荒事业的需要前提之下的。"垦荒＋爱情"的叙事模式与中国现代文学中的"革命＋恋爱"模式不同,这在于其去政治化的特性,这种叙事既不是"为爱情而垦荒",也不是"为垦荒而爱情",而是成家立业的正常人性需求。探险垦荒是北大荒开发建设中浓墨重彩的一笔,一年半时光,平地起家,生根开花,从无到有,建起了一个城镇,家园已见雏形。他们的爱情也在开花结果,建设者刚刚在荒原上赢得丰收,就开始举办年轻人的婚礼。

北大荒文学并不排斥男女间的情爱书写,情爱是家园的前奏,不再被开发建设的革命意味所取代,男女之爱书写重新浮出历史地表,成为日常生活的一部分。虽然张兴华对沈小宛(《雁飞塞北》)的爱有意延宕,毕长河对洪敏(《大甸风云》)的爱也是处于被动接受的状态,但这种男冷、女热的爱情叙事模式,不是通常意义上的男子压抑真情实感,不是要保持革命先进性以显示其纯洁的心性,而是出于丧妻之后男人对女孩儿的真爱。北大荒文学叙事中的恋爱结婚已经不

---

① 了之:《爱情有没有条件?》,《文艺月报》1957年3月号,第54页。

是庸俗的小我之事，而成为共建北大荒家园的重要保障，虽有为了革命而难以顾及个人情感生活者，但最终都是有情人终成眷属，爱情只有在社会主义建设中才能生根，与伟大的开发建设事业同步的爱情变奏满溢着人性的温情，追求个人幸福的柳明霞也被同是建设者的罗海民和薛凤娟夫妇俩所打动，尤其是在罗海民为保护国家财产牺牲后，薛凤娟继续奋斗深深地感化了她，她进而认识到自己空虚抱怨的错误，回归到群体中。

与十七年文学中"不谈爱情"相比，北大荒文学摆脱了"身体的意识形态"的叙事手法，在爱情冲突叙写的家园意识中，勾画出泛政治化的文化语境，体现爱情所具有的复杂性。《雁飞塞北》描写的开发与爱情、"大我"与"小我"间的矛盾与抉择挖掘是非常精彩的。由于丈夫章玉明忙于垦荒工作，柳明霞空虚失落，又不能融入开发北大荒的事业中，她带着挑衅意味问刘玉洁想不想丈夫和儿子时，刘医生有一番真情的表白："想的。我们是一样的女同志，为什么我不想？""可以告诉你，有时候还想得很厉害，想得睡不着觉！"① 这是十七年文学中少见的表白，揭示出人性之真，人情之美。接下来的回答就强化了爱情的力量和主题的穿透力。"我们两个人都一致认为自己不仅仅是对方的爱人，同时还是对方的同志！"② 这样的书写方式蕴含着一种价值判断：垦荒的革命斗争和个人的爱情都很重要，男女的爱情甚至是家庭依托于具体的革命工作更有意义。女同志也同样应该有自己的革命事业，这是保障家庭幸福的重要因素，也是摆脱了历史和时代束缚的"女性宣言"。女性不再是男权的附属物，而是与之并肩作战的同志。所以女性谈情说爱也是以个人的独立人格和事业为前提的，这种认知即使在今天也不乏深刻性。生活中虽不排斥个人情调

---

① 林予：《雁飞塞北》，人民文学出版社1962年版，第278页。
② 同上书，第279页。

和你情我爱，长久的幸福也是建立在各自独立的事业基础上的。

北大荒文学中的垦荒者也是食人间烟火的凡夫俗子，只不过他们没有沉溺其中，而是有更高的精神追求，这里包括隐含的价值判断和融入生命的体验。罗海民在牺牲前的夜晚，面对船前明月而涌出对妻子的思念之情，拿出为她买的急需的饲养管理的书籍，还有为取悦妻子而买的翡翠色的梳子、金星牌自来水笔，想象着妻子接到礼物时报以娴静微笑的娇态，此时"翡翠色的梳子"已经不是作为"物"而存在，而是被对象化了的"情爱"形态，这是对十七年时期国家意识形态所规避的一种潜意识的反拨，是丈夫对妻子的美好情感。俗世生活并非俗不可耐，日常生活中的情爱并不都是与意识形态相悖，这恰是真性情所在，是人性存在的血脉，这是一种氤氲着诗意的爱的思念，是去政治化的心灵图谱。罗海民反省着自己的大男子主义，认识到妻子不是为他一个人而存在，反而为社会主义事业而存在，这是从人物心底流露出来的情感。在夜深人静之时，他忠实于灵魂的告白，内心对于爱情的理解和男女平等的认同，都来自人类纯美的情感，这并没有使罗海民这个英雄人物失色，反而更加鲜活。"性爱的最深层形式，实际上是一种渴望，渴望获得爱人认可某种超出他自己生理特征的东西，那就是它自己的价值"。[①] 情爱不仅是生理需求，也是精神需求。北大荒文学写出人丰富的属性，有情有欲，有缺点，有担当，写出大男人的儿女情长，肯定了个体生命的情爱需求，这是真实的人，而不是某一类英雄人物的政治图解。

从叙事的深层意蕴上看，北大荒文学中绝大多数人对于爱情的选择是根据在开发建设中的表现而定的。从表象上看纯真的爱情摆脱不了政治话语意味，但从细节描写中捕捉人物的心理，可以看出对爱情

---

① ［美］弗朗西斯·福山：《历史的终结与最后的人》，黄胜强、许铭原译，中国社会科学出版社 2001 年版，第 201 页。

的忠贞是符合文学叙述主题的，这与政治没有太多的关系。而像萧俊才纠缠沈小宛，引诱心灵空虚的柳明霞，纯属于生理层面的欲望，是显然要受到道德批判的。林志成找深爱的王秀云（《燕飞塞北》）谈恋爱却以"我想和你谈谈……"开场，走了许久，才憋出一句话："秀云同志，给咱提提意见吧!"① 这看起来是规约性的语码，但内心炽热的情感和对爱情的执着只是没有找到合适的词，既然说不出口，只有上升到革命工作的高度，才可以隐晦表达。在特定环境的影响下，看似主人公顾左右而言他的情感表达，使得爱情叙事更有韵味，"垦荒＋爱情"模式化的叙述，爱情只是借助垦荒工作的名义才得以审美化表达，梳理北大荒文学文本流变的踪迹，从十七年时期的《老兵新传》《雁飞塞北》《大甸风云》《北大荒人》到20世纪90年代的《岁月》，一以贯之的是北大荒文学主流叙事肯定了人的个体生命需求的存在。

（二）家园塑造：国家话语与个体诉求的共谋

北大荒家园塑造是以20世纪50年代的国家话语为中心，具有特定的精神意涵。"由中国式政党实践导致的全方位的高度整合（社会、观念、心性被组织化）乃中国式'现代'的根本规定性"②，这种中国式"现代"典型体现在20世纪50年代到70年代。宏大叙事理所应当成为文学表现的主旋律，作为个体的日常生活被现代化中国的宏大叙事所湮没。高度一体化的工农兵战斗生活、社会主义革命和建设等成为公共生活的主体，个体的日常生活与社会主义革命这样的大事业相比简直是堕落、颓废的代名词，日常叙事没有立锥之地。随之而来的是"日常生活被遗忘，物质、感性、细节、氛围，都从时代的集

---

① 林予：《雁飞塞北》，人民文学出版社1962年版，第520—521页。
② 余虹：《艺术与精神》，社会科学文献出版社2000年版，第4页。

体记忆中消失。"① 国家话语通过传播的力量，在公共媒体教化中营造了强烈的时代叙事氛围，向北大荒的开发者输入国家意识形态，这不仅具备真正意义上的现代化性质，而且统一了垦荒者的现代国家认识，引起了北大荒天翻地覆的变化。作为个体政治移民，他们来到北大荒也有最朴素的对家园的渴求，开发建设北大荒成为他们实现这一诉求的行为指向。从这个意义上说，北大荒形象的塑造是国家意识形态与开发者自我诉求合谋共筑的成果。家园意识是一个具有哲学内涵的概念，它所关联的最基本内容至少包含两个方面：一是日常生活中的家园建构；二是人们精神生活的家园。十七年时期的北大荒文学虽限定在国家话语表达方式中，进行技术操作，但可贵的是它并未完全遵循，而是在更深层次与这种话语进行交流。家园意识是国家话语和个体灵魂在精神层面的暗合。因此，北大荒文学中的"自我"并不是一个被放逐的名词，自我情感与精神也不是断裂的，而是有机统一的，叙事中心落到人物精神追求与国家意志共振上。中国军人经过长期的战乱已身心疲惫，他们渴望安定、需要美好生活。此时，国家召唤他们来到北大荒，过一种有价值的生活，北大荒提供了这样一个场域，对家园的想象变得更为具体和完整——在荒原上建立家园。

　　家园情结作为文化细胞和人物生存的血脉贯注在移民灵魂的深处。北大荒文学从主题、人物到情节设置都共同书写了共和国开发建设北大荒的集体记忆。作家自觉地纳入主流意识形态规约的轨道中，展示国家权力话语生成的文化语境。作品所描写的人物，正如林予所说"几乎是我们同时代的劳动者。他们有老红军、抗联战士、经过抗日战争考验的老干部；也有解放战争、抗美援朝、社会主义建设时期

---

① 吴亮、高云等：《日常中国·序言》，江苏美术出版社 1999 年版，第 9 页。

成长起来的青年人；还有北国荒原的老北大荒人和农村青年干部"①，还有后来的知青、支边青年等。北大荒文学在主流意识形态的统摄之下，渗入作家的感觉、情感和想象，倾注了个体的体验与理解，在社会伦理、道德等价值层面内刻画人物的精神力量，这些对现实生活的还原，可能是作品光彩之处，也是作品真实性的所在。从心理上说，复转军人和支边青年等移民群体脱离原来的组织后，便有一种情感无依、心灵无着的焦虑感，在意识形态的描画下，他们努力在拓荒之外建立一种新的心灵家园，这个家园以共同的目标为内在依托的群体组织。

北大荒文学围绕着建设北大荒的共同理想展开矛盾和冲突，实质上是战争思维和现代性思维的冲突的结果。尤其是在农场建场方针上转业军人和知识分子的矛盾，表面看是间接反映了新中国成立初期转业军人和知识分子之间的矛盾，实质上这种矛盾都不是对开发建设北大荒的理想动摇，而是在行为方式上的不同见解，是超越了权力等世俗意义上的争执。《燕飞塞北》中的张兴华与苏超凡，《大甸风云》中的洪廷烈和郭少塘，《老兵新传》中战长河与赵松筠等，其中战长河与赵松筠的冲突最具典型性。战长河要求把开出的荒地都种上粮食，农学家赵松筠不同意这种做法，二人的矛盾由此产生：

老战："老赵啊，咱再商量一下看今年能不能种麦子。因为咱们有支前的任务，一吨粮食就是一吨力量！我也问过几个农工，他们说机器开的荒，也可能出来。……"

赵松筠："还是向上级要，你种也解决不了问题，一公顷打三五百斤，这对我们初办的农场也不光彩。"

老战霍地站起来："要是这样，我们还要坚决种。我们不能

---

① 林予：《雁飞塞北》，人民文学出版社1962年版，第572页。

拿着金碗要饭吃，守着这么肥的土地，还得向国家要粮食；另外，我不怕丢面子我们是来打仗，它总要收一点，有粮食就行。"

赵松筠不愉快地："这个还能急么，另外，现在是六月了，这儿无霜期虽然没有可靠资料，最多也不过一百二十天！……"

周清和："还没有播种机呀！"

老战坚决地："用群众的木耧，咱们试也要试它一下！"①

复转军人战长河刚从战火硝烟中走出来，开始了建设事业，对于他来说，集体文化心理依然是战争意识形态模式，这就是来北大荒开荒种地多打粮，支援全国建设的新战场。这里虽不见硝烟，但处处经受着考验，在军人的人生词典里根本就没有拿不下来的阵地，哪怕有时难免违背科学，但也要克服重重困难去做事。战争思维方式的核心是二元对立思维，从这个意义上说，复转军人们共同的敌人不仅是北大荒恶劣的自然条件，如鬼沼、大酱缸、迷魂阵、大烟炮，还有他们自己，一种肉体与精神的搏斗，科学与蛮干的较量。赵松筠从农学的角度认识出发，是一种理性的现代性思维方式，其对科学知识和工具的依赖超越了对精神的依赖。虽有些因循教条，但也不无道理。作为知识分子，他没有认识到人的能动因素，具体说就是没有重视北大荒居民的智慧和力量，战长河充分依靠东华村、太阳屯等乡亲的支持，完成收割任务，事实让赵松筠认识到"鱼帮水，水帮鱼"——和群众搞好关系的重要性。由此看来，他们的冲突都是一定要唤醒北大荒，为国家多打粮食的美好愿望的变奏。正像老战说的在北大荒"得和天斗、和地斗、和风斗，还得和狼斗和人斗，和自己这个落后脑袋斗！"② 在冲突中，战争思维和现代性思维都得到了有效的修正，从而增长了工作经验。

① 李准：《老兵新传》，《李准电影剧本选》，北京出版社1978年版，第450—451页。
② 同上书，第425页。

无所不在的生动细节展示了特定的文学生态环境，北大荒文学虽然与意识形态密切相关，但可贵的是人物丰富的情感世界得以凸现。一副舞蹈演员腰身的柳明霞追求现代物质生活，展现了从肉身出发的凡俗生活抗拒意识形态话语的规约，舞蹈演员就成为缺乏垦荒坚定性的角色，以肉身参与到北大荒历史过程，以身体参加这场意识形态的肉搏，这里舞蹈演员的肉身无疑是处在最为人所不屑的层面，透露出禁欲主义时代人们自觉地对肉身的拒绝和抵制的集体无意识。柳明霞的丈夫无视她的需求，整日忙于工作，她不想在开发北大荒中把自己身体折磨垮。夫妻间由此产生隔阂，这种隔阂表层看是一个女人、一个妻子、一个人生活的欲求与丈夫以一个垦荒战士身份工作的矛盾；深层看是个体个人化的欲求与组织化规范的矛盾。对个体生活想象力匮乏的作家表现出对唯一充满女性妩媚的特征的病态想象，柳明霞因与众不同的装扮被坏分子萧俊才引诱，险些走上邪路，正是罗海民的牺牲和众人的拯救才使她投身到拒绝肉身的开发中，由身体让位于意识形态的需要。在特定的开发环境中，个体受到氛围的感染，最后个人生活与组织化生活相互协调，柳明霞对物质生活的个人情感上升到公共情感，显示出意识形态对开发者的责任意识、人性欲望和情感心理的成功修正。萧俊才（《大甸风云》）、周清和（《老兵新传》）这样浮夸、偷工减料、贪污公款的个人主义者也在下放劳动中逐渐脱胎换骨。他们虽然有着这样或那样的缺点，但却有人性、人情的自然性流露，在主流意识影响下，可以成为社会主义建设中的"齿轮和螺丝钉"。

国家意志与个体诉求的共谋不仅体现在移民身上，还在北大荒土著居民身上得以显现。北大荒文学擅长勾画他们祈盼北大荒不再荒凉的心灵轨迹，作品中塑造的带有苦难经历甚至传奇色彩人物嘎古爷爷（《大甸风云》）、王开富（《雁飞塞北》）、黄老清（《北大荒人》）表现出对开发北大荒的担忧。从"北大荒，真荒凉，鹅冠草，小叶樟，又有兔子又有狼，就是缺少大姑娘！"的民间小调，到北大荒老人的感慨："地是好地，就是没有房子，没有热炕，也缺少娘们！"① 都呈现出他们对家园的渴求，也是对复转官兵扎根荒原的热望。北大荒文学描画垦荒者的精神肖像，给生命以质量和尊严，包含隐喻的文化意蕴，倾注着人文关怀。值得一提的是，北大荒文学把"个人"与"家庭"和谐统一到民族国家的建设中，《燕飞塞北》中大雁岛诞生的第一个公民小春雁、《大甸风云》中大甸等下一代垦荒者的出生带有明显的理想指向。

家园是个体生存的一种文化隐喻，北大荒的一穷二白是与国家现实相一致的，建设家园就是建设国家，利益需要调节使得开拓者对家园的需求有着决定性，他们的需要是对生存、享受和发展的客观条件的欲求。在作家的话语体系中，北大荒是一个放大了的符号，一个重要的地理坐标，开发实践让他们走进北大荒，在情感上日趋强烈地亲近北大荒，并把她当作生命的家园，精神立场无声地发生变化，把开发者的精神状态传达出来，负载着主流话语最深沉的期盼，最有力地将家国意志呈现出来。家园意识是一种心灵的动力，它有一种持久的情绪在其中，促使垦荒者积极行动，这包含着国家现代化诉求与个人的精神诉求。

（三）"北大荒人"：文化身份认同的符号

主流意识形态作为一种强大的话语系统深刻影响着人们的思维方式、行为方式和生活方式。话语宣传作为意识形态引导人们理解、认同的最重要的符号系统，在移民的北大荒文化建构和文化阐释中发挥着最重要的作用。20世纪40年代末，随着社会主义中国的建立需要解决人民温饱问题，开发北大荒成为国家战略，人口迁移，建设家园，为北大荒的发展提供契机，以十万复转军人为主体的外来移民进

---

① 李准：《老兵新传》，《李准电影剧本选》，北京出版社1978年版，第413页。

入北大荒，家园已经不仅仅是一种物化的存在，它已经成为一种需要倾注情感塑造的精神寄托之所。从这个意义上说，家园已经不停留在日常生活所彰显的意象，而是一种根植于灵魂深处的理念追求。他们要寻求文化身份的认同，也就是确认自身的文化身份，毕竟开发北大荒是一种政治移民行为。他们经历了空间的转换，经历了不同文化的碰撞与冲击，这就引起他们对文化身份的寻找，在不同的地域文化交融中会产生文化冲突。他们垦荒不单纯是为生活，还有"向地球开战，向荒原要粮"支援全国建设的任务，随着这一目标的实现，他们的思维和行为模式逐渐接近，而且是为实现创造家园的理想，他们在生产方式、生活习俗、心理特征、社会组织形态等方面的差异开始消除，达到自我文化身份认同，他们才有了归属感和成就感。作为阐释北大荒历史的一种样式，也是阐释北大荒文化的一种方式，话剧《北大荒人》让移民寻求到一种文化认同心理，"北大荒人"融化了不同地区文化的特征，为移民亮出了独特的文化身份。《老兵新传》中战长河在率人探查时就说："我昨天把坟地都看好了！"① 他对开小差差点被狼吃掉的周清和说："你想想咱们的将来吧！这儿将来要长出庄稼，长出蔬菜，还要长出苹果、西瓜，要在这儿盖房子、娶媳妇、生孩子，多有意思啊，怎么老想着开小差！"② "把汗珠子洒在北大荒这块土地上是最有意思的，它还没有闻过人的汗味呢。想想我们的将来吧！将来哪！……"③ 这种家园想象包含了"北大荒人"的情感与身份的确认。它远不止是感性家园，而是带有形而上意义的追寻。

地域文化强化了"北大荒人"的文化认同意识。从北大荒形象的角度来说，国家话语一直致力于把北大荒打造为现代大农业基地的形象。北大荒要变成北大仓，实际上，北大荒地域文化随着时代的变

---

① 李准：《老兵新传》，《李准电影剧本选》，北京出版社 1978 年版，第 415 页。
② 同上书，第 418 页。
③ 同上书，第 470 页。

迁，大量的政治移民涌入，经过意识形态文化的改造，已经变成了以主流意识形态为主导，同时兼具多种其他地域文化色彩的多元文化。"北大荒人"文化身份认同是家园意识的黏合剂，地域文化的认同源于自我的文化心理认同，北大荒文化和意识形态话语将移民的文化认同统一到寻求家园意识上。移民有了文化归属感，才能达到身心的和谐，进而更积极地参与到地域文化建设，复转官兵是北大荒开发建设中最为活跃的一群。第一年就在荒无人烟的北大荒开荒播种夺丰收，修路盖房立家业。于是，归属感是移民的一种共有的心理意识，具体说包含情感层次上的家园归属，理想层次上的建功立业的价值归属，灵魂层次上的文化身份归属。在某种程度上，对精神归属感的寻求要远远大于对物质的诉求，这是他们的终极目标，北大荒成为他们赖以诗意栖居的精神家园，文化认同是一个精神层面的追求。

北大荒留下开发者深深的文化印迹，只有文化身份的确认，具有北大荒文化底蕴的那片土地才不仅仅是一个居住地，也是慰藉"北大荒人"的精神家园。北大荒是这样一个地方，它为移民提供一个安身之所，他们在其中开荒种地、建造房屋、组建家庭，实现自身的价值。北大荒成为开发者的生存之本，精神之源。人们在面对艰难险阻时，始终没有动摇自己"北大荒人"文化身份的认同，北大荒始终是移民寄托情思的一种意象化符号，他们对北大荒的眷恋涵盖到一草一木上。"北大荒人"的身份认同是开发者们一种深沉的理想主义情怀，是一种对现在和未来深刻观照的激情，是一次有关精神存在的心灵对话，具有恒久的生命力和价值。

北大荒文学固然有特定时代所赋予的意义和价值，也有不可忽略的与时代伴生的缺憾，它的一个重要特征是高扬的理想主义精神，这蕴含着国家意识对北大荒的开发，也有作家对激情生活的真实书写，是"北大荒人"主体精神的张扬，更是对北大荒精神的生动诠释。从整体上看，这些作品以朴实、激昂的审美风格叙述垦荒生活，挖掘

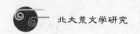

"北大荒人"的精神品格，不仅提供了一种独特的审美风貌，也具有催人奋进的审美样态。叙述中更蕴含无法掩饰的自豪感，这是"北大荒人"特有的豪情。无论是内在蕴含的精神实质，还是外在的行为姿态，"北大荒人"都具有独特的自我归属感和文化身份认同感。这些作品所呈现出的生活的总体特征是革命的乐观主义精神，从而丰富了十七年文学的艺术个性。

二　刻在北大荒的土地上："流放者"的书写

1957 年的反右斗争制造了一大批"右派"，1958 年的北大荒突然暴富，接纳了 1500 名"右派"分子。1959 年，全国都在搞大批判和阶级斗争，北大荒的各个农场也接收到了下发的大批指示性文件。但北大荒的政治环境相对宽松，抓生产、支援全国建设是北大荒当时最主要的任务，对于所有有过"前科"的"流放者"来说，北大荒几近成为他们逃避阶级斗争的世外桃源。他们在北大荒品尝人生冷暖，这段经历，对于个人和家庭来说，无疑是痛苦的，但这却成就了他们的北大荒文学创作。"流放者"的生活际遇，使他们不但是历史灾难的最直接受害者和见证人，还使得他们对社会人生的理解更加透彻。

（一）杜晚香：丁玲的心镜

1957 年，丁玲被文艺界打成最大的"右派"分子。1958 年至 1970 年，丁玲在北大荒历经了长达十二年的劳动改造，她是戴着"反党集团头目""大右派"的帽子来北大荒的。由于生活艰苦，气候恶劣，劳动强度大，再加上体质虚弱，到 1961 年非正常死亡的"右派"达七十余人。当时牡丹江农垦局深感事态严重，因担心无法向中央交代，立即写了一份报告给国家农垦部党组，农垦部又立即向中央有关部门汇报，1961 年年底，中央下令将在北大荒劳动的"右派"，不论摘帽或尚未摘帽的一律调回北京。丁玲、陈明夫妇主动向王震部长提出要求，希望继续留在北大荒体验生活，积累素材进行创作①，这种经历在同时期的作家中是少有的。丁玲重返文坛的亮相之作——《杜晚香》（《人民文学》1979 年第 7 期）是她北大荒生活体验的结果。《杜晚香》的原型是黑龙江省宝泉岭农场的一位劳动模范、女标兵——邓婉荣。1964 年年底，丁玲在宝泉岭农场时，场长特意向她介绍了标兵邓婉荣同志。丁玲与她相识相处，深受感染。场工会干事邓婉荣管着农场家属的事，四十几位家属挤坐在屋里屋外的小板凳上，听邓婉荣讲话，她们都很佩服她，因为她不摆架子、说话办事很痛快。丁玲在和邓婉荣相处两年多后，以这位女标兵为原型，1966 年初春写了散文《杜晚香》初稿，后在"文化大革命"中被抄走而散佚。1978 年，她出狱后决心重写《杜晚香》，着重歌颂这位女标兵开垦荒原的模范事迹，尤其是她忍辱负重的坚忍精神。这种精神也是丁玲自己走出逆境的法宝，在杜晚香的身上，寄寓了丁玲对北大荒的无限深情。丁玲后来在谈到《杜晚香》一文的创作过程时说："这些人物经常活跃在我的脑子里，挤呀，压呀，我非写他们不可。"② 尽管丁玲的一些患难之交都认为《杜晚香》"不是时鲜货，靠它亮相，恐怕不行"③，但丁玲还是将其作为重返文坛的第一篇作品予以推出。在北大荒十二年坎坷生活道路中，她不仅时时刻刻接受劳动改造，还当过扫盲教员将知识分子的智慧奉献给北大荒。更为重要的是，她脑子里蕴藏着创作的宝藏，《杜晚香》《牛棚小品》《初到密山》……就是她为北大荒文学，也是为中国当代文学奉献的精品。当丁玲又重新出现在大家的视野中时，她带来的是"杜晚香"是由共产主义思想和社会主义制度培育出来的新人。对丁玲来说，出于两方面考虑：一是"现在我们

---

① 丁继松：《北大荒现代"文化流人"纪事》，《北大荒文化》2011 年第 9 期，第 60 页。
② 宗诚著：《风雨人生——丁玲传》，中国文联出版公司 1988 年版，第 278 页。
③ 丁玲：《〈"牛棚"小品〉刊出的故事》，《我的生平与创作》，四川人民出版社 1982年版，第 69 页。

的国家百业待举，百废待兴，要实现四个现代化，在发扬民主，加强法制的同时，需要大批具有社会主义道德品质的人。我把她介绍给读者，希望有更多像她这样的标兵，带动我们大队人马一齐上阵。"① 二是对有关作品主题的考虑："我想，中央领导同志在'十一大'的报告中提到，文艺作品应少宣传个人，要多写普通劳动者，那么《杜晚香》不正符合中央精神吗？"② 这是丁玲的自白，可以看出复出后的丁玲遵从社会和时代的需要，从官方意识形态出发，借助《杜晚香》来表达自己自觉的政治诉求。

《牛棚小品》记述的虽然是她与陈明在"文化大革命"中"牛棚"生活的遭遇，但是仍然写出了人与人之间互相同情、关心、温暖的一面。《牛棚小品》饱含着作家的情感和血泪，被认为是丁玲复出后痛定思痛的代表作，比《杜晚香》有更强的感染力，获得《十月》散文奖。但这却不被丁玲看好，"一个作家当她被不平的激情——无论是为社会还是为自己所驱使，需要表现而不敢表现，或无力表现，我们只能把这种情形叫作悲剧。"③ 正如张凤珠所说："《杜晚香》是丁玲所宣称的：作家是政治化了的人，并在这种观念下写出的作品……丁玲却宣称：她已经反复思量，她今后的文学创作道路还是应该坚持写《杜晚香》，而不是写《牛棚小品》。我想这是政治意识的选择而不是文学的选择。"④ 丁玲带着沉重的镣铐起舞，她创作的政治意识占据了主导，以政治热情换取生存空间。王蒙也认为："在她的晚年，她不喜欢别人讲她的名著《莎菲女士的日记》《在医院中》《我在霞村的时候》；而反复自我宣传她的描写劳动改造所在地北大荒

① 丁玲：《〈"牛棚"小品〉刊出的故事》，《我的生平与创作》，四川人民出版社1982年版，第69页。
② 同上。
③ 汪洪：《左右说丁玲》，中国工人出版社2002年版，第279页。
④ 邢小群：《丁玲与文学研究所的兴衰》，河南文艺出版社2013年版，第80页。

的模范人物的特写《杜晚香》。"① 如果说 1966 年丁玲写《杜晚香》是深受北大荒开发建设生活的感染的话，那么，1978 年重写《杜晚香》则是她的一种表态。可以说，杜晚香已经成为丁玲的一种情结。《杜晚香》塑造了一个垦区女标兵杜晚香的完美形象，她将自己完全融入北大荒的开发事业中。她身上体现出来的自我意识，已经是一种新中国主人公的骄傲和自豪感。丁玲笔下的杜晚香，是一个热爱党、热爱人民、热爱社会主义超过自己生命的人，是完全按政治标准创造出来的模范。她总是默默无闻地做好事，无私奉献。在困难时期，她宁肯让自己和一家老小挨饿，也不要公家的一粒粮食。不仅如此，她还把自己拾来的黄豆麦粒全都交公，在她眼里没有克服不了的困难，她的刚韧和强硬，完全符合革命化的无性别的建设中坚力量。丁玲完全观照到杜晚香的苦孩子出身，这是她后来思想行动的依据，她不可能具有莎菲们的女性意识。从杜晚香身上，我们看到，丁玲已经完全融入北大荒的开发建设的洪流中，这是她对十二年的北大荒生活的确认和情感交代。在那个年代，杜晚香已经没有属于女性自我的特质，完全是符合政治意识形态的符号。

执教于美国密执安大学的女学者梅仪慈说："看了《杜晚香》，使我对北大荒有一种新的看法。"她热情地说："人家问我：看了《杜晚香》，觉得怎么样？我说，虽然她写的是杜晚香，一个女标兵的故事；在我看来，她是在写她自己，写她自己到北大荒的经历，表达她对北大荒一种很深的感情……"② 可以说，这是丁玲复出文坛后最为积极的政治表态。"我不敢跟她讲《牛棚小品》才是《莎菲女士的日记》

---

① 邢小群：《丁玲与文学研究所的兴衰》，山东画报出版社 2003 年版，第 146—147 页。
② 《北大荒文学作品选》编委会：《北大荒文学作品选（下册）》，学林出版社 1987 年版，第 18 页。

的传统。而《杜晚香》是被改造过的丁玲写的东西。"① 事实上，这是对丁玲创作的最为深刻的评价。从《杜晚香》中的一些片段可以看出，与其说是主人公心绪的抒发，不如说是改造后的丁玲的自我感受在总体构思中的体现。"晚香就是这样，像一枝红杏，不管风残雨暴，黄沙遍野，她总是在那乱石墙后，争先恐后地怒放出来，以她的鲜艳，唤醒这荒凉的山沟，给受苦人以安慰，而且鼓舞着他们去作向往光明的遐想。"② 而《"妈妈"回来了》一节更是明确地对改造后心情的描摹。

> 的确是的，晚香好像又回到了妈妈怀里似的，现在有人关心她了，照顾她了，对她满怀着希望。她像一个在妈妈面前学步的孩子，走一步，望一步，感到周围都在注视着她，替她使力，鼓舞着她。她不再是一个孤儿，一个孤零零，只知道劳动，随时都要避免恶声的叱责和狠毒的打骂的可怜人了。现在是温暖的春风吹遍了原野，白云在蓝天浮游，山间小路好似康庄大道。③

1979 年 7 月 1 日，丁玲发表了复出后写的第一篇文章《"七一"有感》，那蕴藏在内心深处的对党的情感爆发了出来："今天，我再生了，我新生了。我充满喜悦的心情回到党的怀抱，我饱含战斗的激情，回到党的行列。'党呵！母亲，我回来了!'"④ 这充满深情的表达倾吐了一个赤子 21 年后重新回到哺养她的伟大母亲怀抱的肺腑之言。可见，丁玲发表的第一篇文章与写北大荒人的散文《杜晚香》在情感上具有一致性。12 年的北大荒生活，使丁玲对这项伟大的开发壮

---

① 邢小群：《丁玲与文学研究所的兴衰》，河南文艺出版社 2013 年版，第 207 页。
② 丁玲：《丁玲文集珍藏版》，吉林摄影出版社 2004 年版，第 311 页。
③ 同上书，第 314 页。
④ 丁玲：《"七一"有感》，范桥、卢今《丁玲散文》，中国广播电视出版社 1997 年版，第 641 页。

举的有了认知提升，她被大时代推动，自觉遵从这种感受，她借杜晚香之口表达：

> 什么地方是最可爱的地方？是北大荒！什么事业是最崇高的事业？是开垦建设北大荒！什么人是最使人景仰的人？是开天辟地、艰苦卓绝、坚忍不拔、从斗争中取得胜利、从斗争中享受乐趣的北大荒人。他们远离家乡，为祖国开垦草泽荒原，为祖国守住北大门，保卫边疆，建设边疆。他们同传统的意识感情决裂，豪情满怀，建设现代化的社会主义农业基地，把自己锻炼为有高尚品德的新型劳动者。他们生产财富，创立文化。这里是祖国的边疆，却又紧紧联系着祖国的心脏。人们听到这里，从心中涌出一股热流，只想高呼："党呵！英明而伟大的党呵！你给人世间的是光明！是希望！是温暖！是幸福！我们将永远为你、为共产主义事业战斗，我们是属于你的！"①

丁玲遭受到不公正的待遇，主动要求到北大荒劳动，北大荒生活的历练让她更加豁达，杜晚香的发言实际上是丁玲复出后的表态，她书写杜晚香这一形象实际上是谱写一个女性成长的心灵曲，成为学习的排头兵的心路历程，丁玲也为歌颂北大荒人"杜晚香"而感到自豪。

（二）十四金钗："右派"面面观

陈瑞晴是原"北影"文学编辑、女作家，作为"右派"被流放到北大荒。她说："北大荒是我走向人生的第一所课堂。……在那里，我看到了人的价值，人的精神美。真诚、纯洁、善良，连同才华、智慧和勇敢……一切人身上的美好素质，在那种特殊的环境下，显得多

---

① 丁玲：《丁玲文集珍藏版》，吉林摄影出版社 2004 年版，第 333 页。

么光彩夺目啊！我周围的那些人中，有的是可以成为英雄的，但他们还不是，或者还未来得及成就。为此，我感到极大的惋惜！"① 北大荒的生活在陈瑞晴脑海里变成了挥之不去的记忆。她的中短篇小说集《北大荒的呼唤》以第一人称的尚小真为中心人物贯串全集，每篇着重刻画一个人物，描写一个人物的命运，合在一起便构成了一组形象鲜明而各具光彩的"右派"群像：尚绯大姐、猜猜、哑巴、聋子雅贤、章义、大德、夏彩虹……这组群像中刻画得最生动传神的是那群女性"右派"——"十四金钗"。虽同为"右派"，"十四金钗"年龄相差悬殊，身份、经历也各不相同，性格各异。她们中不但有编辑、画家、老干部，还有会计、托儿所所长。但她们有一点是相同的，那就是都被流放到了北大荒。作家用细腻的笔法描写政治坎坷的"十四金钗"，对人性进行独到而深邃的审视。

"十四金钗"中的婉妮是个华侨海归，在某单位当英文翻译，中国话讲得很蹩脚，因此常常出笑话。如蚊子咬她，她会说蚊子在她脸上开饭，把母鸡叫公鸡的爱人，把玉米面窝头叫北京牌的硬蛋糕……她回国后不久，在和别人闲谈时，曾说"国外华侨不愿回国，多半是怕写自传。……写自传是不可以的。结几次婚，和哪个讲过恋爱……都要写上，太……太野蛮！在国外，只有受审讯的人，才能这样对待。共产党应该尊重知识分子的自尊心……"② 这本是个人的不同意见，但在那个年代却是忤逆之言，于是华侨也不能例外，给她补戴了"右派"的帽子。

她主动要求到北大荒改造，以为可以早点摘掉帽子，好接着干翻译，可事实却打击了她，她成为最落后的，同伴虽然都为"右派"，却视她为异类。非但不同情她，反而不屑于接近她，以显示她们的革

---

① 陈瑞晴：《北大荒的呼唤·代序》，新华出版社1983年版。
② 陈瑞晴：《北大荒的呼唤》，新华出版社1983年版，第21—22页。

命性，还嘲笑般地给她起了绰号为"崴泥"。一次，她抱着一瓶橘子罐头，小心翼翼地用小勺舀出一瓣橘子，挨个请"我们"女同志吃。而那时，"我们"这些自以为比她"革命"的"右派"，都认为吃她的东西是可耻的，谁都不肯吃，并且冷漠地扭过脸去。有的还假惺惺地笑笑说："谢谢，你请吧，不客气。""不吃，吃饱了，谢谢。"婉妮一个一个地让过去，却没有一个人接受，她恳求地望着大家："这是干净的，我还没有吃，我是特意请你们吃的。"仍然没有人吃，婉妮难堪地叹口气："唉！不明白……"① 婉妮是渴望与人沟通交流和被人理解的，尤其是在命运坎坷之时，面对来自社会环境的压力，她更渴望别人的理解。可是，她的好意竟然成为贿赂的罪证而被拒绝，人的潜在的美和善在高压下可能会升华，同时，种种潜藏的丑和恶又在这种环境中裂变，这是历史和民族沉重的一页。陈瑞晴以女性特有的视角记录了这份沉重。

尚绯原是某美术学院党委副书记兼副院长，是个能干的女将，却成了"老右"。尚绯被"金钗"们公认为"大姐"，并非年龄最长，而是因为她在政治上、人格上都是最成熟的。在不明期限的严酷改造中，她总是保持着乐观的长者风度，谈及现实和未来，也没有谁能像她那样清醒得体而又不失真诚。她平凡的举动体现了可贵的人格，具有丰富的人性内涵。当时，北大荒的荒凉并不仅仅在于自然环境之荒凉，也体现在人际关系之荒凉，尤其是在"右派"之间。"大姐"尚绯在别人拒绝婉妮"贿赂"时，坦然吃下了她的几瓣橘子，这个吃橘子背后体现了尚绯高贵的人格，给婉妮以信任和人格平等的信息。事后，"大姐"尚绯批评教育大家："婉妮这个人并不坏，她甚至很单纯，只不过是各自的生活经历不一样罢了。她从小在国外长大，哪像我们是山沟沟里出来的，就是在大城市长大，也是受党的教育多年，

---

① 陈瑞晴：《北大荒的呼唤》，新华出版社 1983 年版，第 23 页。

不能要求她跟我们一样……你们想想，她能到这儿来就不容易了，她完全可以提出要求，留在北京改造嘛。我们应该拉着她跟我们一起摘掉右派帽子，不要歧视她。"①

她的确是"大姐"，关键时刻总是能引导教育和帮助大家，让人自觉地将她视为首领，哪怕是在日常细小的事情上。小说有一个让人落泪的情节描写："猫口夺鱼"。在饥饿年代，"十四金钗"为了糊口疯狂地对一只无辜的猫进行围剿：

> 尚绯大姐一面指挥着，一面抄起烧火棍，向房梁扔去。大黑猫猛地跳下来，我用麻袋一拍，没拍住，它一跳跳到锅台上，小张的屉帽也没扣住，会计大姐也返老还童地在旁拍手呼叫着。那猫也被吓昏了，最后竟钻进卖饭用的小书桌里，会计大姐机敏地一闪身，挡住出口，大黑猫终于就擒了。可是那猫也是饿狠了，它用尖利的牙齿，死死咬住那条鱼不放。我们就七手八脚按住它的腰，捏住它的四只爪。那猫死命地嗷嗷嗥叫，我们就硬从猫的嘴里，把那条鱼给抠出来了！当尚绯大姐把那条鱼举在手上时，大家捶胸顿足地笑起来，笑啊、笑啊，一直笑出了眼泪。②

面对不到一尺长焦黄的烤鱼，她们十四个人像吃圣餐一样，每人只能咬一小口，即使如此大家也不停地大笑。这是含泪的大笑，饱含着人性的酸楚。在饥饿年代，"十四金钗"不能向荒原要粮，就转向与无辜的猫争食。北大荒艰苦的改造生活，使得原本红光满面、精干、健壮的尚绯患病，变成一个"脸浮肿得像个大面包，两只大眼睛，也肿得变了形"的人③，躺在担架上的她"两腿肿得像棉裤一样粗，棉裤已从裆处剪开；脚上包着一双粗针走线缝上的棉袜子，显然

---

① 陈瑞晴：《北大荒的呼唤》，新华出版社1983年版，第25页。
② 同上书，第31页。
③ 同上书，第33页。

已不能穿鞋了。"① 但她依然很有精神，没有一点哀伤、消沉。

　　在特定的历史年代，"右派"不但不分性别，还不分年龄，更不会垂怜天真的少女。列车载着改造途中的"敌人"们驶向遥远的北大荒，残酷的现实和渺茫的未来使得人们心情沉重。只有一个叫"猜猜"的圆脸短辫少女在车厢里跑来跑去，嘴里唱着歌儿，为人们扫地送水，别人都疲倦地打盹时，她也不休息，拿出地图来，寻找着我们要去的地方。她不管别人是否有兴趣，抓住谁就向谁问"那里有山吗？有河吗？冬天是真的能冻掉鼻子吗？玻璃窗上的冰花，是像画上画的那么好看吗？那儿有狗拉爬犁吗？天然冰能滑跑刀吗？……她简直像是跟着父亲去旅游呢"②。车开到北大荒后，人们在凛凛寒风中默默眺望着广漠无边的雪原，沉重地思索着将从这里开始的命运。她却欣喜地惊呼起来："启明星！同志们快看哪！启明星！"③ 春天，她不思身份带头穿出了花裙子；夏日，又是她第一个赤身跳进穆棱河游泳；下工路上，她总要沿路采摘野花儿……这个不知愁滋味的少女竟然成了"我们"的"敌人"。几多渴望，又有几多幻灭，在历经打击后，她终于也不再问那个念念不忘的"摘帽"问题了，而是严肃地说出"我立事了"。那个独特的时代、独特的生活塑造出了独特的性格，向人们昭示了这一年少无知的少女独特成长历程。

　　"八姐"雅贤痴心追求史学，她堕胎未成，生下个先天失明的女儿，自己也成了聋子。她的举动被认定是一种严重的"反党"行为，并因此获罪成为一个"极右分子"。家人亲友同事一致认为她是自作自受，是活该。来到改造连，她又成了人们嘲笑和嫌恶的对象。但这个羸弱无能而又怪僻的女子却有着一颗极其热烈坚强的心，有着执着赤诚又符合身份的"历史癖"和"考据癖"。班副大德是党员、团委

---

① 陈瑞晴：《北大荒的呼唤》，新华出版社 1983 年版，第 33 页。
② 同上书，第 36 页。
③ 同上书，第 40 页。

书记，思想表现更是一贯"极左"，家庭和社会关系也没有问题，她的不近人情完全来自真实的思想，这样一个绝对虔诚的"左派"竟然成了"右派"，这是历史的荒谬。当人们日盼夜想的调查团到来时，十四个金钗一致认为大德是第一个摘帽子的人，可是，调查团第一个找她去谈话不是摘帽，而是让她在离婚判决书上签字画押，她七岁的独生女儿也不归她抚养。面对巨大的打击，她只是痛心疾首地责备自己：

> （她）猛地把照片捂在脸上，痛哭起来：."妈对不起你！妈给你丢脸了！"

> 大家纷纷围上来安慰着。她哭了一会儿，抬起头，红肿的眼睛，茫然地望着窗外。似乎在心中重新升起力量，庄严地说："党会了解我的！"①

这是同类题材作品中从未出现过的一个独特的典型，她总是在自己的身上找原因，从未怨天尤人，抱怨命运的不公。经历婚姻破裂的剧痛后，政治成了她追求的唯一。她始终对党充满着忠诚，绝没有怨恨或者自暴自弃。

夏彩虹是"十四金钗"中作者用墨最多，也最有光彩的形象，她早已为人母，也并不漂亮。却使男人倾慕，女伴钦羡甚至妒嫉。她的魅力在于性格，她永远敞开心扉，挥洒自如，绝不因背运而做出"倒霉相"，"摘帽子是我，不摘帽子还是我！"② 她独往独来，我行我素，又善良真挚，侠肝义胆。夏彩虹公开鄙夷赵颖对和丁子"好得穿一条裤子的友谊"的背叛。

《北大荒的呼唤》生动地再现出以"十四金钗"为代表的一系列

---

① 陈瑞晴：《只有云雀知道你》，文化艺术出版社 2007 年版，第 208 页。
② 同上书，第 209 页。

人物形象，突出表现那场反右斗争对人的命运和家庭的改变。作家特别观照主人公们是怎样成了"敌人"的，描绘了"右派"们在北大荒的生活，这在不同角度上深刻揭示了一个特定的时代、社会和自然环境打下的印记。人和人是需要沟通和交流的，越是境遇悬隔的人，这种沟通和交流也就越重要。《北大荒的呼唤》中再现了一群"右派"的心灵史，尤其是女"右派"们，无论是海归、女干部，还是科研迷，甚至是天真的少女，在高压环境中都经历了精神的裂变。作家以敏锐的视角在特定历史时期、特定的地域、特定的人群中追溯人的性格形成的原因，寻索精神意义。以女"右派"们跌宕起伏的坎坷命运为线，透视自由知识分子与环绕着她们的社会境况的紧张关系与苦苦博弈，写出她们被流放到北大荒后屡屡失望后的精神荒凉。

（三）"右派"作家的生活再现

文学是写人和人的命运的，作家的思考是通过对人物命运的揭示来体现的。"右派"作家们不但是那段曲折历史的见证者，也是最直接的受害者。这些苦难经历不但培养了他们独立思考的精神，还为历史留下了文学记录。

作为"右派"的剧作家吴祖光被誉为《北大荒人》的"助产士"，下放到北大荒后不久，吴祖光便被调到牡丹江农垦局京剧团，成为名义上的"编剧"。1959 年农垦局文工团着手编写一部反映十万复转官兵开发建设北大荒的多幕话剧《北大荒人》（原名《雁窝岛》）。原剧执笔者少尉军官范国栋将本子写了出来，在舞台上演出，请王震审查，将军看后提出了些修改意见。京剧团就请身边的剧作家吴祖光参与修改，经过吴祖光的修改，剧中人物性格的刻画，以及舞台气氛的渲染都显得更加生动，语言也更加洗练。经过吴祖光的指导，《北大荒人》成为 20 世纪 60 年代的优秀剧作，后被拍成电影。3 年的北大荒特殊生活，为吴祖光的创作提供了丰富的素材。除了参与剧本《北大荒人》的修改外，吴祖光还与别人共同创作了反映北大荒建设的大型话剧《卫星城》和《光明曲》，展现了"大跃进"时期人们不断升温的建设热情。吴祖光还为牡丹江农垦文工团写了京剧剧本《夜闯完达山》等。1994 年 8 月，吴祖光重返北大荒时，曾感慨万千："我现在想起来，我这一生如果没有去过北大荒的话，那一定会很遗憾的。"①"右派"的经历丰富了吴祖光的人生，成就了《北大荒人》的创作。

聂绀弩从 1958 年开始在北大荒度过了 4 年的荒野生活，他的身份为流人，地位为"右派"。他性格倔强而又诙谐、幽默。聂绀弩在北大荒除了认认真真编稿、校稿外，有余暇时间会写写古典诗词。他的一首代表作《北荒草》中写道："北大荒，天苍苍，地茫茫，一片衰草枯苇塘。苇草青，苇草黄，生者死，死者烂，肥土壤，为下代，作食粮……"②成为北大荒原生态的写照。他在北大荒期间共写了 50 多首诗，平反后收进了他出版的《散宜生诗》集中。胡乔木曾说聂绀弩的诗是"以热血和微笑留给我们的一株奇花"（《散宜生诗》序）。从他的诗歌题目《搓草绳》《锄草》《刨冻菜》《挑水》《烧水》《放牛》《拾穗》《夜战》《拾蛋》《上工》可以看出都是在书写艰苦的劳动场面，而《北荒草》写那样的艰辛困辱的生活，却没有一点"恨恨而死"的味道，而是写得苦中作乐、妙趣横生：

搓草绳

冷水浸盆捣杵歌，掌心膝上正翻搓。

一双两好缠绵久，万转千回缱绻多。

缚得苍龙归北面，绾教红日莫西矬。

---

① 丁继松：《北大荒现代"文化流人"纪事》，《北大荒文化》2011 年第 9 期，第 65 页。

② 聂绀弩：《北荒草》，罗浮《聂绀弩诗全编》，学林出版社 1992 年，第 178 页。

能将此草绳搓紧，泥里机车定可拖。①

手无缚鸡之力的知识分子接受这样的劳动来进行自我改造，明明是强加于如今的"右派"的惩罚性劳动，但在聂绀弩的笔下却被写得有声有色。《搓草绳》和《北荒草》这集诗里的《锄草》《刨冻菜》《挑水》《削土豆种伤手》《推磨》《烧开水》《送饭》《放牛》《抬穗》《脱坯》《刈草》《背草》《挑水》《伐木》等诗，都是写他自己在北大荒 850 农场 4 分场第 2 队、第 5 队参加过的劳动项目，或者说是他所干过的"活"。其余的诗是写在北大荒的亲身经历——所见、所闻、所感。聂绀弩把知识分子生活写得诙谐幽默，这是他的独特之处。黄苗子经受住了北大荒的生活考验，回到北京后，他曾写过一首诗赠送给他的好友"57 届北大同学"（即 1957 年一同到北大荒的难友）著名记者朱启平，诗曰：

完达山中雪滚泥，狗毛毡帽压眉低。

窝头百个肩挑重，老眼一双脚印迷。

几辈英雄拉锯战，满天星斗荷锄归。

哥们正待嗷嗷哺，心急行迟意转凄。②

这首诗是他在完达山原始森林伐木送饭时写的。从诗中可以读出"流人"的苦涩心境和生活的艰辛。

---

① 聂绀弩：《搓草绳》，罗浮《聂绀弩诗全编》，学林出版社 1992 年版，第 13 页。
② 丁继松：《北大荒现代"文化流人"纪事》，《北大荒文化》2011 年第 9 期，第 65 页。1982 年，梁晓声的短篇小说《这是一片神奇的土地》获全国优秀短篇小说奖。1983 年其中篇小说《今夜有暴风雪》获全国优秀中篇小说奖，1984 年，山东电视台根据小说改编的电视连续剧，名列第三届"大众电视金鹰奖"榜首。梁晓声的第一部小说集《天若有情》由北京十月文艺出版社出版，并列入"希望文学丛书"。文坛上因此将 1984 年称为"梁晓声年"。1985 年他的小说集《这是一片神奇的土地》由百花文艺出版社出版，1986 年，他的小说集《白桦树皮灯罩》由北方文艺出版社出版。1986 年在《十月》第 2、3、4 期上连载长篇小说《雪城》的上半部，下半部在 1988 年《十月》第 1、2、3 期连载。与此同时，发表关于中苏敏感关系问题的"沿江屯系列"短篇小说《边境村纪实》等。

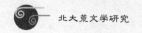

三 "受教育者"：知青的真诚歌哭

北大荒知青文学体现着个体对时代和地域独特的生命体验和审美判断。北大荒知青文学成为当代中国人文化选择中一个有价值的精神标本。

（一）"受教育者"的书写轨迹

北大荒知青的文学创作一直是较为活跃的，最早出现的属于纪实类的汇编，是关于知青先进事迹的报道。它是当时特定时代的产物，是积极响应"毛泽东关于上山下乡的指示"，目的是宣传意识形态为知青树立学习的榜样。报道再现了这类典型人物生成的时代背景，揭示了意识形态影响下人物高扬的精神状态，在当时切实起到了典型引路、鼓舞干劲的作用。北大荒知青小说继承了十七年文学作品的英雄主义和理想主义的特征，展现了知青们藐视北大荒艰苦的环境的整体风貌。知青小说是讴歌阶级斗争的成果，作者重点塑造勇于献身北大荒的先进分子，采用"三结合"的创作方法。北大荒知青小说成为简单图解思想或者意识形态的文本。张抗抗、梁晓声等笔下的人物有明显的脸谱化特征，叙述流于路线化的斗争模式，整体上往往忽略人性化的内容。张抗抗的长篇小说《分界线》在当时是反映北大荒知青生活的一部有影响力的作品。小说围绕着伏蛟河农场遭受严重涝灾的东大洼的"保与扔"的冲突而展开。冲突实际上反映了农场建设中两条路线的斗争，塑造了耿长炯这个一心接受贫下中农再教育、勇于战天斗地的先进知青典型形象。

20世纪80年代，北大荒知青文学大都以温情的眼光回望知青历史。肖复兴的中短篇小说集《北大荒奇遇》将回望的视角进一步延展，把北大荒生活的见闻和点滴感受融入一个小说集中，其中原始的素材、生活细节和人物原型都显示着北大荒生活的温度。长篇小说

　　《隐形伴侣》是张抗抗前期创作的代表作，写了一个纯粹的"我"与虚伪的"我"之间如影相随的真实故事。它是作家自我精神探寻，也是思考复杂人性的文本，批判了极"左"路线给知青造成的戕害，当时流行的所谓的阶级对立、敌我矛盾变成一种背景隐现在作品中，作家转向了对知青自身的反省和对人性虚伪的哲理探索，张抗抗跳出了集体思维的圈子，对以往知青小说创作加以突破。

　　北大荒知青纪实文学的兴起与知青小说的繁荣有着一定的内在联系。小说的繁荣激发了知青作家关注荒友们生存现状的责任感，他们不仅要讲述荒友们的苦难经历，还要发掘北大荒经历对知青返城后生活的影响。肖复兴、蒋巍在知青上山下乡运动20周年时发表了纪实文学作品。虽然知青们也经历了苦难后的怀旧，但反思力度并没有因此减弱。蒋巍讲述了一代人的苦难史与光荣史，她笔下的人物成为一代知青的缩影。20世纪80年代文学背景下一个奇特的现象是，北大荒知青文学无意于展示伤痕，尤其是兵团知青所创作的作品。因为当年能去兵团的知青，心里都有一种强烈的自豪感甚至是荣耀感。20世纪90年代的北大荒知青小说和纪实文学都逐渐走向成熟。

　　20世纪90年代，大多知青作家转向非知青题材的创作。北大荒知青不断出现具有影响力的作品，长篇小说的问世尤其值得关注。北大荒知青小说的思想深度掘进，主要是突破意识形态对知青题材的束缚，多侧面地、甚至是全景式地反映知青生活，有张抗抗的中篇小说《沙暴》《残忍》。韩乃寅反映北大荒知青生活的三部曲《远离太阳的地方》彰显了知青独特的观察视角。梁晓声的长篇小说《年轮》，李晶、李盈的长篇小说《沉雪》，涵盖了北大荒知青生活中的苦痛，展示了知青在逆境中的振作精神。北大荒知青作家不再拘泥于主观与客观的简单探求，而是执着于追寻个人言说历史的话语氛围。作家独特的感悟力和理解力，给予了文坛一些原创性的写作资源。

　　20世纪90年代以来，北大荒知青文学超越复杂的意识形态指向，超越对政治运动是非功过的评价，超越控诉或者呐喊、英雄无悔或者群氓恶德的思维定式，这使得纯真的、美的或丑的生命都无拘无束地绽放。一代知青的人生悲剧，不仅是外在的力量造成的人性扭曲，还有自身潜在的弱点所致。梁晓声的长篇小说《年轮》在历史的时空更迭中感悟人生，写出了他们灵魂深处的痛苦、忧伤和悲哀，也写出了知青们真挚的友谊和奋斗的欢乐。此时，文坛涌现出大量的知青回忆录以及报告文学，"北大荒知青纪实文学热"便是标志。知青们讲述自身经历的欲望在 1998 年得到集中的释放。知青上山下乡运动 30 周年，再加上受"知青文化热"持续不断升温的影响，除了《北京文学》推出的"中国知青专号"外，赶在这年出版的知青纪实文学尤其是回忆录特别多，仅北大荒知青的回忆录就多达 7 部。这进一步唤醒了更多荒友灵魂深处的知青情结，他们意识到自己也有留下历史记忆的责任。经历磨难、经过反思的一代人自觉肩负起关注社会、历史的责任。40 多年来，一直追踪着"老三届"的足迹的作家肖复兴，坚持用笔记录知青的人生历程。知青的书写不是仅仅追求文学本身的绝对价值。主体不可避免地会淡出那段历史舞台，这是一种现实的存在，文学作为一种抗拒的力量，实现人作为主体的坚守，因此，坚守成为北大荒知青纪实文学不断深化的一个基本主题。坚守具有双重内容，既是书写着自我价值观的坚守，又是文学对人的坚守，投入北大荒旷野中的青春激情不仅成为北大荒文学的亮点，也成为 20 世纪中国知青文学的一道终极风景。文学成为知青的一种新的存在表征，知青直面现实世界，回忆逝去的知青岁月。文学成为他们倾诉的一种方式，也成为他们记录存在以及继续生活的一种希望。从历史角度上说，众多知青充当了书记官的角色，客观地记录了他们经历的那段历史。北大荒知青纪实文学既是作者们的青春回忆录，又是一代人多舛的命运史，更是共和国成长史中的断代史。

（二）多元共生：北大荒知青的写作

北大荒知青作家在述说一代人的苦难的同时，更多地还原了他们青春的狂热与激情，洞察了他们返城年代的困顿与奋斗，还有反省与深思，甚至不乏殉道者的悲壮。知青经历使他们深受北大荒文化的影响，更何况知青中的大多数都是本地区就近下乡的知青。因此，本土文化的影响不容忽视。

北大荒知青作家的创作具有鲜明的北大荒地域文化特征，而考察地域文化与北大荒知青作家创作的关系，就成为研究这一文化生态景观的关键。北大荒知青作家的创作主要受两个方面的影响：一是北大荒地域文化，二是北大荒知青的地域构成。两种因素共同建构了北大荒知青作家的精神空间，并相互影响，使北大荒知青在返城后的创作呈现出由局限于对北大荒的封闭状态的描绘到在开放背景下观照知青生活的趋势。这种精神趋向最显著的标志是他们虽然离开自己的第二故乡和曾经赖以生存的文化空间，但生活地域的变化，不但没有使他们淡忘那份青春记忆，反而更加激起了他们对北大荒深切的依恋之情，空间的转换促进了他们对精神之乡的执着寻找，时间的流逝强化了他们表现心灵归属感的迫切性。尤其是钢筋混凝土构筑的城市，使他们产生了一种冷漠感，这更增强了他们对散发着原野气息的北大荒的追念之情，这就是他们创作的原动力。

文学是文化一个方面的表现，北大荒知青文学之所以长盛不衰，还与北大荒知青出身的文化人、社会活动家数量较多有关系。他们充分利用各种渠道充分展示北大荒知青文化。而北大荒知青在全国知青中出现的作家最多，文化名人也最多，因此知青上山下乡四十多年来，北大荒知青在全国知青中是最为活跃的一个群体，他们对自己的历史高度负责。回望一代人的知青岁月，他们有过激进的狂热，有过放纵和消沉，也有过长久的沉思。他们勇敢地记录自己的真实心迹，包括忏悔。他们忠实地记录自己在黑暗、苦难中的求索、奋斗史，从自己的讲述中寻求继续奋斗的动力。

张抗抗的独特在于直指知青不光彩的一面，当年，激情豪迈的只是少数人，占据主流的人是想遗忘不堪回首的历史，有人甚至想抹杀历史。红卫兵时代，知青们是在混乱的打砸抢环境中长大的，他们缺乏惩戒和自律意识，部分人流荡在社会中人性之恶极度膨胀，甚至沾染上流氓恶习。在北大荒，他们隐藏在灵魂深处的"恶"得以释放。知青回避这段历史，无非是不想正视它，是想忘却的心态。"遗忘：既是彻底的不公平，又是彻底的安慰。"① 张抗抗追问历史，拒绝遗忘，看似直指知青曾经的罪恶，实质上是唤醒国人的忏悔意识，回避和遗忘历史，无论是对个体还是群体都是不负责任的。

经历生活的磨炼后，北大荒精神带给知青的是一种可贵的精神力量，一种强大凝聚力和创造力。不怨天尤人、努力奋斗，是他们唯一正确的选择，真正体现出北大荒知青的本色。大部分知青是抱着改天换地的理想来的，回城后又具有与北大荒人民同呼吸、共命运的心理，即使是在最为艰难的时期，北大荒知青在底层执着地奋斗。在文学中也没有"我们都是小人物……只能努力为自己做一点什么。我们很自私。可是，我们生活得很认真"② 式的诉说，因为这不是北大荒文化。知青文学中显示出来的对尊严的维护，对友情的珍惜，对正义的坚守，都表现出凝聚在一代人身上高尚的精神品格。

一个地区文化的形成、发展与自然环境、历史发展密不可分。梁晓声笔下的北大荒自然环境多是险象环生的，它成为知青释放改天换地豪情的对象，成为强悍生命力的审美媒介。在生存与死亡的较量中，透射出作者对知青生活的思索。北大荒铭刻了知青们的青春和汗

---

① ［捷克］米兰·昆德拉：《小说的艺术》，董强译，上海译文出版社 2004 年版，第 188 页。

② 王安忆：《69 届初中生》，中国青年出版社 1986 年版，第 354 页。

水，见证了知青的成长，成了他们寄存青春的地方，这与知青成长环境密切相关。复转军人是具有英雄特质、献身精神的群体，他们历经战争的洗礼，硝烟还未散尽，又投入"向地球开战"的征程中。他们以"革命＋拼命"的精神，投入开发、建设北大荒的事业中。他们具有服从命令、敢打敢拼、无私奉献的优秀品质，这些都是知青们学习的精神养料。知青们用自己的青春激情投入开发和建设中，但现实却给他们以血淋淋的教训。从激昂豪迈到颓唐失望，这一切既是知青个人的悲剧，也是时代的悲剧。作家凸显了主人公个性与时代的矛盾，展现荒唐与神圣、情感与理性、绝望与希望等二元对立，尤其是"黑五类子女"将个人和时代的悲剧性定格。亲历性叙述很难有距离感，很难保持客观的认知态度，这也是北大荒知青创作无法规避的事实。

　　梁晓声的北大荒知青小说完整地展现了知青上山下乡的全过程，从满怀豪情地挺进荒原到退潮般大返城，从化整为零地消逝于喧嚣的城市到在艰难困苦中奋斗，作品真实地再现了北大荒知青生活的全景图。他把一代人青春的激情、高扬的理想、失落的痛苦，更多的是与北大荒这个地域的历史文化积淀铸就的思想方式和生命意识融在一起。知青们以付出青春与生命的代价，征服凶险的满盖荒原，虽然返城的合理诉求遭到粗暴地遏制，但他们准备有尊严地离开，甚至在混乱的暴风雪之夜舍生忘死地保护国家财产，返城后为了维护群体的生存权利而采取大游行等行动，吴振庆、王小嵩从困境中走出来，兵团知青们向战友郝梅施以温暖的援手……这些都昭示着北大荒兵团知青受到地域文化的滋养。北大荒人勇敢的拓荒精神，互助友爱、重情尚义的世风民情，复转军人影响下的集体主义精神和兵团战士的战友情怀。这种在历史文化积淀下生成的团队精神，凝聚在新的历史发展时期，并对主体产生了深刻的影响，这也铸就了"北大荒知青情结"。梁晓声的知青小说在对荒唐历史的反思和批判中，对一代人的理想、命运进行深刻的探寻，不可否认，一代人为"乌托邦"理想付出了沉重的代价。但是他们勇于奉献、吃苦耐劳，为实现理想而不惜牺牲的奋斗精神，是一种超越时空的永恒。梁晓声揭示了一代人的悲剧命运，透视着北大荒厚重的历史文化蕴含，他的小说完整地记录了一代人的成长史。

（三）纪实文学：记忆的特质

有着上山下乡记忆的北大荒知青成为那段历史的活化石。因为"事有不可知者，有不可不知者；事有不可忘者，有不可不忘者"①。北大荒知青们晒出的点点滴滴的生活和情感已然成为这一群体认同的标签。知青返城后感受到社会竞争的加剧，他们承受着就业、婚恋、学习等各方面带给他们带来的压力。城市生活意味着他们将直面社会转型期的各种矛盾和问题，由于北大荒知青大多是而立之年才刚刚进入城市人行列，从这个意义上说，他们依旧处于人生的起步阶段，为获得一份工作和稳定的生活要付出巨大的代价，这些都使北大荒知青成了承受较大压力的一个群体。回忆往往是宣泄和倾诉的最好方式，他们在回忆中寻求心灵的停泊港湾。知青们对具有一定流行性和纪念性的北大荒生活的回忆，实际上投射出一种对时代怀念的情感。他们把对北大荒的回忆当作了缓解压力，寻求群体共同精神家园的一种方式。而这种回忆在北大荒知青群体中引起了广泛的共鸣，是他们寻找具有浓郁情感和强烈归属感的熟人社区强烈诉求的折射。"借助集体记忆，借助共享的传统，借助对共同历史和遗产的认识，才能保持集体认同的凝聚性。"② 北大荒这一特殊环境给知青集体记忆的生成搭建了一个平台，青春期人格发展的一个特征就是融入群体的渴望。知青

① 《战国策·唐雎说信陵君》，刘国建主编《古文观止》（上），中州古籍出版社2009年版，第58页。

② ［英］戴维·莫利、凯文·罗宾斯：《认同的空间：全球媒介、电子世界景观和文化边界》，司艳译，南京大学出版社2001年版，第98页。

来北大荒时正处于人格发展的关键时期，他们需要得到带有集体记忆特征的情感支撑，而"每一个集体记忆，都需要得到具有一定时空边界的群体的支持"①。集体记忆既停留在时间上，又停留在那段历史空间上，北大荒根植于知青头脑中。知青的集体记忆包含了他们北大荒生活的种种。客观上说，知青对于自己的知青生活的回忆可能是不同的，这不是他们过去的经历变质了，而是他们看过去的态度和方式变了，是社会提供给他们的整合和叙述过去的框架变了。知青大返城初期，他们和自己的知青生活还没有拉开距离，恨不得马上离开北大荒，回到曾经的出发地，他们无法将其浪漫化；而经过了十年、二十年的打拼后，知青们在城市的工作生活稳定了，或者小有成就了，他们厌倦城市生活的喧嚣乏味，深切地感受到失去了理想的琐碎无聊感，他们或许成了改革后的"牺牲者"——下岗工人，此时他们对北大荒知青生活的回忆就会无比的美好，他们有意地把它浪漫化。不同的北大荒知青个体对知青历史的记忆是相互关联的，它们一起出现，并逐步扩大影响，这取决于知青群体对这段历史的态度。知青个体对于同样历史的记忆在不同的群体中会有不同的认知方式或价值取向。在北大荒知青群体中，大家会不约而同地回忆起知青生活的美好，而且使得这种回忆获得一种共同的情感和意义指向。

北大荒知青文学的集团式亮相，证明作为个体常常有一种记录和阐释自己记忆的欲望，当然，他们的阐释依托于群体的思想观念，从群体观念出发，个人的记忆得到充分的展示，尤其是对于发生在某个特殊个体身上的事情，如何讲述记忆，这常常取决于他们接受了哪个群体的思想观念。北大荒知青们大多是兵团战士，他们接受了复转军人的革命思想，因此他们笔下的北大荒生活多被理想化、浪漫化，而

---

①　[法]莫里斯·哈布瓦赫：《论集体记忆》，毕然、郭金华译，上海人民出版社2002年版，第37—41页。

且这段生活成了人生的大课堂，影响了他们的一生。这是北大荒知青纪实文学的主流，客观上讲，这不是知青生活的全部。"集体记忆的框架把我们最私密的记忆都给彼此限定并约束住了。"① 正是因为北大荒知青整体上保持着一种高扬的精神状态，每个过去事件的当事人是依据他所处的群体精神状况和思想态度来回忆、记忆北大荒知青生活，而群体的思想认知又受时代变迁影响，正所谓"社会在其所有重要的回忆中，不仅包含着它所经历的各个时期，而且包含着一种对其思想的反思。过去的事实可引以为鉴，已经作古的人也会具有激励或警示世人的作用，所以，我们所谓的记忆框架同时也是一个集观念和评判于一体的结合物"②。北大荒知青文学的走向，从个人讲述"集体记忆"逐渐转化为讲述具有独特反思性的"我的故事"。正是这种对个体化记忆的书写，才使文学更逼近历史真实，将知青的历史理性彰显出来，这种理性蕴含在北大荒知青孟凡对北大荒知青精神的阐释中："那是一种远古的图腾崇拜、一种中世纪堂吉诃德精神——那骑士般的热血沸腾，又举起长矛向风车开战！如果非要说有北大荒知青精神，我以为那是一种身临绝境，为生存而战，为尊严而战，为人的荣誉而战的决死的战斗渴望，一种集体的盲目的献身精神。"③ 北大荒知青作家将这段历史生活具体而理性地呈现在世人面前，这本身就是一种执着而悲壮的历史理性精神。

---

① ［法］莫里斯·哈布瓦赫：《论集体记忆》，毕然、郭金华译，上海人民出版社2002年版，第94页。

② 同上书，第293—294页。

③ 贾宏图：《我们的故事2——一百个北大荒老知青的人生形态》，作家出版社2009年版，第251页。

第三节 家园：心灵栖息的守望

一 韩乃寅：北大荒精神的阐释者

在众多的北大荒作家中，甚至是中国当代作家中，韩乃寅是一个独特的存在，亦官亦文的创作使他具有浓厚的现实主义创作倾向，北大荒生活经历打动了他，让他骄傲，他深入挖掘现实背后的北大荒精神，这是作家韩乃寅对北大荒的独特贡献，这是他作为官员作家的心理动机和内在的思维定式。出于北大荒代言人的朴素情感诉求和强烈的使命感，他用小说真实地讲述北大荒是如何变成北大仓的，挖掘主人公渗透灵魂的家园意识，同时以边缘姿态成功地书写主旋律。

（一）官员作家的北大荒情结

20 世纪 50 年代北大荒艰苦的自然环境和国家话语营造的社会环境共同作用催生了北大荒地域性文化，垦荒生活铸就了北大荒人坚忍顽强、百折不挠的性格，骨子里豪爽耿直而又吃苦耐劳，热情洒脱而又无比刚性的气质。"把北大荒变成共和国的大粮仓"的革命话语与凶险酷寒的地域性特征孕育了北大荒精神，并已经成为一种性格，一种特征，甚至是一种魂魄。集体记忆对于建构北大荒人的认同具有重要意义。20 世纪 50 年代以来，北大荒文本所提供的关于北大荒开发的历史镜像，是有关这段集体记忆的重要范本。随着时间的流逝，既有的集体记忆逐渐出现了"断裂"之势，20 世纪 80 年代后，北大荒文学陷入沉寂，文学对北大荒的书写呈现出一种"碎片化"的状态。北大荒垦区党委以组织的名义提出"要写一部反映北大荒农场开发建设全过程的长篇小说，拍摄一部反映北大荒农场开发建设的电视连续剧，以弘扬举世闻名的北大荒精神。如果内部力不从心，可以外请作家来写"①。由于北大荒老一代作家年事已高，垦区曾请著名作家刘白羽、魏巍、李准等人深入生活，但终因深入生活的时间短等原因而未能如愿。北大荒文学的冷清现状使韩乃寅陷入了深深的思考，在北大荒为官20多年的经历为他的创作提供了宝贵的生活素材。尤其是在农垦总局分管史志办工作时，他得以触摸到第一手的历史资料。他经常接触垦荒的老军人、老干部、当年的支边青年等，他的创作占尽了天时、地利、人和。韩乃寅既有丰富的生活视野和阅历，又有充足的创作准备，同时他已经出版了八部小说，已经具备了足够的文化积淀，他以自我的记忆重新还原了历史，为后代留下了集体记忆。韩乃寅创作的北大荒小说的重要特征是将过去与现在弥合成一个绵延不绝的整体，给北大荒文化价值尺度提供一个新的坐标。

书写北大荒人的骄傲是韩乃寅创作的内在心理动因。他有深厚的生活底蕴和潜心创作的精神，更有浓厚的北大荒情结，这让他在书写北大荒时并没有游离之感，而是水乳交融的亲和感，北大荒是他生存发展之地，是他灵魂栖息之所。农垦高层的领导经验给了他创作宏大题材的气魄，也给了他准确地把握改革等一些政策的能力。他的小说融入了为官的见识，融入了他这位"生活特区"作家的眼界，这是其他作家所没有的财富，是他对生活的认识和提炼，那些丰厚的生活经历和感受给他的素材，是取之不尽用之不竭的。独特的心理体验和情感诉求构成了他对自己北大荒人身份的认同，共和国开发建设北大荒的举措使他与北大荒之间形成了切实的利益共同体和命运共同体。这种情感的依赖与升华已经超越了意识形态话语动员的效果，他的小说历史叙事是由宏大的历史事件构成的传统叙事，即"国家叙事"。情

① 韩乃寅：《燃烧·后记》，北方文艺出版社2001年版。

感投入导致北大荒情结在作家精神世界起到了一个核心的作用。从 20 世纪 80 年代的北大荒知青三部曲《远离太阳的地方》，到 21 世纪初的《城府》《燃烧》，再到《岁月》《龙抬头》《特别的爱》，他一直致力于北大荒文学宝藏的多层次挖掘工作，北大荒人的生活是他小说的独特视角。他的小说大多被成功改编成影视作品，他用一千万字的小说和剧本，给北大荒人的生活留下了感人的记录。"这么多年，我几乎所有的作品都源于北大荒情结，一种遏止不住的激情促使我不停地写作。"① 他的写作本身就是一个激情燃烧的过程，长篇小说《燃烧》的命名寓意着北大荒人开发建设家园的激情燃烧，更是韩乃寅表现北大荒激情的燃烧。自豪感激发了他的创作热情，责任感是他创作的强大动力，北大荒生活成为他创作灵感的不竭源泉。韩乃寅描绘着北大荒人的情感和命运，书写着北大荒建设的激情岁月，传达着北大荒人的骄傲和自豪。韩乃寅成为北大荒的代言人，他让这片神奇的土地和神圣的精神家园吸引了全世界的目光。

韩乃寅小说创作成功的重要原因是他对现实社会的深度关注和作家的责任感。他的创作是独特审美愉悦的需要甚至说是生命的需要。"我的写作不是精雕细刻型的，我的第一任务是写出北大荒人的生活，北大荒人的骄傲。"② 从创作主体心态上看，韩乃寅对生活的体验和感受形成了他的自豪感，以生活本质追求反映挖掘社会生活，这是看待韩乃寅作品的一种视角，作为文本的内在驱动力，贯穿着浓重的北大荒情结。韩乃寅作为北大荒的高层决策者，亲历北大荒变成北大仓的历史，北大荒人在酷寒、险恶的环境中建立起世界上最大的农垦企业，共和国的大粮仓，这记录着三代拓荒者的功绩。韩乃寅深知"粮食生命和粮食使命"的重要性，这是一直以来北大荒对共和国的庄严

---

① 李瑛：《韩乃寅——深陷北大荒不了情》，《北京娱乐信报》2002 年 11 月 17 日。

② 韩乃寅、刘颋：《写出北大荒的骄傲》，《文艺报》2006 年 9 月 28 日。

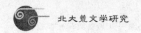

承诺。作为其中的一员，韩乃寅对北大荒建设历史做出一次燃烧式的呈现，对北大荒精神进行生动的诠释，写出北大荒人的骄傲。他的小说激情四射而又不乏深刻的体悟和透视，小说描绘了北大荒典型的环境：一望无垠的田野，水草肥美的大湿地，气势宏大的开江跑冰排，蔚为壮观的大机械，现代航化作业的大农业，金灿灿的粮山豆海等，这些人文环境的呈现渗透着作家对北大荒刻骨铭心的爱恋和无法掩饰的属于北大荒人的骄傲。韩乃寅的小说不仅反映了生活，还渗透着自己的理想，鲜活的人物形象谱系是作家醇厚的北大荒情结孕育的，他用属于北大荒人的骄傲与自豪感赋予人物以生命的质感，这些典型人物是与那个特定的时代环境和北大荒的生活环境分不开的。韩乃寅立足于现实生活，展现那种生生不息的创业精神，体现出对美好生活的永恒追求。

从文学观上看，韩乃寅自觉地做北大荒忠实的代言人，这是他的文化选择。从本质上说，他具有北大荒人的性格气质和精神品质。他从生活习惯到人生态度，从精神性格到价值取向都融入北大荒，他与北大荒有着血肉相连的亲缘关系。他对北大荒的开发建设史和北大荒人生存心理、精神状况的熟悉程度，是其他作家难以达到的。韩乃寅坚定不移地"靠着生活，靠着激情"创作，北大荒生活是他存在及创作意义的根本，成为他获得写作的灵感和题材的源泉，他在文学创作的审美活动中构筑了北大荒人生存的诗意空间。从"燃烧"到"破天荒"，从"岁月"到"龙抬头"寓意深刻，预示着北大荒的建设事业从艰难困苦、激情燃烧的开创期，到家庭产业化过渡的挑战期，再到现代化大农业的辉煌期。韩乃寅小说呈现了北大荒开发建设进程中所发生的历史性巨变，既有沧桑感，又有深刻的现实意义。

（二）融入泥土的现实主义书写

北大荒的历史和现实给本土作家韩乃寅的创作提供了丰富的资

源，他有自己清醒而独立的思考：北大荒的开发建设与中国农业实现社会主义现代化具有相互依存和支撑的关联性，因为开发北大荒本身就是共和国现代化诉求的一种表征。他忠实于自己的记忆和感悟，从不跟风逐潮，他把文学创作看成是一种社会行为，他的创作实践表明着自己的态度。他一直坚持用自己熟悉的现实主义创作手法，写自己熟悉的生活。韩乃寅恪守着现实主义这种普通的创作方法，遵从文学的理性与良知。他根植于自己熟悉的生活，以鲜活的文本、生动的人物和粗犷的风格对北大荒人的事业和情感进行审美观照。他是思想者和发现者，更是有使命感的作家，他努力揭示出北大荒不为人知的一面，记录着北大荒人的激情创业史。韩乃寅具有对人生进行理性审视的现实精神，注重文化背景下历史因素和现实元素的深刻把握。在文学创作进入自由开放的多元化时代，多种创作模式各领风骚，令人目不暇接，甚至有人进行着心跳式的游戏创作，韩乃寅仍然深切关注现实，贴近生活，在时代的空间中寻求生活化的人物原型，整体把握反映时代精神的典型人物，抓住他们思想性格的共性，同时又突出个性，原生态地反映北大荒生活，寻求北大荒人生命的本真。这是来自作家灵魂的现实主义追求。

韩乃寅的北大荒小说都是长篇，他在当代文学史上创造了三个第一：第一部原生态、全景式反映知青生活的长篇小说三部曲《远离太阳的地方》；第一部纵深反映北大荒从开发到改革开放再到走向现代化的具有史诗性的长篇小说《燃烧》；第一部反映中国加入 WTO 后经济市场的商战小说《龙抬头》。《远离太阳的地方》是对北大荒知青历史的深切关注、理性审视，至少有两个方面值得关注：第一，以往知青文学或选择某个知青生活的片断，或反映知青生活的某个侧面，而这部小说是把知青从上山下乡到返城离开北大荒的全过程展现出来。在现实主义的大前提下，他关注社会矛盾，深入研究社会，更关注人物的命运，传达出自己对整个知青生活的感受，透视了知青的理想、爱情与现实之间的矛盾。第二，因为韩乃寅的独特身份，这部作品摆脱了以往知青作家返城后再回首想象的局限，他的知青三部曲真正出自北大荒知青的忏悔，是对那个年代知青大迁徙的深刻审视。不可否认，知青对北大荒的开发建设奉献了青春甚至生命，在机械化水平极低甚至奢谈机械化的时代，知青们靠着犁镐人工开荒种地、收获粮食。但不能回避的是，在知青返城风暴刮起时，农场的教育、科技等各个急需智力支撑的岗位陷于瘫痪，有的地方甚至是大批知青撤离后的一片狼藉。激情燃尽后留下的是无法掩盖的荒凉，这就是韩乃寅作为北大荒知青的真实经历和情感体验，知青的苦难已经渗入他的骨髓，曾经的抛荒让他难以释怀，成为他终身思考的痛点。在这个意义上，韩乃寅的知青三部曲在知青文学中呈现出其他作品无法比肩的厚重感。

相对而言，韩乃寅淡化了人与自然的冲突。他的创作注重人与人的冲突。他的创作深入人的精神世界，深度挖掘人物灵魂，呈现多种关系纠结下的人物灵魂的复杂，把人放到矛盾的极端化中去展现人的思想和作为，体现现实生活的本真。这种矛盾和冲突背后隐藏的是国家、地方和个体的冲突。《燃烧》展现了北大荒半个世纪的开发建设历史，诠释了北大荒精神的内涵，韩乃寅用现代意识观照历史，审视人生，把北大荒现实生活放到整个中华民族发展的历史中思考，从这个意义上看，北大荒精神不仅仅属于地域，更属于整个中华民族。小说以凄美动人的拓荒故事勾连悲壮的拓荒往事，其间不乏纯真的野性，塑造了鲜活的"非英雄的英雄"群像。时间跨度大、气势恢宏的北大荒叙事得以呈现，是建立在韩乃寅掌握翔实的生活素材并将其融入现实生活的情感基础上，小说呈现出历史生命的本质力量，塑造了血肉丰满、重情重义的三代北大荒人：以贾述生、高大喜为代表的十万复转官兵，刚从朝鲜战场回国就放弃个人的利益，响应党中央的号召"向地球开战"，开赴荒凉的北大荒；他们服从指挥，与严酷的自然抗争，忍辱负重直至牺牲生命；他们靠着战斗英雄的敢打硬仗的劲头把几十万亩沉寂的黑土地变成了壮美的大粮仓。在三年自然灾害期间，他们为国分忧、为民解难，为了给国家多上交一粒粮食，他们守着大粮仓却去挖野菜充饥，将用血汗换来的粮食运往灾区，以至于自己晕倒在晒场上。以王大岭为代表的北大荒知青，将青春和生命献给了北大荒，取得成就后又回来反哺第二故乡。以方连喜为代表的在北大荒出生并成长起来的青年学子——北大荒第二代人，在知青返城，农场陷于瘫痪的关键时刻，他们作为十万复转官兵献了终身献子孙，毅然决然地放弃学业，回来接替知青丢下的工作，继续着前代人建设北大荒的事业。韩乃寅形象地告诉读者北大荒是如何历经半个世纪的开发建设，变成"北大仓"的，昔日的荒野僻壤是如何变成塞北"小江南"的。在改革开放时，北大荒又是怎样进行改革，走向振兴之路的。在国家话语的号召下，北大荒人的个体生命都已经融入国家现代性的诉求中，就是靠着这种与时代和地方的共生关系，拓荒者们在北大荒建起了一大批机械化国有农场。韩乃寅的小说之所以具有深刻的社会内容和深刻的文化内涵，是因为他以独特的视角展现了北大荒的开发史和建设史，在久违的英雄书写中描画了一道壮丽的北大荒人非英雄却胜似英雄的动人故事。作家在十万复转官兵的身上挖掘出引领北大荒开发建设的动力。北大荒精神，是百万垦荒大军劳动和智慧的结晶。作为拓荒者和领导者，贾述生思想活跃、富有开拓精神，虽受到魏晓兰的陷害打击，但始终忍辱负重、呕心沥血地建设北大荒；高大喜性情急躁，坦荡无私，虽受到魏晓兰的排挤，但始终坚守在自己的岗位上。他们用自己的行动发挥了一面旗帜的作用。北大荒人这种英雄主义精神、直面现实的气度、理想主义的追求是属于我们民族的宝贵财富，显示出生命的深度和人性的光彩。韩乃寅的创作一向尊重历史、正视现实、憧憬未来，充满清醒的反思和理性的批判精神，在时代精神和社会理想的展现中挖掘出民族的凝聚力。

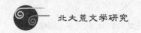

《龙抬头》写出了在国家现代化进程中个人利益融入并服从于地方和国家利益的精神诉求。韩乃寅展现了北大荒人这笔宝贵的精神财富，并在这片土地上传承下去，也在第二代、第三代北大荒人身上根植下来。我国加入世贸组织之后，国内国际大豆市场前景大为可观，美国商人乘机在我国临海市建起"比尔大豆集团"。北大荒是中国大豆生产基地，雁窝岛油脂业又是时下国内大豆生产的最大企业，一场大豆市场争夺战就在此展开。小说敏锐地触及我国参与国际竞争后的危机感和紧迫感，北大荒人是戴着手铐和脚镣与狼共舞，他们的进取、竞争意识集中体现在关键人物——燕窝岛农场场长许诺身上，他临危受命，顶着来自家庭、社会的巨大压力上任，面临着积重难返的国企改革冲突，他坚定地落实"国家大豆振兴计划"，在商场搏击，无形中陷入与三个女人之间的情感纠葛，虽受诬告、被撤职、遭绑架等厄运接踵而至，但他仍然拒绝接受比尔集团的高薪聘请，将生命融入大农业产业化道路上。《龙抬头》以全新视角通过小农场的发展来透视中国大农业，以小人物的命运反映大时代的变迁，表现了北大荒油脂业由衰到兴、由小到大、龙头崛起的发展历程，塑造了富有担当意识的北大荒新崛起的企业家形象，蕴含着浓厚的民间生活气息和丰富的内涵。同时，更多地展现了现代化农业的发展，目的是让世人重新认识北大荒，认识北大荒人。韩乃寅的小说始终带着北大荒生活的"土气荒味"，透视出生活的原色，呈现了北大荒生活的真实面貌。他在人性视野内书写北大荒人的内心世界，感悟人生，关注人性，写出丰富复杂的人性内涵。融入泥土的现实主义创作是韩乃寅小说的特色，透露出他成熟的美学追求和社会责任感。他生动记录了北大荒开发建设的历程，凸显了社会意义与价值。

（三）渗透灵魂的家园意识

《毛诗·大序》云："以一国之事，系一人之本"，中国传统知识分子往往认同"家""国"一体，在"家国同构"中实现自己的理想和抱负，建功立业的强烈愿望。在很大程度上"家园"已成为中国文人精神理想的一种寄托。这种寄托更多地是与脚下土地联系在一起的。作为知识分子的韩乃寅从开发建设北大荒的历史进程中感受到北大荒人的献身精神，认识到共和国大粮仓的建设者所具有的情怀和渗透到灵魂的家园意识。这种"家园意识"表象上看是北大荒人维护个体生存发展的需求，实质上是追求一种"想象的共同体"，也是人的本真存在的体现。中国乡土社会"世代定居是常态，迁移是变态"。①人们一旦迁移就会寻求稳定感，在国家动员语境中迁移到北大荒的建设者，大部分意识中就自觉形成到北大荒建设家园的思想。这里的"家园"既有地理意义上的，又有精神意义上的。对于本文而言，则指乡土社会的传统美德及价值标准。家园的另一层含义是地理意义上的，它是人物长期生长的生活环境。我们把漂泊在外的游子审视自己家园的两个层面，所流露出的复杂感情称之为"家园意识"。

《岁月》开篇写转业军人因北大荒缺少大姑娘没法找媳妇而引起的一系列波动，择偶看似是简单的个人问题，实际上是人特有的家园意识。北大荒历史上荒无人烟，因为逃荒求生、发配流放、政府移民等原因，它成为流浪者的暂居之所，由于土地肥沃、物产丰富，移民产生安家立业的诉求。这方土地滋养了淘金者、逃荒者们寻求落地生根的家园意识。"北大荒啊真荒凉，又有兔子又有狼，就是缺少大姑娘"的民谣②就反映了男女比例严重失调的现实。十万复转官兵怎样使荒蛮之地在"三年之后必须狗咬、鸡叫、孩子哭"成为开荒之外的

---

① 费孝通：《乡土本色》，《乡土中国生育制度》，北京大学出版社1998年版，第7页。

② 王震情系拓荒人，一次与战士们谈心，问及有什么心事，一战士说：北大荒真荒凉，又有兔子又有狼，办起农场能打粮，就是缺少大姑娘。王震将军特意向中央汇报，从四川省动员女青年支援北大荒开发。《中国农垦》1993年第5期，第9页。

头等大事，因为这是创业中最艰难的课题。没有媳妇，就会面临无家的凄凉，即使是开发了北大荒，也没有后来者建设，他们还是无根的漂泊者。韩乃寅就是基于这一思考来叙述北大荒拓荒者的故事。他们融入北大荒的过程，也是对意识形态规范认同的过程。只有那些扎根在北大荒建设的人才能有一种家园感，那些逃离者永远无法找到家园，魏晓兰就是典型。她是当时路线政策培养造就的政治投机者，原是县妇联干部，泼辣能干，油滑刁钻，为了得到贾述生，她藏下他托自己转交给马春霞的定情物，偷偷截留他写给恋人的所有信笺，致使马春霞不知道贾述生已到北大荒；后来组织上动员女青年开发建设北大荒，她见马春霞没有报名，自己又因为上纲上线地给老县长扣帽子而引起民愤，就从山东到了北大荒。她追求战斗英雄、光荣农场书记贾述生是因为他官大，有政治前途。她的举动没有打动贾述生，马春霞的到来彻底打破了她的美梦，她对贾述生因爱生恨。在"文化大革命"中，她兴风作浪，为了自己能够爬上去，不择手段陷害贾述生，写密告信，捏造罪名。她虽然耍尽手腕但也未达到目的，便又开始出于政治需要和副场长方春真真假假地产生情感纠葛，把他当作政治砝码，婚后也没得到幸福。她没有把北大荒当作自己的家，也没有打算终其一生地在此生活，与其说她是来寻找爱情的，不如说是来政治避难的。正如方春所说："也难怪在你身上发生那些和别人不一样的事情，人家那些支边青年都是来开发建设北大荒的，属于'建设型'的青年；你从一来北大荒，就是'政治青年'。"① 对于北大荒，她永远都是一个"他者"，她玩弄政治，也被政治所玩弄，在疯狂的年代滥施权力，迫害和压制拓荒者。她强行点火烧荒，命令八名上海女知青赤手空拳地扑火，最终葬身火海。她身败名裂后逃走，即使是年老后回来也没能和丈夫破镜重圆，只好再次离开。阴险、钻营的魏晓兰与

---

① 韩乃寅：《岁月》，百花文艺出版社 2003 年版，第 501 页。

她后来"阴谋家"的标签形成"互文"，这种"互文"的理念早就存在于创作者的脑海之中。北大荒变成北大仓的历史已经"前文本"地写进作品，魏晓兰式的人物就是"前文本"的承载者，也可以说是一个政治隐喻，其符号的意义远远大于实质的意义。

在韩乃寅的笔下，那些抛弃家园去投机的人终将是游戏人生。牛红、高新浪（《龙抬头》）在生活中没有找到归属感，离开后为寻求发展不择手段，成为外资企业副总经理。为抢占中国大豆市场，甚至不惜坑害父老乡亲。高新浪从北大荒所得的不义之财被牛红卷走，牛红并没得到许诺的感情，孤独地漂泊美国。作恶多端的高新浪等人逃离北大荒也没有善终，只有回头悔过的浪子才得以安置，找到精神归宿。逃离北大荒就意味着背叛，不仅无家可归，甚至是死无葬身之地，那个投诚起义的赵嘉彬（《岁月》）孤身离开环境恶劣的北大荒，半路被群狼残食，剩下一片尸骨和血衣。而把北大荒当作生命家园的三代人身上无一不渗透着浓浓的家园意识。从开荒时的 153 对新婚夫妇，到知青返城时以赵英俊、王天浩为代表的知青，为继续研究水稻、割稻机而选择留下；李开夫因为被国民党抓过壮丁而背负着沉重的精神枷锁，但他坚忍地在北大荒安家落户，执着地追求着政治进步，最终在商海弄潮成为民营企业家；从以方连喜为代表的几十名大中专毕业生或辍学或放弃优越的工作单位回来建设家乡，到北大荒知青代表王大岭回来投资建设北大荒，在为经营摆脱困境、调整产业结构的关键时刻，方连喜放弃现有职位，带头兴办家庭农场，把个人命运融入北大荒这个大家庭中。

由于地远天荒，少有中原文化的浸染，冷硬荒寒的环境打造了北大荒人豪爽强悍的民风，进而形成粗犷率直的人文环境。无论是向地球开战的豪情，还是北大荒情结的根植，都融进北大荒人的情感品质，闪烁着人性的纯美光辉。北大荒人胸怀宽广、淳朴善良、性格坦荡，即使是对待魏晓兰这样的投机者，王继善都安慰她"咱北大荒人的脾气呀，就像大烟炮儿一样，刮起来呼呼呼一阵儿，别看一时刮得天昏地暗，说过去呀，悄悄地就没了，风平浪静，天空不留一丝云彩，空中不留一粒风沙，晴朗朗的就啥事儿也没有了！"① 韩乃寅将北大荒强悍的民风、侠义的民心和改革进取、励志竞争的力量交织在一起。他的写作目标是以建构集体记忆的方式，寻求北大荒人的政治或身份认同。无论是《远离太阳的地方》中知青和北大荒人，还是《岁月》中复转官兵和八家子村村民；无论是《城府》中的罗冬青和民间，还是《龙抬头》中许诺和燕窝岛农场职工，他们都与北大荒人有着血肉联系，作家借助作品展现北大荒人的力量，展示了北大荒人的家园意识与民族国家为实现现代化诉求而开发建设北大荒的举动相一致，这种家园意识是历史理性的艺术表达，折射出民族性格和文化心理。

韩乃寅的北大荒小说极具主流意识形态，他的创作全景式地反映了北大荒尤其是中国大农业急剧变化的现实生活，并且与时代的情绪和心理紧密暗合，在相当广阔的空间内为人们提供了北大荒的历史和现实生活图景。然而这样的选题如若处理不得当就会影响到作者的创作。韩乃寅抓住了人们浓厚的家园意识，关注北大荒开发建设中留给人心灵的最深沉的历史文化记忆。韩乃寅是有强烈责任意识的作家，他善于捕捉这些重要的元素来观照北大荒。不简单停留在恢宏壮美的北大荒自然环境的描写上，也不仅仅靠道德自律和人格完善为基础的人文环境的建构，韩乃寅创作的成功"是以'边缘'的姿态来写'主旋律'。作者并不刻意去追求宏大的历史叙事，也不急于进入'中心'话语，只是在真实留摄历史氛围中孕育、生发出北大荒人的悲欢离合，写出的却是真正属于共和国历史的旋律"②。韩乃寅的创作符合

---

① 韩乃寅：《岁月》，百花文艺出版社 2003 年版，第 416 页。
② 黄万华：《不只是激情的燃烧——评韩乃寅长篇新作〈岁月〉》，《黑龙江日报》2003 年 4 月 22 日。

"主旋律"的创作特征，具有强烈的爱国主义、理想主义及英雄主义的教化功能。但是他采用的是边缘化的叙事策略，他的北大荒小说虽然反映主旋律，但创作时又避开了主旋律的观念化、程式化的问题，力求每一个细节都做到更加生活化，描写北大荒人的日常生活，包括用荡气回肠、高潮迭起的情感构成故事情节，通过开发建设大背景下的一个个小故事，塑造大时代中普通的北大荒人形象，力求让每个人物都更具有普通人的人情味和人性美。机耕队长席皮（《岁月》）就是其中的典型：他虽然外表放荡不羁、爱发牢骚，但是工作向来勤勤恳恳。他是席家唯一的儿子，来到北大荒后，他想找媳妇，想要为席家传宗接代，他对支边青年冯二妮格外痴情，就在二人热恋之时，拖拉机陷进沼泽地，他奋不顾身地下水救出女司机，又争着潜入泥沼牵引拖拉机，由于钢丝绳意外断裂，席皮永远地长眠在了北大荒。他牺牲后，席妈妈来到北大荒，贾述生、高大喜等复转军人和冯二妮、王俊俊等女青年都争做她的儿子、儿媳，他们要陪伴席妈妈扎根北大荒。这幅感人的生活图景和活生生的人物摆脱了主流话语的政治符号特征。作品很大程度上围绕着方春、魏晓兰这对"革命夫妻"，高大喜、姜苗苗这对"政治夫妻"，贾述生、马春霞这对"患难夫妻"展开，使叙事由宏大趋向细微，精准地把握了日常生活的体验，避免了小说空洞的政治功能，避免了特定时代共名的规约，塑造了生活化的人物。《龙抬头》围绕着大豆争夺战，书写了在外资企业强劲的攻势下，北大荒豆业集团是怎样摆脱重重危机走向振兴的，集团从而成为带动国内大豆加工的龙头企业。小说很多笔墨围绕着许诺与三个女人的情感纠葛展开，既写出他的有胆有识、淳朴厚道，又透射出他既刚毅果敢、多愁善感，这些元素都展现了许诺这一人物形象的多面性和复杂性。韩乃寅以融入泥土的姿态，通过北大荒人的生活展现出在企业裂变、市场风暴席卷之际的悲欢离合，张扬着敢为天下先，笑在风雨后的气度，展现出北大荒豆业振兴的艰难，同时挖掘"龙头"产业

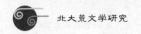

充满屹然崛起的民族志气和时代精神。

北大荒集体记忆在文学中的表现是几代作家的共同努力所保存下来的，韩乃寅的小说实现了"边缘化"与"主旋律"的同构，其作品在文学上具有社会教化功能的同时又不缺乏可读性，他展现垦荒的残酷与浪漫，吟咏苦难的忧伤与唯美，展现市场冲击下的人性扭曲与扶正，张扬梦想的追寻与放飞。他是当代中国文学史上最早出现的以官员的身份对其管辖的这方水土进行长久表现的作家，他潜心挖掘北大荒人创业奋斗和创新追求的生活资源，并以成功者的气度对生活的地域进行深情地赞颂和描绘。韩乃寅的北大荒小说以其独特的视角填补了北大荒农垦沧桑的历史空白，他也是中国农垦发展的文学书写者，以其独到的文学视野开拓了中国农垦生活的时空，更以其官员作家的独特视点为当代文学注入了地缘文学的发展活力。他的作品是关于北大荒过去实践的和情感的记忆，通过"边缘化"的叙述看到集体记忆的存在，使北大荒人在自我和群体的互动中找到集体记忆的力量所在。集体记忆作为一种社会的认同力量而存在。韩乃寅的创作从承担的使命，到履行起"意识形态国家机器"的职责，都当之无愧是创作的典范。他不仅塑造了活生生的人物，也显现出历史及时代文化的特征，构建人的精神家园，体现出北大荒人的灵魂之美，具有深刻的社会内容和厚重的文化内涵。

二 杨宝琛：悲壮的北大荒礼赞

杨宝琛坚持运用革命现实主义与革命浪漫主义相结合的创作方法，描写艰苦的生存环境，凸显人高尚的情操，这就是他说的"苦难中的高贵"。他的北大荒戏剧，刻画了一系独具艺术感染力和审美价值的人物群像。尤其是北大荒"土著"居民，他们是独异的充满俚俗光彩的人物形象，如窦婶（《北京往北是北大荒》）、马莲玉（《大江在这儿拐了一个弯》）、吴常福（《大青山》）、赵镇长（《关东大集》），北大荒地域和历史文化濡染了民俗人情，他们有着豪爽粗犷、洒脱不拘、豁达乐观、诙谐风趣的性格特征和强烈的生命意识。这本身寄寓了人们超越现实、追求自由理想的精神诉求。杨宝琛塑造了地母形象，她们承继着独特的社会历史，兼具女神、地母、女人三重身份。他以其特殊的记录方式再现了北大荒的社会心理和人文情怀，人们的生存不仅要与严酷的北大荒抗争，还要和兽类进行生存空间的竞争；要靠繁衍生殖来增加人口数量，靠集体的力量才能活下来。在女性缺少的北大荒，女性作为生殖的主体起到至关重要的作用。她们像女娲一样孕育生命，解除苦寒之地男人的饥渴，照顾他们的生活，给他们心灵的慰藉，还要和男人一样开疆拓土，她们成为北大荒真正的地母。

（一）窦婶、马莲玉——地母原型

集体无意识的母神崇拜在人类文明发展史中有着重要影响，"这一原型（指大母神）的影响贯穿着全部历史，因为我们能够证明它在原始人的仪式、神话和象征中，以及在我们现代健康人和病患者的梦境、幻想和创造活动中所起的作用。"① 在杨宝琛的剧本中，对于窦婶和马莲玉形象的塑造是具有象征性的原型母题，它一直沉积于人类心灵的潜意识层次。女娲神话就具有了母亲原型所具有生殖繁育和食物供给的两个特征。卡尔·荣格认为，"人类集体无意识中有父亲原型和母亲原型，母亲原型代表保护、滋养和帮助，常体现为大地、树林、大海、流水、花园、山洞等意象。"② 这表现出母亲原型意象代表的包容和接纳。文学中的母亲原型是一个活生生的现实中人，带有世俗的母爱、多产、保护等特征。作为母亲原型，她象征着人与大自然的高度和谐，显示出其发展的规律性，同进她又孕育和庇护着无数的

---

① ［奥地利］诺伊曼：《大母神》，李以洪译，东方出版社1998年版，第3页。
② 梁工：《圣经文学导读》，漓江出版社1990年版，第28页。

人。生殖、多育、供养反映了母亲原型的最根本特征。杨宝琛的北大荒戏剧塑造了窦婶和马莲玉这一北大荒的地母形象。可以说以母亲为原型的北大荒戏剧反映出作家心理中最原始最深层的集体无意识——对于天荒之地的生存繁衍的敬畏和对具有献身精神母爱的歌颂和热爱。自古以来，这个集体无意识就是艺术的真正原型，杨宝琛的北大荒戏剧积聚了北大荒发展的风霜雪雨，凝聚着"人类精神和人类命运的碎片"①这种原型母题，代表了北大荒的历史，更指向北大荒的未来，它对杨宝琛戏剧创作具有决定性的意义。这种艺术体验的真正决定力量，在杨宝琛的创作过程中具有非理性和潜意识的特点。

杨宝琛的代表作《北京往北是北大荒》中北京正阳楼饭店学徒工那小勤为给母亲五十大寿买御膳的宫廷点心，挪用了六元六角六分钱，没有让色狼李经理占便宜，被开除公职，发配到北大荒兴凯湖劳改农场劳教。在荒蛮之地的艰苦生活中，她经受了一次次考验，带领水稻班的姐妹们寻找到了一条发展生产、搞活经济的办法，可是在形而上学猖獗的极"左"年代里，她们的聪明才智得不到发挥。直至实行"对内搞活，对外开放"的政策后，那小勤不仅在北大荒这块神奇的土地上扎下了根，还重返北京开发市场，实现了她要干一番事业的夙愿。那小勤从一个年少无知的孩子成长为一个企业家，一个具有救赎性的关键人物窦婶扮演了地母的角色。这是一个反叛传统伦理道德的女人，她以蒙昧的行为方式影响着那小勤，使她对生存价值和责任进行重新反思，认识到人的本质在于自由选择，要自主地把握自己的命运，在任何时候不至于因心灵迷失而无所归依。窦婶与生俱来的母性牺牲和奉献精神不仅使她在两性关系中本能地充当保护、给予的角色，抛弃世俗的贞操观念；还体现在对待北京来的孩子时也给予了无

---

① 荣格：《个体无意识与超个体或集体无意识》，《西方心理学家文论选》，人民教育出版社 1983 年版，第 410 页。

私的爱，体现了其独有的庇佑作用。窦婶是一个北大荒的女神、地母形象，她用母性衍生的善良大度弥补被损害者们内心世界的荒凉。那小勤拜窦小个子为干娘，意味着窦婶是那小勤的重生之母。窦婶身上还表现出一种母爱——女性意志和家庭主妇的特征。母爱最集中地体现于她对那小勤这些知青们的感情上。窦婶是一个鲜活生动的北大荒村妇的典型形象，她只有一米来高，像个土豆似的，身上印证着北大荒蛮荒文化的特征，她是被流放到北大荒的盗御马的窦尔敦的后代。窦婶有五个丈夫，有时和两三个男人一起过日子。这是一个类似于拉帮套的故事，这在荒凉的北大荒随处可见，这种独特的婚姻形态昭示出北大荒的特殊历史和经济状况，是别处所少见或没有的，但在特定的男多女少的北大荒却有着存在的合理性。这种历史生活中无可奈何的姻缘，又以其生动的现实反映着这一片蛮荒土地上的特有文化，这是北大荒的一种畸形的文化。恰恰是这种畸形文化的存在，才有了流民在北大荒的繁衍生息。窦婶就是在这种畸形文化中承担着地母般的给予和庇护功能，她有敢主事的胆识，性格开朗、豪爽豁达，言谈诙谐、自在洒脱，她具有顽强乐观的生命活力，有吃苦耐劳、韧性的生存技巧。她有一套超越世俗的生存哲学，这体现在她对北京姑娘那小勤的"启蒙"中："你们京都的女人一让男人沾身就上吊跳河的，干啥总想死呢，得想法好好活着。人都是一个老祖宗，谁也不比谁低一头，凭啥受他窝囊气！"① 这段话提出了一个几千年来道德家们都不愿面对更无法解答的问题：为什么男人可以妻妾成群，女人不可以爱其所爱？这是以女性的立场，女性的话语来诘问和阐释人生的，这种诘问方式在本质上赋予窦婶以独特性。她向勤子传授制服男人的招数："那小子不是当你面脱裤子吗，你就照王八犊子大腿根儿狠狠挠他五

---

① 杨宝琛：《北京往北是北大荒》，《北京往北是北大荒》，中国戏剧出版社 2001 年版，第 154 页。

道血印子！这叫证据！""王八羔子操的，让他炸刺儿！"① 窦婶的招数不是荒淫放荡，看似粗俗实质是大胆泼辣和有心计的女性的生存本领，地母的生命世界是自然性的，使这个世界生命力旺盛，激情四射。在这个藏污纳垢的民间世界，她超出狭隘的伦理规范束缚，更不受功利的限制，那种自在性、自然性在窦婶的言语间流荡。有谋略、有手腕的女性，蔑视传统礼教对女性的规范，执着地追求与男人平等的权利，在窦婶看来，女人就是这么回事。她对传统道德的叛逆，对传统行为规范的抗争精神，体现了北大荒人享乐主义的生命意识和活在当下的及时行乐心态，显示她泼辣而又粗俗的性格特征，这是她生活的环境和文化层次所决定的，她拥有一个女人的智慧又不乏狡黠。

面对残酷的生存环境压力，面对荒凉的北大荒，男女自然以"乐和"来化解这种生存苦难，以精神和肉体的尽情宣泄，来减轻寂寞和孤独。在这漠漠大荒之中，封建礼教等传统观念已经失去其统治的威力，这种男女间的宣泄背后所蕴含的是北大荒人刚毅顽强、自由洒脱的生命形态。这是人之所以合乎人性、人情的内在本质。窦婶教会勤子怎样对付企图强奸她的老淫棍李经理，也教会勤子们把"左"得出奇的管教干部狠狠地整治了一顿。在这些小事背后，掩藏着窦婶母亲般的庇护本性，她深明事理，同情弱者，对违背人情人性的事理直气壮地坚决整治。她的言行举止大胆耿直、敢作敢为，无视条条框框。窦婶的思想、行为和情感表达方式，都显现出了北大荒文化见性见情的独特性中不乏野性的美。可见，窦婶绝不是仅仅满足于感性刺激的坏女人，蛮荒之地造就了独特的她，但她的内心并不荒芜，而是异常丰富、敏感。她感叹男人都是陈世美，在坚硬外壳的包裹下饱含着辛酸与无奈，这是窦婶的柔弱与无助，爱恨分明又柔肠百结的复杂心

---

① 杨宝琛：《北京往北是北大荒》，《北京往北是北大荒》，中国戏剧出版社 2001 年版，第 154 页。

态。她历尽沧桑而不改的是善良与豁达：她不仅对女知青，对现在的丈夫，包括对拉帮套的男人都有着母性的关爱与怜惜；她同情、帮助形形色色的外乡人。窦婶的那句"见死不救那还叫人?"①"北大荒不像你们北京，没那么多讲究。"②足以看出她见义勇为、助人为乐、与人为善的处世态度。从她的这种善良和豁达中，我们看到了一种天真的品质，一种诙谐达观的天性，追求自由的生存意境。

窦婶在蛮荒之地智慧地生存着，她具备坚忍顽强和吃苦耐劳的品质。伪满时期，她就敢违抗"小鬼子"的禁令，在火车上倒腾大米；在极"左"路线横行的年代，她不顾农场的禁令，秋天偷着下地捡粮，冬天下湖打鱼，并到自由市场卖高价。因此，她不但自家日子过得滋润，还帮助勤子、小柳等北京知青与他们的家人度过饥荒。在饥荒年代，她边做饭边听收音机中播放的二人转，还索性自己"放开嗓儿唱了几句，玩几下手中的抹布，一点也不像在挨饿"③。透露出她开朗、乐观、富有生命活力的性格。她不受挨饿的困扰，尽情享受生活的乐趣。她身上既有勤劳善良的传统美德，又有北大荒人热情豪爽的性格特征。泼辣、野俗性的独特，是她的魅力所在。窦婶善良果敢、见义勇为、扶危济困，母性地关爱着那些"北京来的丫蛋"。她担心在这变化莫测的北大荒，她们集体逃跑会闹出人命，立即安排人四处寻找，她恳求猥亵的生产队长帮忙，斥骂他打女孩子的主意。对自己的两个男人颇具权威性地调遣，显示出她侠义善良而泼辣的性格。她对没娘的延河倾注了母爱，敬佩她投身高寒水稻科学试验的精神，冒着被劳改的危险将偷偷捡来的稻种给了她。大饥荒时，窦婶借五十斤全国粮票给小柳儿，使她在北京的家人渡过难关，她还劝生产队长要

①　杨宝琛:《北京往北是北大荒》,《北京往北是北大荒》,中国戏剧出版社2001年版,第153页。
②　同上。
③　同上书,第159页。

将小柳儿明媒正娶，这体现出她母性的心理。令我们禁不住拍案惊奇的是她那泼辣、野俗的性格。她大胆与邢队长调情，向他投怀送抱，固然出于对他的爱慕，也是替其解除与妻子两地分居的痛苦。她在两性关系上的"开放"行为，看似粗俗、野性，但绝不是出于生存的需要，也不是为满足肉欲享乐的需要，深层根源在于她内心追求两性平等的自由意识和悲悯情怀。边塞蔑视传统伦理道德观念的社会心理和缺少历史文化积淀的现实，孕育了窦婶热情豪爽、泼辣野俗的性格。她的人情人性之美，在于自由自在与纯朴善良。她心胸豁达，坦然面对各种厄运和逆境；她蔑视世俗、呼唤自由，在经济和精神方面都具有独立性，把人生和命运的终审权握在自己手中。她与男人一起拓荒，从事着繁重的劳动，成为自己家庭的支柱，捍卫着自己的尊严。她处变不惊、从容应对，同男人一样豪爽、勇于担当，为了保住农场几万亩水稻田，延河、勤子决定假造"最新指示"时，窦婶鼓励她们："你们枪毙了我去收尸，你们坐牢我去送饭！"① 她化解生存的严酷与生命的寂寞，她与他人共担风险、共享生命的欢乐。窦婶的淳朴、洒脱、真诚和自在的人生态度深深吸引了勤子，她主动认窦婶为干娘。那小勤从一个幼稚无知的少女，经过在北大荒的摔打，不但没有沉沦，反倒对生活越来越充满信心，并成长为迎着经济大潮而上的当代农民企业家。从这个意义上说，勤子就是窦婶的现代翻版。那小勤追求自由、侠义的人格是北大荒女性性格与人文精神的人性阐释。

那小勤被发配到北大荒兴凯湖北京市劳改农场劳教，在艰苦的生存条件下，以窦婶为代表的北大荒人救赎了她，她不仅学会了种地、打鱼等挣饭吃的本领，还学会了如何斗智斗勇地进行拓荒。饥荒年代，她拼命开展生产自救活动，在三九天和北大荒人下湖打鱼；保护

---

① 杨宝琛：《北京往北是北大荒》，《北京往北是北大荒》，中国戏剧出版社 2001 年版，第 184 页。

全场几万亩稻田，她敢于利用"毛主席的最新指示"与兵团对抗。她在北京文化与北大荒文化对比中，看出北大荒人的实干和胆略。李经理带着工商干部要没收勤子的鱼时，勤子怒不可遏地喊道："吃人饭不拉人屎的东西，你们活腻味了！也不打听打听姑奶奶是从哪儿来的，敢动武就让你们知道北大荒人的厉害！"① 这是窦婶给她的生存智慧。难怪延河感叹："北大荒的水土真够冲啊！勤子已经不是三年前的小京油子了！"② 勤子开导大家："咱们姐妹们得好好活着。总想逃跑啊，回北京啊，自杀啊，全白搭！没病找病！"③ "北京到处受限制，哪像北大荒自由啊！想活就得想辙，就得玩儿命，就得折腾事儿，最后还是折腾人，自个儿折腾自个儿。咱就是为了活着嘛！我们北京人先后已经有一万多人在这安家了，要世世代代在这儿生活，这稻田和这兴凯湖就是我们的命根子，为了大伙，搭上我这条小命也值了。"④ 不难看出她是窦婶的影子。如果说窦婶"挣的都是笨钱儿，都是汗珠子掉地摔八瓣儿挣的力气钱儿"⑤，那么她作为新北大荒人，能扎根在北大荒，并能放眼京津穗，发展国际贸易。

窦婶形象倾注了作家的心血和审美理想。"我的各个剧本的兴奋点虽有不同，但总的有一个，这就是改革开放以来人的解放的问题。人的各种欲望得到满足就是人的解放，这是符合马克思主义的。这方面我是用生命感受出来的。……改革就是生产力的解放，就是人的解放，对我这个长期受压的'地主崽子'来说感受实在太深太深了，因此创作欲望非常强烈。"⑥ 他塑造窦婶和勤子这类不受传统道德、婚姻

---

① 杨宝琛：《北京往北是北大荒》，《北京往北是北大荒》，中国戏剧出版社2001年版，第175页。
② 同上书，第178页。
③ 同上书，第149页。
④ 同上书，第183页。
⑤ 同上书，第198页。
⑥ 王咏梅：《拓荒者的生命交响—杨宝琛论》，黑龙江人民出版社2002年版，第170—171页。

观念束缚的自由洒脱的形象，其敞开生命见性见情地生活态度令人不无激赏。窦婶潜意识里显现出对"创伤的执着"，曲折表达了自己几十年来所受到的"出身"压抑的内心世界。他想像北大荒人那样活得无拘无束，寄托了作家对他们不无羡慕的情怀。《大江在这拐了一个弯》中的善涛、杜恒身上也有作家的精神影子，影射出自己不自由的痛苦与无奈。这成为促使他塑造窦婶这类形象的一种潜在的因素。

《大江在这拐了一个弯》中的马莲玉是作家倾情塑造的"北大荒的女神"。她善良豁达、富有自我牺牲精神，具有北大荒女性地母般救赎的高贵品质。她是"一束具有礼赞和祭奠意义的野百合花，她是疏野的又是清芬的，是悲壮的又是柔美的"①。与窦婶相比，马莲玉是一位有一点白人血统的大美人，由于先祖蒙冤被流放到北大荒定居，她成了一个目不识丁的俄罗斯人与汉族人的混血土著村姑。她浑身充满着民间粗犷的气息："高大丰满结实的身板，高鼻梁深眼窝大脸盘，有点俄罗斯玛达姆的味道"②，终日只"穿个肥大的上下一色的大布衫子"③"蓬头垢面像是总不洗脸"④。虽人到中年但风韵犹存，略施粉黛就俨然是一位希腊女神。特殊的地域文化和遗传基因，多灾多难的历史生活和个人多舛的命运，造就了马莲玉坚毅果敢、高贵、善良、豁达而深情的性格品质。土生土长的马莲玉生命意识中以舍生取义、成人之美为人生最大满足，以安宁、平和为理想的生命形态。她有着独特的婚恋生活，在动乱的特殊时期，她让爱做主，敢作敢当，嫁给了带着 5 岁孩子被劳改的军人善涛，灾难岁月二人情深意厚。善婕长大后问马莲玉："我也不是您亲生女儿，您为什么对我倾注这么

---

① 孙天彪：《北疆戏剧论集》，中国戏剧出版社 2001 年版，第 207 页。
② 杨宝琛：《大江在这拐了一个弯》，《北京往北是北大荒》，中国戏剧出版社 2001 年版，第 252 页。
③ 同上。
④ 同上书，第 304 页。

深的爱呢？而城里常常发生后妈虐待前妻子女的事件，有首民歌叫
《小白菜》……"① 马莲玉给她讲述大马哈鱼的传说，讲述老母狼、
老母熊如何发疯似地寻找自己的幼崽儿的故事，以此来阐释自己行为
的合理性："畜牲都这么护崽儿，何况人呢？天性啊！哪个当娘的都
会这么干！"② 这种最为朴素的阐释形象地揭示了马莲玉善良的品质源
于一种最起码的人性，她的善良是基于人类最纯真的同情心，也是人
性使然。当善涛的前妻焦颖对她表达感激时，她的回答也是朴实的，
"……人一辈子谁还能不遇上沟沟坎坎的，那年冬天老善拉着爬犁走
了一天来到队里报到，我一见孩子都冻僵了——咱能见死不救吗？雪
地上遇见一只快冻死的小猫小狗还把它抱回炕头把它救活呢。何况个
大活人呢！"③ 马莲玉在日常生活中是供养者和庇佑者，在危难时刻总
是舍己为人，使人再生。她就是地母，其特质主要表现在对萎缩生命
的救赎与无私的母爱上。在丈夫进劳教大队生死未卜的煎熬中，她完
成了丈夫的许诺，与丈夫的难友、孤苦伶仃的杜恒留下一个后代。她
开导书呆子杜恒说："有啥见不得人的！这叫情分！不信你叫那帮造
反派来沾沾老娘的身子，我敢把他剁了！杜大哥，这事俺同意了，就
这么定了：……如果你们都没回来，我就把你们俩的后代全给抚养
大，将来每逢清明好有人给你们烧烧纸，到坟上添把土，好有人叫你
们几声，哭你们几声，你们在九泉之下也能闭眼了！"④ 这番话充分体
现了北大荒女人不局囿规诫的善良和侠义、豁达洒脱的生活态度。在
与杜恒生活的一个月里，她安慰他说："行啊！人这辈子就是这么回

---

① 杨宝琛：《大江在这拐了一个弯》，《北京往北是北大荒》，中国戏剧出版社 2001 年
版，第 302 页。
② 同上。
③ 同上书，第 270 页。
④ 同上书，第 268 页。

事，啥灾啊难的，别看得太重，一咬牙就挺过来了！"① 马莲玉的善行颇具象征意义，"生殖、怀孕和生育行为中的每个细节都唤起最崇高最庄严的情感"②，她就是拯救善涛和杜恒两家的地母。劫难过后，她又担当起两个家庭的重任，照顾两个男人和三个孩子的生活。她仁慈，敢于担当、勇敢坚毅。她对杜恒是母性的怜爱，对善婕，对儿子善林，对自己与杜恒的儿子杜小荒也都献出了无私的母爱。马莲玉善良豁达、品格高贵，尤其是在是非颠倒、黑白难辨的特殊时期，她秉持的仁爱，已不是通常意义的爱，而是兼有终极意义的博爱。她穿越人生苦难和生死的俗世境界，摒弃了世俗意义上的伦理道德观念和现实利益。她像圣母一样救赎着身边的人，用母性的生命力滋养着受难者，她影响成长起来的年轻一代（善婕、杜小荒），不畏风险，在开拓进取中实现了自我价值，这是她豁达大度、乐观洒脱的生命形态的延续和升华。马莲玉是当代文学中一个具有重要审美价值的艺术形象，她被刻画得比窦娥更有情感力度和灵魂深度。北大荒土著女性以拯救者的母性身份出现在北大荒文学中，有极为重要的特殊意义。她们昭示着荒无人烟的北大荒是如何升起袅袅炊烟，又如何成为人们在政治风浪中的避难港湾，又是如何塑造一代北大荒人的。马莲玉性格的精髓在于果敢、坚毅地面对人生命运的重大抉择。当善涛和杜恒因为救了一位俄罗斯姑娘，被民兵连长大憨要挟时，马莲玉为了保护两个男人和18岁的女儿不被大憨糟蹋，借酒壮胆毒死了恶棍，她失声痛哭并安葬了他。此后又一直善待被大憨先奸后娶的盲流膘子，并为她和杜恒牵线。为了善涛与前妻焦颖破镜重圆，儿女也能回到北京，她选择了自首而获罪入狱。她精心打扮自己，像一位贵妇人向两位男

---

① 杨宝琛：《大江在这拐了一个弯》，《北京往北是北大荒》，中国戏剧出版社2001年版，第268—269页。

② ［德］尼采：《悲剧的诞生》，周国平译，生活·读书·新知三联书店1987年版，第334页。

人斟酒道别，从容地将家收拾整齐。在两次生死抉择面前，她显示出圣母般大爱无私的坚毅品格。她身上的利他性与无私性、果敢高贵的圣洁被彰显出来。潜在的叙述效果就是女性对被政治风浪淹没、沉到生活最底层、接受了几十年劳动改造的知识分子的拯救过程，暗含着作家对生命的关怀意味与救赎心境。马莲玉的豁达洒脱则是源于一种带有宗教色彩的大慈大悲、隐忍制欲，体现了一种默默承受生命的重负和苦难、克己为人的追求。北大荒文化中有俄罗斯文化的因子：人性的圣洁与生命的负重，以人性的博爱帮助蒙难的生灵，以自我生命的割舍去弥补他人生命的残缺。这种塑造本身包含了作家对具有母性心理的女性的崇敬和推崇。"这恰恰与生命本源、诞生、温暖、滋养、繁衍、成长、充裕相联系。"[①] 杨宝琛的女性崇拜心理又与北大荒人烟稀少，尤其是缺少女性的现实相关，更与女神创世的文化崇拜密切相关，寄托着作家的审美理想和现实感受，同时也显示出某种具有崇高感和悲剧性的思想意蕴。内在生命体验是决定作家成功创作出作品的深层心理机制。带着倔强野性的北大荒女性身上的那种精神的美、劳动的美、人性的美，展现特定环境和特定时期人的精神力量，这是北大荒作家基于现实的创造。她们外表粗俗，内心美好，其核心是牺牲精神，是道德、伦理和创造力所能达到的最高境界，体现民族精神的特质，激荡着诗意的力量。

作家的精神立场和审美理想影响甚至决定了人物的塑造。杨宝琛塑造的土著女性形象在自我与他人和社会群体的关系中，一方面张扬的是忠实于自我、追求个体生命价值的自主性，另一方面又展现反抗强暴、庇护弱小的利他性，这就构成了中国当代文学中勇敢坚强、粗俗博爱的女性形象。女性"不是历史存在的真实女性，而是由男性欲

---

① 金元浦：《文艺心理学》，中国人民大学出版社 2003 年版，第 35 页。

望与男性意识塑造的永恒的女性神话"①。杨宝琛塑造的女性毫不掩饰、敢爱敢恨的外倾性格和火一样的热情。这是他作为男性作家对一种特定时代、特定地域的文化写实，以一种自在的生命形态与生命意志给人们带来巨大的冲击力、震撼力，这是具有象征意义的符号。生存方式背后高扬的是以个人为本位的主体意识，既传承了文学的人本传统和人文精神，又寄寓着作家的审美诉求，显现在北大荒这一地域颠覆男性中心话语霸权，消解纲常伦理、重绘历史发展图景的可能性。

（二）吴常福、赵镇长：民间希望所在

北大荒生活熔铸了杨宝琛全部的心血，内在的生命体验是创作激情产生的源泉。他曾自白："……北大荒的雪是白的，冰是冷的，但北大荒人的血是热的红的，在热血与冰雪之间，跳动着几十万颗滚烫的心。作为一个老垦荒人，当我和同辈们把青春生命都付出的同时，也在我心灵深处凝聚成一个浓厚的'情结'。每当想起创业初期住马架子吃大楂子咸菜，六〇年挨饿浮肿如火如荼的岁月，想起那些在身边已经倒下的战友兄弟，便觉得如果不在自己的笔下流淌出来，我等于白来人世一回。"② 丰富的生活赋予作家深刻的生命体验，决定了作家作品成功的深层原因。独特风情是北大荒人们在长期的社会生活中所形成的思想和生活方式的总和，鲜明地体现着地域的文化特色。与北大荒开拓者相比，杨宝琛塑造的第二代拓荒者更为鲜活。吴常福（《大青山》）、赵镇长（《关东大集》）身上有着北大荒人不畏苦难、勇于开拓的精神，显示出独特的性格气质和内在精神。

吴常福是勤恳踏实、朴实能干，从伐木工人到采伐区段的段长，

---

① 孙燕：《女性形象的文化阐释》，《中州学刊》2004 年第 5 期，第 79 页。
② 应治国：《鲜活的史诗崇高的生命——谈杨宝琛话剧作品及其创作道路》，《剧作家》1997 年第 2 期，第 8 页。

再到跃进林场场长，成为群众信服的好干部。在特定的环境下，他既有山里汉子的随和亲切、爽直幽默，又有雄踞一方、专横的霸气，他像家长一样对发牢骚的工人大加训斥并以耳光相向；看见与自己有着"夺妻之恨"的王耀祖时，他愤怒地大骂"去把这个瘸驴给我撵走，叫他滚出我的林场！"① 这些并不能掩盖他火热的情怀、非凡的胆识，他还是一个随和、幽默风趣、与群众融为一体的林区基层干部。吴常福内在的文化心理结构是符合民间规范的，他既有儒家的仁义精神，又残留着封建宗法制社会所积淀下来的专制思想与男权意识。这造就了他的复杂性格：他扶危济困，收留了山东盲流王耀祖、于曼在林场落脚；又有腐朽的专制思想，根本就没把逃荒到他地界的盲流们放在眼里。凭着自己"一把手"的地位，他对王耀祖颐指气使；对妻子于曼独自支撑起一个家不仅没有感激，还粗暴、专横，伤害了他们的感情，致使妻子和王耀祖返回山东。事物的复杂性就在于，他的封建家长式的作风和男权意识，又是他作为场长还债的自省和为子孙后代造福的责任感的心理动因所在，也是他深受职工爱戴的原因。作为老林区人，吴常福亲历了由二人抬大肚子锯采伐到机械化作业的历史变迁。看到了林业资源几近枯竭的残酷现状，当年的采伐能手、创高产标兵，在三十年后承担起寻求出路的重任，为了永远守住大青山，他做出了林场封山育林的抉择，并与局里签订了十年承包合同，还要建立全国最大的苗圃基地。他要把大青山变成一所绿色银行，传给子孙后代。这是他的长远谋划，面对眼下职工们吃不上饭的窘境，他"只要合法有利的我们全干！"② 在他走投无路时，王耀祖发财后，又携巨款来林场投资。当年王瘸子落魄时曾经给他下跪，现在投资的条件是要求吴场长跪着签字。王瘸子的发迹深深刺激了吴常福，这比"夺妻

---

① 杨宝琛：《大青山》，《北京往北是北大荒》，中国戏剧出版社2001年版，第208页。
② 同上书，第205页。

之恨"更让他难以平复内心，"我吴常福今天不是给王耀祖下跪，我是给全场的老少爷们儿下跪，给咱们大森林下跪！……老祖宗留下的富饶大森林把咱们吃懒了、吃傻了，靠山吃山、坐吃山空，到头来我们倒成了穷光蛋。去找当年的叫花子借钱，这是咱山里人的奇耻大辱！不怨天不怨地，只怪我吴常福无能……"① 这是吴常福发自肺腑的自责，虽然这一切不是他一个小林场场长造成的，但为了林场职工，他忍辱负重，坚定地与自己的情敌王瘸子联营，还答应了对方提出跪下签字的苛刻条件。林场人坚决维护吴场长的利益，王耀祖也迅速与他签约。这是吴常福的威望和人格魅力的彰显，作家塑造这个有情有义的北大荒山里汉子形象，寓示着林区二次创业的希望所在。

赵镇长也是一个勇于开拓的北大荒基层干部。为了让赵家镇的农民们真正富裕起来，他办起了被誉为"龙江第一集"的赵家大集。他极力与国内外的市场接轨，千方百计筹建赵家商城。外界的种种阻力，突现了其机智灵活、善于应变的工作能力和小人物的耐力与张力。他"力争三五年之内让赵家商城的利税达一个亿"②，为了实现目标，他忍辱负重，先是亲自到杭州找自己的前妻，靠着执着和"住在地下室里啃着从家里带来的干馒头咸菜""可怜得像个叫花子"③的模样，外加将上大学的儿子送回前妻的身边作为投资的交换条件，打动了前妻方馨。方馨不顾现任丈夫的不满和误解，千里迢迢地到赵家镇正式签订投资协议书。可就在此时，以赵老爷子、关奶奶等为首的赵家镇经商的农民，大闹镇长办公室，坚决反对签订这项"丧权辱镇"的"不平等条约"，并坚决抵制购买摊床，还为此到县里上访，致使合同签订仪式未能进行。赵镇长的现任妻子张亚香，也因为他将

---

① 杨宝琛：《大青山》，《北京往北是北大荒》，中国戏剧出版社 2001 年版，第249 页。

② 杨宝琛：《关东大集》，《北京往北是北大荒》，中国戏剧出版社 2001 年版，第320 页。

③ 同上书，第332 页。

孩子还给前妻和他大哭大闹。四面楚歌之际，县领导隔岸观火，一分钱不投还要求他把赵家商城建起来、经营好，税收不减，粮食增产。他"像块豆饼，上挤下压地喘不过气"① 地积极寻求解决问题的路径。为了在 15 天内筹措到巨额资金，他与江小丽联合导演了一幕副镇长老朴头与其嫂——韩国富商遗孀黄顺子酒后同房的闹剧，以期他们能"速配"成亲，从而引进外资。在捏合不成、劝说无效的情况下，赵镇长向前来探病的老朴头借酒撒疯，老朴头只好和嫂子登记结婚，资金得到解决。赵镇长不屈不挠又不乏狡黠，热诚又善耍手腕，是一心为群众谋利又有个人谋算的乡镇干部形象。他毫不避讳建商城的目的，"为了大伙儿不假，可也为自己，想再上个台阶升个官。"②他升官的目的主要不是来自对权力和金钱的崇拜与渴慕，更多地来自对自我价值实现和确证的热烈追求，一种虚荣心与进取心相混杂的微妙心理。同样是二次创业的中坚人物，吴常福和赵镇长性格却明显不同：吴常福雄强豪烈，带头苦干实干，唯我独尊而又重情重义。"赵小鬼儿"赵镇长坦然直率、勇于进取、足智多谋、善耍手腕，他既为群众真心办实事，又为自己仕途升迁暗中铺路，公私两不误。这是生长在北大荒的丰富而又复杂的人物。

杨宝琛是一个将青春和生命都献给了北大荒的垦荒者，也是将文思和才情留给中国当代文坛的作家。他 18 岁时怀着建设"共青城"的理想，毅然离开北京。他一生立足于北大荒进行创作，剧作始终昂扬着激越的英雄主义精神与人道主义光辉，是对悲壮的北大荒的礼赞。

---

① 杨宝琛：《关东大集》，《北京往北是北大荒》，中国戏剧出版社 2001 年版，第 323 页。

② 同上书，第 363 页。

第二章　北大荒作家的精神立场

在当代作家中北大荒作家的视角和思维方式是独特的。他们几十年来像这片高天厚土一样，独立于文坛的各种潮流之外，默默地守护着心灵的宁静，从不追风逐潮，也不追求时尚，他们像农民一样躬耕于野，不求闻达，只是专注于自己的表现领域，心平气和，从容写作，渐渐形成北大荒文学的特有风格。在看似固执的姿态中，他们坚守着现实主义的永恒精神底色，张扬着北大荒人的主体精神，书写着北大荒的历史，一往情深地注视着北大荒，属望着她的未来。恰恰正是他们的执着坚守和悉心呵护让文坛多了一种精神的高度和地域的广度。

第一节　意识形态统摄下的革命话语

一　奉献与牺牲：郑加真创作的精神立场

在北大荒第一代作家中，郑加真虽然不是作品最先引起轰动的，但他却是涉猎体裁最广、数量最多、被读者长久关注的元老级作家。他的纪实文学代表作《黑龙江省志·国营农场志》（获全国史志评比一等奖）、《战斗在北大荒》《北大荒移民录》《北大荒六十年》《中国东北角》等，记载了北大荒开发建设的全过程，这是共和国历史中最令人动容的一页。作为北大荒写史第一人，他将纪实与文学描写，写人与记事融为一体，他和北大荒是一对互为表里的存在，也成为这段历史的艺术象征。

（一）探寻真实：走进历史现场

郑加真情系北大荒，书写荒原史记，用笔拓历史之荒。他29岁时因遭受政治风暴的冲击，随十万官兵转业成农工，一生与北大荒结缘。郑加真传记文学的灵魂源于其以惊人的毅力，艰苦地调查采访，在翔实材料基础上的准确判断。"具有沉重感的报告文学作品，在某种程度上也就意味着作家对于生活沉入了相当的深度；沉入，便会负重；负重的作品才会有它的分量"。①《北大荒移民录》最大限度还原历史的真实。该作历时八载，三易其稿②，纪实文学《中国东北角》三部曲第一次以大量珍贵的史料全面反映半个世纪以来百万垦荒大军的历史，被誉为"史诗式的作品""雕塑在历史丰碑上的英雄群体""当代中国文坛最具永久价值的纪实文学""北大荒文学的里程碑"，郑加真用生命在为北大荒写传。他的《北大荒六十年》图文并茂地全

---

①　丁晓原：《论九十年代报告文学的坚守与退化》，《文艺评论》2000年第6期，第27页。

②　1988年，正值复转官兵进军北大荒30周年，《东北作家》要求郑加真以8000字为限，写一篇文章。由于工作原因，他翻看很多档案，但他深知事实远比档案中的寥寥数笔要惨烈得多。他一口气写出了6万多字，最后压缩到4万多字，发表在《东北作家》1988年第4期。这就是《北大荒移民录》的雏形，一经发表便受到各界的广泛关注，读者纷纷来信指点或提供宝贵的资料。他敏锐地意识到这些资料的价值，并多次到北京图书馆、军事博物馆、农业部档案馆、省档案馆、总局档案室查阅资料，对与1958年相关的事件做了深入详细的调查。随着调查的深入，他有了一种强烈的责任感，唤醒历史的良知，探索这个历史事件的全部真相，郑加真产生了扩写的念头。经过4年的艰辛采访和搜集资料，备受关注的16万字在1993年的《北大荒文学》第11、12期合刊上发表。此后又历经2年的深入生活，他搜集了大到工作总结、情况通报，小到干部处分决定、右派改造情况等大量资料。他深知，事实既存在于历史资料和档案中，也存在于人们的心里。他全力以赴采访当事人，受访者无不为他的执着感动，都很真诚地接受访谈，这使郑加真获得了异常宝贵的第一手资料。

景式记载梳理十多路垦荒大军前赴后继、开荒建场的重大事件和历史过程，反映了北大荒变为北大仓的历史壮举。郑加真第一次从世界移民开发史的视角，透过美国的西进运动和俄罗斯对西伯利亚的开发，来审视北大荒开发 60 年来的曲折和成就，为人们提供全面正视这段历史的机会。这是文学第一次如此完整地记录北大荒"老兵白发，北国绿野""亿吨粮，千吨汗；百吨泪，十吨歌"① 的历史。他冷峻地游走于现实与历史之间，完成了人生中最为重要的三部作品。这成为他的巅峰之作，是献给北大荒的厚礼。他因此获得北大荒人的最高荣誉：北大荒文艺创作终身成就奖。

历史的厚爱让郑加真充当史官，而人的记忆具有选择性，"它只能留住过去可怜的一小部分，没人知道为什么留住的恰恰是这一部分，而不是另一部分，这一选择，在我们每个人身上，都在神秘地进行，超越我们的意志和我们的兴趣。我们将无法理解人的生命，如果我们竭力排除下面这一最为明显的道理：事实存在时的原来模样已不复存在；它的还原是不可能的。"② 而对他来说，最大的挑战是超越的勇气，这源于意识形态的规约。史家必须超越"有组织的遗忘"，最大限度地接近历史的真实，还原"事实存在时的原来模样"。他用生命为北大荒作传，写史也塑造自己。十万复转官兵的业绩为北大荒甚至是为共和国填补了"空白"，在军事史上却是"空白"，这不能不让人辛酸。公共史料固然重要，但它的缺失并不意味着空白，在一定程度上，具有隐蔽性甚至是私人性质的史料更具证明意义。郑加真靠着这些使作品不仅填补了北大荒纪实文学和史学上的空白，还填补了北大荒开发史的空白，填补了十万复转官兵军籍的空白，给军事博物馆留下一份厚重的史料，还"雕塑在历史丰碑上的英雄群体"本来面目。

---

① 1994 年，老作家李准重返北大荒的题词。

② ［捷克］米兰·昆德拉：《无知》，许钧译，上海译文出版社 2004 年版，第 129 页。

　　选择纪实文学，就意味着作家必须正视历史、直面现实。郑加真北大荒纪实文学的立足点和生命的价值首先是史实性，即历史的真实性。记忆或遗忘，是人类都要遇到的问题。纪实文学需要"集体记忆"，集体记忆是集体认同的前提，而在特定的历史环境中，亲历者往往有意或无意地患上了"集体忘却"症。这种忘却既是对集体记忆的抹杀、对已逝的鲜活生命的漠视，也是对历史的不公。郑加真怀着强烈的责任感和忧患意识探索历史的真实，他的文学真实如铁，是对道义、良知和独立人格的支撑。他以纪实的执着进入历史，超越了"有组织的遗忘"，克服了人改写历史的"遗忘"，拷问"存在"中的历史真实与个人真实。他通过大量搜集、挖掘历史资料，展现特定的历史时期的社会本质和真实状态。由于所写的人与事都已成为历史，有的历史虽被尘埃所遮蔽、封存，他却坚持精神操守，穿越历史烟尘，揭开历史的真实。这种精神坚守，因文学被边缘化而凸显神圣，批判精神也因时代的世俗化倾向而显得崇高与可贵。历经 60 多年，北大荒一代人已经渐渐老去，历史很快就要翻过这一页。郑加真以历史见证人和史家的双重身份，直面这段印证着意识形态、亚军事化管理、极"左"思潮的历史，将历史唯物主义的立场与人文主义态度结合起来，立足现实、把握历史，再现以创业、牺牲为核心的革命英雄主义精神和无私奉献的高尚品格。他以惊人的毅力和可贵的胆识寻找话语的真实，在人们以统一的豪迈讴歌北大荒人崇高的牺牲奉献精神时，① 他听到另一种悲壮的声音带来的历史沧桑。历史中人和事，都是复杂的、有血有肉的凝聚化的信息总和，绝非一个简单的符号。是是非非不能一元化呈现，他在被历史遗忘的角落，寻找多元话语真实，寻求灵魂的安宁，这种意念像潮水撞击着他的内心，拷问着他的

----

　　① 垦荒大军始终听从召唤，始终把党和人民的利益放在第一位。无论是向地球开战、与大自然顽强斗争的精神，还是以广阔天地为舞台、扎根北大荒的主人翁姿态，都是那个激情燃烧的年代的写照。

灵魂。当年进军荒原，很多人葬身于此，"今天北大荒的家园有他们的累累白骨。北大荒的每个居民点都有这样的公墓或坟包，名称各异，规模不一。但有一点是相同的，碑石一律朝南……这五万多个长眠者的碑石，站在远离故乡的墓地，风里雪里，雨里泥里，有一种震撼天地的悲壮！"① 郑加真肩负着真实书写北大荒的历史给后代留下一份财富的责任。使命感敲击着他善待历史的良心，十万大军开发北大荒的历史，是一部用汗水、泪水和血水写下的历史。"苦难与死亡总是相伴，严峻的现实使他们不但流汗、流泪、流血，还承受不白之冤。他们躲过了 1957 年全国规模的'反右'斗争，却躲不过 1958 年北大荒独创的第二次反右斗争。牡丹江农垦史上记载被定为右派分子 474 人，反社会主义分子 269 人，定中右 197 人，定消极怠工分子 514人……又是一千五百人的数字，北大荒残酷地捉弄了她的主人，她锻炼了拓荒者，它也制造一批当代流人。"② 在一个反常的年代里，个人在权力话语面前很难有所作为，只能以主流意识来指导自己的思想和行动。尽管生活沉重而艰难，移民们依然顽强地点燃信念之火，在荒原创造着奇迹。他更敏锐地嗅到一股在动人的理想掩饰下的权力话语的虚伪和严酷的气息，这股风气不绝如缕的漂浮，令垦荒的生活变得艰难而凶险。他用史实批判了极"左"思潮给垦荒者带来的灾难。他对北大荒的历史重大变故如实书写，真实而深刻地揭示了"移民"的生存处境的艰难与无奈，揭示他们对苦难的承受与牺牲。他以敏锐的眼光和准确的判断力，发现那被阻隔、被遮掩、被封存的真相与价值，他的作品因此在文学已失去轰动效应的时代引起热烈的反响。如果说《北大荒移民录》的成功与轰动，是因为作者那不掺假的大胆暴露和直率坦荡的风格，那么《北大荒六十年》再次震撼文坛，是因其

---

① 郑加真：《北大荒移民录——1958 年十万官兵拓荒纪实》，作家出版社 1995 年版，第 159 页。

② 同上书，第 237—238 页。

以纪实手法，真实客观、充满激情地叙述了各路垦荒大军的重大事件和代表人物。这让经历了开发阵痛的复转官兵、大专学生、支边青年、城市知青、国民党起义人员、劳改人员等终于可以正视这段历史。在北大荒文学发展史上，郑加真具有了标志性的影响和意义。

郑加真揭示大众真实，特别是立足弱势话语的真实。《北大荒流人图》呈现了1957年以来被错划为"右派"的一批弱势群体的真实。1958年，北大荒接纳了国家机关各部门的"右派分子"约1500人，集中在密山垦区的八五〇、八五三农场，这其中就包括了丁玲、艾青、聂绀弩、丁聪、吴祖光等文化名人，更有数万名有文化、各种专业技术的尉官，这支文化密集、付出巨大代价的流人队伍增添了荒原开发的沉重感和悲剧色彩。"真实性问题并不是什么高深的理论问题，而是一个良心问题、勇气问题、制度问题。"[1] 他以勇于进取的军人性格一路向北破天荒，用一生破译"向地球开战"的厚重内涵。为北大荒作传，开垦尘封的历史，这是郑加真坚守了几十年的心愿。"北大荒是一本写不完的书，有生之年，我还要继续写下去，永远不会停下脚步！"[2] 他沉入生活的基底，用敏锐的穿透力、感悟力、反思力，展现荒凉、寒冷的北大荒，以及如何建成现代化、立体化、自动化粮储的北大仓。

(二) 触摸灵魂：艺术还原历史

对于纪实文学来说，史实性不可或缺，文学性也不容忽视。郑加真的纪实文学主要表现为寓真实于文学的描绘，因为有写小说的扎实功底，他的纪实文学具有文学性，借大量的资料丰满历史的血肉，用生命去感知历史，赋予作品以独到的思想、情感和艺术魅力，历史因

---

① 章罗生、苗文娜：《开创中国纪实文学研究的新局面——全国"纪实文学的创作现状与理论建构"学术研讨会综述》，《当代文学研究资料与信息》2009年第1期，第18页。

② 刘红艳：《永不停步——记垦区著名作家郑加真》，《北大荒文化》2011年第10期，第69页。

此有了生命的灵性。郑加真坚持文史结合的原则，用鲜活的人物丰富纪实文学的肌理，让枯燥的史料转化成可感的文字。北大荒是作为一个整体形象在他的作品中出现的，这比小说塑造得更为真实丰满。除了率师开发北大荒的王震将军，效力北大荒三十年的"焦裕禄"式的干部王正林局长，丁玲、聂绀弩等名人，他笔下大众人物的心理与个性描写使得人物丰满而有深度。触摸真实的灵魂，书写迷乱历史中的人生悲剧，对亲历者尤其是受到历史牵连者的采访和调查无疑是在揭他们渐已愈合的伤疤，重新面对血淋淋的创伤往事，这对采访者和受访者都是一个挑战。起初，受访者选择了逃避甚至是遗忘，郑加真以独特的智慧把握、言说自己的认知，以沉重的笔触，写出他们的心声。残忍的现实浇灭了他们的理想和热情，他们承受的是超强度的体力劳动，忍受着恶劣环境的摧残和精神折磨，忍受着遥遥无期的劳动改造与心灵孤独，甚至还要忍受"专政力量"的肉体惩罚和思想折磨。在那个权大于法的失态时期，封建家长意志借"无产阶级专政"的名义，实施残暴的政治高压，甚至采用反人道的法西斯手段。勇于追求真理者因受社会政治的制约而带有悲壮的色彩。王云作为公安军校的高才生，拒绝了领导留他在部队发展的好意，带头前往北大荒。因一病号没得到及时的治疗死在马架子，他以"悲风"为名给领导提意见。后来被打成反革命，他不断上访。在牡丹江垦区第二次反右斗争中被当成"活靶子"，判四年徒刑，一直处于绝境。他以非凡的勇气上诉了二十年后，才被平反，得以释放回家。更具悲剧性的是湖南籍少尉领航员熊某，他性格火暴、疾恶如仇，组织让他揭发"右派"父亲，并与其划清界限。他大发雷霆，因而被开除团籍，发配到北大荒。在火车上，他火山喷发似的倾吐不平之情，成为经农垦局批准的第一个"右派"。熊某要求回家，没被批准；他"持锹行凶"后被拘押又"夺枪逃跑"；寒冬被绑在电线杆子上冻坏了双手；送往医院也不配合治疗，病情恶化后截去双肢，不知所终……这些主人公复杂的情感经历和命运具有浓烈的悲剧色彩，熊某没有发言权、处处被动挨整的遭遇，昭示着呼吁人性、人道和民主回归的意蕴。

与不知政治风浪凶险的人相比，已谙世故的司姓的转业上尉不计后果、挺身而出的仗义执言更是苍凉、悲壮的抗争。当着慰问团的面，他诉说在部队遭受的不公正待遇，诉说来到北大荒的各种困难。吃住没有解决，一天连续十多小时的体力活……他特意冲慰问团成员和指导员挖一眼："苏联、美国不是卫星上天了吗？对我来说，三颗卫星上了天！第一颗卫星是我转业，第二颗卫星是我来北大荒，第三颗卫星将是我的彻底完蛋……什么形势大好，也许全国形势大好，我们农场困难重重，好个屁……指导员要我向慰问团表决心，我的决心是坚决离开这里，打回老家去！"① 郑加真用史实说话，呈现历史的悲壮和真实。他率先揭示开发者的内心世界，艰苦的劳动、恶劣的生活并不能摧垮他们的精神，倒是时刻高悬头顶的"阶级斗争"利剑带给他们政治上、精神上的伤痛，还有人与人之间的歧视、冷漠，折磨着这批流民，但追求民主的声音并没有因此而消失。

郑加真的纪实文学揭示的历史真实，是以新奇事件为主线串联起来的，那些堪称世界一绝的新奇事，构成北大荒独特的风景。北大荒接纳了一只操南腔北调的特殊垦荒队，他们有军人不怕牺牲、吃苦耐劳的精神，创造性的杰作背后是艰苦卓绝的生活智慧和乐趣。北大荒奇特的建筑物——"空中厕所"，因为北大荒蚊子太多，往背风的地方一蹲，脸上、手上、脖颈上、屁股上就被蚊子叮满了包，"像撒了一层芝麻粒似的"。拓荒者在离地三米高的树杈上搭厕所，厕所搭在树杈上，有风吹着，蚊子难以聚集，人才可以轻松如厕。发明测绘"脉搏测流器"是因为没有仪器和手表，测绘者从棉袄上扯下一团棉

① 郑加真：《北大荒移民录——1958年十万官兵拓荒纪实》，作家出版社1995年版，第200页。

花扔到河里，然后通过脉搏跳动的次数和棉花团在水面漂流的距离，来计算水的流速。发明"裤播机"是因为没有播种机，或者播种时地涝、机车不能下地，强行推广所谓"先播种后整地"的窍门，组成大批人马，每人把裤腿两端一扎，装满豆种，往脖子上一挎，一边走一边往地里撒豆种，一人一天能撒出去好几吨。"大跃进"时期，甚至在明水汪汪、未经整平的地里撒豆种。

北大荒创造了全国人均居住面积最低的水平。没有单独的宿舍，创造了"男女混居""多户共居一室"的奇迹；"四喜临门"的"集体洞房"则是一间不足 20 平方米的小草屋，同时住 4 对新婚夫妇，更有甚者还有一间屋子住 18 对夫妻。天灾人祸之年，饥饿、疾病、死亡笼罩着北大荒。饥饿至极的职工拖着浮肿的身躯走向草甸，用手扒开土层，生吞塔头草墩下的根系黑土解饿，这种做法还被大力推广。北大荒的奇事还有：中南海陪毛主席跳过舞的女文工团团员开荒种地；特等功臣下放去赶牛车；拍 X 光片的军医当炊事员；因到处是沼泽，拓荒者的脚严重溃烂，只好在塔头上跳"塔头舞"；马架子为他们提供了"家"，也由于草木结构引发诸多悲剧，烧死烧残者不在少数。条件艰苦，缺少蔬菜，患上夜盲症；遭受风雪、毒日、蚊子、野兽的侵袭，面临疾病的困扰。面对着一场特殊的战争，敌人是沼泽、大酱缸、狼、熊、蚊子、小咬、风雪以及暴虐成性的千古荒原。突如其来的运动使得被淘汰出军人队伍的人共同蛰伏在中国东北角，郑加真第一次从北大荒千年移民史的角度去写这些被部队刷下来、犯错误被发配到北大荒的移民，他们不得不用沉默和忍耐面对这些，当年来到北大荒的人都不同程度地遇到挫折，甚至是人为的打压，无论头上扣没扣"帽子"，身后都拖着或长或短的"影子"，他们有着类似的遭遇，感受也是相通的。他们没有抗争的权利，只能"充军"到北大荒，隐忍着内心的伤痛，沉默地持守。雪上加霜的是拿出冠冕堂皇的"批判、专政"理由，对他们肆意压制、乱扣帽子的行径。作者通过记录移民所受到的不信任和因为抵制错误的政策而被迫害的事件，披露了鲜为人知的移民悲剧命运和历史荒谬。郑加真以沉重的话题切中十万复转官兵的隐痛，以令人扼腕的事实揭示了丢掉军籍的移民们的内心风暴。对他们来说，真正的震荡"莫过于当年党和军队错待了他们，将他们视为不听话、不驯服、不报喜只报忧的'逆子'，从而'光荣'地将他们打发到漠漠大荒来进行'开发北大荒'的思想改造了"①。政治和心灵的震荡，百倍于肉体的震荡。他们忍受着妻离子散的打击，抑制着枯死的心灵，绝唱北大荒。拓荒者的心路历程、精神气韵和苍凉的青春增强了人物悲剧的震撼力。日常生活中的事件带来的情感冲击力，都让文字裹挟着鲜亮迷人的色彩，只要正视当年的现实，就不能不承认十万转业官兵一边拼命地劳动，一边普遍存在着焦虑与失望，一种无所适从、难以名状的失落感、危机感与渺茫感笼罩在表面上轰轰烈烈的黑土地上。郑加真用深度的理性关怀坚守纪实文学的品格和审美精神，绽放纪实文学的美丽。

（三）史家态度：北大荒精神再阐释

纪实文学与政治、经济、历史、文化等密切相关，作家必然承担思想家与哲学家的使命，"当思想的深度构成读者对报告文学的普遍要求的时候，思想性就表现为一种美"。② 郑加真始终保持着忧患意识，深刻反思历史进程中发生的曲折和失败，思想之美根植于他的史家态度。面对质疑，③ 他坚守史家立场。他认为十万复转官兵不论是以什么方式来到北大荒，从史学的观点来看，都属于"移民垦殖"的

---

① 郑加真：《北大荒移民录——1958 年十万官兵拓荒纪实》，作家出版社 1995 年版，第 160 页。
② 麦天枢：《太行夜话——报告文学五人谈》，《光明日报》1988 年 9 月 23 日。
③ 一位刚分配到北大荒的大学生接受不了"移民"的字眼，认为拓荒者响应党的号召来开发北大荒，怎么能说是"移民"呢？一位习惯于挥动左手的官员看了《东北作家》发表的《移民录》之后，批评说："悲壮有余，豪壮不足。""悲壮"一词本来就含有悲惨与壮烈两层意思，还说"豪壮不足"那就是要把"悲"字去掉，只写"豪"与"壮"了。

范畴。考察那场垦荒运动，动因很多，解决复转军人就业，开发北大荒增强国防力量，但最根本的动因还是为解决人民和军队的吃饭穿衣问题，但仅仅停留在"战士解甲归田""向地球开战"的豪言壮语中，这不是历史的真实。事实上，当年《永不放下枪》的作者徐先国将诗发表在 1958 年 5 月 7 日的《人民日报》，引起强烈的反响，① 王震回信给徐先国："我相信你们能够在黑龙江畔的垦区插起一面红旗，然后一队又一队都插起红旗，胜利的光荣的红旗永远在祖国的土地上飘扬。"② 这首诗的影响都是外在于作者的表述。徐先国在花甲之年被郑加真应给历史留下真实的责任感打动，展示了当年的日记，记录了诗歌发表后，他遭受到的组织训诫：

> 场长非常严肃地指示我：你们知识分子的主要任务，是劳动锻炼，好好改造，今后写什么要交给组织审查，最好不要乱登报，免得惹麻烦，免得造成不良影响……

---

① 5 月 26 日《人民日报》发表了王震同志《千万人的心声——给徐先国同志的一封信》和诗人郭小川《关于"永不放下枪"》的评价文章，正在这时，徐先国接到了王震从北京寄来的信。信中写道："读了你的诗《永不放下枪》，我深深感动了。你唱出了我的心声。我相信，我们成千上万的同志都会同你合唱。""看样子，你是到北大荒去了。希望你和你的周围的同志们，如同你的诗中所描绘的那样英勇，豪迈，'一颗红心交给党，英雄解甲永不放下枪'"。郭小川写道："5 月 7 日的晚上我到一位将军家里去做客。一见面，将军就告诉我：'今天《人民日报》上登了一首好诗。'我拿过报纸看了两遍，觉得确实不错……这几句诗真的把将军感动了，'也道出了像我这样的老战士的心声'……后四行意境更高，不但使有过亲身体验的老战士动心，就连我这没负过伤的，不少老战士，感情上也很激динь。"王震和郭小川认为，这首诗是北大荒战士的声音，应当谱成歌曲大家唱。并说为了歌唱时在情绪上更加和谐更加欢乐些，他们一遍又一遍地吟诵起来，当即拟出一个修改方案，建议将诗中"让血迹浸染的军装，受到机油和泥土的奖赏。让子弹穿透的疤伤，在黑土地上泛着红光，"改成："让胜利光荣的军装，/受到机油和泥土的奖赏。/让坚强有力的臂膀，/在黑土地上焕发红光。"郭小川还透露："为了这首诗，我们用了几个小时的时间，但我们经过了一个很愉快的晚上。现在想来，当时使我们感到愉快的，首先不是这首诗，而是这些人……"在北大荒伐木工地和基建工地上，人们时常谈论起北京来信，憧憬美好的未来，忘却异常的生活生产条件，苦中作乐。大家按照将军和诗人修改过的"永不放下枪"，开始自编自唱。不久，这首短诗被作为大型纪录片"英雄战胜北大荒"主题歌歌词出现在银幕上，总政文工团和空政文工团代表总参、总政来北大荒慰问时，又各自谱曲搬上舞台，并在各新建点上传唱，共十余种唱法流传在北大荒。

② 郭小川：《关于"永不放下枪"》，《人民日报》1958 年 5 月 26 日。

　　我无言以答。我又看见了那个不吉祥的影子……

　　拓荒者的心声是饱含血泪的！虽然"男儿有泪不轻弹"。①

　　《永不放下枪》发表后外界的反响和作者的回忆共同构成这个历史事件的整体，这绝不是一味的豪壮所能涵盖的。异常活跃的徐先国到北大荒后，变成了一个言辞谨慎，完全符合农场宣传干事身份的人。谈到他的诗时，他都谦虚回避，多次谈话都有难言之隐。如果说1947—1948年一批复转军人、残废军人是在解放战争的硝烟中走向荒原，那么十年以后的1958年，十万官兵是在整风反"右"的"大字报"的火光下奔赴北大荒。②郑加真曾在不合时宜时采访过一些老战友，他们都言辞慎微，似有难言之隐。三十年后才畅所欲言，展现了许多深藏的真实。像徐先国这样的人物还有很多，他们内心的真实曾一度被遮蔽、歪曲，成为书写的禁区，三十年后才能借助某种机缘重回真实的历史现场。在那无视现实，只强调向往的年代里，拓荒者是要付出沉重代价的。农垦某领导的"指示"令人触目惊心："……专业军官中有病的，目前也一律不要送回，就在你们那里养起来，能劳动的参加一些轻微体力劳动。如果现在就将他们送回就要捣乱……"③病号原本被"一刀切""满堂红"地发配北大荒，经慰问团反映，可以按照他们的病情加以妥善处理，包括送回部队医院予以治疗，而送回就要捣乱的说法实在是让人费解。郑加真把"右派"、有"毛病"的军人比喻为"像城市将垃圾倒在郊外，像欧洲将有毒的工厂废物倾泻在非洲，当年军队将这些在整风反'右'战场上打扫下来的不顺

---

　　①　郑加真：《北大荒移民录——1958年十万官兵拓荒纪实》，作家出版社1995年版，第28页。

　　②　同上书，第32页。

　　③　同上书，第202页。

眼、不听话的人,一股脑地倾倒在'北大荒了'"。① 移民与流人没有本质的区别,大批有文化专长的年轻尉官要为军队做贡献时,却被发配到了北大荒。移民开垦、上山下乡、裁减军队是一个重要因素,另一个重要因素就是有着不同"错误"——家庭出身、个人历史问题或有海外关系。这些脑门上写字的人,集专政对象与光荣的拓荒者于一身,刚从军营里大字报的火力圈里解脱出来,惊魂方定,却要抖擞起精神,向地球开战了。转业意味着失去一切:军人的荣誉、尊严、心爱的专业、献身国防现代化的机会、恋人和未婚妻、优厚的工资和生活待遇等,而最为重要的是失去尊严。两种声音令人心灵颤动:"别揭十万官兵的伤疤了,早年的伤痛和泪水已经太多,还是多摆摆英雄业绩和农业现代化的成就吧!""睁大眼睛,解剖一下这个历史事件的得失与是非,这才是真正拓荒者需要的勇气。"② 启示人们总结经验,吸取教训,呼唤民主和人道主义,这构成郑加真纪实文学的理性精神。史学家要考察北大荒的开发史,一定要看郑加真的作品,文学家想挖掘这片土地的传奇色彩,也要看他的作品。

郑加真通过人物的命运沉浮,反映出党在政治、思想路线方面的失误,人生存的本能这一最低的愿望屡屡遭受威胁,那个年代所谓的光荣与梦想就不能不遭到质疑,反思被时代抛荒已久的个人生存的尊严和价值,他的文字变得越发凝重而有力。他的反思经历了从激情到冷静,以实录的方式披露了真实,作为流放者的他们是怎样被时代抛弃成为荒谬政策的牺牲和献祭者的。他站在灵魂审判台上,对历史进行拷问。他没有外在地渲染苦难,也没有完全把苦难、悲剧都归结于时代。毕竟那个是非颠倒、人性异化的疯狂时代是检验灵魂、探究人性的最佳时期。为迎接慰问团,他们掀起生产新高潮,以人力代替机

① 郑加真:《北大荒移民录——1958 年十万官兵拓荒纪实》,作家出版社 1995 年版,第 52 页。

② 同上书,第 294 页。

器和畜力，用20—24人拴一张双轮单铧犁，完成翻地任务。过去用牛拉，日耕9亩，人竟日耕1.1垧。带病劳动、冒雨苦干、苦战通宵、数夜不归的做法极为普遍。他反思垦殖史上的"淮海战役"，剖析复杂而微妙的复转官兵心理，认为这里掺杂着1957年"反右"的阴影，也掺杂着"大跃进"的狂热。十万穿军衣的"移民"们凭借狂热的幻想和干劲，掀起了一场令人自豪又使人伤心的劳动热潮。狂想和空想，将勇敢变成了愚昧，化干劲为鲁莽。他们勒紧裤腰带，咬牙苦战，用天真的幻想编织出一幅幅"共产主义蓝图"，即城镇生活军事化、战斗化、集体化。他们捐出所有的积蓄，家属也说"给钱不干，不给钱多干！"转业军人拼命苦战，节衣缩食却将大批粮食白扔在水里，来换取"播种进度"的"大跃进"；宁可自己挤在透风漏雨的草棚马架里，却将大批砖瓦材料用于兴建劳民伤财的"万米孵化大楼"；白天苦战，放生产上的"卫星"，晚上还不让休息，连续"作战"，人人作诗，放所谓诗歌"卫星"；"共产"和"跃进"两股孪生气浪让他们忘了开发北大荒的真正目的，头脑狂热带来的教训比大跃进的失败还要惨痛！

郑加真的纪实文学具有鲜明的反思倾向，不仅是对移民垦殖运动的历史判断，而且上升到对引起整个国家大动乱的政治运动的冷峻认识，探索人的存在、异化和人的抗争。北大荒真是与"流人"和"右派"结下了不解之缘。不仅大量接纳北京派遣来的当代有名的"右派"，而且就地制造出来一批"右派"。他们过着政治上最低档、体力上超负荷的艰难日子。作家把一个个流血的、跳荡的、桀骜不驯、不屈的心灵呈现出来。他们在北大荒经历了疯狂年代所带来的人生炼狱，作品的肌理和脉息中辐射出累累伤痕，这是被意识形态所遮蔽、歪曲、粉饰了的残酷真实图景。他反思了北大荒开发史的种种失误和教训，也洞悉出我们民族文化心理积淀中的劣根性，以警醒后人。他既是作家，也是一位严谨的史家，他将焦点放在复杂的个人遭际和悲壮的献身上，多元审视北大荒、十万官兵和共和国。他用赤子之心，探索十万官兵斑斑驳驳的心灵轨迹。以事件为主线，将涉及的人物贯穿其间，以纪实文学的真实性和文学的生动性展现了北大荒近半个世纪的开发史，不仅展现了"月球的正面"，也折射到"月球的背面"。呈现功绩和困难，成就和失误。他对北大荒精神的再阐释抓住了实质"过去一直是 16 个字的说法，就是'艰苦奋斗、勇于开拓、顾全大局、无私奉献'；而我在开掘尘封的历史之后感到，对历史做出贡献、值得关注的部分移民来说，还要加上一条，四个字'忍辱负重'"。①他对北大荒移民录的重构，不仅是要再现 1958 年到底发生了什么，也是要寻找潜藏其背后深刻的政治和经济原因，将历史的根源揭示出来，将历史的叙事化解为永恒的警示与启示，以重构那段历史事实在当代人心中的位置。郑加真被媒体称为"一生为北大荒立传"的人，他以史家的精神立场给北大荒人一个交代，也给自己一个交代。

二　北大荒知青：意识形态话语下的成长

从某种程度上说，叙事文学作品是对其所表现的人物心灵成长史的透视。"艺术的内容就是理念，艺术的形式就是诉诸感官的形象。"② 作家进行创作的关键就在于抓住现实的外在形式，创造出能够显示"人类的最深刻最普遍的旨趣"的艺术形象。③ 叙事文学作品的核心问题是人物形象的塑造，北大荒知青作家塑造了一大批鲜活的人物形象，他们活跃在黑土地辽远的背景中，其中较为典型的有"硬汉""铁姑娘"等先进知青的形象，被放逐的"黑五类"子弟。作家们着力表现"一刀切""一片红"年代，在意识形态话语下，他们身

---

① 刘戈：《荒原"史记"——评郑加真的〈北大荒移民录〉》，《文艺评论》1996 年第 4 期，第 65 页。
② ［德］黑格尔：《美学》（第 1 卷），朱光潜译，商务印书馆 1989 年版，第 87 页。
③ 同上书，第 352 页。

心艰难地成长，深入挖掘人物形象所承载的政治的、历史的、文化的、人性的丰富意蕴。

"硬汉"精神是北大荒知青心灵成长史的写照。一方面，"硬汉"们面对极"左"政治带来的社会机制对人性的扭曲，他们都有一种百折不挠的精神。无论多么困苦的境遇，哪怕是面对死亡的威胁，他们都没有迷失人的自我价值，始终保持着人的尊严和勇气。另一方面，"硬汉"们坚守自己在如火如荼的青春岁月里立下的誓言，扎根北大荒，建设北大荒。他们没有丧失属于一代青年所特有的勇于承担的美好品格，用实际行动构筑起一幢理想的人格大厦。也就是说，"硬汉"形象体现了一种社会精神，无论社会如何荒谬，作为个体都在捍卫自己庄严的人格，勇于实现自己的自由与完整性。这就是人远远大于人本身的主要原因——人拥有精神世界。因为有了精神的存在，个体生命既是有限的，同时又是无限的。在这个普遍的和隐喻的意义上，"硬汉"精神的标志成为一种精神性的品质。这是一种巨大的存在力量，它唤起人对完美价值的追求，激励人寻求生命存在的支撑点，真正实现超越的清醒与自觉。

"硬汉"形象是北大荒知青文学中一个极特殊的存在，它是经历或参与者们重温往事时而无法回避的一个心结，它是北大荒知青们青春岁月的一个影像，也是一种具有生命力的文化现象。"一种文化要获取生命力，其价值体系必须因时代变化而做出相应的反应、调整，不同时代本质往往不同。……任何文化在时代性这个价值尺度下都必须发生变化，必须适应当下规范。其文化原有价值都不具有无限的延长性，其特殊性也必然因时而减损。"① 从这个意义上看，"硬汉"形象是那个激情燃烧的时代的产物。虽然"硬汉"精神并不意味知青文

---

① 张福贵：《"活着"的鲁迅：鲁迅文化选择的当代意义》，社会科学文献出版社2010年版，第187页。

学全部的精神内涵，但是它透射出刚健而豪爽的阳刚之美，内在而深沉的人格之美，传递出富有质感的绚烂的精神境界。"人类永远离不了崇高的理想，离不了刚烈的心性，它们将成为批判时弊的武器，成为超越现实的力量。——正是在这层意义上，北方文化精神不可能衰亡，甚至注定会永放光芒。"① 在意识形态背景下产生并成熟的北大荒知青文学，肩负了知青一族的精神期许，它是那个时代和知青一代人的情感维系，它讲述着一代人的成长经历，满怀深情地书写了一代人的精神传记。在主流意识形态、知识分子精神立场和写作姿态的共同催生下，北大荒知青文学中成功塑造了一个时代旗帜式的"硬汉"形象群。

"铁姑娘"式女知青形象的涌现，应和了那个时代对英雄的崇拜心理。在英雄辈出的年代，改天换地的豪情激励着人们，"英雄化""中性化"成为全社会赞许、张扬的审美标准，"男女都一样"的审美标准压抑了"铁姑娘"真实的青春本性，然而暗流涌动的青春激情才是人性的本真，"铁姑娘"在自我人格近乎分裂的夹缝中成长，这是那个时代对于女性的独特的审美创造。李晓燕（《这是一片神奇的土地》）把女性的柔情掩藏在军装之后，以雷厉风行的军人风范赢得大家的赞赏，即使唯一一次女性性别意识觉醒也带有鲜明的政治符号色彩。她一个人在河边洗衣服情不自禁地唱起当时绝对禁止的《九九艳阳天》，跳墨西哥民间舞蹈，头上插上鲜花在河水中欣赏自己的倩影，被"我"发现后慌忙掩饰，矢口否认。这种说谎基于对极"左"思潮的适应，对自己本能的保护。李晓燕外表刚烈泼辣，内心却善良体贴，她一个人在险恶的环境中尽力保护"我"和妹妹这样处于弱势地位的人。田野（《远离太阳的地方》）根本就看不上袁大炮，为了做典型与他结婚，最终美梦化成泡影，根本就没有人理会她这一茬，

① 樊星：《当代文学与多元文化》，武汉大学出版社 2005 年版，第 28 页。

更没有人理会她灵魂深处的酸楚。郑亚茹（《今夜有暴风雪》）虽然灵魂扭曲，但也有热烈真挚的一面，当曹铁强答应了她的感情时，她脸上焕发出女性特有的娇羞与柔情。十年的青春追求与病态的扭曲，真诚与虚假复杂地交织在一起，极"左"思潮就这样扼杀了一个女性本该具有的美好。在那个压抑人性的时代，女知青们的情趣和爱好都被看作小资产阶级情调。这种荒谬的论调扼杀了人的天性，带来的是生命的困厄。姚玉慧（《雪城》）不能做普通女知青做的事，也以别人眼中的"干部"的标准做给别人看。在自己与"简"通信的日记被发现后，为保全自己而装作很无辜地让营长为她辟谣。她毕竟是一个有灵性、有情感、有血肉的活生生的人，再刚强能干，再多荣誉也不能替代女性内心深处异常丰富的情感。随着女性意识的觉醒，她本能地追求自己本该拥有的情感，她要用行动颠覆别人对自己的认知，她故意在党委会上织毛衣，雪夜给营长送毛衣，当看到营长那强健的身躯时，她忘情地扑到他怀里。原来看似冷峻高傲的姚指导员本不是思想僵化、感情贫乏，拒爱于千里之外的中性人。而这事被文书小周发现后，营长要向组织坦白，姚玉慧坚决阻止，并以自杀相要挟，她又恢复了姚指导员的面目。这揭露了人物复杂的内心世界，写出了作为一个"活生生的人"的特点，使得形象具备了鲜明的时代特征。这是艺术形象的典型性所不可或缺的，在当时社会不提倡女人像女人，女性的情感田地是荒芜的，追求理想的"铁姑娘"更是自觉约束、掩盖真实的自我以适应政治需要。她们渐渐成为压抑自我，扭曲自我，没有爱的怪物。除了党组织之外她们根本没有想到还要有自己的生活，即使女性意识恢复也如昙花一现。禁欲主义时代对"铁姑娘"的规约并不能阻止她们心灵的悸动，要求自己成为纯粹的人，可结果却是自己变成了虚伪的人，姚玉慧们经受着灵魂搏动撕裂后的痛苦。

　　真诚的信仰固然可贵，但真诚并不等同于清醒和理性，她们并不缺乏对理想的真诚，而且具备坚强的品质和献身的勇气，由于单纯的政治认同或政治忠诚取代了对于更复杂的认知立场的选择，她们对自我的理想缺乏理性的思考和审视，她们以扭曲自我为代价，在严酷的环境中艰难跋涉。新中国的成立使得男女平等以法律的形式被确定下来，中国的女性在很短的时间内，获得政治、经济、法律意义上的平等。妇女从家庭的束缚中被解放出来，在广阔的社会舞台上挥洒着压抑了千年的才情。"妇女能顶半边天"的口号，不单纯是男女平等的意义，同样具有劳动力的意义。"铁姑娘"式女知青形象的出现，为"男女平等"的政策建立起一个平台，所有人都在同样的起跑线上，女知青们巾帼不让须眉，她们与男劳力处于相同的环境中共同劳动和斗争。这样的"绝对平等"给更多人带来无限的憧憬与向往，使他们忘却现实生活中的种种恶劣与痛苦，为着那个共同的目标奋力工作。"铁姑娘"一向被意识形态认为是"好苗子"具有培养价值，这也是掩藏在形象象征意义背后的妇女解放运动中实际"功利主义"的外在反映。事实上，女性在社会和家庭中属于弱势地位，这首先因为女性的生理特点，主要是体能，而"铁姑娘"在战天斗地中与男知青们在体能上比高低，并没有营造女性实现自身价值的合乎人性的环境。

男同志能办到的，女同志也一定能办到，"文化大革命"时期象征特定权力话语的"铁姑娘"形象在当时人们的审美眼光中是美的，超越女劳模的意义，成为一个具有普遍意义的体现，成为"男女都一样"平等观的具象化符号。很多女知青都相信"妇女能顶半边天"的口号，她们以能干得更多为荣，从外貌特征、着装、行为举止等方面都趋向于男性化。这在某种程度上意味着女性的娇柔、弱不禁风是被否定的，而唯有男性的阳刚、雄伟是被社会象征秩序认可的。当女知青作为接受贫下中农再教育的角色参与到垦荒戍边事业中时，她就必须使自己"男性化"。似乎女性只有从男性气质中才能获取力量，才能显现出一种属于无产阶级的坚定的革命立场，女性才能摆脱软弱的、依附男性的被动地位，这种倡导显然与女知青们活力四射的青春本性是有冲突的。虽然她们同男知青一起开发建设北大荒，却在不知不觉中走入了性别误区，既自己误读也被社会误读。他们没有意识到男女平等不是要求男女都一样，而是在充分认识男女性别差异的基础上，女性保持和发挥性别特长。

在北大荒这片神奇的土地上，知青中的"铁姑娘"们走过了青春。她们固然代表了一代人执着甚至是狂热的理想追求，虔诚地改造自己的心声，但人性的扭曲带来的隐痛让她们付出了沉重的代价。尽管"铁姑娘"知青形象打上了那特殊年月的烙印，但它成了那个时代的标记之一，浓缩了一代女知青上山下乡、屯垦戍边的人生历程，铸造了令人梦牵魂萦的战天斗地的豪情。不可否认，无论"铁姑娘"形象在多大程度上显示出社会对于"男女平等"想象性的现实诉求，在多大程度上体现了女知青对于自我主体的镜像确认，但女性真实的生命体验和个性化的生命本相却都遮蔽了。北大荒知青文学在一定意义上还原了被遮蔽的生命本相，凸显了处在特定境遇中的"铁姑娘"所面临的颇为独特的成长的困惑，从而使这类形象获得了超越那个时代的价值，为研究这段历史提供了文学范本。

事实上，"铁姑娘"这一知青先进典型形象的塑造并不能掩盖北大荒知青们来到北大荒后，由于理想与现实的巨大反差，由于家庭出身及前知青时代的各种生活环境造成的心理期待与迷惘。他们身心疲惫，却还要忍受繁重的体力劳动；尽管他们因为出身问题备受歧视，但仍不甘心安于现状而渴望脱胎换骨。"铁姑娘"这类形象，艺术地显露了社会历史环境在人们心灵深处留下的深刻印记，细致地揭示了这一代青年人的心理、行为特征。尽管这一代青年思想有些偏颇，言语有些激进，但她们内心都十分关心祖国的前途命运，充满着对建设祖国的高度责任感，她们身上有勇于牺牲的可贵的理想主义和英雄主义精神。

"黑五类"子女艰辛的成长历程是一种历史事实的客观存在，揭示了"文化大革命"本质是违反人性、颠覆人权、扼杀文明的,这些"弱势"知青形象具有深刻的认识价值和审美意义。应该说,"文化大革命"后的知青文学很重要的一个部分,正是沿着人性、人格、人的潜能的充分发展与发挥的思想路线,来对知青运动进行抑扬、对知青人物进行褒贬的。瘦弱的裴晓芸(《今夜有暴风雪》)有着阴郁的、自卑而高傲的内心,背负着沉重的十字架,杂糅着相信与怀疑,憧憬与痛苦,希望与失望这些两极相对的心路历程,忍受着社会强加给她的一切。裴晓芸悲苦的处境和凄凉的身世,使她在与同类共处时,生命本身的意义与价值被无情地否定,她的利益可以任意"牺牲",作为人的尊严遭受到随意地践踏,她只能到动物世界中去寻求不被歧视的安慰。在兵团,她成为政治运动中的"他者",如阶级敌人般地不被信任,兵团发枪时她尽管写血书请求加入战备分队,组织上也没有给她这个资格。她用近乎自虐的方式表达着自己的忠诚,忍辱负重。最终用自己的生命赢得了长期因出身不好而得不到的兵团战士的光荣,实现了自身的价值。叶丹饶(《沉雪》)由于出身被定为"反动官僚资本家"而背负着沉重的包袱,总像是欠了谁似的。她干活时的样子总是像在受难,让人不忍目睹。叶丹饶通过拼命劳动的方式进行自我惩罚,来治疗自身心灵的创伤,只有在自我施虐似的劳动过程中,她才能够有一种莫名的精神安慰和快感,在阶级斗争的暴风骤雨中,家庭问题带给她的精神的重负由此得到短暂的宣泄。受虐成为现代中国的一种极为重要的精神文化现象,而"文化大革命"更是将施虐、受虐乃至自虐发展成为具有普遍意义的革命形式。① 在自虐中,叶丹饶的人格在分化,人性失去了完整性,在现实生活中她已经不能感受到生命的乐趣。她鄙视自己,虔诚地自我改造,自杀式地苦干,通过损坏自己的肉体来试图拯救自己的灵魂,拼命压制自己,缩小自

---

① 李扬:《50—70年代中国文学经典再解读》,山东教育出版社2003年版,第198页。

我。然而压抑自我并不意味着她彻底放弃了人生的期待，而是希望得到组织上的承认。叶丹饶在自虐式的劳动中感觉已经清洗了自己家庭带给她的负罪感，只有这样才能赎罪，还自己一身清白，但林沂蒙宣布的结果却是令她的心猛然跌至谷底，她仍被团组织拒之门外。这段文字深刻地揭示了她心理的复杂性，意识的多层次、多侧面性：顷刻间内心的冲突和斗争，顷刻间痛苦与掩饰的双重意识，顷刻间复杂的面部表情转换，顷刻间压抑的情感爆发，在一瞬间呈现出来。自尊与自卑，无望与自慰，破碎与拼合，叶丹饶忍受着成为共和国"逐子弃儿"的折磨，将哀怨转化为故作坚忍，以更加拼命的劳作来掩饰心理的不平衡。她那种神经质的、看似坚强的硬壳包裹下的心灵却十分脆弱，一触摸就会流血。她在别人面前故作镇定，极力维护自己眼下所处的境遇的体面，而维护可怜的体面的唯一方式就是咬紧牙关，牙掉了往肚子里咽，进而消除内心深处的屈辱感和绝望感。只有这样，叶丹饶才能冲淡自己所经受的屈辱、歧视与不公的痛苦，才能忘掉自己的处境，拯救自己的生命和灵魂。"压抑是自我阻止引起消极情绪的念头、情绪和冲动达到意识水平的一种防御机制。"[1] 不良的社会成长环境、心理环境，特别是不愉快的生活事件或长期心理冲突对"黑五类"子女都有很严重的影响。长期不被人接受的压抑造成自我心理创伤没有得到及时的治疗，导致抑郁症等造成精神残疾屡见不鲜。由于出身问题，叶丹饶始终没有在协调的人际关系中生活过，这种恶果使叶丹饶外表坚强而心灵脆弱，病态的心理逐日加剧。她渴望得到爱情，内心升腾起青春的激情，并且毫不掩饰，真诚地释放和表达，她寻求的是一种精神寄托和保护。可是，她爱的人离她而去，她的精神寄托没了，她的精神垮掉了，她变得不堪一击，由于心理失常得了精神病，任何打击都可能摧毁她。这是此前的知青文学中还没有出现过

---

① 黄希庭：《人格心理学》，浙江教育出版社 2002 年版，第 97 页。

的真实而饱含着痛楚的"逐子弃儿"的形象。知青扁木陀阿根（《隐形伴侣》）死后灵魂仍不能安息。竺阿妹和奚大龙（《远离太阳的地方》）的爱情也因为一个是走资派子弟，一个是"黑五类"子女，想爱不能爱，想爱不敢爱，只好把爱藏在心里，把爱扼杀在摇篮里。舒迪（《沉雪》）是一名心怀赤诚之心的兵团战士，但因出身问题，一向表现好的她屡屡被放逐，面对好友孙小婴，她发出了简直是欺人太甚的无奈怨愤。像舒迪这样的"黑五类"子女最大的痛苦在于他们处于被侮辱、被否定、被剥夺的无望境地。

"黑五类"子女面临着无法选择的命运摆布，通向一切美好机会的道路都被堵塞了，不管怎样不甘心，他们都只能接受现实的改造，这一切只是因为无法选择的出身。他们只能虔诚地选择可以选择的道路，遵从主流意识形态的教化与规约。尽管如此，他们仍然得不到应有的权利和尊严。一场人生劫难引起人心理上的巨大变化，人的生命力和人的天赋、才华都受到无情的压制，灵魂被套上枷锁而独舞。在一个生命尊严难以实现的年代，"黑五类"子女最能够痛切地感受着人生的苦难。他们的苦难不仅来自艰苦岁月繁重的体力劳动，更来自身处严酷的人际环境之中的情感饥渴。他们渴望被集体接纳却被划为另类，心灵变得格外敏感。他们拼命想要通过艰苦的磨炼"脱胎换骨"，可实际得到的与期待的相差甚远。低下的政治地位使他们有一种强烈的被剥夺感，一种锥心刺骨的挫折和疼痛感油然而生，他们以扭曲的方式顽强地表达了对个体生命力量的肯定，在特定的人生阶段完成精神成长。

第二节　触摸生活的脉搏

北大荒纪实文学在中国当代文坛占有一席之地，在各个阶段"捧出了具有全国影响的、并成为那个时期标志性的作品"①。从刘白羽的《从富拉尔基到齐齐哈尔》理想主义的大力抒情，到袁木、范荣康的《大庆精神大庆人》、魏钢焰的《忆铁人》、孙宝范、卢泽洲的《铁人传》等代表大庆精神基调的作品，从以散文笔法写成的《雁窝岛》②到贾宏图的长篇报告文学《仰视你北大荒》，其中蕴含的北大荒人昂扬的爱国主义影响力已超出了报告文学领域。蒋巍、贾宏图、屈兴岐、张雅文、门瑞瑜、郑加真、王忠瑜、孟久成、庞壮国等人的作品都为北大荒纪实文学大壮声色。

一　北大荒知青的面孔

北大荒纪实文学中最为活跃的是知青文学，知青纪实文学创作不仅在数量上蔚为壮观，而且成为北大荒纪实文学的创作重镇。肖复兴、蒋巍、贾宏图等作家在解读知青生活的同时也在关注社会发展。

北大荒知青对自身的报告集中绽放于 1988 年，在知青上山下乡20 周年之际，肖复兴、肖复华的报告文学《啊，老三届》是最早展现北大荒知青返城后生活的纪实文学，也是最早出现的"知青"报告

---

① 雷达：《黑龙江报告文学的独特贡献》，《文艺报》2010 年 10 月 18 日。
② 牡丹江农垦局 853 农场雁窝场史编辑室，牡丹江农垦局"北大荒文艺"编辑室编，雁窝岛，解放军文艺出版社，1962 年。包括：《完达山下的一颗明珠—雁窝岛》《风雪踏查雁窝岛》《进岛先遣队》《喜讯频传雁窝岛》等 33 篇真实生动地描绘了北大荒的拓荒史，写转业官兵、支边青年、知识青年如何共同开发北大荒的艰难历程。

文学集，记录了名不见经传、默默无闻的 25 位荒友的命运变迁。北大荒长达十年的艰苦生活赋予这一代人的精神气质，使他们很快成为城市建设的中坚力量，正是这种信念和精神铸就了他们成功的基石。1999 年肖复兴的《绝唱：老三届》是一本写满"真实"的大书，触动的是"老三届"中的最底层的那一部分人，"他们是一代生命的绝唱"① 收集的是曾在东北插过队的知青们的真实人生，肖复兴将他们上山下乡的历史作为今天存在的一种背景，主要勾勒出书中 37 位老三届这些年的生活轨迹和情感谱线，生动地再现了他们燃烧的青春，讲述了他们鲜为人知的故事和命运。2005 年肖复兴的《黑白记忆：我的青春回忆录》以自己的文字记载着一代人的成熟与长大过程，尤其可贵的是揭示知青在回忆中的自省。重新回到记忆中回顾那段历史的时候，他们发现知青不光是这段悲剧历史的受难者，在某种程度上还是这段悲剧的制造者。40 多年来，肖复兴一直追踪着老三届，坚持用笔记录他们的人生。

蒋巍的报告文学以浓厚的诗情传达着他在经受过上山下乡的磨炼后对中国社会问题的深入的思考。1988 年，他发表了以"知识青年上山下乡二十周年祭"为总题的一系列报告文学和纪实小说。代表作品有《人生环行道》《我问自己一千次》《蓦然回首》《梦里青纱帐》等。叙述的主人公无不成为上山下乡运动狂潮中的一分子，在"攻克莫斯科，解放华盛顿"之类的口号鼓动下，怀揣着乌托邦式的梦想，走向北大荒的广阔天地。他笔下的知青人物成为整整一代知青的缩影，传达出一代人的苦难与光荣。《银河，有一颗星》中返城后的方赋春本来已经有一份令人羡慕的"铁饭碗"，但看到自己所在民办工程队将要倒闭，他经过了激烈的思想斗争，决绝地放弃现有的一切，当起了民营企业家。这就是北大荒塑造的知青，神圣的使命感让他们

---

① 肖复兴：《绝唱：老三届·序》，《绝唱：老三届》，东方出版社 1999 年版，第 5 页。

勇于承担这份责任。蒋巍的报告文学表现了集体大返城的知青在"去与留"这个问题上的庄严抉择。《梦里青纱帐》中的主人公王玉臣是一个扎根北大荒的知青代表人物，当年他怀揣着美好的梦想来到北大荒，当大批的北大荒知青返城的飓风刮起时，他毅然做出抛妻别女、放弃上海的生活回到北大荒的决定。"北大荒知青情结"在王玉臣身上体现得完美而又动人心魄。蒋巍的报告文学"将知青外在的行为裂变转化为内在的情感蜕化和价值观的迁移，把历史时空范畴转换为社会心理范畴，那种凌越表象的本质真实得以拓展和深化"[1]。《我问自己一千次——知识青年上山下乡二十周年祭》揭示了一个女知青程小晴坎坷而痛苦奋争的人生历程，提出人生究竟如何，人生的价值何在的深刻思索。这是作者特别为知识青年上山下乡 20 周年写的祭文，也是对知青一代人人生的阶段性总结。北大荒知青作家通过报告文学揭示知青作为人类历史中绝无仅有的特殊一代，悲剧色彩造就了他们青春的底色，便注定一生难以褪色。这是知青一代的自白，"他们有关自己一代的描述（当然'描述'同时又会是掩盖），足以作为了解当代中国'历史与人'的有价值的材料"[2]。他们的经历，他们的痛苦，他们的反思，他们的抉择成了共和国的一段断代史，更具启示意义，引起读者的沉思与共鸣。1999 年蒋巍的报告文学集《爱情，梦里黑土地》渗入了属于他自己，更应属于一代人的思考。"蒋巍以其热烈、激情和诗样的语言去谋制其精美奔放的报告文学篇章，视野宏阔，意气飞扬，进而走向社会、历史、文化的批判与反思，在积极展开多向文体探索的同时，逐步完善着一种叙事与思理并重的文体形式。"[3] 肖复兴、蒋巍的纪实文学既站在人性、人道的角度，否定和批

---

① 刘金祥：《蒋巍知青文学社会学解读》，《文艺评论》1994 年第 3 期，第 77 页。
② 赵园：《地之子》，北京大学出版社 2007 年版，第 189 页。
③ 曲若镁、孙民乐：《蒋巍、贾宏图报告文学的文体分析》，《求是学刊》1990 年第 5 期，第 69 页。

判曾使一代人付出沉重代价的上山下乡运动；又真诚地颂扬北大荒知青在动荡年代中磨砺出来的奋斗精神。在北大荒知青纪实文学发展中起到了承前启后的作用，奠定了北大荒知青纪实文学的基调。

北大荒知青纪实文学热是以 20 世纪 90 年代大量涌现的知青回忆录以及报告文学为标志的，具体说是从 1990 年 7 月的《北大荒风云录》一售而空的现象开始的。《北大荒风云录》与《北大荒人名录》是中国第一部由知青群体编写，自费出版的纪实文学，"开创知青集体出版回忆录的先河。"① 1990 年 12 月，北大荒知青们在北京中国革命博物馆举办了"魂系黑土地——北大荒知青回顾展"，半个月内参观人数达 10 万人，引起国内外数家媒体的关注。此后，全国出现了一股"知青文化热"。在文学失去往日的轰动效应的 20 世纪 90 年代，北大荒知青纪实文学陆续问世：张晓虎的《骚乱的心界——北大荒的少男少女·狗和马群》描述了当年北京知青在北大荒兵团茫茫原野上的生活和种种复杂的情感状态。姜昆等主编的《中国知青回忆录（上、中、下册）》，收入了 265 篇京沪等地老知青的回忆文章，其中北大荒知青撰写的回忆文章就有 148 篇，占 56%。一方面是因为编辑多是北大荒知青，另一方面可以看出荒友们对那段历史的深挚怀恋之情和强烈的讲述自己青春岁月的心理诉求。1998 年刚好是知青上山下乡 30 周年，再加上"知青文化热"持续不断升温的影响，仅北大荒知青的回忆录就多达 7 部，北大荒知青纪实文学的大量出现，进一步唤醒了更多荒友们灵魂深处的知青情结，他们意识到自己也有留下历史记忆的责任。思考要比哭诉和愤怒更重要，经历磨难、经过反思的一代人自觉地肩负起社会责任。

21 世纪以来，北大荒知青纪实文学的数量也在不断增多，反映历史更加深刻。此类纪实文学更加呈现出区域化、民间化、个人化的特

① 邓贤:《中国知青终结》，人民文学出版社 2003 年版，第 277 页。

点，而不是"成功者的喧嚣"。① 朱晓军《大荒羁旅：留在北大荒的知青》的视角完全落到了近百名一直坚守在北大荒的荒友身上，知青大返城时，他们为了爱情、婚姻、子女，悲壮地坚守住了自己的扎根誓言，把爱播种在黑土地上。王秋和主编的《北大荒的神秘部队：黑龙江生产建设兵团武装值班团屯垦成边纪实》记录了由北大荒知青中的优秀分子组成的武装部队的成长过程和可歌可泣的动人故事。《呼玛知青风云录》讲述了在呼玛的知青火热的生活。《呼玛知青风云录》续编采取了比较灵活的艺术表现方法，更具可读性。黄建华主编的《那山那水那嘎跶》由当年在爱辉县插队落户的 5000 多名知青自筹资金，由他们中的上百人亲自撰写，记录了他们在中苏边境爱辉县插队的故事。《知识青年在黑龙江》共收录 249 篇知青文章，这是来自官方有组织的征稿、编辑和出版，在全国各地知青文学汇编中是少见的。王秋和的纪实散文集《革命的事》真实描写北大荒知青们生活的故事，讲述他们如何在艰难困苦中慢慢长大的历程。范士光的《兴凯湖军垦岁月——一个知青在北大荒的手记》以日记的形式，翔实地记录了作者和他的战友们在那段军垦岁月的生活经历和心路历程。

　　2008 年是知青上山下乡 40 周年，《北方文学》推出第 1—2 期合订本"知青专号"，北大荒知青纪实文学又出现一次高潮，故事主人公更加趋向底层化。2008 年 6 月，陆康勤、党大建主编的《远方的白桦林——黑龙江生产建设兵团 6 团知青下乡 40 周年文集》作为 6 团知青上山下乡 40 周年最好的礼物出版，收入 135 篇 6 团知青的回忆文章。文集最值得关注的是，只要愿意每个成员都可以讲述自己的经历，以一个团为单位的知青自己出一本文集，这终结了知青纪实文学"沉默的大多数"一直沉默无声的历史。吕书奎主编的《亲历兵团记

---

　　① 陈骏涛、［加拿大］梁丽芳：《世纪末的中国文坛——文学对话录》，《北京文学》1999 年第 10 期，第 92 页。

住北大荒这段历史这代人》收录了曹焕荣、张持坚、贾宏图、吕永岩等下乡知青撰写的 71 篇文章，用众多的兵团战友在黑龙江的亲身经历再现了 40 年前黑龙江兵团战士的生活、战斗画面，宏观微观相结合，多层次、多角度地回顾、分析当年兵团的是是非非、功过得失，是一本具有研究价值的文集。值得注意的是《亲历兵团》一书中的文章是从 2007 年 3 月诞生的《黑龙江兵团网》上的几千份稿件中精选出来的。知青网的建立为北大荒知青纪实文学的发表搭建了一个平台，北大荒知青用自己的亲身经历描述了自己参与北大荒建设的难忘的有趣事情，读来令人倍感亲切。随着网络传播的发展，有更多的"荒友"加入了书写"我们的故事"行列中，扩大了北大荒知青民间纪实文学的影响。2008 年 5 月，吴旭光的《追梦北大荒》记录了作者在北大荒 9 年的经历，记述了北大荒的阳光、彩虹，成为个人撰写的纪实文学的典范。

二 贾宏图：彰显精神力度的大美

贾宏图是当代纪实文学一个不能不提的作家，他是地地道道的北大荒知青。他 40 多年来一直钟爱报告文学，发挥了报告文学这一"文学轻骑兵"的特性作用。贾宏图是一个"淘金狂"[1]，善于表现社会的矛盾和变化，表现北大荒人取得的丰硕成果，表现中俄边贸的活跃，尤其是展现中苏关系解冻的作品影响深远。《解冻——写在中苏高级会晤前后》以黑河、绥芬河和哈尔滨 3 个城市为例，描述了两国由蜜月期到冻结，再到解冻、恢复友好的不寻常历史，用事实证明世代友好是两国人民的共同愿望，也是历史发展的必然趋势，反映了改革开放中发展中苏边境贸易所取得的成就和美好前景。《解冻》的姊妹篇《大江向洋去——黑龙江省沿边开放纪实》全面记述黑龙江省沿

---

① 贾宏图：《我和报告文学》，《当代作家评论》1991 年第 3 期，第 53 页。

边开放、发展边境贸易，从而促进经济发展的事迹，重点写了黑河、佳木斯、绥芬河、东宁和乌苏镇等地的边境贸易情况，尤其是省、地、县各级领导为开展边贸、发展同俄的经济关系而竭尽全力、励精图治的举措，贾宏图这种本色的报告极具感染力和说服力。他的报告文学真实地记录了北大荒的发展变化。① 他的纪实文学以写改革时代的干部为主，成功地刻画了党员干部的形象，具有引人深思，触动人心灵的力量。

贾宏图以记者的身份介入纪实文学写作，21 世纪以来他的作品让北大荒再次成为人们关注的焦点。《我们的故事》以连载的方式讲述了北大荒知青的故事，成为一代知青人生命运和心灵轨迹的写照。知青们用青春、热血甚至是生命，也用他们的愚昧无知制造出空前绝后的时代标本。他没有空洞的说教和指责，而是用 100 个老知青的故事，对知青运动做实证评判。他以翔实的调查、倾情的投入，用纪实文学的方式讲述，让读者品味到知青们的百味人生，但更多的还是苦涩。人物的辛酸经历、坎坷命运和生命的难堪，这都是以往知青纪实文学中少见的。贾宏图的写作意图很明确，"无论别人怎样说，我还是要写，写我和我们自己的经历、自己的感受，写下这段历史留下的'生命化的缩影'，以告诫人们不能让那些刻骨铭心的悲剧再次发生。也告诉人们，在那个阴风浩荡的年代，在那边塞绝寒之地，也曾有鲜艳的人性之花在开放"②。贾宏图的写作渗透了许多自己的知青回忆，同时也有他的思索，他从人性角度反思那段历史："在那个特殊的年代，有多少知青特别是女知青，因为要求政治进步受挫或在'政治运

---

① 《大洋的此岸与彼岸》（与蒋巍合作）和《她在丛中笑》获全国第二届、第三届优秀报告文学奖。《大森林的回声》获 1990—1991 年度全国优秀报告文学奖。20 世纪 90 年代，他出版的选集《跨世纪人》中具有代表性的作品还有《生死开花瞬间》和《重返黑土地》等。

② 贾宏图：《我们的故事·序　谁来证明没有墓碑的爱情和生命》，作家出版社 2008 年版，第1—2 页。

动'中无端挨整而精神失常的，谁也说不清。当时，如果对他们更多一些理解和关爱，更多一些宽容和帮助，也许悲剧就不会发生。可是那是一个多数人都癫狂的时代，少数本来就有心理病灶的人，因突然受到无法抵御的刺激，心里的'魔鬼'就从潘多拉的盒子里跑出来了！悲剧就不可避免了。"① 这种剖析深刻至极，书中这样的语句屡屡给人一种震撼。更让人震撼的是，这本书以采访的方式从作家的角度讲述 100 个北大荒知青几十年来的苦难。不仅写了当年知青的苦难与风流，最主要的是还写了后知青时代的那种艰辛、坎坷，历史的伤痛是难以抹去的，血泪记忆和这种时间的跨度显现出沉重的历史感。贾宏图以悲悯的情怀原生态地呈现出那个时代的生活，构成一部厚重凝练的"史书"。2008 年，贾宏图的《我们的故事：一百个北大荒老知青的人生形态》出版。梁晓声给他写信中肯地评价了这本书，"无第一等情怀，断无这样的一本书问世。无这样的一本书问世，关于知青的历史，则不能是真实的历史。并且，我由衷地认为——我的几部所谓知青文学代表作，其社会认知价值总汇起来，尚不及《我们的故事》一书的分量。"② 经过 40 年的情感积淀，《我们的故事》给人的不仅仅是悲怆，更多的是冷峻厚重的历史感，是阅尽人生苍凉后的淡定，隐含着内在的理性机制。作家向历史纵深处探寻，表现出深厚的历史文化内涵。

2010 年 9 月 3 日，贾宏图的长篇报告文学《仰视你，北大荒》在《人民日报》用了两个整版的篇幅发表，这是来自北大荒的激情四射的报告。自 1947 年开始，李在人、刘岑等松江国营第一农场的 18 位开拓者打破了荒原的宁静，改写了北大荒的历史。经过三代人 60 多

---

① 贾宏图：《我们的故事：一百个北大荒老知青的人生形态》，作家出版社 2008 年版，第 55 页。

② 贾宏图：《梁晓声与贾宏图关于〈我们的故事〉的通信》，《我们的故事——百个北大荒老知青的人生形态 2》，作家出版社 2009 年版，第 433 页。

年的艰苦卓绝的开拓，成就了荒原变成大粮仓的人间奇迹。截至2010年，北大荒为国家累计生产粮食3922亿斤，每年生产的粮食按目前粮食供给量，足以满足京津沪、解放军三军、港澳地区和藏青甘宁四省区的全部需求。北大荒解决了13亿人口吃饭的压力，这对于经历过饥饿，以农业立国的共和国来说十分重要。贾宏图"着眼于恢宏，入手于细微，雷达与显微镜并用"①，经过深入体察和实际采访，向世人展示了北大荒这个"服从国家利益，服务国家战略，抓得住、调得动的'中华大粮仓'"，并揭示这一奇迹产生的历史和现实原因。在荒无人烟，只有狂风怒吼、冰雪覆盖、沼泽横行、蚊虫肆虐的地方，18个人从最初只有两辆烧炭的汽车、3台破旧的"火犁"与11匹马的简单生产工具开始，这个奇迹的创造完全出于无私奉献的牺牲和艰苦鏖战的抗争精神。悲壮豪迈的行为成就了北大荒艰苦创业的精神，这是这篇报告文学的中心所在。贾宏图是一个北大荒人，还有过8年多的知青生活经历，北大荒是他的"大学"，他的文学创作是从这里起步的，无论是他的人生，还是写作都与北大荒血脉相连。他多年不断地驻足和回望，全神倾听、凝思默想，早已为创作《仰视你，北大荒》打下坚实的基础。贾宏图对于北大荒的前世今生是有发言权的，而在面对如此丰厚、豪迈、宽广的北大荒时，他还是历经两个月、行程一万里、走访了9个农场管局下属的30多个农场，采访了100余位三代北大荒开发建设者，翻阅了几百万字的历史资料，写出了4万余字的初稿，后几经修改提炼，浓缩成近2万字的报告文学。他竟然能如此从容地面对自己的激情展现感人的故事和英雄献身北大荒的悲壮：曾在荒原上冻掉9根脚趾的老红军黄振荣，却冤死于"文化大革命"中；战争年代身负18处伤的建设兵团副司令员颜文斌带头跳入零下三四十摄氏度的粪坑刨粪；为北大荒接生了很多新生儿而自己却

---

① 贾宏图：《我和报告文学》，《当代作家评论》1991年第3期，第53页。

因劳累导致一次次流产的杭州女知青孙文珍，染病去世前要求将骨灰送回北大荒埋葬……作家不断地用自己的热情触摸这些灵魂，用生命聆听来自历史深处的声音，用报告文学展现几代北大荒人创造的人间奇迹，仅就这一点来说，贾宏图就足以让人仰视。

贾宏图以精巧的布局彰显强烈的时代感和召唤力，充分发挥报告文学的文体效应，"贾宏图既然清醒地感悟到了报告文学的强于其他文学样式的意识形态性，那么，他也势必会清醒地感悟到报告文学作家强于其他文学样式作家的创作责任感和使命感，从而把责任感和使命感变成一种十分自觉的主体要求。"① 贾宏图能冷静下来，让理智节制情感进行写作。《大爆炸》写 1987 年 3 月 15 日哈尔滨亚麻厂发生的特大爆炸事件，58 人死亡，182 人受伤，其中大多数是年轻的女工。他写道："大爆炸后五小时，我赶到现场，看到的一片冒着浓烟的废墟，听到的是一片职工家属悲痛欲绝的哭声，我开始了一生中最艰难的采访，我的眼泪几次打湿我的采访本，在写到悲痛时，我竟泣不成声。后来，我还是镇静下来，冷静下来。我没有过分渲染大爆炸的悲惨，而着重描写了在巨大的灾难面前，中国工人阶级表现出高尚的主人翁精神。"② 他写出了人们在突发事件中表现出的理解与感情，表现出的集体主义精神等，当然他写了对这一恶性事件负有责任的纺织部门的部长、局长和厂长，写他们痛苦的自责和为挽回巨大损失而做出的努力等，但更为重要的是写了造成这一事件的关键原因：新中国成立以来没有集中精力抓经济建设，纺织厂用陈旧的设备超负荷地生产（在苏联，这样的工厂已进行过 8 次技术改造）造成大爆炸。这一触目惊心的揭示，给时代、社会和人们敲响了警钟。

贾宏图将报告文学作为一种参与现实社会变革的实践，尤其是思

① 马凤：《论贾宏图报告文学的社会效应》，《文艺评论》1993 年第 2 期，第 64 页。
② 贾宏图：《我和报告文学》，《当代作家评论》1991 年第 3 期，第 54 页。

想的实践。他为像米沙这样有才华的混血儿遭到无端的歧视而感到惋惜，又为他的才华得到发挥而高兴；为失业的全国健美冠军夫妇鸣不平；他又为因"超生子女"而被开除公职的女青年说公道话。党委书记王树本以自己的智慧和模范的行动使得阿城继电器厂起死回生，使工人们重新燃起火样的热情。贾宏图及时地报告了王树本的功绩，把一个真正的共产党人的形象刻画得深入人心。贾宏图深入生活，细心观察各种社会矛盾的动向，率先予以反映。20 世纪 80 年代初，是中国改革艰难的起步阶段，最大困难的是落实知识分子政策问题，而当务之急是起用那些在政治运动中受到伤害尤其是"文化大革命"中伤害最重的知识分子，让他们成为中国经济复兴的中坚力量。贾宏图的通讯《敢开顶风船的角色》就发掘了一个有胆有识、即使在"文化大革命"的非常年月也敢于坚持实事求是、保护和重用知识分子的基层小厂支部书记陈秀云。在"文化大革命"中，她承担所有风险，大胆重用一个戴着"历史反革命"帽子的工程师安振东。让他放下包袱负责抓全厂技术，使瘫痪的工厂出现奇迹。不顾大家的反对，第一个为他解决住房，还四处奔波，亲自外调 12 次，行程 5700 里，为他政治平反。后来推荐他当上副厂长，局总工程师。通讯发表后引起轰动，陈秀云立刻成了落实知识分子政策的典型，安振东被安排到局里当总工程师。后来，安振东当选为黑龙江省副省长。这个故事出现在《她在丛中笑》（《报告文学》1983 年第 7 期）中，陈秀云身上体现了一个真正共产党人的宽广胸怀和无私无畏的品格，文章被全国几十家报纸、杂志转载，《光明日报》转载并在一版头题发表了评论。

贾宏图善于展现党员领导干部力挽狂澜的魄力和胆识。《人格的力量》写大庆石化总厂厂长杨久礼廉洁自律、开拓进取，让一个建厂 28 年来第一次未完成国家下达的利税指标、在 20 家大型企业中从上年的第 10 位剧降到第 18 位的危困厂子，一下跃为实现利税 12.3 亿元，完成国家计划指标的 123%，利税增长幅度居全国大型石化工业企业之首。这种巨变靠的是杨久礼的人格力量。他被歹徒砍伤，妻子被杀，自己承受丧妻之痛，伤愈后继续励精图治，显现了共产党员的高风亮节。《大森林的回声》写到的伊春市委书记杨光洪于1988年上任，采取强有力的措施，坚决整治不正之风，党纪党风迅速好转。他上任10多天，行程1800多公里，深入林区看望百姓，狠抓吃喝、公车、考生"体优"加分等问题，为百姓切切实实办了几件大好事，干群关系明显好转。1989年风波在伊春没有任何显现，这就是"伊春现象"。这两篇作品充分显示了改革开放的业绩及共产党员的优秀品质。《跨世纪人》以丰富的资料，深入描写了黑龙江省三位地市级年轻干部：五大连池市市委书记黎晶、大兴安岭地委书记张毅和绥芬河市市长赵明非。他们虽然都仅仅30多岁，但坎坷的经历造就了他们富于理想、锐意进取、为民请命的责任感，他们的政绩源于真抓实干，更源于那份深沉的忧患意识。他们对事业无比忠诚，对人民高度负责，自己恪尽职守，坚决惩治不正之风。贾宏图笔下的人物与程树榛《励精图治》中绰号"宫大胆"的齐齐哈尔重型机器厂厂长宫本言、蒋巍的《在大时代的弯弓上》中的哈尔滨的大企业林业机械厂厂长邵奇惠交相呼应，共同塑造了共和国大业的顶梁柱，写出他们大刀阔斧、敢为天下先的精神。《励精图治》"是黑龙江报告文学走向全国的开端，是黑龙江报告文学在那个难忘的岁月中取得的重大成就的一个标志"。① 贾宏图的文字成为黑龙江报告文学的时代风向标。

贾宏图的报告文学给2010年的文坛带来一股强劲的北大荒风。"报告文学作家都是'情种'。往往采访谁就被谁感动，感情一上来，文采飞扬，淋漓尽致，读者看后也会热泪盈眶。"② 《仰视你，北大荒》报告了北大荒如何成为共和国稻米产业脊梁，为北大荒三代人立

① 雷达：《黑龙江报告文学的独特贡献》，《文艺报》2010年10月18日。
② 贾宏图：《我和报告文学》，《当代作家评论》1991年第3期，第54页。

了一座丰碑，是可称为北大荒英雄史诗的作品。北大荒人以"宁可透支生命、绝不拖欠使命"的气魄，交了一份令共和国满意的答卷。由徐一戎为代表的科技工作者和以刘文举为代表的专家型的领导组成的十万垦荒大军，他们无怨无悔地将生命献给了北大荒。贾宏图"以其深挚的情感和报界人士所特有的锐敏，去谛听时代的脉动，观察历史的变迁，紧紧捕捉时代生活的细微变化，发现生活中新的因子和意义，并不断形成以事件、人物为中心，多层次、多角度地再现生活的报告文学模式，具有鲜明的新闻体式"。① 出于职业记者的写作习惯，贾宏图的报告文学常以新闻采写的方式去谋篇布局，行文朴实而有说服力，细节深邃而有感染力。他的报告文学作品总是渗透着作家深厚的情感，在客观事实和冷静的叙述背后，潜藏着作家的思索与批判。贾宏图把握着报告文学的现实性功能，他将自己的创作活动纳入北大荒社会生活中。

三 张雅文：萃取生命激情

也许是受到北大荒文化的影响，也许是生命中涌动的激情所致，许多作家与生俱来带有流浪情结，甚至有些女作家都有着令人难以置信的情感。李琦描述自己："内心澎湃，外表平静/逃跑的根基，流人的天性/喜欢走路，向往异乡/肌体里藏着大风和波浪。"② 这从她温文娴静的外表难以看出。她的许多诗歌就是足迹遍及各地、漫游的产物，她以这种方式来丰富着诗歌的内在质素的同时，也描画了生命的肌理。张雅文的生命激情更为外露，被媒体誉为"中国当代阿信"，是独特的"这一个"，创作彰显北大荒文化独特的审美品格。她有着

---

① 曲若镁、孙民乐：《蒋巍、贾宏图报告文学的文体分析》，《求是学刊》1990 年第 5 期，第 69—70 页。

② 李琦：《我喜欢在这世间散步》，《李琦近作选》，时代文艺出版社 2008 年版，第 11 页。

传奇的人生经历，更有着独特的人生宣言和生命阐释。她出生在辽宁一个只有一户人家的小山村、后来迁到仅有一户的小兴安岭深处。为了上学，十岁的她每天独自要在杂草丛生、野兽出没、风雪弥漫的山路上走三四个小时。十五岁的她不顾父母的强烈反对，从家里偷走了户口本，跑到佳木斯体工队当了专业速滑运动员。由于接连受到伤病的折磨，她不得不退役。后来又放弃银行会计的安稳但缺少创意的工作，1979 年，仅有小学五年级学历、三十五岁的张雅文因丈夫偶然的一句话受到启迪，毅然投身文学创作。她就像一个穷途末路者把生命的最后一枚铜板全部押在文学的赌桌上开始玩命，她甚至不惜用生命做抵押来实现自身的价值，"我骨子里有一种与生俱来的特质，那就是只要认准一条道，不管遇到多少艰难、坎坷，我都会坚定不移地走下去，不达目的誓不罢休。说我执着也好，说我固执也罢，总之我天生就是这副个性。"① 张雅文置自己于死地而后生，以不服输的劲头，决绝地踏上了文学创作的苦旅。作为黑龙江省作家协会副主席、国家一级作家的张雅文，写了将近 400 万字的作品，30 多年过去了，她完成了《玩命俄罗斯》《韩国总统的中国"御医"》《为了揭开人类抗衰老之谜》《盖世太保枪口下的中国女人》《四万：四百万的牵挂》《生命的呐喊》等感人至深的报告文学和传记文学作品。她以韧性的追求和执着的坚守创造了奇迹：她的《生命的呐喊》获得第五届鲁迅文学奖、第三届徐迟报告文学奖、第三届女性文学奖；报告文学《四万：四百万的牵挂》《走过伤心地》，长篇传记《韩国总统的中国"御医"》，长篇小说《趟过男人河的女人》《盖世太保枪口下的中国女人》等多次获得黑龙江省文艺奖并改编成同名电视剧，其行为本身就带有舍身一搏的悲壮。

张雅文的创作是以饱满的激情将自己投入写作中，她只身一人到

---

① 张雅文：《生命的呐喊》，新华出版社 2007 年版，第 166 页。

各地漂泊闯荡和全身心地采访，笔下的素材都是精心选择让她怦然心动的。她不满足于在国内各地跋涉求索打捞真金，还曾孤身一人自费远赴俄罗斯、乌克兰、韩国、比利时、荷兰等国家采访，连战火纷飞的车臣都去过。经受了常人难以想象的没钱、没吃、没住、不会外语等困难，顽强地面对诸如侵权、排挤的打击。她把全部的生命激情都投入报告文学和传记文学的写作中，主人公大都是高扬着理想的生命个体，没有世俗化的考量，虽遭各种苦难，仍不放弃有责任和道义感的担当。这是她精神的折射，也是北大荒文化塑造的结果。

张雅文关注底层人的生存，张扬生命的尊严，凸显她的人道主义情怀。无论是底层人民，还是伟人，都是张雅文个性的投射和外化，她崇尚在逆境中顽强不屈的抗争者，尤其是反映北大荒人的精神境界。《不仅为了一座村，一个人》中傻子屯的村长许振中所在傻子屯这片上帝的弃地，是一片人人不愿走近的死海，因为水中缺碘，人得地甲病，严重地甲病人的后代，就患克汀病，就生聋哑傻子。因为是共产党员，许振中无条件地接受了傻子屯的大队书记这一职务，领导亮出了尚方宝剑："党章规定下级服从上级，个人服从集体，现在组织决定……"于是许振中和傻子屯绑到了一起。"'痴茶呆傻满街走，哑巴说话比画手，大粗脖人人有，大气瘰像柳罐斗！'这就是许振中面对的全村生灵——一群活着的死魂灵。"[1] 为了给傻子屯改水，他不惜四处求告筹集资金；为了把那些傻子孩子教育成自食其力的劳动者，他又发动妻子女儿献身其中；为了带领乡亲们脱贫，他更是不顾身体健康辛苦劳作。在艰难的世道中，许振中的思想和行为闪烁着人性的光辉。张雅文集中笔墨刻画出人物人性的丰富性、立体性，尤其是献身精神得到充分的呈现：把一生精力投入值得去做的事业中，其

---

[1]　张雅文：《不仅为了一座村，一个人》，《走过伤心地》，北方文艺出版社 2011 年版，第 61 页。

专注的精神让人感佩，这无疑是张雅文的志趣。她的生命因报告文学而激情四射，"就阅读文学来讲，报告文学更适合我的个性。报告文学是真人真事，它不需要更多的杜撰。我所选定的人和事，又是使我'怦然'心动的素材，所以每每写起来，就把整个身心都投入主人公身上了，或激愤，或呐喊，或高扬，或讴歌，总之，我可以尽情地挥洒笔墨，尽情地直抒胸臆，而不用顾及什么含蓄、隽永了。"[1] 这就是张雅文的独特所在。她钟爱那些不安于现状、富有创造力的生命，张扬人道主义情怀，肯定生命尊严。尽管北大荒寒冷，但张雅文的纪实文学却充满了人性的温度，在冷峻的理性思索中叩问生命的尊严，这是对所有生命的关爱。作家在人道主义精神的大背景下，以朴素的文学信仰和追求为指针，展示人性的美好和善良，这是张雅文追求的精神境界。《四万：四百万的牵挂》中写了白衣圣手——廉洁行医的心血管外科专家刘晓程，他不仅医术精湛、廉洁自律，还带动周围的同事，他的悲悯情怀体现在他对搜刮病人的救命钱的徒弟斥责上。他要求"不能收受红包，让老百姓骂我们是毫无人性、毫无自尊的白眼狼！"[2] 拼命三郎的他高贵的品格激发人们心灵深处蕴藏的美好理想，激发人们干事业的热情。他有学识，有胆量，不媚上，不卑下，处处为老百姓着想。这是张雅文所颂扬的人物类型，也是她自身人格的写照。

来自社会底层的张雅文擅长写那些命运坎坷的小人物的个中甘苦，对那些被损害的弱者充满悲悯情怀。她关注小人物的悲欢离合，写他们与命运顽强抗争的精神。他们虽然饱受生活的击打，虽有些蒙昧，但依然顽强地生存。《放下你的猎枪》是以珍稀的东北虎被猎杀

---

① 吴井泉、王秀臣：《以生命作抵押——张雅文论》，黑龙江人民出版社 2002 年版，第 153 页。

② 张雅文：《四万：四百万的牵挂》，《走过伤心地》，北方文艺出版社 2011 年版，第 50 页。

这一事件为素材加以创作的，但张雅文不仅关注事件本身，还将视角延伸到事件的背后，去揭示那些因贫穷而去盗猎者的辛酸。她写三个异乡的偷猎者，不是为了发财而来，而是为了改变现在的处境：张家哥俩"1989 年春，全家承包了七亩稻田和一垧旱田。开春时，哥俩想把旱田改种水稻，借了一万元钱打机井，但遇到塌方，机井没打成，误了插秧，秋后颗粒未收，却欠下七八千元的外债。"① 宫锡良是山东乳山人，"哥兄弟八个，母亲是疯子，出走多年。家里一个老光棍领着一帮小光棍。四年前，他和四弟被一个包工头骗到东北，四弟去年死在黑龙江福利屯了。他打算赚点儿钱好回家，实在不愿过这种饥肠辘辘的盲流日子了。他身体不好，正在拉痢疾，一路上不知留下多少排泄物。"② 张雅文深入生活揭示出这样的真实：三个偷猎者生活在一个贫瘠而又狭小的巴掌大的天地，他们过的是面朝黄土背朝天的生活，穷得连饭都吃不饱，为了活命，他们根本不能顾及野兽的死活。本以为是要打黑熊，没想到竟是老虎。在得知他们为什么去盗猎之后，张雅文还到看守所里，见到被判处四年徒刑的偷猎者宫锡良，他衣裤单薄、穿着一双白胶鞋、坐在监舍里瑟瑟发抖。她对这个罪犯，更多的是同情。她赶到吉林蛟河县富岗村，在盗猎者张国君兄弟东倒西歪的茅屋探访。得知哥俩跟小山东一起去完达山想打点儿野兽卖钱还债，结果他被虎咬断的两只胳膊没钱医治，已经化脓感染，弟弟从此不敢回家。临走，他们年迈的母亲一句"嗨，一只老虎被打死了，你们这么多人都挂念着，可俺们这些人吃不上饭，娶不上媳妇，有谁挂念挂念俺们哪？俺们要有点儿活路，也不会让他哥俩去打野兽！他们连家雀都没打过……"③张雅文内心受到巨大的震动，从物以稀为贵的角度看，"人们关注东北虎的死亡，是因为标志着一个物种

① 张雅文：《放下你的猎枪》，《走过伤心地》，北方文艺出版社 2011 年版，第204 页。
② 同上。
③ 同上书，第 220 页。

又进一步接近灭绝。从人类的发展角度来看，一个草民的生命远比不上一只东北虎，保护物种是人类共同的义务。可以说，一个微不足道的草民也是人，也有活下去的权利啊！"① 她对底层人的生存充满同情，他们在种种现实的制约下，会出现愚昧无知的举动，为了生存又体现出麻木甚至残忍。不深入实际而先入为主地断定他们卑琐和顽劣，批判他们野蛮和贪婪，作家是无知和可笑的，她带有悲悯情怀的叙事，让每个独断且自诩为环境保护主义者汗颜。

张雅文深入人物心灵深处去挖掘潜隐的痛苦，准确地把脉人物。《趟过男人河的女人》中无名屯的孙大彪看似是个胡搅蛮缠的泼妇，但背后是千疮百孔的心灵。母亲为了自己的利益，坚决反对她和高鼻大眼的外村青年的爱情，硬把她嫁给了她根本不爱的人。"出嫁后，她把一切压抑和痛苦都集中到自己刀片似的嘴皮子上，用它去削掉别人的幸福，以此来平衡内心。她嫉妒别人的幸福，尤其是年轻女人的爱情。久而久之，制造他人的痛苦就成了她的一大乐事。一看见别人痛苦，她那颗痛苦的心就似乎寻到了一点儿平衡。"② 这展示了张雅文对在别人眼中的"恶之花"融入生命的理解和同情，充分展示人复杂性的因素。最令人动容的是人性的纯美，羊倌深深地爱着山杏娘，但他深知自己配不上她，就一直以默默地关心和帮助她。当独居的他在马架窝棚里去世后，人们才发现他枕头下压着一条干净平整的女人的花裤衩。"入殓时，明白事理的徐半仙把这条裤衩也放进了那白木棺材。"③ 充满人性化的举动昭示着人们尊重和理解卑微的羊倌被压抑的性心理和淳朴的生命情怀，这是张雅文对弱小者的善良生命欲求的肯定。在人类视野里书写生命的尊严，是她一种大悲悯的情怀。对底层生命的悲悯和同情是她人生经历中所萃取的观念，进而展现底层人的

① 张雅文：《放下你的猎枪》，《走过伤心地》，北方文艺出版社2011年版，第221页。
② 张雅文：《趟过男人河的女人》，人民文学出版社1995年版，第134页。
③ 同上书，第48页。

生命尊严。《趟过男人河的女人》中的胡山杏就是一个涵养了张雅文的人格与命运抗争的典型形象。"我所以要把山杏设计成一个山里的女孩子，这源于我的出身。我出生在只有一户人家的山沟里，目睹了母亲和姐姐们那种劳累、痛苦，甚至悲惨的生活。她们日复一日、年复一年地操劳，到头来仍然穷得连件新衣都穿不上；我直到九岁才第一次吃到糖，才知道世界上还有糖。她们对山外世界那种望眼欲穿的向往与渴望，这其中也包括我自己，时常在我的脑海中激荡，成为我写作的一个重要因素。"① 山杏出生于小兴安岭深处的无名屯，她纯情朴实，鲜活漂亮，向往着美好的爱情。但是她却被迫嫁给大宝，饱受发疯了的大宝的性虐待。大胆的小木匠鼓励她逃出苦海私奔。最终山杏流落城市，从开始只能依附于男人们到最终独自坚强地面对风雨人生，获得了生命的尊严。张雅文说："出身与经历决定着我的创作。我关注最底层的人，也愿意写他们，因为我觉得自己就是他们中的一员，只不过逃出来了罢了。"② 她笔下的小人物为改变他们的生存境遇在不断与命运抗争，她的长篇传记《生命的呐喊》就是一部底层人反抗强权、誓死维护尊严的历史巨著，是她的生命历程的一个整体性的精神折射，是她从人生完善到创作升华的双向建构。张雅文注重对人生价值实现过程中所面临的困境予以观照，对生命超越凡俗，以及走出困境的称颂。创作使她走出人生低谷，也找到个体存在的生命意义。

张雅文有敢于冒险、追求自由、雷厉风行的精神，这是北大荒独特的历史、自然和人文环境长期的濡染后所造就的品格，是以崇尚自由，乐天豪放为内涵的地域文化精神。这是一种集体无意识，融入北大荒人的骨子里，渗透在他们的思想和生活方式中，体现了北大荒文

---

① 吴井泉、王秀臣：《以生命作抵押——张雅文论》，黑龙江人民出版社 2002 年版，第 153 页。

② 同上。

化的特征。《玩命俄罗斯》是她的一部重要的报告文学集，"玩命"
是张雅文拼搏抗争的性格最完美的阐释。北大荒人粗犷豪放的地域性
格造就了张雅文不屈不挠的个性："我常常很形象地形容自己：自己
把自己从泪水里捞出来，自己把一颗破碎的心重新放回到心窝里，擦
干泪水，拭干血迹，爬起来，继续连滚带爬地往前闯！这就是我最深
切的感受，也是我战胜困难的态度。"① 她那澎湃激情、豪迈刚烈、不
屈奋斗的生命元素是任何时代都应该珍视的精神。由于长时间的过度
疲劳，也由于眼看着自己的劳动果实要被别人夺走，她玩命地抗争。
因为屡遭侵权的伤害，她接连打了三起官司，亲身体验到那种长达数
年投告无门、欲哭无泪的精神摧残和折磨，她被剥夺的不仅仅是千辛
万苦创作的作品，还有她一直视为生命的尊严，除此之外是她当时没
有意识到的最为宝贵的健康，她最终得了严重的心脏病。这从张雅文
的自传《生命的呐喊》中可以看到。张雅文玩命地维护生命的尊严，
她的作品的境界也随之提升到人类意识的高度。

第三节　坚守日常生活的写作

一　阿成：平民生活的真实呈现者

　　阿成是北大荒历史文化的记录者和表现者，他用小说描绘了一幅
北大荒流人图，还原了日益消失的胡地风俗民情，这是阿成在当代文
学史上的意义和价值所在。对于阿成来说，表现胡地是一种自觉的选

---

① 吴井泉、王秀臣：《以生命作抵押——张雅文论》，黑龙江人民出版社 2002 年版，
第 147 页。

择，展现胡地风情是一种美学追求，还原胡地历史是一种主动担当的责任。从北大荒的历史和现实上对阿成小说进行透视，凸显其在文学史和文化史上的意义，具有重要的理论与现实价值。遗憾的是阿成的小说并未受到文学史家们足够的重视，这或许是因为他"并不是一个时令性、集团性、派别性，或者容易受人左右，以至什么'族'式的作家。"① 但他以丰富的经历，广博的知识和地域的坚守成就了自己创作的特色，他以潮流外的方式书写展示了一幅北大荒历史全景的风俗画。

（一）北疆大野的流人图谱

北大荒90%以上的人都是移民。移民数量多、规模大、类型杂、波及面广，在中国乃至世界迁移史上都是极为特殊的，可以说，北大荒的历史是一部流人史。阿成用小说想象历史，描绘一幅北大荒流人图。"解释历史，就是要描绘在世界舞台上出现的人类的热情、天才和活力。"② 阿成在追忆历史中确认北大荒的在地感，苦寒之地，生命的荒凉与坚韧，成就了他对生活独特的理解和对人生别样的情怀，他用独特的审美视角来书写家乡，再现了北疆浓重的"胡天胡地胡骚"气。

阿成追溯北大荒流人的历史，触摸他们的灵魂。"流人的生活，北疆大野的形态，几百年来一直鲜为人知，鲜为后人后世所知。德当以书。"③ 他以强烈的历史责任感还原历史，写尽了流人在北疆大野的精神蜕变。《与魂北行》写清朝大臣李金镛从齐齐哈尔到北极村开矿的事迹。由于天气寒冷，断冰结连，不能用马做交通工具，只能坐着狗拉爬犁行进，路途遥远而艰险，前有迷天的暴风雪拦路，后有成群

---

① 阿成：《欧阳江水绿·后记》，《欧阳江水绿》，中国文学出版社1996年版，第411—412页。

② ［德］黑格尔：《历史哲学》，上海书店出版社1999年版，第13页。

③ 阿成：《驿站人》，《胡天胡地胡骚》，北京出版社1999年版，第425页。

的饿狼追捕。这些赌命的人走向一条死亡之路，累死、冻死、病死的人们养活着古驿道上庞大的狼群。流人们抗拒苦难和死亡的开拓精神和殉道者的悲壮演绎了北大荒的历史。阿成写绝了寒冷的威势：即便是三伏天，矿下仍有不融化的永冻层，这里"寒风凛冽如刀，直戗五脏六腑。厚厚的御寒兽皮，穿在身上，如一件薄薄的单衣一般"①。流人不仅要面对残酷的自然环境，还遭受他人的歧视。满人视流人不如牛羊猪狗，流犯失去了往日的高贵富庶，随时毙命。吴兆骞也逃脱不了这非人的折磨：他披头散发、脸上流血、张牙舞爪、赤手空拳疯狂地为打猎的旗人官员轰赶豹子，毫无江南名士"惊才绝艳"的斯文。开疆拓土的流人历史是饱含辛酸血泪的，他们是双重的"流放者"。从时间上来看，他们已是苦寒之地的流放犯，失去了往日的地位；从空间上来说，他们身处异乡，朝不保夕。

流人们被抛在北大荒后就融入原始野性的生活，变成了粗粝的男人和泼辣的女人。《驿站人》凸现了北大荒对驿站人的塑造，他们向土人学习，顽强地生存。"猎熊"篇中，按照土人风习，"只有吃过熊肉和熊苦胆的人，才配做新郎——驿站人的儿孙，临着这条大江，要从此繁衍生息下去的啊"②。来自浙江的独臂驿站人戴梓和驿站的男女老少非常担心猎熊伙伴的安危，他们向着黑森林，拼尽力气，学乌鸦叫着，乞求着："熊神呀，不是驿站人杀了熊，是乌鸦们杀的呵——"③土人之神的鼓声、咒语、舞蹈和电闪雷鸣、风声雨声与之应和着。除了猎熊外，套鹿、棒鱼也是重要的渔猎活动。在北大荒生活了十年的驿站人袒着铁锈色的上身，为取大马哈鱼籽治疗老伴儿失明的眼睛来棒鱼，虽一身形态尽是北疆之色，满腔心思却是南国恋情。眼见乌苏里江大马哈鱼群到来，"江豚般的麻特哈鱼，像巨鲸，喷射

---

① 阿成：《与魂北行》，《胡天胡地胡骚》，北京出版社 1999 年版，第 94 页。
② 阿成：《驿站人》，《胡天胡地胡骚》，北京出版社 1999 年版，第 429 页。
③ 同上书，第 427 页。

着几丈高的水柱，正在往入江口驱赶水族世界的囚徒。"① 老人不禁触景生情：他的身世和命运犹如这流囚般的大马哈鱼。由书香门第到大野孤魂的人生骤变饱含血泪辛酸，改变了他的生命形态。客观上看，没有流人的开拓，就不可能有今天的北大荒，因为开疆拓土，一代代流人成就了朝廷的利益，无形中又成为永世不得返乡的游魂。在历史理性和人文关怀间游走的阿成，更多地是体味流人们的悲怆和北大荒沉重的历史。

阿成骨子里崇尚自由放浪的生活，对蛮荒之地与广阔的空间有着特殊的生命感悟，他怀着满腔的温情与流人的灵魂对话，在苦难中发现人性温暖的一面。闯荡的孤独，生存的艰难激发了移民游荡的野性，《年关六赋》讲述了老三的爷爷和很多同乡从山东冒险到北大荒挖宝，想回老家置家业，但没能如愿，无颜见江东父老。他们在松花江的"漂漂船"上与闯荡到此的"漂漂女"有了一段情缘。男人们过着神仙般的日子，宣泄着的苦闷。"常常沐着白日，赤身裸体站在蓬船上，于行云流水之中，放声野歌。""漂漂女很贤惠，除了给'神仙'们温酒、煮茶、揩面剂儿、烙饼、包饺子、洗衣以及缝破补绽之外，夜里还要伴着潺潺的逝水，按其辈分，逐个陪他们睡觉，享受人伦之乐。"② 他们在松花江上有酒、有肉、有女人，摆脱了社会规范、家庭责任，尽情地疗着闯关东给他们带来的伤痛。在道学家眼里"有伤风化"的事情，在北大荒司空见惯，漂泊者野性的生命强力在与漂漂女的相互抚慰中得以宣泄，同时又保证了闯关东到北大荒的山东人能够在这里繁衍生息。老三的爷爷在其他的汉子去闯山、挖宝时，上岸与已经怀孕的漂漂女过日子，成为哈尔滨的第一家住户。老三的父亲就是汉子们与漂漂女生的野种，他的骨子里仍然承袭着祖先粗犷豪

---

① 阿成：《驿站人》，《胡天胡地胡骚》，北京出版社1999年版，第434—435页。
② 阿成：《年关六赋》，作家出版社1991年版，第4页。

放、侠义重情的性格，活得自由率真，他与日本女秘书木婉有过一段风流事。老三的二哥厌弃了一心扑在孩子身上、不打扮、跟他也不亲热的原配，没离婚之前就同新人公开在一起，很是不在乎。《年关六赋》凸现出特定的地域纯情与野性之美。

阿成是哈尔滨这座城市文化的书写者。最初的哈尔滨是一座文化交融的城市，是流亡者的生命驿站。那些谋生者、寻宝者、避难者和上帝一起流浪的异国流民以自己的文化印记装扮这座城市，外国侨民的融入标志着北大荒"文化混血"的开始。哈尔滨是一座具有异域风情的流亡者建筑的城市，在黑土地质朴的底色上镶嵌着多彩的异域风情。阿成还原了哈尔滨风流倜傥的一面，也有鸡鸣狗盗的凡俗一面：

> 南岗区，一直被哈尔滨人仰慕为"天堂"。
>
> "天堂"地势伟岸，文明四达，人之心态也日趋居高临下：自矜自诩，自恋自爱，以为领着哈尔滨几十年的风骚。
>
> 位次"天堂"的道里区，异人扭集，洋业鼎盛，歌兮舞兮，朝夕行乐，几乎无祖无宗。誉为"人间"。人间者，比上而不足，比下则有余。善哉！
>
> 道外区，行三。净是国人，穷街陋巷，勃郁烦冤。为生活计，出力气，出肉体，也干买卖，也来下作。苦苦涩涩，悲悲乐乐，刀进，秽骂，亦歌亦泣，生七八子者不鲜："今朝有酒今朝醉，明朝没酒现掂对。"得"地狱"之称不枉。[1]

阿成展示着哈尔滨的前世今生：20 世纪初，哈尔滨的洋人分别来自德国、丹麦、波兰、奥地利、俄罗斯等十几个国家。有几万人，他们大多数是背井离乡的、普通的外国侨民。流亡地哈尔滨对他们来说是一个梦，他们用自己的钱努力把这里建成家乡的样子。哈尔滨因而

---

① 阿成：《年关六赋》，作家出版社 1991 年版，第 2 页。

像一个操着汉语的金发碧眼的风情女郎，别具一番情调和韵味。"东方莫斯科""东方小巴黎""东方的维也纳""教堂之国""音乐之城"的美誉都显示出哈尔滨的洋化。文化虽具有强大的同化力量，但在多元文化交融中又不失各自的坚守。对侨民文化生活场景的书写是阿成对世界汉语写作的独特贡献，他是这种文化历史和现实的记录者和表现者。文化混血特有的蓬勃生命力在人物身上展现，他们像一个个文化代码，以俄罗斯民族为主的侨民是北大荒一种较特殊的文化现象。他们的生活习俗、信奉的宗教、修建的教堂也潜移默化地影响着北大荒人。他们虽然孤独地生活在异乡却又不失高贵的人格，虽有卖艺、卖身等谋生方式，却不失民族文化修养。《马尸的冬雨》写了哈尔滨的欧洲流亡者们独特的个性、自由自在的生活理想和相互间的理解、尊重及宽容。其中，俄国妓女娜达莎的风流逸事和爱情让人瞠目结舌，她身上带有圣母般的光辉，不仅给流亡者带来美食的满足，也缓解了男女性爱的焦渴。阿成塑造了一系列这样的女性，淫荡无耻、放纵情欲之类的词语与她们无关。《流亡者社区的雨夜》中邮递员达尼雨夜给娜塔莎送报纸，漂泊异乡的孤独感使他冲动的强暴了她，娜塔莎却宽容地安慰他，流亡者彼此的灵魂得到慰藉。娜达莎（《和上帝一起流浪》）在同罗伯茨亲热的时候，听到他的嘴里总是忘情地呼唤着埃莉卡的名字，她并不生气，她用身心来抚慰孤苦的流亡者。流亡者间有一种无言的默契，抚平彼此无法言说的伤痛。

（二）贴近灵魂的小人物观照

塑造北大荒人并不是阿成的专利，但坚持对小人物贴近灵魂的全方位观照却是他写作的独特性。阿成最擅长描画小人物的生命轨迹，将其灵魂进行编码，纳入自己的思想情感系统，他关注民间、关注社会底层，展现小人物的生存状态和意志，演示一幅幅灵魂冶炼的图谱，自信、自得、自强是北大荒人的生存根本，也是生命活力的精神之源。"小人物的生活说穿了，是一种被制约着的生活、尴尬的生活、胆怯的生活、不尽如人意的生活，伪牛皮的生活，但同时又是幸福的，欢乐的，不知愁的，得过且过又无所奋斗的生活。无论前者也好，后者也好，在小人物那里居然都过得有滋有味，有情有义，有血有泪。作为一个写手，我不想离开他们挤入绅士般的上流社会。……我作为一个贫民小说家，必须安慰他们，理解他们，没必要在他们当中继续制造痛苦，叫他们灰心丧气。"[1] 他精心地从苦难中榨取出欢乐，展示出多难生活中的温暖亮色，小人物以他们的七情六欲、喜怒哀乐证明着生命的鲜活。他们的婚丧嫁娶吃喝拉撒修鞋补衣之类的琐事，铺展着市井小民的命运；他们坦然面对自己的生活处境，坚韧的承受命运，他们有坚忍顽强、朴实达观、重情重义的基本品格。无论世事如何变化，谋生是人类共同的基本需求。俗人的生存方式以至生存技艺正是人类生命本质的一种对象化。小人物有自己的活法，虽然不为人注意，甚至被人轻视，他们隐忍着痛苦和不幸，但却活出一番情趣与精神，作家对他们怀着深切的爱，看到她身上"全部的诗意，全部的美"[2]。《人间俗话》描绘了一组凡人俗事的风景，写活了市井小民的生活情态。他们大都是有一手"绝活儿"的小人物，坚忍乐观、安贫乐道、活得有情有义。掌鞋的李瘸子因抗美援朝时双腿炸开花而截肢，他靠着一双手挪着两只板凳走路，因渴望有个女人而被媒婆骗去很多钱，他还是那样笑着，直至离开这个世界。河南来的卖针人老实仁义。做过贵妇人面首的金猴子一向乐观，靠卖假药为生。卖胰子的山东瘦老头，要回老家时欣喜之余又对哈尔滨有着不舍。落魄的谢辽沙诚实地、有尊严地用因战争仅剩两个指头的右手拉着"巴扬"换生活，这是他的生存方式，也是他表达情感的重要途径。

① 阿成：《贫民小说制造者》，《风流闲客》，地震出版社 2012 年版，第 121 页。
② 阿成：《年关六赋·序》，作家出版社 1991 年版，第 3 页。

　　小人物饱含着温情，消解了因生活贫困而带来的苦楚，这是阿成小说的独到之处。阿成对底层人有着一种亲近感和敬畏感，从他们坎坷的生活中发掘温暖的亮色。他们默默接受生活的所有磨难，承担着生活的艰辛和人世的屈辱，尤其是生活在最底层的妓女。《良娼》中江桃花是一个让人感受到温暖和爱的女性，贫穷使她沦落到"小窑馆"。她和闯荡到此的宋孝慈相濡以沫，她隐瞒自己怀孕的事，把卖身钱分出大半给他去闯世界。四年后，她接纳依旧落魄回来的宋孝慈，让儿子称他"舅舅"，不给他带来任何尴尬和负担，为了保护他的男性尊严，她绝不在家接客，而是到小窑馆里"坐灯"。她鼓励宋孝慈继续外出闯荡，自己则带着孩子靠卖身养家，临死还嘱咐儿子不到饿死，不能去找他。宋孝慈则兑现诺言，发迹后回来一心照顾宝儿，宝儿牢记母训，从不去打扰这个"舅舅"，尽管身有残疾，却谢绝了宋孝慈想带自己一起去台湾的好意，宋孝慈病逝前给他寄来一笔钱，凡俗人生的温情与亮色淡化了人世的苍凉与悲怆。《走廊》再次挖掘了妓女的善良品质，因为贫穷，宝珠被她爹卖到道外的"专业的人肉市场"。虽然不漂亮，身价很便宜，她却不满意无情无义的皮肉生意，自己出钱恳求李鬼陪自己出去逛街。"咱出去玩，我不化妆了，装一回正经娘们，假装是你老婆。咱也享受正经娘们的风光。"① 这透露出她渴望有正常人生活的卑微愿望，这是她心灵深处最受伤的所在。阿成对凡俗世界进行温情观照和诗意抚摸，用宽容来消解小人物生活的苦难，他们一生孤苦无依，只有对生活的渴望支撑着他们小心翼翼地修护着内心的创伤，寻找生的希望。无论是流亡者、无业游民还是需要救济的外籍移民，生活中微小的变化都能给他们一种心灵的安慰，阿成有意过滤掉这些小人物身上存在的人性的弱点。隐匿在字里行间博大的人文关怀彰显着作家的精神态度，阿成用小说守护并温

---

① 阿成：《走廊》，《欧阳江水绿》，中国文学出版社1996年版，第115页。

暖着小人物。

阿成善于把握人物的精神品格。"高品位的文化小说应当在一定奇异的背景中写出一定地域中人的精神、灵魂和人格，并使之能与更广阔的世界里的人沟通。"① 他将自己的笔延伸到地域特色的深层本质，塑造了英雄的侠义、刚烈和不惧艰险的特征。阿成留下了北大荒人精神的化石，尤其是北大荒人果敢抉择的霸气和有胆有识的豪气。《狗皮帽子》凸现了一群北大荒汉子同暴力、死亡、屈辱的斗争。他们在蛮荒极寒的北大荒崇尚自由、不畏强暴，成为顶天立地、不容凌辱的硬汉。北大荒人文化人格中的缺陷和那些热情好客、慷慨仗义、不拘小节等品性有机融合在一起。《鱼风》中乌苏镇泥房主人刘坤由非常帅气的小伙子变成既瘸腿又结巴的北疆矬汉，虽有高超厨艺绝活，但身世中隐藏着悲痛和苦楚，委屈与无奈被岁月深深刻在皱纹里。他乐观地生活着，这种顽强坚忍的精神内涵也是胡地生灵的魂魄。在《天堂雅话》中的抓吉镇和乌苏镇里，也有饱受人世艰辛的人物。但北大荒人顶天立地的气概中饱含着高尚的品德，《老国兵》里李济堂一直替死去的刘团长保留着生前集邮和扭秧歌的爱好，以此纪念他。《田傻子》中田傻子经年缠恋、侍弄着娇凤的坟，他死后，乡人念他一生痴情将他与娇凤合葬。《盐碱滩》里老倌儿要强有义、大乔泼辣重情、煤黑子"人黑心不黑"都印证着北大荒人的特征。阿成笔下的人物"多是当代文学人物画廊不甚多见的形象，现在却由阿成用他那近似素描的笔，生生动动地呈现给我们。单就这一贡献，就不能小瞧了阿成。"② 阿成的价值就是发现了这些小人物别样的人生，阿成看似对生活的琐琐碎碎尽情展现，实际是他的一种文学观念。阿成

---

① 张景超：《宽广与博大——阿成近期小说的北方文化精神》，《当代作家评论》1997年第5期，第112页。

② 张韧：《跋：人生·语言·天籁之声》，阿成《胡天胡地风骚》长江文艺出版社1996年版，第397页。

为北大荒留下了多姿多彩的精神化石，这是他对中国文坛独有的贡献。

（三）北大荒形象建构中的反思

阿成的小说无疑是对凡俗人生的审美观照和倾心体悟，于苍凉中温情地抚摸尘世的生灵。阿成写作的主要基调都源于他的平民情怀，但这不意味着他无视北大荒民间藏污纳垢的粗俗烈性的存在。北大荒人固然有侠义刚烈的一面，可是他们愚昧、鲁莽、目光短浅，甚至残忍和野蛮。阿成探讨家庭环境对人一生所产生的至关重要的影响，尤其是孩提时代留下的难以根除的印记。《两小孩》中两个孩子的成长印证了这点，一干瘦的外号"干肠"的小男孩儿住在贫民区，父亲死于阑尾炎手术。"潮了吧叽"的母亲"啤酒桶"靠给鞋厂扎鞋眼儿勉强度日，母子俩经常一两个月吃不上肉。6岁的干肠轻松捉了一只肥野猫，凶狠地用菜刀砍下猫头，提着血淋淋的猫耳朵扔进厕所，然后帮助母亲剥猫皮、掏内脏、剁成块在铁锅里炖。贫苦艰难的童年造成干肠分裂的人格，扼杀了他人性中自由生长的因素，再加上家庭教育的缺失，社会环境恶劣，12年后，他成为丧失人性的冷酷杀手，连杀数人。小宇生活在到处是奶牛、腐烂的牛屎、尿骚味儿，骂街的泼妇、打老婆的丈夫、流氓地痞的环境中。他的家庭环境更是糟糕透顶，父母像角斗士般厮打，母亲风流成性，打完架后又"擦脂抹粉地走了"。多年后，小宇成为警察局扫黄中抓到的"小姐"，不和谐的社会和家庭环境使她走上犯罪。"恶劣的生存条件，贫困、愚昧、肮脏，下层人集居的地带，失衡的家庭等等，都是产生犯罪的温床。"[1] 生活环境的复杂性使他们不可能超越人生的艰难。人在环境中不免被影响、污染，尽管不想看到，但又是真实的粗俗的风景，底层平民有着

---

[1]　沈从文：《习作选集代序》，《沈从文选集》（第五卷），四川人民出版社1983年版，第229页。

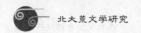

纯朴的善，也有面对恶时的无奈。

阿成对城乡价值观念的对立表现出一种深切关注。《东北人，东北人》承载了这种隐忧。老知青二表哥本是孤儿，下乡成为优秀的北大荒兵团战士。回城之后，他的价值观在蜕变，认为人有了钱，只要想要什么就能弄到手。他与原配离异，娶了一个年轻漂亮的姑娘，二人互相背叛。他流氓般地活着，肆意挥霍、纵情淫乐，得了"很不像话的病"而痛苦地死去。原配成为他心中的女神，她鄙视他声色犬马、纸醉金迷的生活。二表哥悲剧命运里融入了阿成深刻的思考，在最沉重、最痛苦的"死的游戏"体验背后是作家对现代人精神失落、挥霍放纵人生的深切忧虑。阿成的小说《蘑菇气》是对城里人和乡下人精神与物质的严重错位和隔膜的思索，城里人对乡下人，包括对乡村的想象，都具有不可一世的优越感，这对敏感的乡下人无疑是一种伤害。阿成借乡下女青年刘加琴之口表达了他对城乡对立的思考："在农村人眼里，城里人个个都是我们的领导。城里人问我们什么，我们就好好回答……反过来，农村人这样问城里人，城里人不干了，火了。进城打听路，城里人都不好好告诉……"① 城里人根本不去理解乡下人的生存困境，更无法也不想与其沟通。城里人对乡村的向往，主要源于渔猎和吃狗肉的诱惑，他们根本不顾及乡下人艰难的生活，在对江鸥和狗的生命上，暴露了城里人人性的残忍。老邱一枪打散了一对江鸥夫妻，在一次次"狼呵，你可千万别堕落成人呵！"②的慨叹中，阿成揭示出人只为满足自己的欲望而不顾他人，甚至没有最起码的同情时，人真的堕落成狼，甚至是要比狼更凶恶。老邱不仅愉快地观看残忍至极的杀狗过程，他吃狗肉的场景更叫人瞠目结舌："他全部的身心全扑在吃上了，一声也不吭，眼睛里贮满了浓浓的、

---

① 阿成：《蘑菇气》，《欧阳江水绿》，中国文学出版社 1996 年版，第 202 页。
② 同上书，第 206 页。

野性的、蓝幽幽的光。两只手掐着一大块狗肉的两端，熟练地往佐料碗里旋身一蘸，然后，完全像个三伏天里的饥渴者吃西瓜那样，呱叽呱叽，不抬嘴，吹口琴样地大吃。眨眼工夫，手里便是一根白森森的狗骨了。"① 吃相的贪婪暴露出城里人的贪欲，他们在物质满足之后不仅寻求一种精神上的放浪，还会对乡下人造成威胁，而被生活压榨的乡下人却为生活而疲于奔命。他们根本不理解乡下人的生存困境，更不想与其沟通，这是代表文明的城市人的悲剧。

阿成充分观照到很多美好的景观濒临消失的危险。"地域风情不仅可凭自身激起作家想象的升华和诗意的领悟，成为作家生命情怀的一种折射，从而拓宽小说的审美意蕴，还可为人物的性格和价值观念的塑成以及人物命运的发展提供切实可信的文化基因，并在此基础上完成一种社会性格或民族精神的凸现，成为一种人文精神的补充。"② 北大荒现代化进程本身就伴随着原有传统的破坏，大野胡地的古风在消失，人们关于北大荒文化的记忆也日渐消失，甚至土著人都模糊了对先祖的影像。阿成用小说记录着已经和正在消亡的文化，那些厚重的、融入个体诗性和历史灵魂的记忆在时间维度上已经渐行渐远。阿成为北大荒逐渐成为停留在过往烟尘中的一个断裂的景观而隐忧，他在抢救性地复苏着北大荒的记忆，校正了人们的生存态度，捡拾着现代社会遗失的东西，"肃慎人到了这一代，阳痿了，也无了先祖的猛悍与凶残，'白山王气，黑水霸图'已荡然无存了……"③ 现实中人和山水的委顿让阿成在胡地怀想历史油然而生一种失落感。肃慎人能在寒冷蛮荒之地生存，并从边塞挺进关内成就霸业，靠的就是这王者的霸气和魂魄。而今这种血性和刚毅的胡气和率真博大的品格正在逐渐衰退，阿成小说中满含着对几近消亡的独特精神气质和风情的怅惘。

---

① 阿成：《蘑菇气》，《欧阳江水绿》，中国文学出版社 1996 年版，第 212 页。
② 洪治纲：《论小说中的地域风情》，《山花》1994 年第 5 期，第 68 页。
③ 阿成：《胡天胡地风骚》，北京出版社 1999 年版，第 58 页。

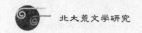

原始景象的消失让北大荒人失去了原有靠山吃山的优越性，他们开始有了生态意识："大眼珠子"作为大小兴安岭第一杀手，在回顾老炮手的辉煌后，只能对林区曾经丰饶的资源和时光的不再满怀伤感，而那几个凑在一起"押宝"的林区曾经领号的"头杠"和"油锯手""拖拉机手"面对被自己亲手毁掉的森林也是感慨唏嘘，猎人的枪成了摆设。闯关东来到林区的人，最后又回关东去了，而活不下去的动物们，仿效着当年闯关东的人，闯到异国去寻活路去。"大眼珠子"对森林动物和打猎规矩的讲述把风雪天小酒馆温馨的气氛最后引向了清冷和悲怆。对北大荒生态的忧患意识让阿成感到无比的悲凉，在人类文明进程中，作家的情感倾向于自然风情。北大荒风情的消逝首先是原始生态的消逝。地域文化有着顽强的渗透力，地理环境的改变影响人们文化心理的改变。阿成的文化风俗小说建构了北大荒形象，显示出作家的精神文化品格。历史逸事、现实生活场景、独特的风俗民情构成了阿成小说的主旋律。

二 孙少山：苦难的诉说

（一）"煤黑子"：苦难浸润的书写

在中国当代作家中，孙少山是一个传奇。1968年，他带着希望闯关东来到北大荒，成为没有当地户口的"盲流"。比起在政治上、人格上受到的歧视，生活艰难对于山东汉子算不上什么，"盲流"的称谓深深刺痛了孙少山。"盲流"社会地位低下，没有口粮，要开荒、种地养活自己。他们做着当地人不屑的最艰苦、最危险的工作，还要面临随时被遣回原籍的危险。因为"盲流"的身份，孙少山被公社弄到一条山沟里去开挖煤矿。"煤黑子"面对的自然环境是恶劣的，工作环境更是恶劣。物质生活的艰难，政治上的人格歧视，精神生活的虚空，孙少山那时候"最大的理想是能当一个国营煤矿的煤矿工人。……我一边挖煤，还要一边开荒种地打粮食给自己吃。我们一天干十几个小时，从来没有休息日，只要不是生病，一年三百六十天都在干活。规定十天一个公休日，但是那一天更要累，干自己地里的活好不容易遇到一个公休日，谁不想抓紧时间多干点儿？正是这繁重的劳动使我想起了要写小说的，你想，等到上了年纪，如何生活儿？于是我就开始打一个主意，靠写东西走出煤矿去。至于能干什么我是没想到的，反正觉得只要离开煤矿就行。"① 孙少山的写作动机很简单，就是在苦难的生活中寻求精神寄托，作为地层深处的"煤黑子"，他们随时都会面临死亡这一残酷的现实，井上的生活除了单调的吃饭、睡觉，就是田地里的活，孙少山想走出小矿村，摆脱这种可怕的寂寞，摆脱随时都有可能的死亡和繁重的体力活，他开始了地层深处的文学创作。孙少山成为闯关东的"盲流"们的代言人，成为"煤黑子"作家，他的作品以矿工们面临随时能将人吞噬的恶劣工作环境为背景，展示他们人性的可贵，《盲流》《东出榆关》《向岭道班》中对"盲流"人员的歧视和压迫来展示恶劣的社会环境。孙少山笔下的人物大都无法逃脱失败和死亡，这是他艰难生活的原生态展示。十多年的矿工生活是他生命中的一部分，成为一种挥之不去的情结。他的散文《怀念矿村》就是这种情结的凝聚。小矿村是从山东农村闯关东的"盲流"建起来的，他们流过汗，洒过血，最宝贵的青春也都奉献给了它。在极端困苦的山沟里，他们顽强地生活着，艰难生活中的生生死死、恩恩怨怨成为小矿村生存的图景。

孙少山对当代文坛的贡献之一就是烛照到一群身份卑微、被人漠视的"煤黑子"的生存和精神世界，拓展了文学的表现领域。关注他们的艰难生存，关注他们在严酷的生存环境中觉醒的灵魂。他始终以

---

① 孙时彬、孙少山：《以平常心"看事"，平民化地"做文"——孙少山访谈录》，孙时彬《从地层深处走来——孙少山论》，黑龙江人民出版社2002年版，第152页。

平民视角，平视甚至是仰视他笔下的人物，因为他就是其中的一员。他发出底层的声音"这些年轻人，全都是出生时父母便没给他们创造下良好生活条件的人。他们来到这个世界上，必须用自己的双手、用自己的血汗来为自己开辟一条生活道路。他们谦虚克己，一直认为自己在社会上是没有本领的人。其实他们所缺乏的只是钻营的本领，他们有的是那种伟大的、和大自然作斗争的本领。当人类把手伸向地球内部进行攫取时，大自然便对这些蛀虫们进行惩罚报复。它用冒顶塌方、瓦斯气、地下水，一次又一次地把年轻力壮的男子汉无声无息地掩灭于千尺地下。而人类仍然前仆后继、英勇顽强地搏斗着。这些人就是矿工。"①《黑色的沉默》中沉默的是那些死去的矿工，作品以具体叙述的方式进行写作，在很大程度上更直接受制于他的心理情绪。走出矿村的孙少山重新体验人物的心理，用他们的口吻讲述故事，他自己的那些沉淀的情感郁积，自然地借助人物的言语、行为流露出来。作家的感慨常常在结尾处喷发，"你可以责备他们粗野，但从人类和大自然这场搏斗来看，他们乃是尖兵，英雄好汉！即使像有人笑话他们那样，是为了贪钱才来下煤矿，这不也正表明他们对父母兄弟妻子儿女具备一种深沉的爱吗？为了亲人生活得美满，他们有时甚至要冒生命的危险。连自己亲人都不爱的人，能爱社会上的人吗？"② 这是孙少山作品中常常出现的自我镜像，这是用生命换来的人生体验。

孙少山是最擅长写煤矿工人生活的中国当代"盲流"作家，他是来自社会底层的采煤工人，身上充满着矛盾，这正是社会矛盾的投影。作家离不开生活过的环境，离不开矛盾复杂的现实社会，孙少山的"黑色系列"真实地展示了"煤黑子"的生活和他们的精神状况。

---

① 孙少山：《冒顶》，《1984 年全国短篇小说佳作集》，上海文艺出版社 1985 年版，第560—561 页。

② 同上书，第 561 页。

煤矿工人来自 800 米地层深处的撼人心魄的生死体验，井下的生存状态，人生岁月的刻痕在《八百米深处》《东出榆关》《狼洞沟》《大榆川》《废弃的大道》《黑色的沉默》《黑色的诱惑》等作品中得到全方位展现。"煤黑子"的生生死死、恩恩怨怨，在井下时刻与死神搏斗，生死有无一瞬间。他的成名作《八百米深处》以发自地层深处的声音震动文坛，获得 1982 年全国优秀短篇小说奖，1984 年入选美国纽约的《国际优秀小说选》。1990 年他出版了小说集《八百米深处》，他的大量作品被译介到国外。融入血泪的独特感受外化为汉语写作，那个小矿村成为他永恒的家园。"我上学时本来是一个好学生，从来都听老师的话，但是 1959 年那场饥饿改变了我的命运，我去偷过菠菜吃，于是成了一个坏学生，从此对老师产生了敌对心理，长大后发展成了对领导有敌对心理。这种心理使我远离了权力，成了一个永远不可能当官的人。"① 他喜欢淡化社会时代背景，设置一个与世隔绝的生活情境，将焦点对准人，写人的生存状态，关注生命本体，展示人的灵魂，尤其是写处于生死抉择的关键时刻人性的本真。作家对死亡的探求，露出冷峻的硬汉风骨，他笔下所写虽然是小人物，但是都豁达耿直、勤劳朴实，具有英雄气概，带有男子汉的担当意识。

孙少山的《八百米深处》是在几百米深的地底下写出来的，最初动机是让人们真正地认识一下煤矿工人。

> 一到了井下人会立刻变得野蛮起来，不为什么事儿便要吵一架。我每天从井下一回到地面上就要忏悔一番，……然而一到第二天下了井，又是照常，紧张的劳动，凶险的环境，会使每一个人都变得粗野起来。
>
> ……

---

① 孙时彬、孙少山：《以平常心"看事"，平民化地"做文"——孙少山访谈录》，孙时彬《从地层深处走来——孙少山论》，黑龙江人民出版社 2002 年版，第 152 页。

矿井下面就是这样,在发生了事故的时候,他们把平时的恩怨全忘记了,只顾舍命相救。那种场面是最叫人感动的。一个人被塌下来的石头埋往了,什么也看不见了,大家扑在那堆石头上拼命地用手扒。上面还在断断续续地往下掉石头,也许又一块石头打在你的脑袋上,但是谁也顾不得看一眼上面:是把危险忘了吗?不是的,我当时就是一边扒别人,一边抽紧头皮等着上面再给我来一家伙。但是,躲开、逃跑的念头是绝对没产生过的。真的。这是多么奇特的关系,多么崇高的精神!要说主题,我就是想在《八百米深处》表现这种人与人的关系和这种精神。①

孙少山和笔下的人物一起在地底下为生存而奋斗,他的心被矿工们牵着,从而写出了地层深处的挤压环境对人的塑造和雕琢,写出了野蛮而又富于自我牺牲的精神。这是民间生存中最为真实、最为动人的形态。

孙少山推崇的担当精神在人格化的动物身上得到了完美体现,《陡坡》中这种精神被投射到了牛身上,老牤子是充满人格魅力的牛。牛与自然的矛盾在于大自然的规律是不可抗拒的,曾经威名远扬的"巨型公牛"老牤子衰老了。人与人的矛盾在于由于偶然受伤,"花头"替代了它驾辕,而且不承认自己是它的老上级,无视它的存在,这让它很恼火。牛与自身的矛盾在于它不怕死,只是怕自己是在老得让人讨厌时才死去,它要趁着自己还有力量时再挑战一回,哪怕付出生命的代价也在所不惜。老牤子在对自己不恭敬的"花头"面对陡坡怯弱时,主动承担关乎声望和名誉的重任,它拉起装有一颗巨大红松的"树中之王"爬犁,冲过陡坡,"它像一个胜利的英雄,挺着胸膛,迈着轻快的小步奔跑起来,意外的成功使它飘飘然了,人们的喝彩使

---

① 孙少山:《〈八百米深处〉的前前后后》,方顺景《走向成功之路》,中国文联出版社1986年版,第260—262页。

它陶醉了"①。没想到的是隐没在雪中的桦树桩子插进了它的蹄夹，它倒下了，巨大的树王在惯性的作用下碾过它的身躯，骨骼断裂的剧痛和腥鲜的热血涌上喉头的无望感使它渴望锋利的刀刃早些插进自己的身体。老牤子置生死于不顾，但求一搏的勇敢精神，给人巨大的精神力量和强烈的艺术悲壮感。这是作为"人"的作家孙少山追求硬汉精神的显现，也是"盲流"身份带给他永远的痛楚的折射。战胜一切困难，人可以被打败，但是精神不能被战胜。这是孙少山小说艺术力度和坚硬度的呈现，也是苦难生活赐予他最好的生活哲学。

（二）打破外壳：朴素的生存哲学

北大荒恶劣的自然环境是作家描写人与自然的抗争的生活基础，而人与生存环境的抗争，特别是人与自身的抗争描写则成为一个生存哲学高度的命题。孙少山笔下都是平凡、卑微的人物，以自己特有的方式寻找着，实现着自己的人生理想，哪怕是卑微的愿望。"孙少山在小说中对人的命运的描写提升一个哲学高度，从人的生存层面而不是生活层面上去探讨人的存在价值。这种哲学思想成了他的主导思想，涵盖了他大部分作品。在小说中，他致力于探讨人与环境的关系：冲突，对抗，妥协，融合等，荒谬或者绝望，以及身处其中的主体姿态。"② 孙少山创作的价值在于：他以独有的地层深处为创作背景，探讨人的生存所必须面对的三种困境和提升人之所以为"人"的境界。作家首先将人与自然的矛盾展现出来：人面临着地震后的 800 米底层深处，在这种困境甚至是绝望中，他们能够战胜困难生存下来，显示出人的顽强的生存意志。这典型地体现在他的《八百米深处》中，大地震后，5 个矿工被压在幽暗、憋闷的 800 米深处的矿层中，在关键时刻，有着 30 多年党龄的老工长张昆顾全大局、处事冷

---

① 孙少山：《陡坡》，《出关》，时代文艺出版社 2007 年版，第 9 页。
② 孙苏：《1982 年的孙少山》，《文艺评论》2006 年第 4 期，第 78 页。

静，他是大家战胜恐惧和死亡的精神支柱，他和煤打了大半辈子交道，他带领大家找到了一堵有生还机会的相邻的矿壁。更重要的是孙少山的表达是通过塑造地层深处活跃着的几个人物实现的。他写出了人物性格的复杂性和多侧面性，显示了被地层挤压得变形的灵魂，尤其是人身上未泯灭的美质。虽然多年的井下生存，他们粗野、放浪，甚至总想寻衅打架，突发的矿难，又使他们痛苦绝望。然而那粗暴、玩世不恭的外表又掩饰不住"煤黑子"的侠义心肠、坚毅性格和牺牲精神。小说成功地塑造了完整、丰满的集职业特点、性格特点于一身的矿工群像，虽经艺术化加工，却保持了生活的本色。作家努力探索人物心灵的"八百米深处"。在生死的考验面前，每个人灵魂最隐秘处显露出来，人与人之间的关系也悄然变化。厚重的地壳把他们压成一个整体，生死面前，他们"人"的诸种本质特征得以充分显露。老工长成为 800 米深处的路标，他们求生不忘同伴，不离集体。在与世隔绝的地层深处，人们的思想、性格、天性都得到了最充分的发挥，在死亡的高压下得到了净化。一个蜗居在小矿村的矿工凭借他第二篇小说获得全国优秀短篇小说奖，得益于他揭示出了人性格深处的复杂。《八百米深处》挖掘出了人物灵魂深处埋藏多年沉积如煤层一样的真实，并以原生矿石的形态呈现。

孙少山的生存哲学简单、实在，他认为自己写小说是为了活着，当初如果当个乡村民办教师，他就不会写小说。很多人当时都是为改变生活状况才写作的，这类人能不能成大作家是很值得怀疑的。但从生活中领悟出来的哲学也会成就他们。孙少山将人与自然的矛盾淡化为背景，呈现人与人的矛盾，平日就有恩怨纠葛，性格又各不相同。李贵是个阴险自私的人，奉行虎狼哲学，谁都不顾，他抢了大家赖以活命的面包逃走，却在陷于绝境的另一堵矿壁后向他们发出求救的信号。工人们要不要救早已成为宿敌的李贵，这是他们内心深处狂涌的波澜。正直仗义的冷西军、懦弱的"呱哒板子"和单纯朴实的王江，他们都曾受过"坏种"李贵的欺辱，看到李贵陷入绝境，他们开始是觉得恶有恶报，大呼老天有眼。因为在人与人的关系中，李贵就是给人制造伤害的虎狼，他认为人与人之间的关系就是"谁吃掉谁"的关系，更何况在这个与世隔绝的环境中，李贵先自绝于工友。800 米深处的绝境成为检验人性的试验场，在矿井中生活一辈子的老工长不但用执着求生的信念带领大家寻求生路，还用他三弟跳下河救活一个俘虏差点淹死还冻掉十个脚趾头的故事来启发大家，"在煤洞子里有死在一起的，没有见死不救的。"① 在这世间最黑暗的地方，一群操着最下流最肮脏的语言的矿工，在生死面前显示出人之所以为"人"的高贵天性，大家放弃怨恨用斧子劈开煤层，李贵获救后，原封不动地将所有的面包顺着洞口还给大家，自己的那份也没有动。本以为爬过洞口会遭遇谴责和辱骂，但他看见工友们充满欣喜的面孔时，他流下了悔恨的眼泪。"在井下一个人确实是什么也干不成，地层把人们压在了一起，人们必须一齐抗拒才行。李贵要自寻出路而倒了霉似乎也是理所当然的。"② 相对于人与自然、人与人的矛盾来说，人和自身的矛盾更为激烈。换句话说，人与自己的矛盾是决定人与自然、人与他人的矛盾能否解决的关键，战胜自己的懦弱、自私、狭隘使得人真正明白：人的救赎胜利在于战胜自我。孙少山感受到世界上只有一个"牢狱"，那就是人的自私。探讨涵盖了生存方式的哲学思考，是作家对生活的独特思考，是对人形而上的认知，30 多年后再读，仍能感觉到它的魅力。

孙少山把人性的探讨上升到生存的层面，揭示出生活的哲理。《冒顶》也是揭示矿工们在生死考验面前的人性美，彰显他们勇于牺牲自我的可贵精神的一部小说。胡立坤平时爱占小便宜，一副玩世不

---

① 孙少山：《八百米深处》，《出关》，时代文艺出版社 2007 年版，第 27 页。

② 方顺景：《走向成功之路》，中国文联出版社 1986 年版，第 263 页。

恭的油滑相让人生厌。冒顶后，他原本想自己活命，却被大周的无畏精神所震撼，自觉投入与险情的搏斗中。刘金山想要当队长，但井玉庆毛遂自荐抢了先，他总是耿耿于怀，但在排除事故隐患的关键时刻，他出谋划策绝不看笑话。在普通的小人物身上体现着人性的热度、生活的温度和真实的强度。这源于孙少山在生活中得出的理论——对生存状态的真实感悟和哲理化认知。他的作品所具有超越时空的魅力来自对人类生存状态的哲学化思考。

（三）素面相向：无尽的悲悯情怀

《八百米深处》拉开了孙少山反映矿工生活的"黑色系列"小说创作的序幕。原生态地描绘矿工生活的残酷性，但其价值不在于这种写实，而在于超越日常生活性的悲悯情怀。

> 他们一生没吃过好的饭食，没住过豪华的房间，没穿过好的衣服，没坐过舒适的车辆，甚至没吸过干净的空气，没沐浴过太阳的光辉，他们终其一生没消耗过这个世界上的财富。①

他们为了生存，被迫下井挖煤，为养家糊口而冒着生命危险去上帝的口袋拿那枚银币。他们的无奈甚至成了人们无视他们的理由。矿工是无助的，更无助的是他们的家属们。《黑色的诱惑》中赵爱莲在丈夫被困矿井下后，天天坐在山坡上看抢救的水泵往外抽水，水泵坏了，她急忙叫来妇女和孩子帮她一起往外打水。她已许多天没吃饭，身体极度虚弱，每提上一桶水就眼前一阵阵发黑，她咬牙坚持着，因为"她觉得提上一桶就距离丈夫近了一步"②。而当井口的水不降反升时，"她一屁股坐在水里，双手拍着水号啕大哭。这一哭引起了所

---

① 孙少山：《黑色的诱惑》，《出关》，时代文艺出版社 2007 年版，第 257 页。
② 同上书，第 396 页。

有家属的悲痛，一井筒子的号哭压过了水泵的轰鸣。"① 没有真切的生活体验，没有悲悯情怀，孙少山写不出这样强烈痛楚的文字。生活的艰难，人生的坎坷，特别是矿井下时刻与死神抗争，人的生命那样的脆弱和不堪一击。那些有幸逃离了死神魔掌的人也过早地失去了劳动能力，这一切都使得孙少山对生命产生悲悯之情，也构成了他善待生命的心态。

作家的悲悯情怀源于真实的生活，更源于作家富有同情心的体察。孙少山的《东出榆关》叙说了几个怀着发财梦想的山东"盲流"建立小山沟里的矿村的故事，多年的拼死挣扎奋斗，同来的兄弟们各自有了不同的结局：石平原承包煤矿发了财，昔日恋人的女儿云云为了钱竟委身于他；鲁山失去了一条胳膊，丧失了劳动能力；单国柱放炮时崩瞎了眼，生活贫困；拉得一手好二胡的刘金宝砸坏了脊椎，下肢瘫痪。苦苦奋斗了一辈子的"淘金者"们仍然贫困地生活在小矿村。遥远的故乡——山东的日益富裕又使他们凄楚地踏上了归乡之路。鲁山带领全家人离开了埋葬了自己青春和梦想的伤心地；云云结束了与她母亲昔日的恋人的畸形关系，携款跟随心爱的人远走他乡；刘金宝眼看着同来的弟兄能走的都走了，他无法以伤残之躯面对在故乡盼他携妻带子回去的老娘，在凄惨的二胡声中自焚，永远留在了这个承载他梦想和绝望的小矿村。小说弥漫着无尽的苍凉和沉重。孙少山的中篇小说《黑色的沉默》揭开了生活在矿村的底层女人的生存现实。在三八节这天三八矿瓦斯大爆炸造成 38 名挖煤的女矿工被炸死、烧死，她们被烧得面目全非。她们都是从山东闯荡到北大荒来谋生的。整个认尸过程是阴森惨烈的：面对一具具焦黑的尸体，与其说是从一件穿四季的大棉袄，从在肮脏的矿井中精心保护以取悦男人的一头黑发，从尚未来得及哺乳的鼓胀的乳房等特征来确认尸体的身份，

---

① 孙少山：《黑色的诱惑》，《出关》，时代文艺出版社 2007 年版，第 396 页。

不如说是完成了对女人悲剧一生的认识。她们承担着男人们靠血汗匍匐于地层深处讨生活的重任，她们从来没有独立存在过，把男人当作自己的托付和终身依靠，寄托全部情感和希望。无论生死，她们的生命意义和价值都附属于家庭、丈夫和孩子。死难者的家属和矿上主管部门争执后获得的死亡赔偿数字，恰好填补了她们未完成的心愿：绰号叫"大棉袄"的庄玉梅家里存款已近一万元钱，但她还在拼命地攒钱，整天穿着破旧肮脏的大棉袄，省吃俭用自得其乐。每当她看到同伴们吃着面包而自己吃的是窝窝头时，就觉得自己又比他们多得了好几毛钱。咬一口窝窝头，"脑袋里那存折上的数字便像电子表上的数一样跳一下"。当天，她本是要请假在家盖仓房的，正巧在县城读中学的儿子回来了，替她当小工，本已错过了通勤车的她又拦车赶上了死亡的班车，她用生命换来的 10000 元恰好是她梦寐以求的数目。患有严重矽肺病的年迈的老牛婆子为养活工伤截瘫在床的老伴，为给身强力壮、无钱娶媳妇的儿子挣钱，总是挣扎着起床，下井，她的抚恤金可以买头牛代替她在家刨地的劳作。那个深深爱着丈夫的李玉娜，为还丈夫买新摩托车欠下的钱，主动下井拼命推煤挣钱，游手好闲的丈夫却骑着摩托车将情人领回家在床上快活，她则怀揣着幸福走上死亡之路。她的抚恤金还完欠款后，丈夫和情人结婚了。田彩云和情人死到了一起，一声巨响结束了所有的梦想与欢乐，欲望与争斗……最荒诞的是，人们费力辨认出每一个死者的身份，却因火化工的疏忽，写名字的小纸片颠倒了，她们丧失了唯一标识，胡乱地接受随意的命名。小说的深刻之处不在于金钱诱惑着女矿工走向不归路，而在于让人触目惊心的结尾："三八矿停产半个月后又正式开工了……一些乌黑的、鬼也似的女人头戴安全帽疲惫地爬出井口，另一些还算干净的又迫不及待地钻了进去。"离爆炸死亡才半个月，人们就忘了过去，又开始进出那个井口。与其说是麻木生存不如说是生活所迫，死亡在这里继续聚合。

孙少山的悲悯情怀源于他苦难的人生经历，甚至连老鼠在孙少山笔下也是"舍己为人"的。纪实文学《一九六八年的我》中就表达了对小小的田鼠感激之情，作家没有去对它们进行道德的评判。他要呈现给人们历史上人最为真实的生存状态，在 1968 年，他和山东的"盲流"们是靠着地里的田鼠的粮食活下来的。老鼠的价值因而得以确认："三十年后的我仍对那些小小的田鼠们怀着无限的感激之情和深深的敬意。……1968 年的稻田里的田鼠们，我永远怀念你们。"① 艰辛的生存体验带来的是对生命的敬畏，田鼠获得了与人平等的生存权，不再是作为人的对立面而存在，而是拯救人生命的动物。

孙少山饱尝了生活的艰辛和精神屈辱，创作了"黑色系列"小说，写残酷的矿工生活，其中有一个明确的主题：自我救赎是小人物自我价值的此在承担。他以获得 1982 年全国优秀短篇小说奖的《八百米深处》为标志，思考像矿工们一样的小人物的生存和发展之路在哪里？800 米深处的这一狭小的生存空间具有了隐喻性。小说开篇交代，"没有人会知道他们的行踪，他们是临时到这里来放顶的。即使地面有人准确地知道他们的地点又能怎样？正常掘法，掘到这里得半年时间。"② 这种设置通向唯一的指向，矿工们要生存只有想办法自救，事实上他们的最后生存也证明了自我救赎的可行性。在《黑色的诱惑》中，肖继光等六男一女七名矿工在井下挖煤时，被一场百年不遇的大洪水倒灌进井口困在了地层深处，这是一座个人承包开采的只有一个出口的矿井。井下的七个人在有限的拼争后，苦苦等待救援十二天后窒息死去。作品重点写矿井上的救助从一开始就没有坚定的决心，营救初始的疑虑预示着悲剧。小说有两处有意味的细节：第二天，副县长杨明仁"站在井口上看着混浊的满满的一井筒水，心里

---

① 孙少山：《荒楼孙少山散文》，时代文艺出版社 2011 年版，第 280 页。
② 孙少山：《黑色的诱惑》，《出关》，时代文艺出版社 2007 年版，第 19 页。

想：这七个人是鱼也不一定还活着。"① "杨明仁看了一眼井口，那满满的一井筒子水下面还能有活人？"② 怀疑最终错过了救助的最佳时机。两部小说从不同结局中隐喻：人最终的生存是要靠自我奋斗和救赎达到的，单纯依靠外力很难实现自身的生存愿望。

孙少山对当代文坛的贡献之一是，他塑造了新中国成立后从山东、河北农村闯关东当上煤矿工人的群像，写出了来自农村的他们，承袭着小生产者历史精神的负担，走进工人队伍后，新的生活环境，尤其是井下生活使他们得到了历练，从而克服小生产者自身弱点，成长为产业工人的过程。他们的成长过程就是自我救赎的过程。孙少山游离于主流之外，以"黑色系列"作品，以特立独行的边缘姿态，凸显其创作个性。这里既包括北大荒地域文化个性，也有他的艺术个性。他以边缘的创作与坚守为当代文坛提供了一种冲击力。因其地处偏远，忠实熟悉的生活背景和地域文化环境，把目光定位在广大的民间和边缘，因而寻找到了更有价值的、更为纯粹的品质，这也是北大荒作家最有独特性的个人追求，也在文学内外寻求自我的双重救赎，这也生成了其小说的血脉。

三 王立纯：生活的错位

王立纯是共和国培养造就的长子，他的思想意识、价值观念和情感体验已经深深融入了共和国的脉动中，形成了他的文化心理和精神气质。在林区作为基层干部 17 年的工作经历，大家庭中的长子身份，让他将关注的目光聚集在社会问题，尤其是底层人的生活。他将对林区生活的审视作为创作的切入点，在庸常的俗世生活中观照底层人物的生存状态，他的作品因此具有了厚重的思想意蕴和深沉的情感力

---

① 孙少山：《黑色的诱惑》，《出关》，时代文艺出版社 2007 年版，第 375 页。
② 同上书，第 383 页。

量。人生给了他"要想往前走，还得靠你自己！"① 的启示，练就了
他独立不倚的性格。他的创作还原生活的本真、揭示生活所蕴含的繁
杂与丰富。他从 1979 年开始发表文学作品，著有长篇小说《庆典》
（入围第五届茅盾文学奖）、《北方故事》、《苍山神话》、《月亮上的篝
火》（入围第七届茅盾文学奖，被选入新中国成立以来 500 部优秀长
篇小说目录）、《龙伞》；中篇小说集《拉依浪漫曲》《雾失楼台》《弥
天大谎》《欠债还钱》；短篇小说集《熊骨烟嘴》《白云苍狗》，散文
集《溯流而上》，共 500 多万字。他走笔于民间和主流意识形态之间，
将深刻的社会问题置于民间视角来观照。他们的人生受到政治风浪的
冲击，但人生的欲求直指生存现实，与政治、法律无关，他们书写一
幕幕生存的图景折射出民间生活的沉滞与悲哀。

（一）身份转换后的自我确认

1983 年，过而立之年的王立纯调入大庆市文联，成为专业作家。
"我十八岁参加工作，当过教师、科员、团委书记兼知青办主任、林
场党委书记、林业局党办主任等，属于少年得志那一类，如果耐住性
子干下去，仕途该是很看好的。几经斟酌，终于弃政从文了。这并不
包含多么崇高的人生目的，就是想干点自己喜欢的事情，也与我本人
难以驯服的个性相适应。"② 扔了官职写作，在中国这个官本位的国
度，他的举动不是文学青年的心血来潮式的盲从，而是一种理智的选
择。他从一个地方林场的党委书记干起到"全局最为年轻最具锋芒的
中层领导"，因为不能忍受领导"农民式的专横狭隘"，而弃政从文，
他的目光落到平凡而卑微的小人物身上，为他们立传，忽略他们精神
上的残疾，挖掘他们生命中的动人之处。他们虽然外形丑陋，甚至带

---

① 连秀丽、王立纯：《"要想往前走，还得靠你自己"——王立纯访谈录》，连秀丽
《含泪微笑的歌者：王立纯论》，黑龙江人民出版社 2002 年版，第 142 页。
② 同上书，第 132 页。

有生理缺陷，命运多舛，却坚韧地生存着。《"土耳齐总统"的故事》《拍手歌》《文驼子》表现小人物作为"人"的自我意识觉醒的过程，也是他从官员到作家这一身份变化后的精神自我确认过程。

王立纯关注生活在底层的小人物的生存境况和情感世界，尤其是那些被侮辱和被损害者。他常以各种"绰号"来指代主人公，自人类有身份阶层的区分以来，不被关注的往往是身份卑微的小人物。无论社会如何变迁，他们都处于被人遗忘的角落。短篇小说《"土耳齐总统"的故事》中齐北楼天生大脑壳、身单力薄，靠磕头才博得同情当上了林场工人，他善良、胆小、勤快，只要是没人愿意干的私差下眼活，他都包下来，连洗脚水也打到人们的铺头。他的勤劳善良并没有给他带来好运，他没有地位，成了人们欺凌的对象。他被场长支使走20多里路给其夫人买雪花膏，结果被熊撕掉一只耳朵，因此他被大家戏称为"土耳其总统"，场长却对外说他是送文件时造成的"工伤"，他只能忍气吞声。他工作中的苦累，从来都被看作活该受罪。他分西瓜，没给场长夫人留，而不得不连夜给她买西瓜送去；他工作一丝不苟，被场长委任为检尺员，从不徇私枉法，却被王大胡子折断了竹竿，他得知王大胡子家遭灾还偷偷给王家三张"大团结"；他娶媳妇前给她治了病，新婚之夜媳妇跑了，他却没有去阻拦。他这个处处替人着想、善解人意的小人物竟然成了人们取乐戏耍的对象。他在雨夜防洪筑堤时落水而死，死后连个墓碑都没有。在没有墓碑的世界里，他得到安息之所，远离了同类的欺凌和侮辱，远离了生命尊严被践踏的痛苦。他的异化是个人的悲剧，更是社会践踏卑微的小人物生存尊严的悲剧。《拍手歌》中的主人公绰号"小炉匠"，外表丑陋：一米六四的小个儿，瘦小的身材，大而混浊的近视眼。但他有一双巧手、多才多艺，拉小提琴、照相、做家具、画黑板报，画木雕画、电烙画和羽毛画等等；他在一个文艺演出队，可以任导演、队长兼主弦；他还会开缝衣铺。在那个畸形的年代，他不幸的根源在于多才多艺。他一双"巧手"不能养活妻子，先后两次离婚。他只得脱胎换骨地改造自己，干最脏最累的活。新形势下他出席了县"劳动致富表彰大会"，奖给他一头驴子。而这对于他来说是荒谬的，他是个才华横溢的才子，社会认同的却是劳动致富，"我根本就不想要这玩艺！"就是他这个瘦小的近视眼对社会的反抗。王立纯传达小人物生存的悲剧性体验，他们本不具备与世抗争的傲骨，为了适应社会不断地改变，只为求得卑微的生存，在严酷的挤压下，完全失去了施展特长的空间，这就是有才华的小人物的悲剧。

小说《文驼子》是王立纯的精神自传。"刚直不阿的性格使我吃过亏，因此要找一个行当，来保持身心自由，人格独立。"① "文驼子"是历史系的大学毕业生，本来是分派到县里中学教书的，在那个特殊年代，却成了在门卫室负责看门打铃的人。因为勤工俭学劳累过度造成生理缺陷，他本应该受到优待，却被红卫兵按倒在地，受胯下之辱，他决不屈服，就遭到轮番扇耳光。人家打累了，又以"直罗锅""抽陀螺"来折磨他，疼得他满身是汗也不肯告饶。后来他被借调到教育局帮助搞材料，再调到县委办公室当秘书，他直言犯上、一身傲骨，被县委书记找个借口流放下去。"文驼子"肉体残疾灵魂却无比高贵。他挺直脊梁做人，一身傲骨，纵然受挫也要保持人格独立，他身上寄寓了作家的人生观和价值观，经历人生的巅峰与低谷，他隐匿自然、不知所终。王立纯写的是现代人身上所具有审时度势的隐士文化精神，这与他弃政从文有着精神上的相通之处。

王立纯30多年从未怀疑写作对于他人生的意义，虽然有时纠结于当年的选择，但他不断通过写作进行身份确认，随着创作的成熟这种情结越显分明。长篇小说《苍山神话》中主人公荆黎不时流露出的

---

① 连秀丽、王立纯：《"要想往前走，还得靠你自己"——王立纯访谈录》，连秀丽《含泪微笑的歌者：王立纯论》，黑龙江人民出版社2002年版，第133页。

书生意气是作家的精神显影。主人公在经历苦苦的挣扎后，没有去官场角逐，也没有去商场打拼，而是走向寂寞的文苑当了作家。这是王立纯笔下人物的出路，也是他当年"误入尘网"后去功利化的抉择，他亮出了自己的人格旗帜，也是他对人类生存的精神探寻。离开后，故乡的林场永远是他精神的原乡，作品中洋溢着一种身世漂泊感和强烈的归来感。尽管阿拉新林场、敖古都拉草原和萨尔图油田成为王立纯创作的三个标志性场景，但文字里弥漫着丝丝难以排解的乡愁。"感谢我的平民身份，它常常无依无靠，孤立无援，却能置人于死地而后生。"① 这是王立纯的感受，显然官场是不会有这样的无依无靠之感的，就连"手术台上母亲还说，要是你不走，妈这一刀，你能收入三五万！母亲这话俗气，但很真实，已经在后来的头头身上屡试不爽。"②《2001 年的革命》中借作家妻子之口揭示了日常生活中人民作家的尴尬：作家名声就不如一个小科长。提示在文学日益边缘化的当下，作家身份在世俗生活中遭遇到寒潮，以"人民作家"为代表的知识分子遭遇价值危机。老周和妻子的遭遇，体现权力、物质如何对文化和知识的介入，作家边缘化的身份被世俗化的社会权力支配，权力成为至高无上的权威，哪怕是一个科长。这种体验也是王立纯从官场走向民间后的生命感受，一种难以释怀的悲怆和苍凉。

（二）真实一种：民间展示

王立纯用创作完成了身份转换之后的自我确认，他以小人物为主人公，作家关注他们的生活，体味他们的甘苦，传达他们的声音，他的写作视点定位在底层，展示个体生命的悲剧和社会悲剧。《抗旱战歌》中村长李结实为给村里争取一口救命机井，四处奔波。带着一个

---

① 连秀丽、王立纯：《"要想往前走，还得靠你自己"——王立纯访谈录》，连秀丽《含泪微笑的歌者：王立纯论》，黑龙江人民出版社 2002 年版，第 141 页。
② 付淑兰：《大庆散文精选》，北方文艺出版社 2005 年版，第 95 页。

七八岁没娘的儿子，午饭只是一元钱两个的馒头，别人用过的破摩托成为他的交通工具。万般无奈的情况下，他闯进洗浴中心逼迫鲍副县长签字而触怒了他。几经波折，他丢了恋人，累病住进了医院，出院才知道自己已经被村民们选掉。鲍副县长利用封建强权施虐，"把明年的救灾机井指标批到新村长手里，是两口机井，价值五万块呀"①，李结实以自己免职为代价给草店村村民弄来一口机井。为了能够顺利取水，他不顾犯众怒把机井打在祖坟旁边。机井出水，天却下起了大雨，直下得沟满壕平，防旱指挥部立即变成了抗汛指挥部。李结实辛苦付出却落得背井离乡，他跪在爹的坟前痛哭。王立纯的多部作品展示这种痛彻心扉的体验，同样是受人排挤，这种悲剧性的心灵感受在《回家》中胡傻子的号啕更具震撼力：

　　作为上帝的笔误，胡傻子仍然强壮地活着，用他一成不变的微笑应付着这个复杂多变的世界。他当然不会认出我来。记起有那么一天，受了委屈的傻子就在这条大道边哭边走，他走路就像螃蟹一样行，把阔大的嘴巴仰向天空，悲哀地号啕着：妈呀——，一声接着一声。那绝对是撼人心魄的呼号，居然会引起了我的共鸣，一时间我竟也泪流满面……②

　　王立纯把那些经验和感受变成文字。人在最无助时的号啕是对这个世界荒谬与不公的控诉，李结实不是胡傻子，他破釜沉舟式的努力最终换来的是被放逐，他的心痛是无以名状的。王立纯强烈地批判了农民思想意识里的自私、短视、愚昧等，这是继承了鲁迅对国民劣根性的批判。当代农民依然目光短浅，根本不会也没有长远打算的意识，更别说什么大局意识。农民们不把钱集资打井，而是借给个人；

---

　　① 王立纯：《王立纯作品选·中篇小说1 雾失楼台》，中国文史出版社2010年版，第329页。
　　② 付淑兰：《大庆散文精选》，北方文艺出版社2005年版，第88页。

不想自己努力抗旱，而是等着国家的救济；不想在自己的地里打井，更担心打出井来自己的地浇不着。他们纷纷谴责李结实要在祖坟旁边打井的行为，实际上是要自己借机占便宜。他们只顾眼前的利益，剧组为了拍杀马的戏，要买农民驾车拉犁的好马，他们的"小九九"是这样的：一匹马的价钱够买一辆小手扶的，就认为非常划算并同意，根本没考虑小手扶不能像马一样给他们拉出农家肥。他们为眼前的蝇头小利给剧组干活，抛荒了主业。作家在批判农民的劣根性的同时，也揭示改造国民性的长期性和艰巨性。王立纯批判农民身上的劣根性，又揭示出造成农民伦理道德沦丧、狭隘自私的不可忽视的原因：李结实曾问儿子铁蛋将来想做什么，铁蛋说想做官。李结实说，做农民多好啊，没有农民就没有粮食。铁蛋却说，农民不好，爷爷饿死的时候，村长家里还腌着好几块肉呢！现实的贫困和历史的重负，使得农民的愚昧、冷漠、保守和自私都在法律、道德之外得到有效的阐释，为了眼前的生存，他们没有思考发展、寻求出路的远见卓识，生活贫困而沉闷，思想停滞不前，人性的偏颇在所难免。

王立纯是来自林区的"草根"作家，十多年的林区生活经历，使作家对民间熟悉得如自己的呼吸与心跳，他对小人物生存的状态给予了热切关注，并采用一以贯之的民间立场去表现。王立纯说："我这人来不了风花雪月，也来不了宝马香车，因为自己本身就是个'山炮'，又是个基本没有业余爱好的乏味男人。许是早年从政，后来又经常深入生活，我怎么也割舍不下那些被我们称为人民群众的芸芸众生。……作家的俯瞰力在于他的超越性，能透过表象看到实质，既关注此岸也关注彼岸，不为功利目的所动，不谄上不媚下，永远以自己的声音说话，才能写出经得住时间检验的作品。"① 王立纯的创作

---

① 连秀丽、王立纯：《"要想往前走，还得靠你自己"——王立纯访谈录》，连秀丽《含泪微笑的歌者：王立纯论》，黑龙江人民出版社2002年版，第140页。

"永远以自己的声音说话"，直面人生困境、直面社会生活，揭示和解剖社会现实种种负面问题。民间立场使他善于揭示民间社会中职权、金钱和关系的支配以及谋利行径对人的盘剥。《旋转猎场》写两个曾经共同生活在林场的青年的情感纠葛和较量。20 多年前，大城市知青李梁插队落户小林场，凭借能力和德行当了边远林场的场长。被称为癫毛的孙炳辉做尽了坏事，他卑劣的占有了李梁的女友金秀后又抛弃了她，金秀在嫁给山外小镇上一个瘸子后服毒自杀。孙炳辉混迹都市，成了财大气粗的大木公司总经理、"优秀企业家"。为了林场的发展，李梁向孙炳辉求援。卑劣无赖的人挥金如土奢侈享乐，还要拿钱买形象；累死累活者却落得向无赖伸手，这是何等的荒诞滑稽！面对欺世盗名的恶棍，面对林场不景气的现实，李梁宁可放弃 10 万元的捐款，也不愿屈身就范。最终李梁出走这一行动是一种无奈的逃避。这正是现代人面对的现实人生的悲哀。王立纯将人物置于传统的民间道德生活和靠投机取巧发迹的对抗故事模式中，从中看出作家迷恋的民间立场，他笔下的民间底层被述说为温暖的，其实也是残酷的，民间永远是道德的所在，而又因为其道德备受伤害，但民间并没有因为伤害而失去人之所以为人的可贵气节。他借助作品来显示民间的精神立场，借此抵制现代社会中人的德行缺失。

王立纯与生俱来的书生气又使他不能卑躬屈膝，哪怕是一个充满诱惑的仕途在等着他。"我是注定不会侍候人的，别说是装孙子，忍受胯下之辱，就是装傻充愣，闻闻别人的腋臭都不能够。"① 立足生活的原乡，关注森林资源枯竭、生态失衡、环境污染、物种灭绝，对人类社会进行深刻的反省，对生命个体的自由的追问，对人的生存的终极关怀，以人性的眼光观照自然，审视人类改造自然的实践，这是王立纯在小说创作中所表现的现代意识中的重要部分，也是"带有泪尽

---

① 付淑兰：《大庆散文精选》，北方文艺出版社 2005 年版，第 93 页。

泣血的人生体验"的。"在这个权力和金钱双重专制的世界里,制造出来的是最驯服的眼睛,是最真实也是最流行的谎言。正因为如此,留下内心和情感的真实,留下良知的证言,就成为文学最正当的理由。"①《庆典》设置了一个带着极强烈自省意识的情节,烟厂作为北沙县经济支柱,其重要基地旌旗营是占用莺歌苓林场的地种植上万亩烟叶,属于林场的地被占,再加之林业局的政策性亏损,林场的利益受到致命的折损,矛盾不断激化,最终演化成一场肉搏战。可悲的是作为省劳模的村长史先发无视林场的现状,强调上万亩的烟地是他带领乡亲们还有当年的知青的青春和生命换来的。他不顾莺歌苓林场寅吃卯粮的境遇,只考虑要退坡还林,旌旗营的几千口人靠什么吃饭。在向大自然掠取生存资本的过程中,人们只看到自己的拓荒功绩,而没有一种人文关怀意识。王立纯根植在民间写作,主旨不是对国民性的批判,更多的是立足于民间挖掘潜藏其间的生命力。这是作家的精神立场显现:"我赞赏那种有毅力不张扬的人,无论逆境还是顺境,他们都能坚忍地生存,耐心地成长,平静地守望,决不轻言出局。"②他前期的创作中的主人公们面对困境的出走,后期主人公的韧性持守则显示出作家的精神意志,作家挖掘到了民间生生不息的力量源泉。张老板(《月亮上的篝火》)出生于农村,外表粗俗,没有什么特长,后来又被冤枉入狱多年,出狱后,从修鞋干起,最后打拼成一个富有的企业家。这就是作家赞赏的凡俗生命的韧性。六叔因地主的出身屡遭贱视,却不改做人的准则,坚持原则、有操守,富有同情心又不失做人的血性。他被单位精简下岗后又和别人合伙开酒店,六叔这一形象寄托了作家对民间生存韧性的认知。

---

① 李锐在 2001 年瑞典皇家学院举办的诺贝尔百年庆典"目击者文学"研讨会上演讲说。

② 连秀丽、王立纯:《"要想往前走,还得靠你自己"——王立纯访谈录》,连秀丽《含泪微笑的歌者:王立纯论》,黑龙江人民出版社 2002 年版,第 133 页。

（三）民间视域下的官场荒诞

如果说王立纯表现的民间是政治影响下的民间的话，那么他所展现的官场也是民间视域下的官场。在凡人俗事中解剖人生世相，阐释生命的不堪，揭示社会的丑恶，尤其是官场上腐败荒诞的内幕。"文学的观照应该是悲悯而温馨的，它从人本出发，为极为普通的却又极为广大的生命而歌哭。是被文字固化的浮世绘、众生相、心电图、情感诗、沧桑史、变迁记、生死场、忧思录。"① "我生在农村，长在林区，文化背景不是太好。父母曾为我设计过经天纬地的官宦前程，殆如乱世英雄草头王之类，但做梦也没想到我会成为一个以文字为生涯的作家。"② 在中国这个"官本位"思想异常膨胀的国家，"学而优则仕"一直是国人奋斗的目标。即使在市场经济时代，人们依然难舍这一"官宦情结"。对于广大的民间社会群体来说，官场只是一个神秘所在。王立纯采取一种边缘化的姿态写官场，透过揭露腐败和不公，可以看出他骨子里的浓厚民间立场。他始终将视角对准卑微的小人物，即使是以暴露陈腐的社会机制导致的官场荒诞内幕的《庆典》来说，也多以民间的视角来写官场的荒诞与腐化，虽然他们面临各种困境，忍受生存的考验，但没有丧失生命的尊严。王立纯以民间的立场审视官场的成功者，但他们在民间话语中却是道德的失败者。他们背弃了自然人价值的道德身份认同。而那些来自底层的生命又彰显出一种人性力量。《庆典》写北沙县因一个超生婴儿而达到了晋升市级的人口指标，其他软硬指标都迅速完成，接着是筹备县改市的盛大庆典而引发的一系列闹剧，半年内建一个现代化的星级宾馆是核心任务。县经济发展本来就是缓慢，唯一指望的烟厂却靠侵害林场的上万亩林地发展，林场和地方矛盾激化；水泥厂和纤维板厂严重污染水和空

---

① 王立纯在黑龙江省文学院会议上的发言。
② 王立纯的博客，http://blog.sina.com.cn/u/1292558971。

气，又无法改造。仅建一个新加坡酒店就需自筹资金 1000 万元，工程建设副总指挥谷玎不得不抓烟厂厂长和女下属现行，迫使他兑现捐款的承诺；谷玎一句"你当老百姓都是瞎子，谁有谁没有他们不知道？要是还像过去搞土改斗地主那样，把大大小小的头头用扁担撑起来，皮鞭子蘸凉水一顿猛抽，我估计能打出三个新加坡宾馆来，你信不信？"① 无法改变现状，"当年咱们抗联的杨靖宇将军牺牲了，被日本鬼子弄去解剖研究，肚子里都是草根树皮棉花套子，连鬼子都感动得不得了。现在可好，大街上随便抓一个头头脑脑，割开肚子，那就是个满汉全席！"② 一针见血地揭示了社会腐化这一令人痛心的事实，揭示了民众和当权者的关系，这就是官场的腐败。《甜菜进行曲》揭露了糖厂和上级领导以牺牲农民利益为筹码，捞取政治资本，无论怎样，受害的都是农民，而糖厂的工人命运并不比农民强，高级技工、省级劳模穷得跑了老婆、女儿交不起学费。底层民众与当权者成为对立面，他们对假大空的腐败现象深恶痛绝。干部与群众的矛盾，地方与林场的冲突，农民与工人的相同境遇，王立纯揭示矛盾的中心还是当权者的腐败，视民众如草芥的腐化思想给民众带来严重的伤害。

王立纯作为从林区走出的作家，为中国当代文学提供了一种具有林区生活的审美体验，"我理解的生活应该是前沿的，末梢的，鲜活的，奇异变幻而绝不机械重复的。在那里，我们可以发现并发掘出丰富的创作资源。和老百姓同呼吸共命运，才能倾听到真实的声音，才能保持和时代同步，这一点我始终奉为圭臬。"③ 他的小说展现林区的不景气，尤其是对衰落原因的揭示使他成为林区代言作家。他以一种原罪感情显示自己远离林业后，对这里的自然环境、人的生存境遇的

① 王立纯：《庆典作家珍藏版》，作家出版社 1998 年版，第 82 页。
② 同上书，第 85 页。
③ 连秀丽、王立纯：《"要想往前走，还得靠你自己"——王立纯访谈录》，连秀丽《含泪微笑的歌者：王立纯论》，黑龙江人民出版社 2002 年版，第 142 页。

深切关注。《苍山神话》就是带有自传体色彩的长篇，全景式观照半个世纪以来的林区兴衰，揭示林区种种弊病和黑暗现实，暴露和批判了封建官僚思想对林区发展的毒害，对当权者杀鸡取卵、涸泽而渔式的掠夺森林资源进行无情的揭露。面对日渐光秃的惨不忍睹的山林，荆黎无力与当权者抗衡，只好忍痛离去，到省报社当了一名作家。当知识分子的价值观在现实中遭到否定时，他们在内心深处与外界环境之间找不到平衡点，最终绝望地采取符合自己生命价值观的行为——独善其身。这种选择的对与错，是作家一生追问却无法找寻的答案。"当年，我挣开母亲的手臂，就从这条路上告别家乡，是自觉还是无奈？是伟大的进军还是卑琐的逃亡？月圆月缺之夜，我常常扪心自问，又常常无功而返。"① 作家寻求的是一种纯粹的感觉，逃避后沉重的自责又无时无刻不伴随着他。"是的，家无长子，国无大臣。我挣脱了乡土，独善其身，把一个大家庭扔给贫穷，把一个小家庭扔给了衰落。我能给故乡什么？唯有文字，而他们当中能有几个人看小说？孰轻孰重，我难以回答。"② 他愁肠百结，只有用文字表达。家乡是王立纯永远不会干枯和封冻的灵感源泉，他在《苍山神话》中揭示官场腐败导致多年来弄虚作假，好大喜功。过度的采伐带来恶果，水土流失严重，丝毫看不出林海绿都的影子。曾经的当权者们都升迁而去，他们只顾眼前，但腐败行为却给林业局留下的是一片萧条。在《回家》中他借两代当权者的对比诠释了他的忧虑的绝非杞人忧天，小巫见大巫的腐败，这就是林业日渐萧条的原因。王立纯准确地捕捉到林区现状的症候所在，这与他身虽"离去"而心却持久"回归"是分不开的。

　　民间立场和"他者"视角决定了王立纯创作的基本方向，对这块

---

① 付淑兰：《大庆散文精选》，北方文艺出版社 2005 年版，第 84 页。
② 同上书，第 95 页。

土地的眷恋使他立足于民间，专注于底层人物，在社会转型期艰难的生存境遇中展现他们的生存状态和情感价值取向。他展现在急剧变革的现实中官场存在的腐化，以民间视角写出底层人物痛苦的挣扎和无奈。在远离社会重大事件的凡人琐事里阐释生命现象，解剖各色人生本相，关注他们的悲喜情怀与生命体验，王立纯作为平民作家的意义就在于此。

第三章 北大荒作家的写作姿态

第一节 北大荒情结

北大荒因北大荒精神著称于世，这一精神是北大荒文学的核心，北大荒文学以意识形态为指针，具有行政区位和文化区位意义上的文化特征，这是著者对这种地域文学现象及其在文学史上的价值的理解。北大荒文学是在特定的时代、地域背景下提出的，北大荒文化在历史文化传承过程中生成、发展，有着区别于其他地域文化的独特性，尤其是区别于关东文化的"个性"。北大荒文化不是单一地根植于土著文化思想中，而是融合了军旅、知青等诸多文化，文学创作成绩斐然。北大荒文学名称的由来，源于剧作家对这种文化现象的阐释，1957 年电影、话剧《北大荒人》上演，继而正式有了"北大荒文学"这个名称。在社会主义建设进程中，北大荒取得了辉煌成就变成了北大仓。60 多年来，在文坛上涌现出一批有影响的北大荒作家。

一 现实主义书写

北大荒作家有一种以文学参与现实的姿态，创作与社会生活密切相关。他们有为北大荒写史，为北大荒人作传的情怀，尤其是亲历北大荒的生活变化后，他们饱含激情地投入创作中。20世纪60年代军垦作家的创作就明显体现了这一姿态。文学与社会主流话语结合，作家成为北大荒开发进程中的表现者和时代建构理想的书写者。他们理性地探索历史进程中人的心灵变化，书写北大荒人的梦想和使命、奉献与牺牲。作家普遍的言说方式和叙事内容都是当时历史情景中主流意识形态下的社会政治话语，他们的创作实际上是从文学的维度为当时的北大荒开发建设事件证明。作品渗透了作家们强烈地参与社会实践和努力以理性重新审视当下的意识，印证了作家以兼济天下为己任的情怀。"我理解的现实主义是一种现实精神，一种价值立场和一种表达生活的方式。""现实主义走偏了，往往给文学赋予的东西太多，文学承担的也过多，有失文学自身的规律。可是文学远离现实社会，也是有局限的。我认为好的小说，既是社会的，也是走进心灵的。"①作家通过描述北大荒人日常生活展现人的心态，从琐事中透视北大荒人内心情感经验。"艺术家是人生征途上的执火者，他们的作品，是用生命点燃的炬火，是灵智的明灯，是精神的太阳，照亮着世世代代跋涉者的脚步，给他们以启迪，以慰藉，以希望和力量。"② 20世纪末是人文精神不振的时期，文学已由天国跌落到人间，北大荒文学虽然也失去它过去的轰动效应，但仍保持着内在的魅力和韧性。创作秉承了忧患意识和担当意识，这是北大荒文学的精髓，现实主义的书写成为一道独特的景观。阿成曾经坦言过自己的创作过程，他说在80年代中后期，洋风渐劲，冲击文坛，他失过一段魂。在迷惑中，他也玩过尼采，玩过弗洛伊德，玩过黑色幽默，但总觉得那不是阿成。后来又写过艳情打斗的文字以取悦世情，又觉得这种赚钱的营生有悖于

---

① 孟繁华、关仁山：《现实精神与理想情怀——关仁山访谈录》，《小说评论》2012年第3期，第74页。
② 何西来：《我崇尚为人生的艺术》，《文艺大趋势》，湖南文艺出版社1987年版，第173页。

作家的良心。终于，他找到了一条属于自己的文学创作之路，用手中的笔忠实地在自己生活的这片土地上挖掘财富。他不追风逐潮，而是忠实于生活，始终怀着对历史神圣的敬畏进行创作，他多角度的开掘、升华北大荒民间文化。杨利民有着强烈的时代责任感，他的作品始终不与那些时髦的题材、主题沾边，显隐着他对普通石油工人铸就的石油精神的颂扬。他说："我在大庆生活三十多年了，尽管两次到北京读大学读研究生，甚至艺术观念有过相当大的调整，但我始终没忘记那片土地和那里的人，我把这称为自己的阳光和空气。"① 读者"在他们身上看到了苦难中的崇高，看到了生命的真正价值"②，在许多作者患上严重的浮躁综合征，创作最宝贵的独创性被很多人抛弃，北大荒作家表现出的对写作的敬畏才更显珍贵。敬畏写作是作家的一种态度，也是对自我和读者的尊重。作家没有对写作的敬畏，就不可能创作出让读者尊重的作品。作家的文学探索是对表现视域的一种开拓，也是自我的一种突破，更是一种创造性的劳动。北大荒作家执着的耐劲和不达目的不罢休的韧劲体现在他们创作的主人公身上。

北大荒作品所展示的不是一种肤浅的呐喊和倾诉，而是一种倾心的追寻，一种冷静的反思，一种深沉的现实主义情怀，一种承担的写作姿态。这些作品中不乏现实主义的世俗性生活题材，人本主义立场上的生命感怀和抗争精神，追思历史和对人类命运忧患的主题，对具有形而上意义的本质生存的叩问和灵魂皈依的追寻，这是终极意义上的追寻，带有灵魂道路抉择和精神归宿的确立的意味。展现了他们在人与自然、精神与存在、小我与大我的双重关系中对精神家园的寻找。应该说，这是作家崇高责任感的体现，是建立在北大荒作家拒绝世俗潮流的写作姿态。他们能敏锐、准确地把握社会生活，在人与自

---

① 杨利民：《话剧〈地质师〉创作的前前后后》，《中国戏剧》1997 年第 8 期，第 50 页。
② 同上。

然、精神与存在、小我与大我等矛盾冲突中追问人生价值，把自己的视角伸入社会的内部，揭示其本真面目。作家们一方面把理性追求和世俗欲望的厮杀，现代人对家园的追求和灵魂的漂泊状态展现在读者面前；另一方面冷静地展示民间小人物在抗击各种苦难时坚忍顽强的生存状态。虽然渺小和无奈，他们更多的显示出生命的韧性和生存意志。

写作对北大荒本土作家来说几乎是一种本能的、朴素的生命意志的表达，写作过程与生命的成长具有同构性。他们重构曾有的生存经验、生命感悟、生活情绪、存在的追问。他们逼近生命本体，话语表达成为生命存在的一种姿态。迟子建的作品浸透了她对自然生命细腻的体验，对生命和情感体验常常设置在她生活的环境里。作家的写作姿态和生命本体同构，作品呈现本色自然的特点。一些作品中也流露出对现实生活的困惑，批判性的揭示人的生存状态，这完全是出于作家的悲哀与对生存本身的思考。大多数北大荒作家是执着于对生命本体的叙述的，他们或悲壮或淡定地承担生命中的悲欢离合，与作品中的人物相互映衬、印证。有时作品过分抒发情感，有失理智，却表露了作家的率直与坦诚。浓厚的情感氛围是他们用生命传达出的真挚。从 20 世纪 30 年代的萧红开始，到迟子建、阿成、杨宝琛、张雅文等皆是如此。张雅文"是一个理想主义者，总想轰轰烈烈地干一番事业，总是向往有理想、有追求、有激情的生活，而对眼前这种呆板、重复、缺少创意的工作丝毫不感兴趣"①。她以 35 岁的年龄，靠着小学五年级的文学修养走上了文坛，孤注一掷地玩命是张雅文创作的重要姿态。她玩命俄罗斯，独闯欧洲，采访死刑犯等行为本身就是以生命作为筹码的创作。"我不是命运的宠儿，没有任何背景，从没有得到过上帝的青睐。我的文学成就是靠自己的根根白发、缕缕皱纹铺出

---

① 张雅文：《生命的呐喊》，新华出版社 2007 年版，第 173 页。

来的，是靠自己'以生命做抵押'搏出来的。我用自己的作品和人格赢得了社会的承认！"① 张雅文用生命生动地阐释了文学与自身的关联。从世俗意义上说，为了生命作家可以放弃文学，但为了文学她也可以放弃生命，她用创作诠释了什么是玩命文坛。

作家为什么写作，这是一个简单而又复杂的问题，有的人是靠着写作摆脱生存的困境，如王立纯、孙少山。王立纯不想向现实低头，放弃了距权力中心仅一步之遥的仕途，当了专业作家。他没有忍辱负重等待什么位置，虽然没有在故乡建功立业，但把故土情结凝聚在作品中，将温情的观照投注到现实生活中。孙少山的写作动机非常简单，就是在苦难的生活中寻求精神寄托，因为自己"盲流"的身份他被公社弄到山沟里开挖煤矿。面对恶劣的自然环境和工作环境尤其是政治上的人格歧视、精神生活的虚空，他退守到主观的精神世界里寻求慰藉。他是为了摆脱"煤黑子"的身份而写作的，这种想法朴实得让人痛心。当他真正实现了靠写作谋生时，他表现的大多是"煤黑子"的生活，井上的生活是单调的吃饭、睡觉，井下的生活就是随时都会面临死亡的残酷现实，这种寂寞感是可怕的。孙少山对苦难的书写，并不仅仅停留在罗列与铺陈种种苦难遭际上，而是书写北大荒人是如何顽强战胜苦难的，这是作家在苦痛中实现超越的精神底色。

二 "主旋律"的集中唱响

北大荒文学突破了"主旋律"小说沿用的"正邪对立"的叙事模式，结合特定的社会生活将其转化为鲜明意识形态召唤的模式，这符合北大荒发展的国家意志思维模式。这些作品中有相当一部分是直接表达意识形态需要的文字，不论是虚构的作品，还是纪实文学中的人物，都是作家对国家意志的响应性书写。这具有双重意味，表现北

① 张雅文：《生命的呐喊》，新华出版社2007年版，第53页。

大荒人的生活和刻意迎合意识形态期待视野的功利化目的，在一种"影响的焦虑""实现的焦虑"的作用下，也有世俗化、欲望化、功利化的写作。从作家的写作姿态来看，与当代艺术家如何处理艺术与现实的关系密切相关，它承载的不只是北大荒作家这一群体的姿态，而且传达出当代作家共同面临的欲望化写作困境的出路。"作家的天职在于使人的心灵变得高尚，使他的勇气、荣誉感、希望、自尊心、同情心、怜悯心和自我牺牲精神——这些情操正是人类的光荣——复活起来，帮助他同立起来。"① 北大荒作家采取现实主义这一写作姿态，尤其是以集中唱响"主旋律"对抗世俗化、欲望化的写作。

有些北大荒作家专注于主旋律创作，典型的是韩乃寅、杨宝琛、杨利民。他们弘扬北大荒精神、大庆精神，传达国家主流意识形态话语，忠实于生命体验的创作确立了其主旋律作品的主导地位。韩乃寅作为黑龙江农垦总局主抓文化的高官，带头用作品展现北大荒人感天动地的创业史。长篇小说《燃烧》《岁月》《高天厚土》《龙抬头》等都是弘扬主旋律的作品。以北大荒精神为核心的文化，是北大荒特有的精神财富。韩乃寅因创作成就而成为北大荒精神的代言人。杨利民亲历了大庆创业的全过程，将丰厚的生活经历和深刻的感受写进剧本，搬上舞台。他的创作得到了认可，"我要写《地质师》的想法，得到了黑龙江省文化厅领导和大庆文化局领导的极大支持和真诚帮助。从提纲到剧本初稿，文化厅主管领导带着专业人员，三次来大庆讨论剧本，两次在哈尔滨开座谈会。我们大庆文化局长齐玉珍，几次带我到基层。到研究院走访60年代的老大学生。召开座谈会。"② 《地质师》以第二代铁人王启民为原型展现大庆油田知识分子的爱国情

---

① 刘保瑞等译：《美国作家论文学》，生活·读书·新知三联书店1984年版，第368页。

② 杨利民：《话剧〈地质师〉创作的前前后后》，《中国戏剧》1997年第8期，第51页。

怀，演出后引起轰动。"艺术的主旋律是我一生追求的目标，但愿我能写出那样的好作品。"① 杨利民靠主旋律占据了文坛。杨宝琛 18 岁就从北京来参加开发建设北大荒，他把生命永远融入这块土地。他讴歌拓荒者的献身精神，自觉地弘扬着北大荒人昂扬振奋的时代精神，这是符合主旋律文学的精神特质的。杨宝琛自白说："我热爱今天美好的时代……我正是以这样的激情去讴歌时代，弘扬时代主旋律成为一种自觉意识，并没有领导给我出题目，也不是为了赶时髦为名为利出风头，而是为了把我们这代拓荒者的献身精神以戏剧的形式传播给国人，让人们珍惜今天的改革。"② 贯穿在他剧作中的主旋律是对北大荒人在不同历史时期始终如一的开拓进取、艰苦奋斗的拓荒精神的热情礼赞。在影视剧轮番上场热播，话剧备受冷落之时，他对戏剧创作一往情深。通过戏剧传达自己对北大荒的爱恋，忠实于脚下的土地是杨宝琛的写作姿态。自觉认同主旋律，也是北大荒作家群体的共性表征。

考察主旋律作品既是透视北大荒文学的一个独特视角，又作为承载北大荒生活和时代精神的主要符号。北大荒文学最为深刻地体现出国家意志，尤其是处于计划经济向市场经济转型期，对于物质利益的重新分配，社会结构迅速划分定位，经济利益几乎成为人们生活的核心时，表现作为垦荒者和建设者的作家与现实的审美联系。他们不但激情地描画现实，还表现火热生活的张力。作家参与开发建设北大荒的实践，他们的全部情感和敏锐感受现实的能力，都来源于火热的生活。他们把情绪、情感渗透进文学中。作家以自然、情感和现实为维度建构他们现实主义文学的美学特征。这一美学的基本内涵是：人与

---

① 杨利民：《话剧〈地质师〉创作的前前后后》，《中国戏剧》1997 年第 8 期，第 51 页。

② 王咏梅：《拓荒者的生命交响——杨宝琛论》，黑龙江人民出版社 2002 年版，第 155 页。

自然、现实具有天然的审美关系，自然的严酷能衬托出现实生存中人的伟力以及人在现实生活的真实感受。粗犷、勇猛不屈不挠的北大荒人的气质，震撼人心。他们身上凝聚着人类与大自然搏斗的胆识和智慧。自然对人的生命安全构成威胁，考验着人的意志，强大的国家力量不完全来自严密有序的政权结构及其所代表的意志，也来自国家意识形态的强有力的推行政策，最为重要的是，国家意识形态所描画的蓝图得到创业者的高度认同。"艺术的内容就是理念，艺术的形式就是诉诸感官的形象。"① 这在杨宝琛的《将军的战场》中得到鲜明体现，下放到北大荒的舞蹈演员阿莲在讥笑垦荒战士是"两亩地一头牛，老婆孩子热炕头"的"大老粗"时，垦荒战士坚定地说服她："不对，十万官兵转业到北大荒是来建设共产主义的，要不了几年咱这也跟苏联老大哥一样，现代化的大城市一座连一座，火车汽车，高楼大厦电灯电话，北京有的北大荒也会有。"这种言说方式突出地表现了战士们执着于理想和信念的坚贞品格。正是这种远大的理想和理想必将实现的坚定信念，鼓舞着广大转业官兵和支边青年在极其艰苦的环境中，以乐观主义精神和顽强不屈的意志开拓蛮荒之地，艰难地创业，表现出战天斗地的英雄豪情和坚贞不屈的英雄品质。艺术家创作的关键，就在于抓住现实的外在形式，创造出能够显示"人类的最深刻最普遍的旨趣"的艺术形象。② 北大荒文学以鲜活的人物来反映社会生活，文学本身传达了作家对所反映的世界的看法。而这种看法又与作家生活的时代思想紧密相连。

北大荒作家笔下的人物为追求崇高的精神，不惜付出任何代价，这是一种追求奉献的崇高美。这些人物身上的北大荒精神，淳厚而豪爽，无私而顽强，那是一种可歌可泣的拼搏与奉献的精神，这是北大

---

① ［德］黑格尔：《美学》（第 1 卷），朱光潜译，商务印书馆 1989 年版，第 87 页。
② 同上书，第 352 页。

荒精神的主旋律。随着时代、生活的变化和作家代际的更迭，文学创作也会改变。但北大荒文学遵循的是现实主义的创作原则，视野关涉现实生活的经验不会过时。

三　本土文化认同

大多数北大荒作家坚持传统的本土文学立场，用文学表现北大荒的社会生活，原生态地再现了北大荒荒远、粗野的自然风貌，客观地表现了人们的生活与斗争。作品呈现出一种不饰雕琢，狂放粗野、悲怆雄强的风格特征，体现出作家所追求的是自然、古朴之美和创业艰辛的悲壮美。透露出北大荒的风貌和北大荒人勇于创业的精神气度，李准的《老兵新传》展现了开拓者的磊落胸襟和无私无畏的品格，梁晓声的《苦艾》展现了北大荒乡野的荒凉与贫穷，尤其是在野蛮落后的民风习俗中体现出人的愚昧麻木、狡黠，一如苦艾一样是绵绵不绝的苦涩，作家的怜悯、愤怒之情弥漫开来。立足于本土的文学想象展现作家的文化认同，王凤麟的短篇小说《野狼出没的山谷》展现的洪荒大泽：

> 夏季，在谷地和谷地周围弥漫着的骨肉糜烂的腐臭气味中，低低盘旋着成团成团的墨绿色的苍蝇，羽翼扑动时发出的声响就像老年妇女那种哀痛的哭声。冬天，洁白的雪地上遍布着斑斑血迹和没被啃净筋肉的骨骸，血与雪溶解成的冰块，经过时间的洗刷，由鲜红变成了黑紫。
>
> 哦，白骨骷髅铺就的死神之谷，荒野密林中的"白虎节堂"！①

这与梁晓声的《这是一片神奇的土地》有着惊人的相似，作家此

---

① 《北大荒文学作品选》编委会编：《北大荒文学作品选上》，学林出版社 1987 年版，第 358—359 页。

后交代的关于"鬼沼"的传说进一步强化了北大荒的神秘和险恶："'满盖'是鄂伦春语魔王的意思。冬季他们偶尔也出现在那荒原上，但绝不猎杀那里任何一只动物，惧怕受到'满盖'的惩罚。恐怖的'鬼沼'！神秘的'满盖荒原'"！① 托尔斯泰认为："艺术起源于一个人为了要把自己体验过的感情传达给别人，于是在自己心里重新唤起这种感情，并用某种外在的标志表达出来。"② 梁晓声把自己的知青生活体验传达出来。知青们向着"鬼沼"进军，主动地以"军令状"的形式赢得挑战荒原的崇高行动，为了兵团战士的荣誉，他们勇往直前的行为本身就是一种悲壮的献身精神！"艺术是这样的一项人类的活动：一个人用某种外在的标志有意识地把自己体验过的感情传达给别人，而别人为这些感情所感染，也体验到这些后面这段论述感情。"③ 梁晓声的写作就是这样的一种姿态。《这是一片神奇的土地》写了知青勇于开拓的奉献、牺牲精神。"人被宣称为应当是不断探究他自身的存在物——一个在他生存的每时每刻都必须查问和审视他的生存状况的存在物。人类生活的真正价值，恰恰就存在于这种审视中，存在于这种对人类生活的批判之中。"④ 王凤麟写《野狼出没的山谷》时结合自己的经历，尤其是他亲身体验的温情与仇视、理解与误解，得到温情和理解时的感慨，受到冷遇和误解时的苦楚。他联想到了人间的冷暖，世态的炎凉，以及整个人类进化过程中发生过的美与丑、善与恶的角斗。就这样，他怀着展现人生奥妙的目的完成创作。他说："这篇小说也许离现实生活远一点，但是我想，人类应该不断认识自己。使我们多一些温情、忍让和宽容，少一点仇视、误解

---

① 梁晓声：《这是一片神奇的土地》，《今夜有暴风雪梁晓声知青小说选》，经济日报出版社 1997 年版，第 1—2 页。

② ［俄］托尔斯泰：《艺术论》，陈宝丰译，人民文学出版社 1958 年版，第 16 页。

③ 同上书，第 17—18 页。

④ ［德］恩斯特·卡西尔：《人论》，甘阳译，上海译文出版社 1985 年版，第 8 页。

和妒恨。这就是我写这篇东西的初衷吧。"① 他书写了在北大荒的莽莽林海雪原，以人、狗、狼独特的命运，揭示了动乱年代人的真实处境：人处于恐怖和残忍的狼的世界，处处充满杀机和你死我活的搏斗。而老猎人最终悟到，一个出色的猎人"最最重要的是，要想打败一切天敌，使自己成为大自然的主宰，还要具备猎人那种宽宏的气度"。② 看似是写猎人与狗之间的关系，实际是人与人的关系的折射，隐喻着人要解放自身，必须拥有广阔的胸襟。作家将人的不幸遭遇、矛盾和痛苦的感情赋予猎狗身上。作家把混合着人的辛酸血泪的人生经验赋予到在人与自然、恶狼的搏斗中，展现人顽强的生存意志。"动物救主的情节模式亦是千百年来的情感内容向形式长期沉淀和转化的结晶，凝冻和潜藏着原始的情感、观念和心理，从而成为母题化了的艺术符号和标记。"③ 小说虽然名为写野狼但实际上是写狗，在野狼出没的山谷里，作为狗的贝蒂永远无法融入狼群。这是作者的文学想象，当山谷中真的出现人与野狼对峙时，贝蒂作为狗誓死护主的仁义性就彰显出来。在作家的观念中，狼与狗作为一个想象的符号而存在。即使是贝蒂被主人遗弃无家可归时，它也没有接受荒野中狼性的世界，更不能接受狼对人类的仇视，尤其是在同类死后又被同类分食尸体的狼性残忍行为。它始终思恋着老主人，并为保护他一次次铤而走险，最终为救老猎人被它的丈夫、头狼达力切断了喉咙。此时老猎人真正谅解了贝蒂。王凤麟在写这个故事的时候，联想到自己经历过的无情与温情、误解与理解以及冷酷与善良、不义与宽容等。他呼唤温情、理解、善良与宽容这一主题恰恰和时代对人道主义的呼唤达成了一致。作家面对着人与"狼"共舞的对抗，逐渐失衡的人文

---

① 赵国春：《荒野灵音》，北方文艺出版社 2000 年版，第 261 页。

② 《北大荒文学作品选》编委会编：《北大荒文学作品选上》，学林出版社 1987 年版，第 383 页。

③ 方克强：《动物小说中的原型情感》，《文学评论》1988 年第 4 期，第 168 页。

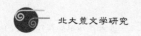

生态环境，热切地呼唤着沟通、理解和真诚，文学创作蕴藏着作家对人生万象的深切思考。

梁晓声把知青英雄主义精神写得慷慨悲壮，他通过对知青征服荒原的欲望性书写，通过他们在北大荒建立功业的追求，表达了北大荒知青的普遍情绪。梁作的知青气质还表现在其将知青情绪宣泄得淋漓尽致，将一代人的委屈与愤懑、失落感化为一种坚守自我尊严的人格力量，化为自主展现人性本善的自豪感。虽然《雪城》以知青大返城风暴开篇，正因为兵团团长的阻拦而引发知青的抗议才具有撼天动地的气势，知青在"去与留"的关节点上展现自己的风范，《雪城》清晰地呈现了梁晓声的写作姿态，在一场大溃退的返城狂潮中，与其说是积怨的集中爆发和意愿的集中表达，不如说是作为兵团战士知青的尊严与价值的集中展现。从这一点上说，梁晓声是名副其实的知青作家，他的作品也是更充分地展现知青生活的作品。梁晓声借知青返城风暴这样尖锐的问题，抓住返城狂潮涌入城市的那一瞬来写，便于将其他作者含蓄化了的或零碎分散见于其他知青之作的知青情境写得集中强烈、淋漓尽致。这里有知青返城愿望受到阻挠的激烈反应，也有返城之初面临的困境，他们在熟悉而又陌生的拥塞狭仄的城市空间中迷失了自己，找不到自己的位置。此时，与北大荒知青历史相连接的人生价值受到质疑、嘲弄，失去了群体依托后的知青们显得孤独无助。梁晓声的北大荒小说对知青生活的艰苦性、对知青英雄主义、理想主义气概的渲染，自始至终是对一代人经历的客观把握。历史错了，人的价值选择没错，时代荒谬，知青的追求是真诚的，梁晓声以自己的创作给一代人的历史一个交代。

北大荒作家多持久地关注生活变迁，努力与当下生活建立关系，关怀北大荒当下的命运。北大荒生活是北大荒作家创作路上的宝库，是他们生命的重要组成。几十年的北大荒生活激发了他们的创作热情。对生活的密切关注和热情，激发他们写出反映时代风貌的作品，尤其是以描绘北大荒的风情画的作品居多。传统的乡村虽然在现代性的裹挟下已经急遽变化，但乡村的风俗、伦理、价值观以及具体的生活场景，并没有发生革命性的变化，这就是乡村社会的"超稳定文化结构"。但是，北大荒的乡村不是自然发展，现代性对北大荒乡土生活的改变是显而易见的。事实上，20世纪50年代中期国家通过土地改革、农业合作化等运动，已经完成了对于中国乡村社会的全面改造。

迟子建一开始进行文学创作就拥有恒定的世界观和文学观，她并未随着时间的迁徙和各种"文学流派"的潮起潮落而有所动摇，而阿成也在常年的创作中一贯以浓郁人文关怀为创作主导，作品充满宽容、博爱的气氛，作家采用温热的现实主义手法进行创作，他们同情笔下的小人物，关注普通小人物的生存本相。他们的文学创作都是根植于现实土壤的，他们直面又热情地观照艰难的日常生活，小人物们虽然生活得卑微，甚至猥琐，但生活的严峻，并不能消解掉他们认同崇高的情怀，灰色的无奈中又有民间自在精神品格的存在。作家真实、神圣的写作是一种崇高的精神活动，价值旁落的时代，坚守民间立场，追逐底层的生存风景，为小人物的生存提供了合法性的依据，这是北大荒作家令人敬仰的写作姿态。

北大荒作家有着摆脱单一的传统创作方法制约的愿望，但是他们成长的年代为他们的人生涂上了难以抹去的底色，他们仍旧没有摆脱现实主义创作的痕迹，现实主义既是北大荒文学的辉煌，也是北大荒文学的局限，北大荒作家既开辟了属于自己的领地，但也因专注于现实主义而显得现实成分过多，冲淡了北大荒文学创作本该有的多元性。

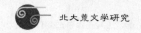

第二节　倾心尊严的书写

一　梁晓声知青精神镜像的诗意呈现

　　知青生活虽然属于一种日常生活，但它本身却蕴含着人类历史中空前绝后的特质性的元素，国家意志、集体性流放、青春的激情，一代人的光荣、回想与悲伤等，这些元素都储存在知青的历史记忆中。当它进入文学时，自然就成了文学表现的基础。早期的知青文学是一种伤痕展示和对极"左"思潮的控诉，北大荒知青文学的发展期是与新时期反思文学的潮流同步的。梁晓声的知青小说拒绝塑造"一个痛哭流涕、颤栗不已的诉苦者的形象"，① 在知青文学中具有独特的价值。短篇小说《这是一片神奇的土地》是他的成名作，一扫过去"伤痕文学"平白素朴、哀怨阴郁的思想，以思辨的眼光重新审视那段激扬、悲壮的历史，同时歌颂虽处那场荒谬运动中却有着崇高人性的知青。人之所以成为人，就在于他具有高尚的精神追求，追求人的尊严是人精神存在的一种根本表现。梁晓声用生命浇灌反映知青生活的作品，尽管是以荒谬的时代为背景，但知青运动不等于知青精神，北大荒知青同艰苦环境抗争的英雄主义精神是不容质疑的，他们坚守自身的尊严与价值的做法是不可亵渎的。北大荒知青的尊严体现在：即使青春的生命之旅有痛苦和困惑，孤独与死亡，他们内心依然充满追求崇高的激情。拒绝被动荡的生活左右，克服人生无意义的物化存在状态，甚至不惜牺牲生命去赢得人的尊严。

---

① 曹文轩：《20 世纪末中国文学现象研究》，北京大学出版社 2002 年版，第 28 页。

（一）立志垦荒戍边：北大荒知青理想的彰显

梁晓声把崇高的人格赋予作品中知青人物的身上，把垦荒戍边当作北大荒知青尊严的体现，这是他创作的心理动因。梁晓声以十年动乱为背景，用自己对生活的理解执着地表现北大荒知青战天斗地的生活状态，他们的青春虽不能说完全是悲剧，但用悲壮来形容一点也不为过。梁晓声的知青小说凸显着人的尊严精神，这与作家成长的特定阶段以及时代打下的烙印有关。知青们处在人生的关键时期，在思想、行为、体魄等方面都向着成熟的方向迈进，"'使命感'或社会责任感成为这一时期社会性发展的主要特点。"① 再加上 20 世纪五六十年代是一个极端理想化的年代，知识青年的极端理想主义也就成为他们的内在精神气质而根深蒂固。知青虽然是因为各种原因而来到北大荒的，但是从总体上看，如火如荼的激情，让他们相信：天下，我们的天下，舍我其谁，作为共和国的长子，他们成长在毛泽东的时代，自觉地把防帝反修，红色江山永远不变色等多年的政治教育当作人生信念。他们的青春完全被燃烧，相信靠自己的青春和生命来奋斗就能实现共产主义的奋斗目标。他们的理想与当时革命主义的意识形态相契合，又与北大荒地域文化特质相适应。

知青们不甘心只是学习别人的英雄事迹，他们期待成为别人学习的榜样。渗透在知青骨子里的英雄主义和理想主义精神使他们无所畏惧，他们要燃烧自己，在现实的拷问中思考着人生的意义与价值。他们唯一的资本就是青春甚至是生命，他们要征服北大荒恶劣的环境进行垦荒，但是却缺乏经验，仅凭着年轻人火热的激情进军荒原，死亡成为他们成长必付的学费，梁晓声的知青小说因而有一种令人荡气回肠的悲壮与昂扬之气。《这是一片神奇的土地》中连队由于选址错误而连年歉收，十几个知青不甘心蒙受连队将被解散的耻辱，在副指导

① 俞国良：《社会心理学》，北京师范大学出版社 2006 年版，第 369 页。

员李晓燕的带领下与团里立下军令状：保证当年开荒、打粮！第二年建新垦荒点！就这样，他们开进了散发着死亡气息，沉睡了数万年、吞噬了无数生命、无人敢问津的"鬼沼"。在生与死的严酷考验下，胸襟宽广的王志刚把生路留给了自己的情敌和心爱的女指导员，自己拼尽最后力气为连队探路后葬身狼腹；信念执着而善解人意的李晓燕死于出血热；纯真善良的梁珊珊为了解决连队的食物问题冒险追一只狍子而被"鬼沼"吞没，垦荒队用鲜活的生命换来征服"满盖"荒原的尊严。小说中渗透着以英雄主义为核心的理想主义精神，这在某种程度上为北大荒知青悲壮的死亡提供了精神上的补偿和文化意义上的认同。在知青个体生命消亡的同时，在整体符号意义上被赋予了北大荒精神中的"艰苦奋斗、勇于开拓"的内涵，在开发北大荒的壮举中知青们实现了人生价值，让生命不朽。北大荒知青们战天斗地的豪情，那种背负苍天的献身精神，最典型的就体现在进军荒原上，"如果有人问我：'你在北大荒感到最艰苦的是什么？'我的回答是：'垦荒'"①。垦荒不仅艰苦而且随时有生命危险，这就显现出北大荒知青们这一行动的悲壮和崇高。一直以来毛泽东的"为人民利益而死，就比泰山还重"的价值论成为个体行为的基本准则，成为北大荒知青思考人生责任和使命的出发点和归宿，也成为作家言说死亡的叙事模式。时代、社会、自然以及北大荒知青主体追求等元素，共同构成了梁晓声知青文学的人性之美。

梁晓声的作品展示了北大荒知青的生存状态和精神状态，也展示了知青命运的关节点。从狂热到迷茫，从失落到奋斗，这是梁晓声知青小说中主人公们的精神历程。它显示出知青一代，尤其是北大荒兵团战士的思想特质。梁晓声把北大荒知青们的开拓进取精神升华到时

---

① 梁晓声：《这是一片神奇的土地》，《今夜有暴风雪梁晓声知青小说选》，经济日报出版社、陕西旅游出版社 1997 年版，第 15 页。

代的层面，升华到关涉人生理想的高度予以透视。对崇高的追求使知青牢记人的价值，敢于直面困难，张扬青春的蓬勃，这是他们生命中不可或缺的要素，也是这一群体的灵魂。强化人的精神，是梁晓声笔下人物的一种生存方式，也是一种文化情怀。在梁晓声作品主人公的心目中，人的尊严、人的精神是神圣不可侵犯的，人实现自身价值的愿望是值得尊重的。对知青来说，北大荒既是一个凝聚着青春活力、洋溢着理想信念的地方，同时也成为检验北大荒知青的理想与信念的实体符号。北大荒这片神奇的土地留下了他们的青春，留下了他们的失落和痛苦，也永远铭刻着他们拼搏和奋斗的业绩。"在知青文学从'伤痕文学'向'反思文学'转化之际，他第一个写'知青下乡'这个文学母题，作社会问题的历史考察和历史评价。"[1] 这种考察和评价在梁晓声的代表作《今夜有暴风雪》中显现出来。他的视角独特，无意描写现实的残酷，更无意揭露极"左"思潮的罪恶，而是把反思的焦点放到知识青年"上山下乡"这段历史。他以一种非凡的勇气，一种担当的责任感来挖掘知青身上的正义感、良知和为追求理想不惜牺牲生命等人性的闪光点，张扬的是北大荒知青作为人的价值。裴晓芸冻死时仍是哨兵挺拔的站姿，这个姿势是她证明自己兵团战士的坚守，也是对极"左"思潮的控诉包括对郑亚茹这类被异化的政治追随者和牺牲者的控诉。她的死在小说叙事中是一个转折性的情节，随后北大荒知青们的心理、精神状态，他们之间的关系，都发生了相应的变化。曹铁强把裴晓芸、刘迈克等战友掩埋在北大荒，他们终生留在北大荒的行动，就是兵团战士兑现的扎根北大荒的行动自觉。作品的闪光之处在于其所要凸显的是以曹铁强为代表的工程连的知青们的理想和精神。"我们兵团战士这个称号，是附加着功绩的！是不应受到

---

① 陈思和、梁晓声：《美学评价和历史评价的痛苦纠缠》，陈思和《谈话岁月》，复旦大学出版社 2004 年版，第 48 页。

侮辱的!"① 尽管他们要求返城，要离开北大荒，尽管兵团团长马崇汉扣押了上级批准知青们返城的急件，他们仍在混乱中艰难地维持着秩序，不惜用生命保护着国家财产。在这个暴风雪之夜男子汉们以实际行动诠释了动乱年代与艰苦环境中的青年们悲壮豪迈的英雄主义精神，这就是北大荒知青的情怀。这不是潜意识的社会功利，而是对十年北大荒生活的深刻理解。这是人的意志力量，更是人性光辉的显现。北大荒知青无论面对怎样的生存环境都不乏积极进取的精神，这是北大荒丰富而优秀的人文传统与文化精神，即每个人都应活出一种精神，永不放弃人生理想。他们在广阔天地大有作为，回到城市依然要奋斗下去，这成为这一代人的精神立足点。

（二）坚守尊严和追求：饱经磨难不改初衷的北大荒精神

梁晓声是北大荒精神的诗意书写者。坚守尊严，回归本真，这是梁晓声创作的根本驱动力。他通过对知青的文化、北大荒知青精神的书写来重塑中国传统文化精神。他从不同的维度和侧面彰显了北大荒精神即"北大荒人为了一个共同的理想，共同的目标，在同大自然奋斗中形成的一种群体精神"②。梁晓声把人物放到人生抉择的关键点上去刻画他们的性格，突出的不是北大荒知青们风餐露宿的艰辛，而是写他们在垦荒戍边中表现的价值选择。他们经历了坎坷和磨难立志扎根在北大荒，兑现诺言就是尊严的体现，虽然这种尊严包含着鲜明的政治色彩和特定的历史内容。开发建设北大荒是北大荒人的责任，北大荒知青具有抗拒苦难的精神，既品味到青春的艰辛，又在抗拒中获得超越苦难的意识，同时也感受到知青历史对自我塑造的力度。这段经历对知青的人生有了一种无法估量的价值，给他们直面一切困难和

---

① 梁晓声：《这是一片神奇的土地》，《今夜有暴风雪梁晓声知青小说选》，经济日报出版社、陕西旅游出版社 1997 年版，第 374 页。
② 陈吉才：《八年兵团春秋史一部屯垦戍边书》，吕书奎《亲历兵团——记住北大荒这段历史这代人》，中国青年出版社 2008 年版，第 6 页。

挫折的勇气，北大荒知青在超越苦难中获得生命的尊严和生命的价值。作品带给人艺术的感动在于它表现了动乱时期知青的精神价值和人格尊严。北大荒知青具有强烈的群体意识，《今夜有暴风雪》中警卫排长刘迈克狐假虎威被下放到知青连，没有人愿接受他，工程连连长曹铁强不忍心看到知青中的任何一员当众受辱而收下了他，他必须维护知青的共同人格不受侮辱。这是衡量北大荒知青品格高下的标准，也是北大荒人共同的尊严。

　　情感的书写是文学的灵魂，也是文学的魅力所在。梁晓声的知青小说充满青春的激情，他以极大的热情创作文学作品，多写北大荒知青命运，从文学发生学、地理环境理论、主体文化心理等层面对北大荒知青文学的美学特征及其成因进行透视。北大荒严酷的自然条件砥砺出知青的英雄豪气，更加不容忽视的是北大荒军垦文化对他的影响，过去研究者分析梁晓声作品的英雄主义精神，往往忽略北大荒军垦文化的影响，这恰恰是形成梁作英雄主义特征的一个重要原因。文化是在一定的历史条件下、一定的地域范围内、一定的人类种群生存状态中的反映。北大荒军垦文化是十万复转官兵在继承中国人民解放军文化光荣传统的基础上，把军旅文化渗透到黑土文化中，与北大荒地区文化相互融合，突出军垦文化特色而创造的。他们"解甲归田"后成为北大荒的开拓者，他们秉持一往无前敢打硬仗的军魂精神，继承少数服从多数，下级服从上级，顾全大局而又雷厉风行的传统，发扬国家和集体利益高于一切的爱国主义精神和集体主义精神，与党中央保持高度一致。他们担负着屯垦戍边的历史使命，在环境最艰苦、条件最恶劣的北大荒建立功绩。北大荒的开发史，是北大荒军垦文化的历史，也是一部艰苦创业的历史。英雄主义、爱国主义是军垦文化的特征，也是作为兵团战士的北大荒知青们所崇尚的精神。无私奉献是军垦文化的内涵，也是知青们屯垦戍边的全部内涵，由此所形成的北大荒兵团文化熔铸在兵团的生命力、创造力和凝聚力之中，也是兵团赖以生存和发展的精神支柱。北大荒军垦精神教育和军垦文化宣传对北大荒兵团发展有重要的示范作用，再加上《老兵新传》等一些反映军垦生活的作品对知青产生的深刻影响，梁晓声自觉地用军垦文化中的军垦精神守望兵团人的道德高地，用意识形态话语塑造了具有高尚道德情操的兵团战士形象。特定的思想意识、心理特征决定了他们扎根边疆、保卫边疆，为北大荒的开发建设舍生忘死、无私奉献的行动。这凝结成一股神奇的力量，创造出了辉煌而独特的北大荒物质文化和精神文化。梁晓声站在精神的制高点上对"文化大革命"这一特殊时期存在的特殊群体——北大荒知青主体精神进行探索和追问，超越了展览"伤痕"、控诉极"左"年代的初始阶段，以一种激昂的姿态将北大荒勾画为"这是一片神奇的土地"。他的小说挖掘北大荒知青生活在知青人生历程中的正面价值，这成为 20 世纪 80 年代前期知青文学创作高潮的主导性话语，梁晓声也成为这一话语的代言人。他的创作充分表达着对人生的认识和作为一个作家的社会责任感，因此引起北大荒知青们的共鸣。

梁晓声的作品基调不是悲凉而是悲壮，《为了收获》《今夜有暴风雪》《荒原作证》等揭示着人和极"左"政治的冲突，塑造了北大荒知青的英雄群像。"艺术起源于一个人为了要把自己体验过的感情传达给别人，于是在自己心里重新唤起这种感情，并用某种外在的标志表达出来。"[①] 梁晓声用创作证明：尽管我们的民族出现了集体大失态，生活中不乏丑恶的现象，北大荒知识青年屯垦戍边的献身精神是不能受到嘲讽的，北大荒知青身上具有民族特有的坚忍顽强的精神气质，他们勇于寻求人生价值。他的人物谱系中尽管有遭遇苦难的逐子弃儿，但是他们虽历经困顿却不曾退却沉沦，越过了自我卑微的沼泽和死亡的恐惧。他们以进取者的姿态走出磨难，也获得了宝贵的人生

---

① ［俄］托尔斯泰：《艺术论》，陈宝丰译，人民文学出版社 1958 年版，第 16 页。

财富:"经历了北大荒的'大烟炮',经历了开垦这片神奇的土地的无比的艰辛和喜悦,那么,无论离开也罢,留下也罢,任何艰难困苦都休想在我们心中引起恐惧,都休想叫我们屈服!"① 这里有追求崇高的人性道德,也有对社会强烈的责任感,尤其是曹铁强等知青决定留下来成为北大荒的建设者,用行动阐释了北大荒精神的内涵,这是北大荒知青灵魂深处绽放的人性美的光芒。梁晓声的小说既高扬时代精神,又渗透着人类关怀,还观照到人的精神追求,从而引发对人生的深切思考。从这个意义上说,梁晓声的北大荒知青小说不仅体现出革命英雄主义和集体主义,还包含了丰富的人性内涵,这是以往研究者没有关注到的。

(三)为青春作证:再现特定环境中的历史真实

梁晓声对北大荒知青的深切关注,滋养了他充满责任感的文学创作。他的北大荒小说执着地张扬着人的尊严与价值,这不仅体现出作家的兴趣点,更彰显了他的创作动机:为沉默的大多数代言。这种动机首先与许多人对知青一代有所责难,尤其是回城后知青们所遭受的不公平待遇极大地震动梁晓声的心灵有关。他说:"因为知识青年的前身大抵是红卫兵,包括我,也戴过袖标的。""所以当时城市里响起一片'狼孩回城'的惊呼,这其中最敏感的就是知识分子,他们受红卫兵伤害最深。"② 这对梁晓声的触动很大,那段真实的经历告诉他,许多红卫兵是无辜的,尤其是出身于普通市民家庭的孩子,他们中极少有养成"打砸抢"恶习的。现实生活是梁晓声生命激情和文学创作的基石,梁晓声对生活在底层的同代人充满深切的理解和为其代言的强烈责任感:"我和我的同学,都是好人,在生活的重压下,谁也没

---

① 梁晓声:《这是一片神奇的土地》,《今夜有暴风雪梁晓声知青小说选》,经济日报出版社、陕西旅游出版社 1997 年版,第 29 页。
② 武云溥:《新京报》2007 年 10 月 25 日。

有走上歧途。相反，忍辱负重地在社会上极力去寻找适合自己生存、既不愧对于父老乡亲又不愧对于妻子儿女的事去做。"① 他的知青小说倾注着真诚，流露着温情和正义，充满着浓郁的理想主义色彩、少年布尔什维克情结，还有英雄主义色彩。"那个时候假如没有这些，我所反映的生活就没有什么。正是这些构成了我们那一代人在那个年月、那个阶段的真实。"② "作家用道德的尺度看待社会。我的一些作品是把自己心里最温馨的那部分写出来献给读者。"③ 梁晓声挖掘赋予知青们精神生命的那块思想文化土壤，也就是意识形态赋予的特殊文化空间。北大荒知青们在还不懂得生命宝贵时，就狂热地向往着壮烈，经历过岁月蹉跎的无奈，经历过理想失落的痛苦，也有过牺牲的悲壮。梁晓声无意于从社会历史角度去探讨知青上山下乡事件，而是展示北大荒知青生活本身，展现从暴风雪中传出的精神力量——知青们崇高的使命感和悲壮的献身精神。梁晓声希望用作品改变城里人对知青们的畏惧之心，毕竟这十年，他所了解的北大荒知青们吃了苦，奉献了青春和才华，他们在广阔天地实现了自身的价值。

如果说年龄、经历、思想等差异引起长者的恐惧和以偏概全的认识偏差尚可以理解的话，那么一个没有去过北大荒的同龄人竟然带着鄙夷的神情嘲讽知青运动和北大荒知青着实让梁晓声深受刺激。梁晓声就是要把别人误解甚至是想要遗忘的历史呈现出来，以此来唤醒社会对这些事情的公正、客观的认识，于是他发出自己的声音，《这是一片神奇的土地》《今夜有暴风雪》《雪城》这三部小说完成了梁晓声的心愿，实现了他对北大荒知青们无言的承诺。那些洋溢着理想主

---

① 梁晓声访谈：《关注心灵，用道德的尺度看待社会》，http：//book. sina. com. cn，2003 年 8 月 26 日。

② 梁晓声：作家用道德的尺度看待社会，http：//www. people. com. cn/GB/paper39/10003/917845. html。

③ 蔡毅编：《价值之变消费时代文学现象观察》，中国书籍出版社 2012 年版，第110 页。

义的激情,如吴振庆、郝梅、王小嵩、韩德宝等人不怕牺牲自己的生命,在严酷的环境下拓荒立业,返城后又一切从头再来的北大荒知青群像屹立在当代文坛画廊,给人灵魂的震撼和洗礼。梁晓声的作品肯定了一代人拓荒的价值,守护了北大荒知青的尊严。梁晓声给遭遇城市冷漠和厌恶的知青鼓舞士气,给他们注入新的激情、新的信心。梁晓声一直怀有崇高的"北大荒知青情结",他多次强调:"凡留下开拓者足迹的地方,注定有卓越的精神之光闪烁。纵然时代扭曲而此精神不可亵渎。纵然时过境迁而此精神不可轻薄。因为它乃是从祖先至我们以人类的名义所肯定的奋勇……在人人需要证明忠勇的年代,英雄主义是青春的至高涅槃。葬青春之土地,岂不为神圣的土地?殉土地之青春,正所言贞烈之青春……"① 2005 年,梁晓声在接受凤凰卫视采访时说到知青情结,他强调"应该承认那种崇高,必然有崇高,实实在在的就是崇高"②。时隔 37 年,梁晓声的心声代表了北大荒知青的情感认同和精神诉求,是对人的尊严和精神的高度认识和敬畏。

事实上,广阔的北大荒需要知青去开发建设,北大荒知青在那里能够实现他们建功立业的理想。对于北大荒知青们高扬的尊严与价值,梁晓声的认识是深刻的:"我觉得从心理学上分析,它还有青春期本能的这种躁动,我们仅仅把它诠释为政治的狂热,其实是不全面的。但这种躁动它不是可持续的,当它和政治的需要搅和在一起的时候,它会有一年到两年的那种宣泄期,但是一旦过去的时候,青年们自然要考虑他的人生去向问题,当这成为一个未知数的时候,他本能地会对那些批判或者对那些游行,对那些口号是倦怠的,倦怠中期待

---

① 梁晓声的中篇小说《今夜有暴风雪》、长篇小说《年轮》中都有这句话,这带有对北大荒知青一代人精神价值总结的语句也出现在 1990 年的"魂系黑土地——北大荒知青回顾展"上。

② 《北大荒知青纪事》,http://www.tudou.com/programs/view/My—kbyD14oE/is-Renhe=1。

着一个安置，一个说法。"① 知青们在期待中为自己寻求出路，把领袖倡导的"上山下乡"运动当成了自己建功立业的光明前途。梁晓声的小说着重塑造信念坚定的北大荒知青群像，北大荒虽自然环境极端恶劣，但物质生活条件较为优越，荒凉肥沃的土地，插根筷子都能发芽的生活图景，再加上北大荒军垦生活的影响造就了知青们昂扬奋进的精神底色，投射到文学创作中，他们具有吃苦耐劳的精神和心系国家的境界，以及强烈的集体认同感和群体意识。

梁晓声作品的可贵之处在于表现出了北大荒知青们虽饱经磨难却不改探索人生、执着进取的精神，这是维系着北大荒知青理想、信念的精神支柱，给人以振作奋发的力量。梁晓声是有责任感的作家，主动担当起历史书记员的重任，为"沉默的大多数"代言，言人所不知，言人所不能言，甚至言人所不敢言，他关注人性，逼近历史真实，拒绝涂抹，彰显了人性的崇高与美好。梁晓声知青文学关注人的内在精神生活，挖掘北大荒知青们在灾难中不迷失自我的巨大精神力量，这是梁晓声值得我们尊重的原因所在。他以一种内在精神生活支撑人的崇高人性，"因为，只有精神才是不死的。"② 从这个意义上说，如果没有梁晓声，20 世纪 80 年代文坛将会因少一抹飞扬的激情而失色，因少一些男子汉深沉的责任感而少了一份厚重。梁晓声的北大荒知青文学使人在艺术审美世界获得精神慰藉，虽然有局限，但作为一种与北大荒知青密切相关的成长小说，也是与北大荒这片神奇土地休戚与共的小说，它足以成为中国知青文学乃至于中国当代文学史上的一个地标。

---

① 凤凰大视野：北大荒青春记事 1A，http：//6. cn/watch/32245. html。
② 胡塞尔：《现象学与哲学的危机》，吕祥译，国际文化出版公司 1988 年版，第175 页。

二　平淡无奇间流泻的诗意瞬间

北大荒作家是在北大荒风雪的雕塑下和淳朴民风的影响中成长起来的，他们的作品因表现鲜明的地域特色和北大荒人顽强的生命力而独树一帜。这里有苦苦坚守于逆境中的不屈不挠的精神所构成的北大荒汉子的原生态粗犷之美；这里有不经雕琢过滤的带有地域文化特色的生命张力之美；这里还有着充满强烈的人性欲望的野性情爱之美……北大荒作家笔下大多展现的是北大荒人承担责任和道义，侠情和勇气的个人魅力，但也不乏笔墨去书写民间生活中的诗意。

（一）丰厚和博大的生命精神中流泻的诗意

"每个文化区域都有自己的文化景观、文化行为和文化心态等"。[①] 北大荒作家创作富有浓郁的北大荒地域风情的作品，带有原生态的文化景观滋养了作家的心性，这种文化影响使得作家创作的字里行间充溢着诗性的气质，尤其是以迟子建为代表的女作家。迟子建一直关注着北极村以及大兴安岭那高寒却内蕴着温情的土地，她对那皑皑的白雪、苍莽的森林、纯净的空气、高远的天空等都充满深情，对那些善良宽厚的淳朴乡民们怀有爱意。她用文字校正着整个世界，给文坛留下诗意温情的美。迟子建笔下的北大荒自然物象更是富有典型的灵性的东西。北大荒的月光引发出迟子建的一种奇想，她在小说《原始风景》里曾这样描写：

> 我背着一个白色的桦皮篓去冰面上拾月光，冰面上月光浓厚，我用一只小铲子去铲，月光就像奶油那样堆卷在一起，然后我把它们拾起来装在桦皮篓中，背回去用它来当柴烧。月光燃烧得无声无息，火焰温存，它散发的春意持之永恒。你听到这也许

---

① 崔志远：《论中国地缘文化诗学》，《文艺争鸣》2011 年第 8 期，第 7 页。

会发笑吧，可是我多年以来一宣有这样的幻想。我生于一个月光稠密的地方，它是我的生命之火，我的脚掌上永远洗涮不掉月光的本色，我是踏着月光走来的人，月光像良药一样早已注入我的双脚，这使我在今后的道路上被荆棘划破脚掌后不至于太痛苦。①

这种神奇的体验是独属于迟子建的，在中国当代文坛中还没有哪个作家有如此丰富的想象，假若离开了高纬度澄澈奇寒的北大荒冬天，作家也不会有这种神奇的体验。迟子建为文坛奉献了大兴安岭系列小说的同时，也描绘了世间最美的月光。"父亲永别了我们之后，母亲、我还有我的姐姐和弟弟大概没有谁会不热爱父亲用一生爱过的月光吧。我们必须把院落打扫干净，把玻璃窗擦得透明，把瓦盆里装满清水，让月光有美满的栖息之所，这样，父亲的灵魂会得到深深的慰藉。"② 如此的月光承载着家人钟情于自然景观的心境。月光延宕着作者对父亲的深切怀念，给人的心灵以宽慰，寄托着作者的生命情怀和拒绝尘俗的绝美感受。李琦的诗歌《在睡梦中》描写的月光与迟子建笔下的月光有着异曲同工之妙：

> 月光梳理着你额角上的黑发
>
> 梳理我如烟如缕的歌声
>
> 墙壁和天棚都突然有了光华
>
> 天使的脚步在寒率走动
>
> 我们的床变成了一只古帆船
>
> 在如梦的深海上远航
>
> 这一刻我们肯定去了远方
>
> 那是世界的尽头

---

① 迟子建：《原始风景》，《逝川》，长江文艺出版社 1996 年版，第 222 页。
② 同上书，第 224 页。

一座最安静最优美的渔村

我的亲人我的丈夫

在这幕帷落下的夜晚

我们相依相握

在月光女神的护佑下

躲过了尘世的嘈杂

避开了人间的冷风①

借"月光女神"这一意象，寄寓了诗人与亲人相守的幸福感和对"尘世的嘈杂""人间的冷风"的厌倦，诗意流泻而出。诗人丰富的精神生命中蕴藏的是无限的诗意，北大荒以沉静丰厚的大地，澄澈明净的晴空和一望无际的茫茫雪原著称，尤其是漫长冬季的漫天白雪对于北大荒人来说是影响深远的。李琦用诗歌《落雪》（外一首）来写出这一常见的雪景流露出的诗意：

落雪轻扬

这是经神奇之手

剪碎的漫天洁白的绸缎

这一刻，世界苍茫而迷离

对于看雪的人们

这雪花，是一种示范

一种何其缓慢的优美

对于这个匆忙急躁的世界

对于以速度为时髦的生活

这是神

---

① 李琦著、林莽选编：《中国女性诗歌文库》，春风文艺出版社1998年版，第147页。

> 轻声劝说的语言
>
> ……
>
> ……
>
> 爱情变成厮守的慢
>
> 日子变成回忆的慢
>
> 慢是另一种速度
>
> 慢慢地，斗转星移
>
> 慢慢地，沧海桑田
>
> ……
>
> ……①

　　如此吟咏落雪，是借落雪的姿态抒发、书写人生的志趣。"李琦诗歌以'我'观物、以物显'我'感知方式的选择，把外部事物让位于内心情思，推动了客体真实向主体真实转移，强化了主体创造力。"② 李琦不止一次地写北大荒的雪："踏着积雪我走在冬夜/路灯照在雪地上/一种光芒时隐时现/今年的冬天/如此声色俱厉/雪花的手指/却依旧那么柔软/这样的夜晚/容易让人陷入回忆/想起那些洁白轻盈的日子/那些已经不再真实的昨天/许多年前/一个男孩子就站在这样的雪地上/他拉起我擦拭泪水的手/神情庄重地说：永远/我就相信那就是永远了/如同我相信雪花的纯洁/多少场大雪也埋不住那两行足迹。"③ 北大荒冬天的大雪唯美得能够让人感受到自己的灵魂仿佛脱离烦恼、喧嚣的尘世，像雪花一样纯洁的爱情让人体验到生命的自由与永远难以埋没的美好。"对人间温情的执着、对超越性纯粹性诗意的追逐，为李琦的诗歌罩上了一层纯情、真挚的色彩恐怕是不争的事

---

① 中国作家协会创研部：《2003年选系列丛书》，长江文艺出版社2004年版，第112页。

② 罗振亚：《寻找纯粹：李琦诗歌感知方式的选择》，《文艺评论》2005年第4期，第60页。

③ 李琦：《踏雪》，韩作荣《2003年文学精品（诗歌卷）》，敦煌文艺出版社2004年版，第138—139页。

实。它体现了诗人'靠生命的真气'写作的姿态。"① 李琦的世界丰厚而博大，在这浮躁的尘世中，她的精神生命中时时流泻的诗意给人一种灵魂飞升的动力与勇气。

（二）捕捉平淡无奇间的诗意瞬间

北大荒作家善于在平淡无奇的生活中截取诗意瞬间，这是北大荒生活的真实写照，也是作家观察生活的独特视角，带有北大荒特色的风俗民情的描写。刘亚舟的长篇小说《男婚女嫁》极具代表性，顾名思义，"男婚女嫁"是描写北大荒农村青年男女的恋爱与婚姻的，这是刘亚舟从现实的土壤中挖掘出来的，真实亲切的生活。婚恋描写并不是作品中的点缀，而是重要的组成部分。《男婚女嫁》主要写了林亮与苗文珍、王巧生与侯腊梅、苗文福与程金贞、高军与潘翠枝四对青年的爱情生活，有时代和地域特色，富有生活情趣。作家以明快而不失深沉、风趣而不失严肃的笔调描写人情世态，真实地再现了一幅农村生活的风俗画的同时，也挖掘出看似平淡的生活中的诗意瞬间。小说中有充满诗意的相濡以沫的夫妻爱情生活的温馨：王巧生和侯腊梅是同班同学，他们又是为了建设新农村而一同回乡生产的知识青年，后来成为山湾屯的模范夫妇。任生产队长的王巧生是个性鲜明而又具有时代特征的先进人物，他寡言少语，踏实肯干，是个善于学习和思考的青年理论家。他大公无私，处处以身作则，他的模范行动胜过别人的一打号召，在山湾屯享有很高的威信。妻子侯腊梅绰号叫"猴拉美"，开朗、大方，却又精细、厉害。她的厉害，不仅表现在对待山湾村关于路线的风波上的旗帜鲜明，也表现在平时骂丈夫王巧生上，他们的生活充满时代气息和乡情野味。泼辣的有着"针扎火燎"性格的侯腊梅不仅有文化，再加上有一张让人忍受不住的、红辣椒味道的嘴，对巧生"骂得有声有色，有板有眼，有滋有味"。更为重要

---

① 罗振亚：《寻找纯粹：李琦诗歌感知方式的选择》，《文艺评论》2005 年第 4 期，第 61 页。

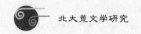

的是侯腊梅骂丈夫是有"伦理学依据"的——山湾村的风俗使然：

> 山湾的媳妇疼丈夫，多数都是偷着疼，骂着疼。越是两口子感情好的，媳妇越是爱在妇女堆里骂丈夫：骂得有声有色，有板有眼，有滋有味。

> 这个风俗，跟这里的自然环境有关系。在这偏远而又偏远的东北，自从开荒斩草以来，因为土地多，土地肥，吃粮不大犯愁，烧柴又满山都是，所以庄稼人的日子比起内地来还算好混，一般有男的在外头做活，一家人的吃烧也就维持了，因而多数人家的女人不必到外头干活。男人下田走了，女人拾掇完屋子没事闷得慌，便胳肢窝里夹着孩子出去串门子，三五个对心思的凑一块儿，叽叽嘎嘎地笑闹着扯闲篇，什么张家长李家短，老刘家姑娘不梳头，老王家媳妇不洗脸，什么三个蛤蟆四只眼，瘸腿的公鸡跳得远，啥啥都扯。那些个特别疼爱丈夫的，坐这儿闲扯，心里头也总挂着外头干活的人，于是，难免总想在嘴上叨咕叨咕，说说心里好受哇！可是，整天嘴不离丈夫，这在早先的那个封建时代，可不是一般妇女都能做到的事儿。所以，要想说，又不能夸，夸叫人家笑话；干脆骂，骂又骂不疼，骂不坏。管他是夸还是骂，只要嘴里是讲丈夫的话，那就等于是吃大块糖呢！骂是享受，是一种爱的方法。

> 山湾妇女的这个传统，不知是通过啥样的渠道传到高中毕业生侯腊梅身上来了。此刻，就是这个样子，腊梅当着外甥女翠枝的面，坐炕上骂起丈夫王巧生来：

> "嗨！你老姨夫这人……叫我咋说呢？找对象，找了他，算是倒了大霉啦！"①

---

① 刘亚舟：《男婚女嫁》，人民文学出版社 1980 年版，第 187—188 页。

侯腊梅骂王巧生完全出于爱是不客观的，作为有理想的青年，结婚后的生活彻底打破了她的梦想，所以一说到这些她就格外气恼。于是就将自己的经历讲给外甥女翠枝听，这是她对着外甥女骂丈夫王巧生的一个很重要的原因，其中蕴含着自己的苦衷。难怪为人憨厚的王巧生虽然天天被妻子有滋有味地骂，"不但不烦恼，还立刻眯缝起眼睛笑起来"，那是因为侯腊梅整天把他照顾得好好的，家里的吃喝穿戴都不用他操心，他没什么不满足的；同时他也理解妻子结婚后理想和誓言幻灭了，成了新时代的"锅台转"的苦衷，腊梅天天吵着要王巧生还她的"青春"和"理想"。王巧生好像习惯了在妻子的骂声中生活，就像欣赏一曲动人的音乐一样欣赏着妻子的爱情表白，王巧生一天挨不到腊梅的骂，就好像缺点什么东西，显得失落、无聊。因为腊梅表达爱的一种独特的方式是骂王巧生。如此奇妙的爱情交响曲天天在王巧生家奏响，这是一幅夫妻恩爱的其乐融融的图景。小说写他们夫妻生活中的趣闻，也写了他们那美妙动人的爱情史话，包括侯腊梅人前的挑逗、王巧生的月下抒怀，都使他们那纯洁的内心更加美好，使他们那高尚的爱情闪烁着理想的光辉。而侯腊梅又是十分体谅丈夫苦衷的人，她原是拖拉机手，向丈夫要求开拖拉机，并不过分。但王巧生想自己身为生产队长，理应先公后私，没有答应腊梅的要求。腊梅一时想不通，大吵大骂。但想到这些年社会风气败坏，老百姓对凭着手中的权力谋私的人恨得牙根痒，一宿过后她想通了，她主动为丈夫分忧。侯腊梅有着北大荒妇女的典型性格：除了火辣辣的"爽"之外还有至真至纯的情感特征，是敢恨敢爱、泼辣又善良的女人的真实写照。在她身上有蛮横、吃醋、豪爽的一面，同时更有平和、善良和坚忍的特征。她以大方、泼辣得令人难以接受的形式表达她的感情，尤其是婚后她对王巧生那种以骂显爱的特殊爱怜方式都让人觉得妙趣横生，诗意盎然。

刘亚舟善于透过日常事件的表面来挖掘蕴含其间的诗意，男婚女嫁本身就有着无限的诗意，因为苗海夫妇收养了烈士遗孤林亮，苗文珍和林亮在同一个家庭里成长，童年的青梅竹马使他们孩提时代就有"过家门"、扮两口子的童贞趣事，可以说他们天真无邪，两小无猜。青年时期的爱情极其富有诗意，尤其是写豆角架下的初恋，是那么情真意切，曼妙无限。作家塑造的人物是从丰饶的黑土地里长出来的，散发着诱人的泥土气息。青年男女间不同类型且色彩缤纷的爱情故事有甜蜜也有苦涩，刘亚舟作品中的民情，渗透着北大荒的伦理道德、民间的心理素质和无尽的诗意人生。作家努力对这些诗意的情趣进行捕捉和提炼，通过审美创造使之满溢着诗意之美。

北大荒人是倔强的，也是有立场的。他们不会投机钻营，认准的事情就不会反悔。"世界观、生活策略、是非、权利和道德都是民俗的产物。"① 刘亚舟的《男婚女嫁》中苗海就是这样一个"老倔鬼"，也是从现代迷信中解放出来的老一代共产党人的典型形象。他耿直刚烈，大公无私，时刻不忘共产党、毛主席的恩情，时刻不忘自己是一个共产党员。他为大干社会主义不惜力，争当了青年突击队的老顾问。他坚决抵制上级让山湾屯停下生产去搞小靳庄活动的指示，硬是别了三天三夜，不许林亮执行、不让农民种地，搞这个作诗唱戏的"死命令"，这是不寻常的行动。然而，在尚未明确共产党员的责任前，他一味跟着极"左"的风头跑，在思想极端苦闷时，他也走过坎坷道路。苗海对共产党的认识历经了从过去不了解而"躲避"到后来的"坚决要求参加"的过程。30 多年前的苗海夫妇，还是胆小怕事的普通的贫苦农民。当共产党解放了他的家乡、土改工作队接近他的时候，他为了"躲共产"，把家偷偷地搬到了现今的山湾屯。在苗海搬到山湾屯不足一个月的时候，八路军和土改工作队进驻山湾屯，苗海看清了共产党是全心全意地为老百姓，他终于成为积极分子，并下

---

① 高丙中：《民俗文化与民俗生活》，中国社会科学出版社 1994 年版，第 86 页。

定决心入党。他带头搞土改，参加互助组，拥护合作化的道路。苗海的真实性还在于他"左"得可爱。30多年来，他事事跟党走，听党的话。即使是在"大跃进"和人民公社时期，他明明看出大跃进和共产风严重破坏了农村经济，农民由于极"左"路线而泛滥的浮夸风没有饭吃；公社的征粮队根本不顾百姓的死活，强行高征购；他都丝毫没有怀疑党错了，不准人们对党不满，当听到人民批评党的工作中的错误时，他像自己的脸上挨了巴掌一样。他不但率先贯彻"最高指示"不过夜，还要求别人跟他一样迅速行动。他对稍有迟缓的人瞪眼睛、发脾气。他把阶级斗争"扩大化"执行得极为彻底，睡觉也要睁着一只眼睛盯着富农分子程济仁，在他眼中的程济仁还不如一条狗。因此，他坚决反对二儿子苗文福和程济仁的女儿金贞的爱情，反对不成，索性与文福和金贞划清界限，在院子里闸上一道墙。苗海的可贵之处在于当他认识到，从上头下来的东西不一定都是对的，不一定都是毛主席的革命路线时，他痛斥说："……在那会上，就有个女中央首长唱反调儿。张雷不说那女妖精的名，可我一听就知是文化革命的'旗手'江青。好事找不到她，坏事还用上别人头上找吗？瞧瞧这八九年里叫她那伙子人把咱们中国的命给'割'的！城里，商店的货架子上空；屯里，生产队里的粮仓里空；家里，老百姓的腰包里空……把国家的好前景、人民的好奔头，差不多全给'割'空了……"① 他敢于破口大骂江青，在县委怒撕大字报，立睁着眼睛指着大字报的落款喊：

> "哪个是'反潮流'战士？抻出来让我看看！"
>
> 人们全都愣了，没一个应声的。苗海接着叫号：
>
> "谁呀？抻出来呀？你反潮流，先反反我，我——山湾屯苗

---

① 刘亚舟：《男婚女嫁》，人民文学出版社1980年版，第217页。

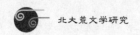

海，就是潮流！俺们在旧社会受过苦、挨过欺，在新社会跟着共产党前呼后拥地走社会、奔共产的人们，就是潮流！谁是他娘养的'英雄'、'好汉'，来反反我吧！"①

从平凡生活中发现的具体的事物变现出恢宏的诗意美。作家要对生活做有心人，应具有独特的艺术感觉，善于发现和捕捉美的生活细节，将自己的情思、意蕴寄寓在其中。小说的诗化并不排斥故事情节，其中的抒情意味体现在主人公对一个新时代的召唤，对一种精神的张扬，苗海具有"诗质"的生命之美，他有宽广的胸襟、坚韧的脊梁，从北大荒原野上采集的生活诗情；他具有北大荒农民的特征，倔强、刚烈，多情重义，根本不惧惹来杀身之祸；他有高贵的尊严和灵魂；他审视现实、审视自身，甚至是在痛斥中追问和思考荒诞的现实；他有反抗邪恶的倔强意志，毫不矫揉造作，敢于反抗"四人帮"流布的思想瘟疫，不畏权势伸张正义，苗海身上散发着粗犷的诗意美。苗海无论生活习惯、谈吐举止都是地地道道的北大荒人，对王巧生照顾让他当更夫不满："嗨，小兔羔子！你这不是瞪眼折磨你大叔吗？"② 干了一辈子活的他一闲下来"浑身的骨头节儿、全副的心肝肺，一总都火燎燎、酸溜溜的疼。"③ 更何况他是个老党员，当晚就去找王巧生算账。在中国当代文学中，苗海与梁三老汉、许茂等老农民相比要出彩得多，只是被研究者忽视了，他在历史进程中有过徘徊，一旦认准了共产党就没有走过回头路，而且大公无私、敢于斗争。这是北大荒土壤中生长出来的，而不是虚构的形象。

北大荒作家的乡土写作带有秀美清新的审美特征。由于作家的本土化，带有生命的体验使其去"风景化"，作家真正深入北大荒的历

---

① 刘亚舟：《男婚女嫁》，人民文学出版社1980年版，第456页。
② 同上书，第26页。
③ 同上。

史传统和风俗生活中去，而没有陌生的感觉，因此创作出了北大荒的人们所需要的具有深层文化底蕴的作品。

（三）精神生活的诗意

在面对世风日下、精神沦陷的时代时，北大荒作家做出多方位、多角度的反拨。他们以色彩浓郁的地域文化来彰显传统美德和乡土的生命力。与其他乡土文学背景不同的是，北大荒几乎就是一个中国的神话，是共和国开发建设的神话，北大荒是一个象征性的、符号性的存在。所以无论是表现十万复转官兵的悲壮开拓，还是站在知青的立场上去表现和审视北大荒的生活，他们都展现出让人动情的诗意，这里又不乏理性之思。挖掘出生活特有的诗性之思，这是北大荒文学提供给文坛的新元素。在写作姿态上，他们与北大荒的那种绿叶与根的关系提示了这种乡土文学写作的有效性，并赋予作品极强的生命质感。尤其是北大荒知青作家的写作，那种来自青春生命的焦虑，道德情感世界的迷茫，反过来都会强化他们的诗性之思。他们对自我价值认定的丰富性，个人身份的焦虑性是历史转型时期来自青春的有效的象征。对于他们来说，除了怀有青春梦幻之外，生活方式与其他的北大荒人相比并没有区别，不同的是他们的精神状况以及情感表达方式。作家在呈现、表达、塑造自身的时候，凸显了青春生命的诗意特征，至于十年青春的绝唱已经成为一个意味深长的隐喻，在这个隐喻中，我们发现知青们面临的是公共化的生活方式。

北大荒农村的风俗民情百态千姿。善良朴实、本色粗犷与粗俗狭隘、原始野性相互交织。这种独特的生态环境，是北大荒土著与各路移民大军在经历了碰撞融合之后生成的。土著的善良好客、豪爽质朴，也潜移默化地濡染了移民，在他们或细腻或温婉或率直的个性里融入了血性和豪情。北大荒这片奇寒而又温情的神奇土地，无私地将爱赐予来自各地的流人。这种博大的胸怀既滋养了万物生灵，也创造了多元共生的北大荒文化。那种脱胎于北大荒的原始的、本色的和简单的情感充满着精神的诗意。北大荒作家的创作生涯，犹如一颗多情的种子落地生根。北大荒的生活是他们生命的胚胎，奠定了他们生命观的基调，他们是以北大荒情怀为根基，以昂扬的意志作动力，挺起了生命的魂魄。北大荒的"灵魂"是那些饱经风霜、满脸沧桑，透露着刚毅和自信的老军垦、老农民。他们不善言辞，但以铿锵有力、落地有声的行动诠释着北大荒人的人格魅力。他们看似粗糙、无奇，但其韧性、内蕴丰富且毫不张扬的品格透露出诗意的美。

北大荒作家是"在场的书写"，他们不是以想象的方式书写北大荒生活。如果没有切身的经验和体悟，是无法写出来的，特别是那些具体鲜活的生活细节流露出的诗意，不同寻常的经历和思想轨迹形成的北大荒情结，也是作家们创作的重要母题，每一个身份符号都对应着生活的隐喻，从这个意义上说，他们的作品破解了一段段心灵密码，丰富了北大荒写作的内涵。作为"文学地理"为文学提供了独特的自然环境和人文空间，为地域文学书写提供了新鲜而丰富的经验。正是因为人与历史、环境无法分离，以独特的风格和地域特色凸显作品的辐射力和影响力，廓清了文学地理，充盈了北大荒文学的想象和艺术真实。在建构北大荒地域文化心理、塑造地域民族性格的过程中，北大荒精神是北大荒人开发建设中共同的心理体验，并内化在他们的生产和生活方式中。

客观上说，北大荒文学不能说是完全深刻的，但它至少是独特的，关注原生态的生活，关注平淡无奇的日常生活，关注凡俗人生中的诗性细节，日常生活所具有的诗意体现在它而言是构成诗意人生的基点。北大荒文学以别是一派的创作构成中国文坛画廊里一道绚丽的风景。

第三节　倾听"天籁"

一　迟子建：对自然的敬畏与守护

在当代文坛上，迟子建一直以特立独行的姿态在写作，她执着地经营着"自己的园地"——那个遥远的北极村镇，用朴实抒情的笔触诗意地描摹世俗生活。建构了"迟子建牌"的明净、淳朴、天人合一的世界，朴素的人性，忧伤而又不失幸福的生活，从灵动的《北极村童话》，到《逝川》《亲亲土豆》《额尔古纳河右岸》，迟子建展示了独属于北国的世界，本真、自然的田园与人们富足的精神世界相得益彰。《晨钟响彻黄昏》是迟子建较早涉猎都市题材的作品，萎靡之气冲淡了都市厚重的文化底蕴。她更多的是展现一群无根文化人粗粝的人生，人物和城市被硬性地绑定在一起。《起舞》《白雪乌鸦》《黄鸡白酒》《晚安玫瑰》，迟子建真正的从情感上与哈尔滨这座城市相融。她在展现哈尔滨浓郁的历史文化的同时，激活了人物的世俗生活。爱情和救赎是她小说的两大主题。在乡村题材中《雾月牛栏》的救赎主题最具代表性。都市题材的中篇小说《晚安玫瑰》的救赎，因"弑父"故事的存在，极富深刻性。它混合着爱情、生死、宗教等元素，为救赎内涵增加了砝码。对话性思维使人物走在救赎路上进入天籁境界。

（一）精神原乡的守护

迟子建的文学贡献是她 30 年来坚守写她熟悉的"北极村"。她从不跟风逐潮，创作的文学作品也异于时代主流，她秉持的完全是一种神性写作姿态。在对人性的理解方面，她尤为注重追求、表现生命的本真性情。她创作的文学作品有根的神韵和舞者的魂魄。迟子建生于黑龙江畔的北极村，她多次提及这方水土对自己文学创作的影响："17 岁前都没有出过大山。我少年时代建立起来的世界观，是与大自然紧密相连的，所以我的文学，与大自然枝缠叶绕，难解难分。"①"也许是由于我二十岁以前一直没有离开大兴安岭的缘故，我被无边无际的大自然严严实实地罩住。感受最多的是铺天盖地的雪、连绵不绝的秋雨以及春日时长久的泥泞。当然还有森林、庄稼、牲灵等等。所以我如今做梦也常常梦见大自然的景象。大自然使我觉得它们是这世界上真正不朽的事物，使我觉得它们也有呼吸，我对它们敬畏又热爱，所以是不由自主地抒写它们。其实我在作品中对大自然并不是'纵情地讴歌赞美'，相反，我往往把它处理成一种挽歌，因为大自然带给人的伤感，同它带给人的力量一样多。"②

和其他北大荒作家一样，迟子建的文学创作也植根于这片神奇土地。那散发着泥土气息的大自然才是他们创作的源泉，因此，当作家进城之后都会有一种失落感和不安："我背离遥远的故土，来到五光十色的大都市，我寻求的究竟是什么？真正的阳光和空气离我越来越远，它们远远的隐居幕后，在不知不觉中已经成为我身后的背景；而我则被这背景给推到前台，我站在舞台上，我的面前是庞大的观众，他们等待我表现生存的悲剧或者喜剧，可我那一时刻献给观众的唯有无言和无边的苍凉。"③迟子建对大自然的依赖之情，对自然的表现欲望，成就了她富有灵性的文学创作。进入城市的切肤体验让她坚信："比较而言，城市人'疗伤解痛'，可能比乡村人要艰难。因为大自然

① 孙若茜：《迟子建和〈晚安玫瑰〉》，《三联生活周刊》2013 年第 19 期。
② 文能、迟子建：《迟子建〈畅饮天河之水——迟子建访谈录〉代序》，迟子建《中国当代作家选集丛书·迟子建》，人民文学出版社 2000 年版，第 12 页。
③ 迟子建：《原始风景》，上海人民出版社 2008 年版，第 135 页。

是隐形的心理医生，而我们在城市缺乏这个。"她的散文《谁能让我带走星空》，写主人公在故乡过完年返城时，家人给带的各色绿色吃食引发"我"的感慨。因为那些物质食粮不是"我"在城市最缺乏的。"我缺乏的是故乡的灿烂星空——可是谁能让我带走那样的星空呢？我们的城市，又是什么时候与这样的星空作别的呢？"① 倾听天籁包括星星闪烁间奏出叮当作响的人性、人生纯美的韵律。"天籁"被理解为万物之自然而然（天然）的声响或音律，"天籁"是洞见迟子建才华的关节点。一如冯骥才的阐释"倾听来自宇宙天体深处的声音"，"悟到了天体之声最神圣、最迷人的主题：永恒！永恒，一个所有地球生命的终极追求，虽无法企及的悲剧性的生命境界。""人类依旧努力不弃，去理解永恒和走进永恒。我们无法达到的是永恒，我们永远追求的也是永恒。听到了永恒之声，便是听到了天籁。"② 迟子建出生在中国最北的小村子，界河那边就是俄罗斯了。"小时候住在姥姥家里，每天早晨起来，看到太阳从苏联那边升起，常常有一种非常奇妙的感觉。我的故乡有广袤的原野和森林，每年有多半的时间是在寒冷中生活。大雪、炉火、雪爬犁、木刻楞房屋、菜园、晚霞……这都是我童年时最熟悉的事物，我忆起它们时总是有一种亲切感，而它们最后也经常出现在我的作品当中。"③ 独特的世外桃源般的自然生活环境是她创作的背景。生活在田园牧歌中的迟子建对大自然产生深深的依恋之情，由此生发出无数遐想，幻化为她独特的艺术世界。迟子建是内心世界异常丰富、强大的作家，她揭示民间生活中鲜活的个体灵魂的生命脉动，执着地书写着"北极村童话"，"我一直认为，大自然是这世界上真正不朽的东西，它有呼吸，有灵性，往往会使你与它

① 孙若茜：《迟子建和〈晚安玫瑰〉》，《三联生活周刊》2013年第19期。
② 冯骥才：《天籁》，本书选编组编：《清澈的理性科学人文读本》，上海教育出版社2005年版，第181—182页。
③ 颜培金：《东北女人》，中国友谊出版公司2005年版，第140页。

产生共鸣。"① 大自然潜移默化地融入作家的情感体验中，赋予作家对自己生命认知的浑然不觉之感。当然，作家试图书写人物健康自然的生命形态的观念，也决定了作家的文学创作立场。迟子建诠释的人性内涵，满含着她对生命意义独到深刻的理解。迟子建醉心于朴素的生活，用朴素的文字来传神地表达生活，以一种纯净温暖的人性之笔去掀开那片冰天雪地，使那些隔绝于尘世的人生布满温馨而动人的色彩，她在颂赞人性大美的从容不迫中流露出一脉高贵的温情，她用悲天悯人的情怀，浪漫的想象和独慧的眼光，构建出当代文坛地标式的艺术领地，营造了自己的神性世界。迟子建是以书写中国最北端漠河而著称的作家，书写边地风景风情风俗，传达对这方水土的诗性眷恋之情。

（二）罪与罚间的人性天籁

在迟子建绘制的充满温情的世界中，人物具有纯真、善良的人格表征，即使是不幸发生时他们也没有产生对死亡的恐惧，依旧如故。迟子建说过："其实我的很多作品的意象是苍凉的，情调是忧伤的。在这种苍凉和忧伤之中，温情应该是寒夜尽头的几缕晨曦，应该让人欣喜的。"② 《沉睡的大固其固》中媪高娘相信相面先生的巫术谎言，"媪高娘喜欢孩子。由她亲手接到这个世界上的娃娃，算起来能编成一个班了。一想到孩子们将要由于一个疯子而受到连累，嫩嫩的脸蛋将要被老鼠所啃啮，她就心疼得直哆嗦，她怎么能不乞求呢？"③ 她尽管有些疑惑，还是依照相面人的吩咐交了 30 元钱。给魏疯子做个"替身"，驱散他身上的鬼气；杀一头猪，做还愿肉请来男女老少都吃，以此消灾。媪高娘愚昧的行为中饱含有一种拯救群体的情怀。她

---

① 方守金：《北国的精灵——迟子建论》，黑龙江人民出版社 2002 年版，第 141 页。
② 同上书，第 147 页。
③ 迟子建：《北国一片苍茫》，《迟子建短篇小说编年卷一 1985—1991》，人民文学出版社 2012 年版，第 5 页。

"几十年的生活都是在这片土地上度过的。不管它多么的贫瘠和荒芜，她爱这里的一山一水、一草一木，发自内心地爱着。一想到一次还愿肉可以解除还未降临到小镇的弥天大祸，她就是做什么也舍得出来的。此刻，她用整个身心，虔诚地这样想着、做着，为魏疯子，为孩子，为小镇。"① 媪高娘临死前还在内心里深深地祈求着，要用自己的生命来换取全镇的平安。迟子建写的是现实世界中久违了的美丽人性，是她对人性内涵认知的外化，她描写民间世界中日渐稀少的温暖和希望。而对于那些扭曲的人性，那些自私自利的人，他们偏离人性天籁必然要受到惩罚。《白银那》写小村食杂店主马占军因曾受过村人的歧视而变得唯利是图。他经营的商品价格都要比城市高出几倍，以此来牟利。渔业的大丰收，村人们需要大量的盐来保证鱼肉不腐烂，可是如果买他的盐，村人非但白干还得欠债。他不顾儿子的反对，仍然高价出售商品，村人们只好眼看着鱼肉腐烂。卡佳还因为进山找冰来镇鱼而惨死于黑熊的魔掌。后来，马占军的儿子不幸患病而死，老婆也因此疯癫，这是对他沉迷于暴利的人性迷失的惩罚。《岸上的美奴》的题记是——给温暖和爱意。生活在相对闭塞农村的少女美奴，因为自己患了精神病的母亲的"可耻"行为，而焦虑、甚至仇恨母亲，认为母亲"背叛"父亲和道德，母亲总找一个理解她的男人"说说话"，这个举动僭越了社会常规；同学和邻居嘲笑她和母亲，她下意识要保护父亲的地位和声誉，不能容忍母亲的行为。在一个月黑之夜，她把母亲推入江中淹死。公众的冷酷无情是她弑母的助推力，公众不仅"谋杀"了母亲，也"谋杀"了美奴。小说开头血腥的场景很有意味，美奴看见人剖开大马哈鱼的肚子，取出金黄的鱼子。这隐喻了美奴母女俩暴露在公众的视野中，任人宰割的遭遇，她们就是

---

① 迟子建：《北国一片苍茫》，《迟子建短篇小说编年卷一 1985—1991》，人民文学出版社 2012 年版，第 5 页。

被当众剥出鱼子的大马哈鱼。除白老师外，没人怜悯无辜的母亲，没人顾及她的病情，就连镇长都专程上门嘱咐美奴看管好母亲，以免影响了白老师的声誉。这给她带上了沉重的精神枷锁，庸众都用世俗的眼光看待她们，甚至是恶意中伤她，这给她的是一种深入骨髓的伤痛。当听到一些老女人恣意诽谤她，尤其是叙说母亲与白老师之间的性关系时，她的愤怒冲决了理性的大堤。她起先想以自杀来摆脱这种处境，但后来想到该死的应该是做错事的人，包括那些无聊的看客，而首先该死的是惹祸的母亲。小说结尾，美奴在一个寒夜，坐在岸边等待来自外乡的专事敲诈的陌生人，因为他发现了她的罪行并勒索她。孤独的美奴在等待的过程中拿起钱币观察"从中取出一张脏兮兮的粘腻的纸币，将它罩在眼前，去看那弯月亮"①，她发现"映在纸币上的月亮，竟不如那夜她透过纸钱所见的好看"②。钱币是沾染了人的欲望有铜臭气的，而这种融入人的欲望的存在物映射下的月亮不是纯然的月亮，美奴也必然会身陷外乡人的威胁和自己的悔恨中，这对于年少的她来说是最沉重的惩罚。迟子建信奉"温情的力量同时也就是批判的力量"③。她通过对富有自然和谐韵律而又不乏神性色彩的精神原乡的书写，来开掘人性的本真之美，以悲悯之怀消解人生的悲情色彩。"迟子建总是在一种不完满的现实中让我们看到希望。迟子建不是在宣扬一种希望哲学。但我们确实在她的小说中看到了希望的光辉"。④ 迟子建在一篇随笔中写道："我从来没见过狰狞的鬼，却遇见过狰狞的人。可我更信奉温情的力量同时也就是批判的力量，法律永远战胜不了一个人内心道德的约束力。所以我特别喜欢让'恶人'

---

① 迟子建：《岸上的美奴》，《逝川》，长江文艺出版社 1996 年版，第 50 页。
② 同上。
③ 张英：《文学的力量当代著名作家访谈录》，民族出版社 2001 年版，第 302 页。
④ 谢有顺：《忧伤而不绝望的写作——我读迟子建的小说》，《当代作家评论》1996年第 1 期，第 67 页。

'心灵发现'，我想世界上没有彻头彻尾的'恶人'，他总有善良的一面会在不经意当中被挖掘出来。杀一个人肯定比拯救一个人要容易得多……我绝不放弃这种努力。"① 这就是迟子建的精神立场，她以朴素的写作姿态，彰显着自己的人性天籁的魅力。

(三) 神性的庇佑和召唤

天籁，有着多层的内涵意蕴，不论是自然万物、作家所信奉的神祇的意象，还是人性至纯至美、人与动物的和谐相处和人对自然的敬畏，都在天籁的界域之中。迟子建心目中的神性在于人的情感体验，倾听天籁，是对人生境界的一种感悟，是一种超脱喧嚣感受自然美的安然心境，倾听天籁还体现在人与神灵之间的交流过程中，人神可以和谐相处。迟子建笔下的人物灵魂深处端坐着尊贵的神灵，这些神灵与他们和谐相处同呼吸、共生存。他们敬畏神灵，不仅对大自然充满了无限虔诚的敬畏，而且对大自然上一切代表神意志的生物都敬仰有加。因为大自然中的动物与植物充满了灵性和神性，有了生命的尊严，人与自然万物是平等的和谐相处。作家发掘尘世的人性美，体悟神性的存在，然后用心倾听，用心抒写神性的感受。神性与神秘和宗教相关，"迟子建的作品是'泛神'的或'泛灵'的，万物有神或万物有灵，可以看作她的作品尤其是她早期的一些作品的一种主导的文化观念……使她的作品不独具有北欧文学那样因地域的独特所带来的幽深和神秘，更具有中国文学因文化的独特所秉承的感悟和灵性"②。迟子建用她特有的神性体验丰富了中国当代文学创作的表现视域。

迟子建最初的文学感觉，尤其是神性的感知来源于她的家乡人，"我们家乡冬天下午三点天就黑了，大家就聚在一起，抽着黄烟，嗑

---

① 张清华：《中国新时期文学研究资料：女性文学卷》，山东文艺出版社 2006 年版，第 239 页。

② 於可训：《主持人的话》，《小说评论》2002 年第 2 期，第 27 页。

着瓜子，喝着那种很劣质的茶，开始谈天说地，讲鬼神故事。我从这些鬼和神的传奇故事里面，获得了无穷无尽的幻想。"① 她一直相信身边存在着一个神性世界，相信生命是有归宿的，也相信人无论生死都是有灵魂的，故去的人在迟子建的作品中经常出现，他们沟通了生者与死者阴阳两个不同的世界，使作品蒙上了一层神秘的色彩，带给人超验的感受。迟子建的创作还使得万物都有人的思想和情感。七月的礼镇盛开着一片花朵，带着经久不衰的香气，活着的人还能与死去的人对话，这个神性世界的存在完全消解了死亡带给生者的撕心裂肺的痛苦。《遥渡相思》中得豆的父母双亡，她经常与双亲的灵魂交流，"我的父亲站在角落里冷峻地打量着我们"②，"父亲看了一会我们就悄然离去了。他离去时我看见角落里有一道阴影闪了一下"③。"父亲的灵魂是在那个七月的午后飘进家门的。"④ "傍晚的时候父亲又驾着小舟前来见我。"⑤ 父亲成了得豆现实生活中重要的亲人，他时刻关注着得豆的生活。亡者成为人们生活的一部分，这成为迟子建创作中一个独特的现象。《一匹马两个人》中马是具有人的品格的，它具有人的感知，通人性，甚至比人还善解人意，这匹马与老太婆、老头相依为命，他们都死后，它已瘦得不能再瘦、老得不能再老了，但它却不能容忍女邻居谢敏母女偷割主人家的麦子，它不断袭击，以制止她俩的收割行为。最后它被割伤前腿，再也站不起来，三天后死去。通灵性的老马"它在别人家是马，在他家就是人！"⑥ 王木匠把它和主人葬到一起。作为一个自然界的生命体、一个独立的存在主体，它代表了生命的诗意、存在的诗意。《越过云层的晴朗》选取经历 6 个主人

---

① 颜培金：《东北女人》，中国友谊出版公司 2005 年版，第 140 页。
② 迟子建：《遥渡相思》，《原野上的羊群》，江苏文艺出版社 1997 年版，第 114 页。
③ 同上书，第 115 页。
④ 同上书，第 119 页。
⑤ 同上书，第 135 页。
⑥ 迟子建：《一匹马两个人》，《花瓣饭》，人民文学出版社 2012 年版，第 200 页。

的通晓人性的狗的叙事视角，狗眼看世界，揭示面具下的虚假的单面人膨胀的私欲；通过主人小哑巴、梅主人、文医生展现自然的真性情和关爱万物的人性的光辉。迟子建用最具自然韵味的文字，表达了对原生态文化自然神性的敬重。她通过对人与自然和谐共处的回忆描述，来守望自己的精神原乡。《额尔古纳河右岸》融汇着迟子建心灵长河中流淌着的童年记忆。它是我国第一部描写少数民族鄂温克人历史和现状的长篇小说，以最后一位酋长的女人的口吻，用一天时间回忆百年的沧桑历史，苦难和死亡在一个历经沧桑的老人口中变得异常平静而富有诗性。尼都萨满和女萨满妮浩倾听神性的召唤，忠诚自己的神职。尤其是妮浩，她从容地拯救一切生命。每到危难时刻都强忍着悲痛跳起了神舞，就这样，为了挽救偷盗驯鹿的汉人孩子、令人讨厌的马粪包、为森林祈雨灭火，妮浩先后舍去自己的三个孩子。作为承续自然智慧的萨满，她已经把自己的生命纯化于生生不息的万物中。"宗教对人生的终极关怀，对现实人生的超越，对人生境界的追求，都有与审美相通或相近之处。"① 作家对生命、神性敬畏的情感表达，展现了自然召唤人向善的魅力。动物是有灵性的，萨满教认为鹿具有超凡的灵性，它可以沟通天、地与人。鹿崇拜是北大荒民族独具特色的文化传统和典型的图腾崇拜遗存。妮浩成为萨满后的第一支神歌就是唱给死去的玛鲁王的，这温存而忧伤的神歌表达了氏族成员对这只通灵的驯鹿的感恩和祝福。游牧在丛林中的人类有时不得不猎杀熊，而熊在饿极时也会伤害人，这是自然赐给人与动物的生存权利，双方都只为了简单的生存而各取所需。这并不是贪婪和凶残，而是大自然物竞天择之规。人性的至纯至真在于人会护佑弱小的动物，而动物的神性就又在于它会帮助纯善之人实现愿望。"我"因可怜那些还没有睁开眼睛的小水狗，劝阻丈夫猎杀水狗妈妈，水狗的神性带给

---

① 陈望衡:《聆听天籁》，山东友谊出版社 2008 年版，第 177 页。

"我"福祉：已经等待三年都没有怀孕的"我"不久就如愿。迟子建传达的自然神性正是一种最为朴素的人与自然和谐共存的天籁之境。

迟子建徜徉在诗意的情怀里书写人与自然的和谐、颂赞生命神性意识的高贵，她怀着义愤和忧患的意识揭示人类活动对自然的破坏、开掘人性与自然的诸多悖论以及由这悖论所引发的无数心理曲折。她作为具有现代意识的作家，倾听天籁，倾听生命本真的声音，在那充盈着丰沛诗意的乡土中，探寻告别田园给人带来的太多的无奈，给人的肉体与精神带来太多的伤痛。《额尔古纳河右岸》中的依莲娜是从家族中走出去的第一个大学生，并成为画家。她结婚一年就离婚了，她厌倦了城市的喧嚣和无聊，返回山林疗伤，虽然她嫌山里太寂寞，"她已经彻底领悟了，让人不厌倦的只有驯鹿、树木、河流、月亮和清风"①。她在历时两年完成一幅祈雨图后投河自尽。她听从心灵之神的召唤，最终在丛林河流中回归自然。安草儿像一个遗落人间的精灵，他与自然相融，当族人都下山去过城镇生活时他默默地留下陪伴阿帖，他愿化作一棵草与死去的妻子日日相守，"安草儿不是鬼，但也不像人"②，他完全是一个自然哺育的神灵。迟子建在与自然万物、神性的真诚拥抱中，在对人性本真人格的瞩望中，平静、淡定地守护着神性。

《额尔古纳河右岸》的结尾，作家设置了驯鹿回归的情节，暗合了迟子建内心深处对人类回归大自然的期许。但她没有迷失历史理性，不掩饰鄂温克人游牧生活的生存困顿和精神愚昧。充满神性的自然和人生在迟子建的笔下变得异常动人，其间不乏人世的苍凉与无奈，但是自然中的万物与人一样成为她文学世界中不可或缺的一分子，有着蓬勃的生命活力。而城市人在浮躁的时代潮流中沾染上了

---

① 迟子建：《额尔古纳河右岸》，十月文艺出版社 2005 年版，第 238 页。
② 同上书，第 65 页。

"城市病"，生命力衰退，精神萎靡。迟子建暂时走出北极村，怀着悲悯的救赎意识，借《晚安玫瑰》中的吉莲娜为城市开出了疗病的药方。

（四）悲悯的救赎

迟子建转向都市题材的作品《晚安玫瑰》展现着她对精神原乡追求的置换变形。"在这个飞速发展的时代，我们不知不觉都做了物质的奴隶，可是在我的作品中，吉莲娜一直是精神世界的主人。"[1] 因为特殊的宗教背景，吉莲娜心中有神，独自生活的她精神生活极为丰富。通过与神灵和自我对话，走上救赎之路，追问人生的终极所在。

1. "时代孤儿"：焦虑症候的具象化透视

《晚安玫瑰》展现价值理性缺失和工具理性越位这一当下的时代症候，赵小娥等人无所敬畏的心理状态使他们成为时代的孤儿，处于风险社会中，对世界丧失基本信任，内心十分焦虑。他们代表现代人尴尬、迷惘甚至虚无的生存现实。赵小娥在家庭生活中是"孤儿"。她是母亲在中元节被强奸后而生的孩子，"私生子"的身份使她在精神上遭受父亲、姑姑、继母的羞辱、打骂，也受到邻里街坊的歧视。她仅能从妈妈和哥哥那里得到爱抚，但这不足以抚平她心灵的创伤。幼年的屈辱和痛苦记忆定型了她无所敬畏、抱怨命运不公的生活态度，决定了她"时代孤儿"的身份。既然出身的"非法"遭到世俗的威压，她内心就更具有强烈的被抛弃感。这比母亲去世，使她成为真正意义上的孤儿，对她人生的影响还要大。赵小娥在报社校对员的岗位上频频出错以至于要被解雇，这源于"强奸犯的女儿"这一身世的耻辱不断地折磨着她，家里亲人绝情的举动更让她孤独绝望，生活的重负加剧了她的精神危机。流浪的心境和对自己身世的探究，使她

---

① 孙若茜：《迟子建和〈晚安玫瑰〉》，《三联生活周刊》2013 年第 19 期。

产生对强奸生母者的报复心理。这种情绪长期潜伏，并不断强化，当她在男友齐德铭的父亲开办的主要容纳劳释人员的印刷厂看到工人穆师傅时，戏剧性的一幕发生了：穆师傅第一眼看到赵小娥就以为是自己死去的女儿燕燕。极度敏感的她立刻捕捉到与生母和自己身世有关的蛛丝马迹。尤其是得知穆师傅回到自己的老家克山，打探她家乡有没有私生子，并祭奠了赵小娥的母亲后，赵小娥断定穆师傅就是强奸生母的人——自己的生父。她开始制订周密的复仇计划，千方百计地接近并讨好他，她先认穆师傅为干爸，特意买了一套理发工具为他理发以采集 DNA 样本。当鉴定结果证实两人的血缘关系后，她费尽心机地设计了断生父性命的方案，最后在江上揭穿这一段陈年罪恶史，并使穆师傅投水自杀。赵小娥出身社会底层，物质生活贫乏，再加上这样的出身，她追求物欲而不得，在生存线上挣扎，她怨恨、诅咒生活中的种种不公现象。吉莲娜去世后把房产给了居无定所的她，满足了她的物欲，她享受到了片刻的欢愉。为了复仇，她想尽办法进一步接近穆师傅，成功地实现了"弑父"的夙愿，却难于从深重的恐慌中走出来。谋杀生父穆长宽的罪孽感，再加上第三任男友齐德铭即将向她求婚却突然离世的打击，使她在自导自演的接受求婚中走向疯狂。"对犹太会堂来说，那样的穹顶在我眼里就是泪滴！这泪滴关乎故园，关乎爱情，关乎宗教，关乎生死，一言难尽。但我用心感受到了——这样的泪滴就像晨露，历经沧海，依然闪闪发光！"[1] 在赵小娥的意识中，幸福生活始终与自己无缘，孤单、寂寞、痛苦时刻与她如影相随。她的前两任男友对她的感情不执着，轻易把爱情让位于伦理纲常和物欲横流的现实生活。第一任男友陈二蛋与赵小娥情真意切，但还是迫于父母压力与别人结婚生子。第二任男友宋相奎形貌丑陋：眼小

---

① 迟子建：《创作谈：穹顶上的泪滴》，《北京文学·中篇小说月报》2013 年第 4 期，第 47 页。

塌鼻、嘴厚个矮。家庭条件糟糕，父死母病兄残。他特别介意赵小娥不是处女，为了得到有房的生活，他决绝地与她分手，和聋哑女结婚。婚后又因担心生的孩子不正常，想要妻子终止妊娠，遭到坚决反对。他终日陷入恐惧和绝望中，精神近乎崩溃。第三任男友齐德铭，每次出差旅行箱中都有避孕套和寿衣，纵欲和"对死亡的谨慎、恐惧是现代人生活颠沛流离的极端表现"①。寿衣是他出行时必备的物品之一，这一怪癖揭示他绝望的精神世界。命运也印证了他对世事无常的准确判断，他在机场突发心肌梗死，寿衣真正派上了用场。黄薇娜和林旭各方面条件优越。作为医生的林旭喜欢上了一个文弱的患者，他们的婚姻出现危机，林旭想要回归家庭时，黄薇娜却爱上了齐德铭的父亲。他们因精神贫寒而沦为欲望的奴隶，失去真实的自我。现代人的悲剧性生命体验，无所畏惧的私欲膨胀成为焦虑时代的症候。

小说中反复出现流浪猫的意象，隐喻了"时代孤儿"身份。他们长期生活在价值理性旁落的情境中，没有稳固的精神寄托。重复与自我对话形成偏执的性格，他们在精神世界中流浪。环境固然会对人的性格产生影响，但更多的是人对他人、社会缺乏足够的兴趣，抛弃了世界，而不是世界抛弃了他。赵小娥沉浸在"私生子"耻辱身份造成的自卑情结中，没有得到有效地疏导。母亲的离世加重了这种自卑，她认为是亲生父亲造成了自己和母亲的所有不幸。复仇是支撑她活着的唯一动力，生活在她眼中都黯然失色。年幼的美奴"弑母"，是未成年而导致，赵小娥则是处在精神世界的"未成年"状态。与大学室友的对话，竟促成她确立恋爱关系。爱情对她而言，只是做了一个年龄段该做的事情而已。在不能正确对待第一次恋爱时，匆忙地进入第二段感情生活，注定恋爱再次失败。她通过与虚拟的网络认识第二任

---

① 行超：《迟子建中篇小说〈晚安玫瑰〉：两个女人与一座城市》，《文艺报》2013年11月8日。

男友，他更多的是与现实环境对话，处处以自我为中心。最终，两人必然分道扬镳。她把一切的不幸归咎于自己是魔鬼的孩子，偏执地认为自己不可能得到幸福。她重复地和自己对话，加剧偏执性格的生成。赵小娥的第三任男友，与变化无常的世事、与价值理性旁落的赵小娥对话，与爱情对话。爱情在一定程度上救赎了他们，为彼此的生活增添了亮色。但是，他们没有摆脱掉成为"时代孤儿"的命运，现代文化环境培植出了"时代孤儿"。

2. 精神"教母"：尘网中的宗教救赎

在人生最高境界中，作家为赵小娥寻找到了救赎之道，在中篇容量里以巧妙的感情编织技巧安排进一个活在爱和美的精神世界里的犹太后裔吉莲娜。"我喜欢吉莲娜这个人物，这个孤傲、清洁、有过刻骨铭心的爱与痛，有过罪恶，又满怀悲悯之情的女人。她在生命的最后时刻，做了赵小娥的'教母'"①。物欲横流的都市需要像吉莲娜这样的心理医生，她做了"时代孤儿"的精神"教母"。吉莲娜首先是自己的精神"教母"，是她自己走出悲剧命运的阴影：俄国十月革命时，她作为小提琴制造师的父亲被反犹极端分子用乱石砸死，外祖父不堪凌辱带着女儿和未出生的外孙女逃到哈尔滨。此后，她的继父为了实现复国的目的，欣然参与日本人的"河豚鱼计划"，为巴结日本人，他想让18岁的吉莲娜嫁给大她10岁的日本关东军司令，吉莲娜坚决反对。继父和日本军官合谋，在咖啡中下药让其迷奸了她。吉莲娜以装疯艰难地躲过了日本军官的纠缠和继父的监视，她不能容忍如此卑劣的人活在自己的世界中，"买了砒霜，每隔一周，悄悄用牙签将它们从烟嘴和烟葫芦拨拉进烟身，为他设置了一条死亡通道"②。她以这样隐秘的方式杀死了继父。后来，她感悟到自己的罪恶，走上自

---

① 孙若茜：《迟子建和〈晚安玫瑰〉》，《三联生活周刊》2013 年第 19 期。
② 迟子建：《晚安玫瑰》，《北京文学·中篇小说月报》2013 年第 4 期，第 41 页。

我救赎之路，忏悔自己的罪恶，满怀悲悯、恬静地生活在精神世界中。历经八十多年的沧桑，她主动与多元杂陈的文化环境对话，把它们化合、创造、根植于以犹太文化为核心的宗教中，并融入自己的生活，成就了独特的人生境界。她笃信宗教，与神、与自我对话，用爱和美消泯恨，自我救赎。最终，她进入以价值理性为中心的人生境界，在和谐的宗教境界、审美境界和道德境界中返璞归真，本色的存在于"清、微、淡、远"①的童话世界里。宗教的原罪与救赎目标，使她有了精神寄托，抚慰了她的精神创伤。她在上帝、神的引领下获得个体的超越，也救赎了赵小娥。对神的敬畏，使吉莲娜拥有了足够的勇气，把自己交付给神、上帝和对苏联外交官的无限爱恋。她典雅的仪表伴着精致的历史建筑，高深的钢琴和绘画造诣，瞬间唯美的爱情等，皆与神相通。她通过它们与神对话，在诵读经书中与自己对话，在多重对话中理解了世界和自己，她在忏悔中找寻找本真的自我，心灵中已不再有恨。年轻时对苏联外交官的爱，是吉莲娜平生最大的眷恋，她笑着摸着天使的翅膀归入天堂。她作为多元文化的集合体，优雅得像一幅画，一个音符。她喜欢静，暮年的文化品位尤其定位在静上。"天籁无语、珍惜静穆"是她的文化人格的映照。

同为哈尔滨的外来者，吉莲娜和赵小娥的故事惊人地相似。吉莲娜以精神"教母"的身份与赵小娥对话，救赎她悲凉的心境，为游荡的灵魂找寻栖息之所。赵小娥的精神世界、情感世界和吉莲娜一样复杂。她的思想行为充满了悖论：她逼死亲生父亲，说自己没罪，却又承认自己是魔鬼的化身；她觉得自己不会得到幸福，却一次次地把自己的身心交付给爱情。相似的"弑父"罪恶和转瞬即逝的爱情经历让二人互为主体镜像，这使吉莲娜更容易从现实生活中走入赵小娥的精

---

① 程立初：《天籁之声心灵之声——中西方诗歌中有关天籁的美学共识》，《外国语言文学》2007 年第 2 期，第 134 页。

神世界。吉莲娜收留了无处安身、爱情受挫的赵小娥,这是她们进一步对话的前提。"脸上挂着泪痕,头发蓬乱,穿着红花毛衣,咖啡色裤子""脚上是紫色运动鞋""像一只花哨的火烈鸟""泪水奔流"①的赵小娥的神情触动了吉莲娜,独居的吉莲娜接纳了她,只收取她水电费。她精心修饰赵小娥的外表,使她黯淡的心境变得明朗。"小娥,雪天寒气大,把姜汤喝了吧。天短了,外面乱,早点回家"②。吉莲娜温馨的文字,给了赵小娥从未有过的温暖情感体验,她在心灵世界中接受了吉莲娜。悲剧性的生命体验造成的受压抑的人生状态使得赵小娥性格乖戾,极易受伤,对这个世界的种种不公现象诅咒,甚至做出神是势利眼的评判,吉莲娜产生强烈的震动。赵小娥意识不到自己的罪过,她以不屑、自嘲的方式,否认自己有罪,否认吉莲娜的价值观,否认吉莲娜对她的关怀。吉莲娜说"一个人不懂得忏悔,就看不到另一个世界的曙光"③。赵小娥却反击"地狱在我眼里更没什么可怕的,我不是已经在地狱中了吗?不怕再下一次"④。她过激的言行激怒了吉莲娜,愤恨地劈头给了她一巴掌。赵小娥"弑父"后意识不到自己的罪恶。她没有精神寄托,浓重的阴霾包裹着她。她陷入失常、杂乱、近乎崩溃、绝望的境地。吉莲娜把拒绝别人打探,深藏的爱情、"弑父"经历告诉她。吉莲娜弑父后意识到自己有罪,进行自我救赎。赵小娥固执己见,不懂得忏悔和慈悲,这是吉莲娜最担心,也是最痛心的。历经巨大苦难洗濯的老人将深藏心底的秘密告诉她,是希望她能享受到安宁和喜悦,而不是"把男人都看作强奸犯"⑤。吉莲娜恬静、安详地走完了人间的旅程,回归天堂,她的离世具有很深

---

① 迟子建:《晚安玫瑰》,《北京文学·中篇小说月报》2013 年第 4 期,第 5—6 页。
② 同上书,第 11 页。
③ 同上书,第 43 页。
④ 同上。
⑤ 同上。

的寓意，黄薇娜的儿子林林扮成摩西跟着赵小娥来拜访她，正在浇花的她看到"摩西"溘然倒地，"她倒地的一瞬，喷水壶扫着她的脸，将她干涩而漾着笑意的脸，淋上一片晶莹闪亮的水滴，仿佛下了一场露珠。"① 见到伟大的先知"摩西"，吉莲娜的灵魂彻底解脱。她像玫瑰一样美丽、坚强，带着露珠终结了充满传奇的人生，但是她作为优雅高贵的"教母"精神却影响了赵小娥。赵小娥开始反思自己的"弑父"行为，走在自我救赎的路上。吉莲娜对赵小娥的救赎，不仅仅是将房产给了她，满足了她梦寐以求的物欲，更为重要的是她以精神"教母"的身份与赵小娥的深层对话。她用心感化了赵小娥，曾经无所畏惧、内心千疮百孔的赵小娥不相信神，吉莲娜在物质世界与精神世界中救赎了流浪的赵小娥，洗涤她心灵的污浊。赵小娥的精神世界中掀起了波澜，真正悟到"在我们肉眼看不到的地方，有另一世界存在"②。她把身心交付给爱情，满心期待着与齐德铭的到来，可是他却突然离世。在极端的痛苦中，她渴望疯狂，恐惧正常生活。赵小娥在犹太会堂中自导自演的求婚对话后，彻底走向了疯狂，进入了精神病院。而后，她慢慢地恢复正常，她虔诚地信仰宗教，通过另一世界的神灵，也包括自我的救赎，走向精神皈依之路，她像吉莲娜一样在神面前忏悔。

3. 倾听天籁：灵魂栖息的理想境界

迟子建说："人肯定会有一种与生俱来的苍凉感，那么我们所能做的，就是在这个苍凉的世界上多给自己和他人一点温暖。在离去的时候，心里不至于后悔来到这个苍凉的世上一回。"③ 吉莲娜家破人亡，将哈尔滨当作自己的故乡，将大爱留给和她一样漂泊至此的赵小

---

① 迟子建：《晚安玫瑰》，《北京文学·中篇小说月报》2013 年第 4 期，第 44 页。
② 同上书，第 45 页。
③ 何晶：《迟子建：不是所有爱情都能开花》，《羊城晚报》2013 年 4 月 8 日。

娥。作家讲述主人公的故事,吉莲娜在赵小娥的世界里,既是启蒙者又是救赎者,不仅给了赵小娥一个稳定的住所,还给了她精神上的救赎。赵小娥的成长是一个沉重甚至是有些自虐的过程,在灵魂冲突中,和一个痛苦的、绝叫的自我交锋。一个疯狂的如魔鬼般的自我有时会让人不寒而栗,她无法真正认识自我。她看似复仇了,惩罚了法律无法追究的生父,当她如愿以偿后,内心却跌入深渊,她走向教堂。作品更映射出迟子建对理想人生境界的潜心追寻。她"希望自己化成一只小鸟,栖息在吉莲娜留下来的挂钟里,与死去的时间待在一块儿"[①],她不想听到时间的声音。吉莲娜生前把德国挂钟停了,是害怕它走起来把原来的时间全补给她。吉莲娜活在她的精神世界中,成为赵小娥的精神寄托。赵小娥是在吉莲娜死后,才真正找到自己的精神"教母"。她不但开始虔诚地与自己对话,也在精神世界中与隔世的吉莲娜对话。赵小娥已经克服自己的偏见,走进吉莲娜的世界,接受了她心目中的神,认识到以恶抗恶的罪恶,渐渐明白价值理性"重视的是'人'的价值,关注的是人的生存意义,崇尚终极关怀,追求精神的(道德的、审美的、宗教的)富足"[②]。吉莲娜是赵小娥的精神"教母",在无形中给自己的精神找了继承人。赵小娥又何尝不会成为他人的精神"教母",成为一个和吉莲娜一样饱经风霜活在本真世界中的年迈长者?她与《额尔古纳河右岸》中酋长的女人,《黄鸡白酒》中的春婆婆一样,成为"历经沧桑的女人,当她出现在舞台上时,她会放下镣铐,回归自然,把最天籁的舞蹈呈现给你"[③]。迟子建"希望自己也能活到她们那般年纪,宠辱不惊,宁静如水,朴素地活

---

① 迟子建:《晚安玫瑰》,《北京文学·中篇小说月报》2013 年第 4 期,第 47 页,

② 李庆宗:《在理性与价值之间走向人类文明的"合题"》,光明日报出版社 2010 年版,第 15 页。

③ 迟子建:《创作谈:穹顶上的泪滴》,《北京文学·中篇小说月报》2013 年第 4 期,第 47 页。

到人生的夕阳时分"①。她塑造这些饱经生活磨砺的女性是自己理想人生境界的写照："本色是生存的最低的层面，却也是生存的理想境界"②，她们豁达、淡然的生活风格，令人欣羡而敬仰。吉莲娜终生未婚，她的脸"像隆冬时节的北方原野，说不出的阴冷"③，但是她却始终保持着少女时代的心境。她的天籁之境神秘、苍凉，又满含青春的气息。酉长女人是自然哺育的精灵，她与风霜雨雪、与生灵对话。她热爱额尔古纳河右岸的一切，这些都融入她冲淡的生命体验中。她的人生具有幽微、空灵的韵致。生活拮据的春婆婆因为儿子不养她，所以冬季不舍得缴取暖费。但她与邻里间和睦，房屋因邻居管道漏水损坏严重，也没有索要赔偿。她看破人世沧桑，坦然自足、淡定快乐，消解了日常生活中的所有不幸。

《晚安玫瑰》为迟子建的文学想象和当下文学景观注入新的生机。迟子建说："文学不能改变世界，但它能拯救心灵。所以在某种程度上，好作家就是一个牧师。牧师用经义布道，作家用的是从心灵流淌出的文字。"④ 这种悲悯之情只有在苦难中挣扎过来的人才可能体会到，拯救是基于人性无法克服的自身弱点的悲悯，作家正视人类之恶，描写了现代人的弱点和病态人格导致的悲剧，迟子建用文字与读者实现了对话、拷问灵魂、传经布道，这是一种历经苦难淘洗而铸就的普度众生的博爱。《晚安玫瑰》是迟子建很偏爱的、篇幅最长、思考最多的一部中篇小说，也可以说是一部小长篇小说，了却了作家对哈尔滨的一种情结。媒体称《晚安玫瑰》是迟子建"写给哈尔滨的情书"⑤，迟子建通过这封情书与读者交流，"《晚安玫瑰》中的每一个

---

① 迟子建，舒晋瑜：《我热爱世俗生活》，《上海文学》2013 年第 11 期，第 102 页。
② 陈望衡：《聆听天籁》，山东友谊出版社 2007 年版，第 279 页。
③ 迟子建：《晚安玫瑰》，《北京文学·中篇小说月报》2013 年第 4 期，第 4 页。
④ 何晶：《迟子建：不是所有爱情都能开花》，《羊城晚报》2013 年 4 月 8 日。
⑤ 同上。

人，都在欲望中挣扎，通过神灵或自我救赎，走上精神的皈依之路。在这里，我们可以看到时代的风云变幻，对个人的命运的影响。""我觉得，对当代作家来讲，我们所经历的时代是前所未有的，人性也从来没有这么复杂过。我说过，小时候我觉得满世界都是神灵，现在我却在人间看到了形形色色的鬼。"① 这是作家对世界考量的深层掘进，从她以往写人物忏悔的代表作《雾月牛栏》中可以看出，继父因误伤宝坠使他精神失常而成为弱智，他想通过对宝坠百般爱抚恢复记忆，但以失败告终。他因而背负了沉重的精神债务，他始终是宝坠的守候者，生前没有分半点关爱给自己的亲生女雪儿。身心饱受煎熬的他性格变得异常沉默寡言，身体也每况愈下，临终前坚持把钱留下来救治宝坠，他用生命偿还了自己的罪过。人性向善的书写是迟子建和世界对话的主题。穆长宽为了宣泄长期压抑的性本能而强暴了赵小娥的母亲，赵小娥母女因此长期遭受恶言、冷眼等摧残。悲苦的母亲在赵小娥幼年时就抑郁而终，至死都没有说出施暴者是谁。穆长宽是一个存在于现实生活中的魔鬼，看到赵小娥后，想借照顾女儿忏悔自己的罪孽，走向自我救赎的道路。《晨钟响彻黄昏》中精神病院的医生李其才因受妻子的伤害，对女性充满仇恨。他很理智地厌恶自己，却还是长期肆无忌惮地强奸精神病患者，对她们施暴。他才是迟子建所说的在"人间看到了形形色色的鬼"中的一个真正的魔鬼。吉莲娜的继父和赵小娥的生父穆长宽因作恶而被女儿报复。她们以隐秘的、极端的方式"弑父"。赵小娥只有通过吉莲娜精神感召才能走上救赎之路，赵小娥这一人物形象更具深刻性，通过她昭示着现代人生存景观中的病态的一隅。黄薇娜不甘心做贤妻良母，为报复林旭另寻新欢，最终陷入情感纠葛。这比《北极村童话》《亲亲土豆》《清水洗尘》等作品塑造的"我"的外婆、李爱杰、天灶的母亲等传统的贤妻良母更具

① 何晶：《迟子建：不是所有爱情都能开花》，《羊城晚报》2013 年 4 月 8 日。

现实性。黄薇娜更多的带有都市萎靡气，透露出现代人的精神缺失，显示出作家对现实的深刻体认。

迟子建以温婉、诗意、苍凉的叙事风格讲述"弑父"的故事，从整体上诠释着"晚安玫瑰"的含义。"诗意在我眼里是文学的王冠"①，玫瑰迷人又带有尖刺，与文中的吉莲娜、赵小娥气质相契合，迟子建拟题意在安抚她们。玫瑰已经不仅仅是对女性和爱情的代称，也指抗拒价值理性的"时代孤儿"。玫瑰因为裹着伤痕，带着刺以极端或妥协的方式抗拒价值理性。让玫瑰在天籁境界中安息，这是精神"教母"开出的救赎药方。倾听天籁代表着身处炼狱人的自我忏悔，也代表着神的召唤，更为深刻的是代表了人性的向善，是以宽容响彻天宇的洪钟大吕，在生命记忆中闪耀着光彩。"在我眼里，没有精神生活的人，虽生犹死。而有了丰饶精神生活的人，哪怕双足陷于泥泞之中，前方是无边的荆棘，后面是危崖，他也会镇定自若，感受到来自天庭的阳光。"② 赵小娥想象性的精神补偿，暗示了救赎自我的可能性，记忆中刻骨铭心的创痛消弭了罪恶感。她历尽磨难后，对"弑父"的忏悔和人的道德自主性回归救赎。一个世俗而素朴、苍凉而温暖的故事演绎成两个人命运的"重复"叙述，将一个救赎与被救赎的故事升华为象征的一个重要途径，这可以脱离历史背景和现实来观照现代人，从社会、历史深层面解读作品的价值与意义将得以呈现。苦难与罪恶的人生故事在温情的救赎中化解，那些紧张与仇恨在精致、唯美的细节处理中渐渐消解。吉莲娜深深地爱着高大儒雅、有家室并即将回国的苏联外交官，这短暂而又永恒的爱情成为吉莲娜一生最珍贵的记忆，虽然"不是所有爱情都会开花的，也不是所有开花的爱情都会结果的。吉莲娜恬然守着一份纯净的精神生活，因为她的爱情已

---

① 迟子建、舒晋瑜：《我热爱世俗生活》，《上海文学》2013 年第 11 期，第 105 页。

② 孙若茜：《迟子建和〈晚安玫瑰〉》，《三联生活周刊》2013 年第 19 期。

让她在心底存了一辈子可以回味的香气了。"① 倾听天籁,倾听心底的呼唤,倾听爱与宗教的力量,心存善念,内心柔软干净,圣洁的人与神相通,与自我相投,这些悲悯、宽容的启示在苍凉的人生背景中昭示着丰富的精神生活涵养的朴素人性和高贵的神性,"宗教不是符号,而是吉莲娜生活的一个部分"②。吉莲娜灵魂所附丽的肉体消失了,但她的转灵却是永恒的。使静谧的内心聆听天籁,本身就寄托着宽容的诗意美感。

"文学是特别世俗、朴素又特别天籁的东西,我生活的土地给予了我创作的一切。不管是在故乡还是都市,我都愿意融入生活中,我的心灵是向生活敞开的。"③ 迟子建已经走出地标性的写作空间,介入都市生活,直面人生困境,立足于精神救赎,《晚安玫瑰》对迟子建的创作来说是一个具有里程碑意义的文本,标志着作家的成功转型和对人性救赎的高贵的坚守。

二 张抗抗:倾听灵魂的天籁

张抗抗是较早且旗帜鲜明地对知青的"文化大革命"经历产生一种个人反省、忏悔意识的知青作家。她表明特定的时代和社会氛围固然对悲剧负有不可推卸的责任,但是她更深入地挖掘知青人性中的自私和残忍,她的作品给读者一种惊悚的震撼感,让人将反思的矛头指向自己。张抗抗的知青文学向纵深处反思知青自身在"文化大革命"和"上山下乡运动"中的行为,反思这些悲剧中所蕴含的人性因素,对根植于人(主要是知青)心灵深处的人性之恶进行挖掘。这种人性之恶主要表现在无视人的生命权,对人权的践踏,对弱者的欺凌和伤害。张抗抗通过更多意义上的极端化的切肤体验,用人性恶的冷眼勘

---

① 何晶:《迟子建:不是所有爱情都能开花》,《羊城晚报》2013 年 4 月 8 日。
② 孙若茜:《迟子建和〈晚安玫瑰〉》,《三联生活周刊》2013 年第 19 期。
③ 何晶:《迟子建:不是所有爱情都能开花》,《羊城晚报》2013 年 4 月 8 日。

破知青生活中的情与欲、真与假、冷与暖，把批判和审视的焦点从动乱的时代转向了知青个体，这彰显出作家对生命的虔诚情愫和对人生的深沉思考。从她早先发表的《白罂粟》《塔》《隐形伴侣》《永不忏悔》《沙暴》《残忍》等作品，到后来的《请带我走》《去维多利亚》，作家不仅让笔下的人物具有自觉的忏悔意识，还要努力地进行自我救赎。

（一）"残忍"的拷问

张抗抗的北大荒知青小说由《白罂粟》发端，经《隐形伴侣》到《残忍》达到创作的高峰，可以说她前期的代表作是《隐形伴侣》，后期的代表作是《残忍》。对北大荒知青历史的反省成为张抗抗创作的一贯风格。她通过对人性的残忍的拷问，把历史扭曲下的人性之恶推向极致。她观照社会意识影响下人的变化历程，渴望人的生存权、人的尊严、人的价值能够得到应有的尊重。张抗抗让善恶并存，并且几乎不留给恶向善转变的可能性，作品也由人性批判层面进入社会批判层面。张抗抗不回避荒谬的历史，而是正视知青人性的残忍，强调知青不应该把责任都推向历史。为达到开掘人性深度的目的，张抗抗在小说中常常执着于揭示北大荒知青的某一方面特征——人性阴暗、道德沦落、行为卑鄙，甚至让它有着最极端的表现。梁晓声在谈及张抗抗时说："她写'知青'，首先是写人性，写心理过程。"① 张抗抗对人性恶的揭示并不意味着她作品的审美价值单一，从某种意义上来说，还能起到强调、突出审美效果的作用。作家凭着自己对知青生活经验的积累，重新审视观察知青生活，形成知青记忆被纯净、沉淀后逐渐升华。继而，她侧重展现知青在文化真空中不断上演的人生悲剧。她在反思历史的同时，揭示出人性的冷漠与隔绝，人性残忍的

---

① 陈雷：《人性深度的开掘者（代跋）》，《银河》，长江文艺出版社 1997 年版，第350 页。

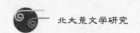

恶，深刻地表现丑恶人性的本质与现实批判意义。

张抗抗以似曾相识的情境唤起了人们对那个特定时代的公共记忆，这种记忆不但是社会层面的，更是心理情感层面的，这种记忆又不只是叠印在许多人心灵深处，而是集体所共有的烙印和痛点，是一个政治化时代的沉痛记忆。张抗抗对人性的审视不断深化，从对理想人性的尊崇，到对人性潜隐的缺陷与痛苦的开掘，还原了一个作家思索人性的心灵历程。张抗抗对生命悲剧的感受体现出她独特细腻的悲悯情怀，她对生活在边缘的弱小者寄予同情，对那些被忽略、被遗忘、被打入人间地狱的不幸者给予高度的关注。

张抗抗的知青文学是拷问知青自身，同时也是在拷问历史、拷问社会。她是最早执着地表达知青一代身上存在着愚昧无知、狂妄自大的精神缺陷的作家。从最早涉及北大荒知青生活的作品《分界线》《白罂粟》和《火的精灵》，《在丘陵和湖畔，有一个人》和《塔》，到《隐形伴侣》再到 20 世纪 90 年代的《月亮归来》《沙暴》① 和《残忍》，她的作品有着对"极左"观念恶果的控诉意识。"极左"观念使人丧失了爱和美，丧失了人的尊严。在北大荒艰苦的环境下，张抗抗的革命理想主义激情渐渐褪色，看到生活中有那么多虚假丑恶的东西，她"从理想的云空被扔到冷硬的现实生活的地面"。② 知青们身上有那么多令人震惊的残忍行径，对自然环境来说是一场大浩劫和大破坏（《月亮归来》《沙暴》）：在饥饿的状态下，不顾一切地捕捉天鹅，甚至天鹅蛋，吃所有可以食用的动物和飞禽；知青们为了返城和得到招工升学的机会，猎杀老鹰，然后残忍的把鹰爪剁下，作为治

① 1969 年 7 月，满洲里与呼伦贝尔盟一起划归黑龙江省管辖，仍隶呼伦贝尔盟。由于国家行政区划调整，1979 年 7 月，大兴安岭管理局和呼伦贝尔盟管理局划归内蒙古自治区管辖。《黑龙江省志·地名录》行政区划网站 www. xzqh. org。齐长伐：《北大荒全书·大事记卷》，黑龙江人民出版社 2007 年版，第 236 页。因此，本文认为《沙暴》反映的是北大荒知青生活和精神状态。

② 李龙云：《小井风波录》，黑龙江人民出版社 1987 年版，第 62 页。

疗风湿病的奇方，用来"走后门"打通回城的关系。回城后，虽然看见活生生的小鸟和小动物就油然而生一种沉重的罪恶感，但为了迅速地富起来还是没有抵御住诱惑，重新拿起猎枪奔向草原。忏悔和歉疚都是苍白的，冰冷的枪口下制造着人类的灾难。善于思考的张抗抗内心充满了忧郁和痛苦。她的作品从对知青生活的描写进入与时代同谋、与群氓共罪的反思境地，几乎无一例外地揭示了"知青"自身的弱点和缺陷。

（二）回望来时路：知青人性恶探源

张抗抗的作品深刻之处在于，她将笔触伸到前知青时代——"红卫兵"时期来挖掘人性恶形成的过程。张抗抗把带有哲理性的思考融入艺术形象和文学意境中，她笔下的"我""狮子头"、陈旭、肖潇、马嵘、牛锛等人身上都有人性的弱点，内心世界也很复杂。她的作品真实地展现出知青们人性的缺失。越过黑白分明的"分界线"，张抗抗认识到知青们残忍的举动来源于他们所处的"文化大革命"大批判、大揭发、大清查、大武斗的环境影响，也反映出他们缺乏独立思考的意识。虽然没有人教唆他们杀人，也没有人直接指导他们作恶，但在动荡时期他们凭借着革命小将的身份，认为以无产阶级专政的名义来革谁的命都是"正当"的。没有人敢指责他们的冷酷，没有人敢惩罚他们的轻狂，因为他们是在捍卫无产阶级专政！他们杀人不是法律观念的淡漠，而是人的道义和理性观念的缺失。知青们在本该获取知识的时期离开学校，没有了知识的滋养，理智被抛荒了，再加上社会混乱、无人敢管束，他们更没有识别善恶的心智，精神荒芜的底色淹没了做人的道德底线和良知意识，知青们陷入教育、文化、伦理乃至文明规范的崩溃深渊，他们的人性之恶疯狂膨胀，急遽地发展。知青作家老鬼在自传体小说《血色黄昏》中对自己"文化大革命"初期的红卫兵狂热行为进行忏悔："我们被愚弄得像狗一样狂吠阶级斗争，乱咬人。"① 他与红卫兵一起造了"妈妈"杨沫的反动，抄了自己的家，抢了"妈妈"的钱，贴了她的大标语，这出自阶级斗争的狂热，也出自在"文化大革命"初期养成的野蛮的习性、"拳头主义"观念的影响，这使得他们鬼气和匪气十足。

　　张抗抗通过多部小说系统地深入前知青时代来探究知青人性残忍的根源，"在没有受过人性和人道的良好教育的心灵里，必然潜伏着残忍性。'文化大革命'以它的'你死我活'的阶级斗争的理论，调动起了千百万人心灵里潜伏着的恶。"② 张抗抗的《白罂粟》中一直因学习不好而留级的"狮子头"，却在"文化大革命"期间"能耐"起来，"一夜之间戴上了手表，骑上'飞鸽'。有一回还跟我夸耀破四旧时他亲手打死过一个地主婆。"③ 在"文化大革命"中他根本没有基本的人权概念，认为"阶级敌人"不是人，曾经触犯刑法的犯罪分子，经受过惩罚改造、改邪归正之后仍然不能享有做人的权利。《残忍》是张抗抗将拷问的焦点，将忏悔意识推到极致的作品，它对知青人性中存在的"残忍"进行严厉解剖，再简单不过的"杀人偿命，欠债还钱"的道理他们都不懂?! 这并不是他年轻狂妄的暴力发泄，而是"根植在人性深处奴隶主基因的一次真实暴露。更由于整个社会中对人、对人权、对人性的漠视和误导，造成'文化大革命'期间，人的尊严被残酷践踏的惨烈后果"。④ 张抗抗在剖析知青一代的灵魂痼疾时，也批判极"左"政治的罪行。张抗抗正视知青身上存在的人性之恶的因素，从牛锌巧妙的设计、老道的安排，甚至有些神不知鬼不觉地处置傅正连的举动可以判断出这绝不是一个新手所为。而在"文化大革命"这一特殊的历史年代，年少轻狂的红卫兵们人性之恶狂妄到

① 老鬼：《血色黄昏》，中国社会科学出版社1997年版，第605页。
② 梁晓声：《一个红卫兵的自白》，四川文艺出版社1988年版，第106页。
③ 张抗抗：《白罂粟》，《张抗抗》，人民文学出版社1998年版，第244页。
④ 张抗抗：《大荒冰河》，吉林人民出版社1998年版，第70页。

极点。"马嵘和牛锛从小学到中学，一条胡同混了十几年。再加上那几年史无前例的训练，无论是偷书还是打架，他们始终配合默契。马嵘一向都跟着牛锛，马嵘佩服牛锛。破四旧那年，学校操场跪着许多遣返回乡的地主分子，红卫兵牛锛用一把老虎钳，一家伙就把一个老头嘴里的金牙撬下来了。"① 牛锛的残忍昭然若揭。马嵘作为牛锛的忠实"战友"，不辨是非，残忍也不比牛锛少。他们是喝"狼奶"长大的，他们没有意识到这是在一种畸形的生存状态下培养出的"残忍"，反而认为是一种革命的"正义"。《隐形伴侣》中，陈旭在红卫兵时代就是一个敢于抗争的青年，他曾经对一个自以为是的革命"左"派发号的施令"向左转，向左转，向左转，起步走——"② 发出嘲笑："三个向左转，等于一个向右转，鞋跟不怕磨掉底儿!"③ 作品写一个叫"史来红"的女红卫兵解下腰间的皮带，抽打金老师。"她的一只脚踏在他背上，咯咯地笑:'叫红卫兵奶奶!''叫奶奶!'她的考试大多不及格，但打起人来，却知道专抽脚踝。"④ 当年，"红卫兵"三个字所包含的火药味、血腥味、野蛮味、荒诞味恐怕要成为一部万言书了。所有这些充满着血腥和暴力的历史，揭示了人性的暴虐和邪恶的不可理喻，打人给施虐者带来自以为优越的快感，给受虐者带来肉体上更是精神上永远无法抚平的创伤。这种毫无目的的残酷已经成为"文化大革命"中施虐者的重要特征。本来就缺乏文化熏陶、缺乏科学引导、人性冷漠残酷的群氓，又被抛荒到广阔天地去"脱胎换骨"，这无疑是"文化大革命"灾难的延续，那些在城里的实际操练，就成为他们"十八岁出门远行"后残忍行径的预演。

　　不断地回望来时的路成为张抗抗"自我"拷问的基本方式。人不

---

① 张抗抗:《残忍》,《张抗抗》,人民文学出版社1998年版,第228页。
② 张抗抗:《隐形伴侣》,武汉大学出版社,第83页。
③ 同上书,第83页。
④ 同上书,第84页。

仅是容易健忘的，而且还不愿面对自己，不敢剖析自己的灵魂，这固然不是仅仅独属于知青一代的精神痼疾，但这是知青走出自我的最大阻碍，许多人从这段历史中走来，却淡漠了这段情感。在知青上山下乡运动三十年之际，尤其是在已经有几位作家对于"知青文学热"现象发表了热情洋溢的演讲后，张抗抗发出了不同的声音，提出"告别'知青情结'，走出'老三届'。"① 此后，张抗抗针对那种英雄自得、谁主沉浮的"红卫兵情结"和"知青情结"一针见血地指出，"如果知青能够正视自己当年的愚昧无知，正视狂妄自大和胆怯懦弱，正视虚荣和野心，正视私欲和利己动机，知青便没有权利认为所有的错误和罪孽都是时代造成的。知青不仅仅是受害者，在受苦受害的同时，为了摆脱苦海，他们彼此间的残酷争斗，甚至波及周围的人，直至互相心灵的严重戕害。当我们探寻悲剧的根源时，我们痛心地发现，原来知青与'文革'是互为因果的。恰恰是这一代人的行为和思想，维护并维持了旧日的体制。他们是悲剧的扮演者，其实也是剧中人之原型。"② 张抗抗以其真诚的写实性，清醒的反思、深刻的自省意识和对历史的尊重带给人深思的力量。张抗抗《无法抚慰的岁月》对知青自身病态的剖析与批判，带有20世纪90年代的精神新质，读来令人内心为之一震，揭示"知青"并不拥有知识，所以才无知者无畏。"文化大革命"是知青成长的蹉跎岁月，张抗抗直陈"老三届"们缺少个性的集体精神的可怕和无可奈何的艰难命运，这无疑是一种残忍的说法，它源于作家深沉的社会责任感和道义良知，源于倾听天籁的本性。张抗抗的知青小说执着于对人性之恶的反思。这种对人性之恶的反思肇始于她创作《分界线》后反省带来的痛苦，"《分界线》严格地说并不是文学，而是某种概念的诠释，是一种意识形态的工具和传

① 《北京文学》1998年第6期（中国知青专号），"知青回眸三十年，说不尽沧桑岁月"的留言栏。
② 张抗抗：《无法推诿的责任》，《随笔》1998年第6期，第17页。

声筒。"① "这部小说虽然出现在历史大转变的前夕，但由于本人多年来所受的教育，由于我思想的种种局限，由于我的盲目笃信和浅薄，我根本看不到当时日益尖锐的社会矛盾，也没有能力去认识和表现，因而小说在本质上是不真实的。它仅仅凭着年轻人的一种善良的愿望，去呼吁人们分清真理和谬误的界线——实际上，就连作者本人也未能分清。这不能不是'文革'时期对所谓的文学的一种莫大的讽刺了。"② 这种反思使得张抗抗痛感知青一代成为思想上的失踪者，成为说谎的孩子。这虽然是时代造成的，但张抗抗认为知青本身也有着不可推卸的责任。这是觉醒一代的声音，张抗抗成为执着反思知青自身人性之恶的代表。知青上山下乡运动40周年后，张抗抗意识到"当我认真检讨自己在'文革'中写作长篇处女作《分界线》的经历，我发现虽然自己写作的初衷仅仅只是出自一个文学青年渴望成长的单纯愿望，但我无法否认一个令人痛苦的事实：每一个曾经服从与迎合了那个时代思潮的个体，其实都是那个旧体制不自觉、不同程度的合作者和共谋者——这恰是'文革'得以发生并延续的土壤和原因。"③张抗抗真诚地直面历史，包括自我的否定。不可否认，知青是"文化大革命"的牺牲品，也成为极"左"路线的执行者。在将青春和热血洒向北大荒的同时，知青们也扮演过荒唐的角色。总之，在特定的历史谬误中，知青既是受害者，也曾是施害者。这种沉痛的反省是需要有勇于自剖的勇气的。张抗抗的声音提醒知青，追忆青春的往事，不能只是万丈豪情，还有年少轻狂带来的遗憾。知青是那个特定时代的产物，它必然成为承载着那个时代所有记痕的历史符号。在回忆的同时，知青们更需要忏悔和"自赎"。

---

① 张抗抗：《大荒冰河》，吉林人民出版社1998年版，第271页。
② 同上书，第267页。
③ 张抗抗：《忏悔非宗教专利对每个人都极为沉重极其必要》，《羊城晚报》2009年12月11日。

（三）灵魂的"自赎"

张抗抗在多种场合表达了这种强烈的批判和反思意识。她不但对知青文学持批判性的立场，而且对整个知青时代生活的回忆，也充满了决绝的批判精神。"不要再仅仅说我们这一代人是'文革'的牺牲品，是政治的殉葬物。不要忘记'文革'中抄家破坏文物的红卫兵是这一代人；不要忘记'文革'中打死老师的革命小将是这一代人；不要忘记疯狂地鼓吹并推行血统论的也是这一代人。红卫兵的法西斯暴行和血淋淋的犯罪事实，已是昨天的噩梦，但有多少人真诚地忏悔过，用心灵去追问我们当年为什么上当受骗？为什么如此愚昧无知？"① 在她笔下的知青不是偷鸡摸狗，就是图财害命；不是愚昧无知，就是极端残忍。张抗抗的批判意识和批判眼光使她形成了独特的创作风格。张抗抗的批判反思带有一种蝉蜕似的勇气，寻求涅槃后的重生成为她的灵魂底色。知青岁月并不能从知青们的人生履历中抹去，对知青历史的执着反省体现出张抗抗作为知识分子的文化忧患意识。在知青上山下乡运动 40 周年后，她强调：我们生命中最具活力的年龄段，是在"文化大革命"前与"文化大革命"中度过。"老知青"对那个年代意识形态体系的高度认同、顺从与配合，与"文化大革命"形成了一定的同构关系。旧体制遗留的种种毒素——例如盲从、愚昧、对人权和物权的麻木、对市场经济时代自由竞争的恐惧，还有"窝里斗""平均主义"等种种陋习……它们像潜伏的病毒，至今依然残存在我们体内。由于当年沉积的罪孽至今未能彻底清算，致使那些病毒得以在暗角苟且深藏，与我们和谐相处并逍遥自在。从某种意义上说，"老三届"都是带菌的人。② 张抗抗执着于对无法抚慰

---

① 张抗抗：《大荒冰河》，吉林人民出版社 1998 年版，第 368 页。

② 张抗抗：《在怀旧中新生——知青 40 周年有感》，《工人日报》（第 6 版）2009 年 3 月 27 日。

的岁月的深刻反思，至今让许多知青提起来就"揪心"。读她的作品不是用来"疗伤"，或者寻求精神上的慰藉，而是感到向流血的伤口上撒盐的痛感。

张抗抗主张将知青放到灵魂的法庭上接受审判，直面知青的痛苦境遇所引发的潜伏在人性最深处的劣根性。这种幽深的洞见体现出她精神探险的勇气，执拗地深入知青精神不曾进化的血肉之躯，深入最深隐的底层，拷问人性的良知。张抗抗的反思意识与俄罗斯民族精神的渗透也有关系。从民族性格上看，俄罗斯人具有强烈的忏悔意识，他们认为每个人都无权去裁判别人，他在尘世所做的一切应该是救赎人性的过程，他们认为忏悔是人性进行救赎的第一步，忏悔使人从本己出发，它着眼于对人天性中的卑劣成分进行反思。陀思妥耶夫斯基和托尔斯泰的作品中的忏悔意识影响了张抗抗的创作。陀思妥耶夫斯基的创作启迪张抗抗探寻人类心灵的复杂性，审视人性恶的一面；托尔斯泰以他博大的人道主义情怀，倡导精神忏悔和道德的自我完善，为张抗抗建构人的现代品格提供了思路。"'忏悔'不再是宗教的'专利'，它对于我们每个人都极为沉重极其必要。"[①] 这是张抗抗发出的穿透灵魂的天籁之音。抛弃了知青文学中自怨自艾的倾向，张抗抗真诚地反思触及知青灵魂深处的人性残忍，如无视人平等的生存权，随意剥夺"二劳改"的财产甚至生命（《白罂粟》）；无视法律的存在，随意处死一个作恶的知青连连长（《残忍》）；破坏大自然，为私利猎杀老鹰爪（《沙暴》）。被剥夺的痛楚写得如此透彻，令人不寒而栗。这在知青小说中是独特的，虽然此前文坛也曾出现了类似于贵州作家叶辛的《蹉跎岁月》描写知识青年如何堕落、犯罪、受辱、自杀的灰暗基调的作品，但它们的基调是健康、高昂和鼓舞人心的。张

---

① 张抗抗：《忏悔非宗教专利对每个人都极为沉重极其必要》，《羊城晚报》2009 年12 月 11 日。

抗抗的北大荒知青小说创作执着地聚焦人性恶，它启示着人们：知青通过文学反思历史和自身还远远没有结束。在 21 世纪的文化背景下回望这段历史，张抗抗对知青人性之恶的反思并没有定格在上山下乡这段历史，而是将反思的笔触前伸到知青的胎记时期——红卫兵时代，他们在身体疯长的季节，灵魂也进入成长的关键期。但遗憾的是，在民族理性集体缺失的时代，处于心灵哺乳期的他们被强制性地"断奶"，在中学教育的关键阶段他们被放了"散羊"，年少轻狂的、思想贫困的他们想象力更加贫困，他们以革命小将的名义放纵了人性之恶，打、砸、抢、炮轰、油炸……他们心灵深处充满火药味、血腥味，一无所爱、无所敬畏，给自己和他人造成深重的灾难。他们对人类之善的毁灭性破坏达到无以复加的地步，"一切的革命，革命的一切"主宰着他们的头脑，人的终极关怀成为奢侈之谈，这些实际操练，是他们"十八岁出门远行"后残忍行径的预演。这里还有去个性化①的因素，无论是红卫兵时代，还是北大荒知青时代，他们都处于一个激情有余、理性匮乏的群体当中，这并不仅仅显示"人多力量大"的优越性，正如美国社会心理学家费斯延格提出的"群体中的个体觉得他对于行为是可以不负责任的，因为他隐匿在群体中，而不易作为特定的个体被辨认出来。这样，他们溶化于群体中，缺乏个体的可辨性，导致了禁止某种行为的约束力的降低，个体觉得自己溶化于群体中的程度越高，去个性化就越厉害，约束就减少得越甚"②。对于知青个体来说，服从所属的群体对于个人来说较为安全，偏离了群体就会被群体拒绝，承受着成为被群体攻击的危险。张抗抗的贡献在于找到了北大荒知青文学的创作场域，不断探求人性之恶，提示知青不

---

① 去个性化（de—individualization）是指处于群体中的个体不是以个人的方式来行动而是溶化于群体中，丧失个体可辨别性的一种状态。参见俞国良《社会心理学》，北京师范大学出版社 2006 年版，第 439 页。

② 俞国良：《社会心理学》，北京师范大学出版社 2006 年版，第 439 页。

能遗忘人生中那些痛苦的、耻辱的、有损良知和尊严的经历，要维护生命的尊严，重建人的良知。提示文学对于人性的反思仍处在路上的状态，对于推动人的自省、自觉都有重要意义。从这个角度说，张抗抗对北大荒知青的反思不仅仅属于知青文学的范畴，它更属于人类文学永久的话题。张抗抗将人性中一切丑恶的、肮脏的、残酷的、可怕的、血淋淋的元素集中展示，就是为了清扫人性的"奥吉亚斯牛圈"，让历史的悲剧不再重演。对于一个人或者一个群体来说，揭出伤疤总是一件令人不愉快的事，但是为了"无使后人复哀后人也"，就要更清醒地审视自身。这种现实主义的批判精神具有警醒作用，同时强化了知青作家的批判精神，毕竟一个群体缺失了批判反省自身的勇气，将是不健全的，甚至是没有发展潜质的。张抗抗超越了同类题材作品或悲壮或温馨或留恋的叙事，将笔锋直指人性之恶的深处，通过对人性的拷问，增强了作品的思想深度，从而把北大荒知青小说创作从一个新的维度推向高峰。

张抗抗的北大荒知青小说还原个体生命的真相，给时代提供文化镜像。小说中叙述者的典型性就在于其人格心理往往先表现出矛盾分裂的复杂状态，他们大都具有两面性：既有人格上的卑琐，又没有完全丧失良知，在不同程度上进行着自我忏悔与灵魂的自我赎救。行为是一个人精神素质的直接载体，张抗抗反思知青的生活方式，是让生命力能够得到最完美、最彻底的绽放。生命力被特定的意识形态放逐时，这种行为就成为一种游戏方式，北大荒既成为知青精神的放生池，也是茫然无措的流放者与壮志未酬的知青们的精神家园。直面自己的过去，使我们内心潜藏的恶从自我的桎梏和恶习中解放出来，与自己的灵魂对话，进行自赎，回归人性自然，回归到心灵深处的美丽部落，让灵魂听取人性鸣响。张抗抗对知青人性之恶的审视和把握具有极大的警醒意义和认识价值，为人性的自我完善提供了反省的可能。其中关于人性之恶的道德评价，关于生存命运的理性思考，使它完成了观念性的升华。毕竟，只知道"控诉"或者沉湎于"激情燃烧的岁月"，不知道忏悔和反省的群体将只能书写忆苦思甜的闹剧或者青春无悔的宣言。四十多年过去了，北大荒知青的内心仍在继续发生一种隐秘的甚至是微妙的变化。当人们倾心于补偿性的"控诉"时，张抗抗却执着于灵魂的忏悔，执着于严酷的灵魂拷问。从这个意义上说，张抗抗的北大荒知青小说相当于一部"知青忏悔录"。它在北大荒知青文学史上，也是知青文学史上弥补了"青春无悔"和"牧歌怀恋"式的单一认知，使知青文学走向真正意义上的成熟。

三　关恒武：坚守田园的写作

在北大荒土著作家中，关恒武能占据一席之地不是他的影响力超过了刘亚舟、王治普等作家，而是他坚守田园的写作所带来的独特性：他用十年写就的小说《两半屯》以大量的民俗风情为背景，将人性的矛盾放置于北大荒历史的发展中，在二元对立中塑造了三爷和王老好这两个典型人物，展示了人的自然属性与社会道德属性的，也是北大荒土著文化中的匪性与中原儒家文化的仁义的交锋。《两半屯》讲述了交织着生与死、正与邪、爱与恨的人生悲喜剧。他是第一个直接将人物性格塑造到如此两极化的作家。

（一）三爷："胡子"文化的折射

典型的关东汉子体魄彪悍、性格粗野豪爽，三爷身上就具有这些特征，他的人生信条是"为了活着，做什么都不过分"[①]，他率性而为，释放自然人性。他彪悍粗野，刚烈霸道，匪气十足，兼具草莽硬汉的血性和野性，这都是胡子文化的特征。它推崇一种"唯权力论"，谈不上对人的自由和尊严的关注和尊重，甚至无视人的生存权。

东北因为社会动荡，胡子遍野，造就了胡子文化。许多山上都有

---

① 关恒武：《两半屯》，北方文艺出版社 2011 年版，第 124 页。

土匪占山为王。"三爷的父亲心眼儿小，就因为屯官借了他家一碗豆油没还，点着了屯官家的柴禾垛，又胆小怕经官，跑到山上当了一名土匪，报号'田小个子'。"①一次偶然的事件就能促使人成为土匪。胡子文化的传播方式，往往流于粗俗、野蛮等外在文化表征，具有明显的张扬性。其传播具有功利性和相对公开性，不需遮遮掩掩。胡子意识深植于关东民间，隐含甚至弥漫在民间意识和文化心理结构中。田小个子因为好色违反寨规，被贬出山门，做了一介草民，娶妻生子。三爷不是他的亲生儿子，是他原来的山寨主在他家避难时与他老婆生的。"胡子"中欺男霸女的权利意识，已经明显地体现在寨主身上。田小个子只有在门外看守的份儿。也许因父亲是土匪的缘故，三爷不安分，不甘愿一辈子受穷，被人瞧不起。他从小就意识到，当皇帝、当官、当兵、当差、当土匪，都为活得好一点，活得像个人样。可见，三爷身上代表的土匪最根本的文化意义在于，它所体现出的实用主义倾向。实用主义的本质即"真实的就是我们所应当信仰的"。②一切都用存在的现实来判断和解决问题。土匪的实用主义在三爷身上首先表现的就是生存。在他的世界中生存具有至高无上性，也是他的处世原则。为了生存，他可以抛弃一切道德、仁义、良心、社会规则等，他身上具有蔑视道德律令，敢生敢死敢作敢为的特征。最初，胡子精神是他在弱肉强食的社会困境中延续生存的一种策略和手段。闯荡到北大荒前，他身上就体现出顽强的生命力和匪性。父亲软弱，家中女孩多，一家人常被人欺辱，三爷10岁时就能顶天立地。邻居二能在大年三十用二踢脚崩穷气，错将"穷"字崩进他家，他便将邻居的饭锅砸碎，从此，他家晚上睡觉不用关门。他18岁时就带刀，为娶到喜欢的女人而自剁手指。为惩罚流氓成性的父亲调戏自己老婆的

---

① 关恒武：《两半屯》，北方文艺出版社2011年版，第36页。
② ［美］M. 怀特：《分析的时代》，杜任之译，商务印书馆1981年版，第159页。

罪行，他一斧子把猪头砍掉。

三爷带着妻儿逃难到北大荒，弱肉强食的丛林法则让他悟出"这世界从有人那天起，就是弱肉强食"①。胡子（土匪）盛行于关东大地，当土匪是人的生存方式。萧军说过，他家乡的人喜欢当兵，当胡子，崇拜由胡子和草头王成为"大帅"的张作霖，不喜欢也不崇拜读书人，因为这就是民间生存的王道，这就是民间长久积习下来的强烈的"强势崇拜"精神。胡子文化的核心就是践踏法律规则，蔑视弱势群体，以犯罪的方式推崇丛林法则，真实地演绎着"狼"和"羊"的故事，而这个丛林法则不仅为"狼"所接受，也为"羊"所接受。三爷作恶，两半屯的人背地里骂他，但表面也是认同的。三爷的"狼"性在他谋生和发迹过程中体现着：为买到牛，他将十几岁的女儿推给卖牛娶妻的黑汉；5岁的儿子被土匪绑票，他拿牛换回儿子；为买牛，将小女儿卖给人做童养媳，在赌场割下自己的一块腿肉赌赢，买回一头牛……他公然地宣扬他的霸气和匪气，常说的一句"俺的话不好使，眼珠子抠出来当泡踩"②，他对自己给女儿定的娃娃亲反悔后，断然抠掉自己的眼珠。"自杀，是一长串前后相扣的事件之链的最后一环。"③ 三爷的死也是一个预设好的时间问题而已，同时为他的"狼"性做了一个终结。"三爷年轻时就说过，活到六十岁时，要是不老死，不病死，没什么意外，就自己死。"④ 他不愿苟延残喘地活着，这不符合他的性格。当年他遵守自己的生存立场，他可以卖女儿、割腿肉。在他看不到阳光和女人后，他便失去了生活的欲望。他早已限定自己生命的终结点，在生日那天，他大摆宴席"庆祝"，而

---

① 关恒武：《两半屯》，北方文艺出版社2011年版，第4页。

② 同上书，第143页。

③ ［美］劳埃德·德莫斯等：《人格与心理潜影》，沈莉、于盱译，上海人民出版社1989年版，第57页。

④ 关恒武：《两半屯》，北方文艺出版社2011年版，第29页。

后，醉卧荒野葬身狼腹，狼也因吃了三爷而醉死，家人只好将吃了三爷的狼埋葬了。小说荒诞的背后也寓意着三爷就是人间一条食利的狼。他一生为发迹省钱、缺德做损，他用独特的自戕方式，与其说是来救赎自己，不如说是至死都坚决表明自身蔑视规矩、特立独行的生存信仰。他是一个与自我角逐的斗士，在撼人心魄的死亡面前，那些鸡鸣狗盗、缺德做损、呼风唤雨的显摆做派都显得不重要。那种处事斜歪、横行逞强、震慑人心的做派已经给他的死做好了注脚。通过自残来救赎自己失信的错，是他王道的体现，通过自戕来显示自己的特立独行，显现出人性的复杂、幽深。他身上具有善非善、恶非恶的双重属性，粗俗、野性中透露出人性的自由，豪爽、狭隘、野蛮，肆无忌惮，他是一个不守规矩的游戏高手。虽无侠肝义胆，但也不是十恶不赦的人渣。这种苍凉的人性体验凝聚了关恒武的全部生命积累。人物形象塑造成功之处，在于难以用形而上的评判标准将其予以定性。他不是横行乡里无恶不作的恶棍，也不是阴险毒辣害人害己的小人。他更像行迹于善与恶边缘，在丛林间觅食的野狼。他一生放纵性情，却不是无所顾忌，而是有着一定之规：他藐视道德规矩，却从不冒犯法律；他身上聚焦着闯荡江湖的豪气与啸聚山林的匪气，也有冒险致富投机者的影子。他是来自民间最底层，一个极具生存能力和冒险心理的强者。三爷身上体现出北方农民勤劳而又狡黠，豪爽而又自私的复杂性格特征：他有绝情的一面，为了活命忍痛卖掉亲生女儿；他有烈性的一面，为了娶到心仪女人愤然剁掉自己的手指；他有残暴的一面，反悔失信后断然抠掉自己的眼珠；他有难于容忍生活残缺的一面，决然醉酒自戕……"谁都知道，三爷一辈子吐唾沫是钉。"① 他一系列不寻常的举动透射出自然人性欲望得以喷放的快意。他在60岁寿宴上的一番赔罪又是回顾一生的悔过心理：

① 关恒武：《两半屯》，北方文艺出版社 2011 年版，第 143 页。

各位父老乡亲，老少爷们，我逃荒来到两半屯，落地为生。不是人的事儿让我做绝了，仗着衣食父母大人大量，不同我一般见识。俗话说：人之将死，其言也善。昨黑，我做了一个梦，梦见阎王爷招我，说我寿禄到了，还说我这世是野鬼托生的，不得好死，这身血肉扔在哪儿说不准，哪天没影就没影了，别找我，我不会挺尸炕上。来，我敬乡亲们一杯酒，算我缺德事儿做到头了！①

关恒武把土匪气投射到三爷的野性与血性上，这是他的"胡子情结"，也是草莽英雄情怀。三爷积极迎合精神自由、物质实利化的生存原则，拒绝平庸、苍白的人生。他身上有令人震撼的匪性，他作恶、造假、陷害，明目张胆地对弱者进行嘲弄、毁灭性的欺凌，他极力张扬的强势做派，正是北大荒民间"胡子"意识的折射。"胡子"意识蕴涵了横行无忌的强势心理，在胡子文化的深层结构中，昭示着在民间巧取豪夺的土匪气息。三爷发家后，两半屯人对他当面和背后的态度变化，就是民间道德情感的表露。他因做鸡盗狗窃的小事儿，而背负缺德做损的骂名，也因蛮横逞强而令人侧目遭嫉恨，但他依然我行我素。他既豪放、理性、野蛮，又狭隘、狡猾、凶狠。他是顽强生命力的体现者，有人性本真、释放人本能的一面，又是乡村人格中的优异典型，更是乡村权力本质一面的代表，是最有光彩的人物。

（二）王老好：传统美德守望的囚徒

王老好身上体现了中国传统的安贫乐道，固执守望这一传统美德。人性具有善恶的双重属性，二者是对立统一的关系。王老好和三爷，涵盖了人性的双重属性。作家赋予他善的化身，他具有乐善好施的美德，一生为祖辈创立的积德碑增光添彩。为此，他心甘情愿受苦

---

① 关恒武：《两半屯》，北方文艺出版社 2011 年版，第 6 页。

受穷一辈子。王老好祖上就是积德行善之人，祖父在一次洪水中为救别人，主动放弃抱着的原木，被洪水冲走，用生命给儿孙们立了座丰碑。王老好降生时一哭，把女儿山的山洪哭了下来，村子遭了大难，成了两半屯。洪水过后，他爹王善人打开粮仓救济活着的人。冬天，王善人饿死，被埋进了祖坟。王老好承袭祖上的高尚品德，但安贫守旧、偏执愚昧。

　　王老好为了死后能进祖坟，活得像个虔诚的清教徒。别人有难他心里难受，别人日子过好了他心里踏实。他见不得别人遇难，宁可自家挨饿受苦也要倾囊相助。他不顾一家老小饥肠辘辘，把仅有的半袋口粮救济了讨饭的母女俩。他一生勤俭行善，到头来却弄得一贫如洗、家破人亡。作品的悲剧意味因此而深化了：这种以舍弃自家幸福，甚至是牺牲性命为代价的善，显示出他为积德碑献祭举动的悲剧性。这是有悖常理且近乎愚顽的善，这种带有苦行僧式的以透支形式来行善是愚善，甚至是自虐。积德碑是具有讽喻性的能指，它是王老好身上背负的大山，他思想僵化、一生承载的是贫穷与不幸。作者把它置于时代变迁中展现，特别是把它放在改革的时代背景中进行考量、给予诘问，这是单纯的德行标准造成的悲剧。而三爷这个既善非善、既恶非恶的中性化人物，是人性自由与解放的理想化介质。

　　王老好选择结束生命，是坚守自身清白。他不堪忍受三爷的恶意诬陷与报复，在自家草屋上吊自尽。他用这一方式来逃避现实人生，带有浓厚的悲剧色彩。他是带着无可奈何的悲哀赴死的，他努力克己为人、积德行善，到头来却背负着"贼"的罪名。他坚守一种"士可杀不可辱"信念，显示出众叛亲离的残酷现实已经危及他的信仰，三爷有意陷害又给他以致命一击。他并没有活够，所以不想轻生，突然遭受的羞辱让他想活都活不成。他誓死抗争固守祖上的功德，死后进了祖坟。他和三爷的死诠释着一种悲剧：人性双重属性的外在矛盾和内在缺陷、偏执达到了不可调和的地步。随着现代社会对传统道德价值体系的解构与颠覆，王老好一生行善、别无他念的行为带给他的不是家业兴旺，而是家徒四壁、妻离子散。长期的贫困使人麻木不仁甚至绝望，媳妇月影经年累月患病，疾病与贫困如毒蛇缠绕着她，心灰意懒的她靠整天打麻将来消磨时日，麻醉自己。她无力摆脱贫寒，也不愿成为拖累而跳井自尽。月影和王老好的结合缘于他的善心，她的死也是缘于他纯粹得近乎畸形的善行。她用死来否定王老好的善，否定被奉若神明的积德碑。王老好贫穷的家境，使儿子公羊娶不起媳妇，长期的性压抑，使他不仅把牲畜当成宣泄的对象，还不顾舆论和父亲的责骂决绝地将屯子里声名狼藉的荡妇娶到家，这是他对性压抑的一种畸形的释放。哪怕父亲气昏倒地，他都不动摇。王老好看不上三爷的做派，认为他是不务正道的人，坚决反悔儿子老蔫和三爷女儿彩云的婚事，最终二人吊死在树上。王家以积德碑为荣耀，媳妇自尽，儿子或反叛或殉情映射出王老好守护着的神灵般的积德碑已被撼动，预示着以封建礼教为核心的传统道德价值体系渐趋瓦解，反映出现代人面临多元诉求的价值取向困惑和趋利化倾向。

（三）两半屯：北大荒乡土生活的影像

《两半屯》可以看作关恒武学习《呼兰河传》之作，他说"我喜欢萧红，不只是因为她的作品，更尊崇她那种打破世俗、敢于背叛、追求爱情、追求真理、追求自由的精神。呼兰河因为有了萧红，呼兰河便不再是一条平凡的河。我的家乡有一条江，叫嫩江。我也曾像萧红那样，想使嫩江变成一条不平凡的江。……我没做到，只有一种原因，那就是我没有萧红身上那种精神。"[1] 他虽然没有萧红的气魄，但继承了她的文学传统，他把从萧红身上学到的气魄赋予到三爷这一人物身上。这一形象就像在人眼前晃动一样真实，他闯天下赢来的名号，玩女人、坑瞎子、私吞人参、猎貂、偷猪等事都干尽了。关恒武

---

[1] 关恒武：《两半屯·后记》，北方文艺出版社 2011 年版。

通过塑造三爷与王老好这两个人生观、价值观截然相反的人物，表现对传统与现代、主流与非主流价值取向困惑的反思。他"将这两个人物性格特征通过社会变革这一宏大背景加以凸显，并以这两个人物性格相互对立纠葛突出各自鲜明的个性和广泛的社会概括性。"① 这两个人物有着水火难容的性格，已然决定着各自命运迥然不同的指归，如作者在小说自序中所写"自然与道德是人类最美的花朵，如果把他们比作两朵鲜花的话，真不知该采哪一朵"。② 三爷的个性张力，具有自然性的魅力，但消解了德性；王老好背负着清苦的债务，尽显传统美德，他自苦一生，活得艰窘，他没有一刻是任性而为的，总是在压迫自己中过日子。三爷瞧不起他"人性好，人性好能当饭吃?"③ 三爷胡子式的狼性狂欢，王老好对善性的苦守，昭示着物质的富有与精神满足的两难抉择。在双重负压下，人在躯体被物质世界紧紧包裹时，灵魂也遭受着矛盾、冲突之苦，承受着焦灼的煎熬。这就是挥之不去的焦虑与困惑。关恒武用现代视域的表达方式，书写人的本真和道德持守，展示了人最终彷徨的心态。关恒武说"我感觉这世界主要由两部分人组成，一部分是以三爷为代表的一半，'为了活着，做什么都不过分'，我把一切自然的色彩，全都用在三爷身上。另一部分就是以我父亲为原型的王老好为代表的一半，他们是被五千年时间所谓智者炮制出来的所谓文明，所谓传统道德浸泡，背负着沉重的'积德碑'，忍辱负重，直到为'积德碑'殉难。"④ 这是乡土世界的社会构成，"除正统的农民忠诚文化主流外，尚有一种土匪无赖文化品格，乡土正是在这两种文化传统与人格的互相交流、碰撞、融合之中绵

---

① 唐序成：《一幅人性故事生动图画的描绘——读关恒武的小说〈两半屯〉》，《理论观察》2013 年第 1 期，第 100 页。

② 关恒武：《两半屯·自序》，北方文艺出版社 2011 年版。

③ 关恒武：《两半屯》，北方文艺出版社 2011 年版，第 142 页。

④ 关恒武：《两半屯·自序》，北方文艺出版社 2011 年版。

延、成长、起起落落的。"① 相对而言，他更推崇三爷那种打破世俗、活出本真、追求自由的精神。三爷是他生命理想的情感隐喻，最大化的显现了三爷的符号意义。在中原的乡土社会有像王老好这样的农民，但不至于"多少年来过着苦日子，一分钱没攒下"②。直到最终为不辱没"积德碑"而自杀。农民面对生存的艰难退守于克己为人，甘于忍耐，甚至去压抑自己可怜的欲望，满足于过着简单、贫乏、可怜的生活。

关恒武在塑造三爷时，"试图抛弃土匪实用主义表层污垢直挖其与时代主题相契的底蕴"③，通过"斗残"习俗，重塑民族文化形象，彰显出北大荒民间野性的生命力。"斗残"，即"赌徒相互对视，用刀，手刃自家的手指、胳膊、小腿、大腿。或割出血，或下片肉，或一刀剁下来。面不改色，亦说亦笑，怯者输。翌日即离城，远路流浪"④。这不单是蛮野的性情，更是一种豪爽无羁的勇气。三爷用其一生演绎了民间的"斗残"习俗：他靠着"斗残"剁掉自己的手指喂狗，震慑了崔家老小，娶回心仪的女子；靠着变相的"斗残"惩治流氓老爹，闯荡北大荒；靠着"斗残"在两半屯立足；靠着"斗残"买了牛，置办了家业；靠着"斗残"反悔儿女婚姻，使得女儿殉情；靠着"斗残"，完成人世的轮回，葬身狼腹。这种斗残不仅仅是释放人身上的野性，更表现了一种无所畏惧的勇气和不达目的不罢休的烈性。

现代文学"对乡土人生就有批判与维护两种态度，批判者多用西方人文价值观解构乡村，使乡村成为被改造的代名词；维护者多用审美与宗教观念重构乡村，使乡村成为标准化生活的代名词。但无论批

---

① 兰爱国：《土匪和农民：乡土文学的两种人生模式》，《小说评论》1993 年第 4 期，第 66 页。

② 关恒武：《两半屯》，北方文艺出版社 2011 年版，第 49 页。

③ 兰爱国：《土匪和农民：乡土文学的两种人生模式》，《小说评论》1993 年第 4 期，第 66 页。

④ 阿成：《与魂北行》，《胡天胡地胡骚》，北京出版社 1999 年版，第 70 页。

判与维护都共同把乡村看成单纯的整体，而不是一个多元并存的复杂肌体，从而造成乡村文学的单一化与模式化，现在当代文学用多元价值观观照乡村，发现乡村多元混一的局面，或者说，通过土匪发现国民精神的另一面，从而大大地丰富了鲁迅的国民性研究主题，使我们对乡土和中国文化都有了一种新的认识"①。《两半屯》展现北大荒复杂的、真实的乡土社会。关恒武塑造的三爷和王老好这两个人物，借此参与到对中国乡土社会的价值多元的书写中，展示了国民性的丰富。从这个意义上看，《两半屯》就是中国乡土社会的缩影。"两半屯"是贯穿小说始终的意蕴深厚的文化符码：一半人，一半鬼，展示两种人性。对人来说，大约有三种生活：一种是有自由尊严的生活，一种是有自由没尊严的生活，一种是没有自由没有尊严的像奴隶一样的生活。有自由没尊严的生活，只是一种率性自然的生活，像三爷一样。而没有自由没有尊严的生活，无论如何都不是理想的生活方式。这就是《两半屯》的独特之处。

民俗集中展现乡土民情，展示地域文化，再现地域性文化景观。关恒武承袭了萧红文学中以民俗写人的传统，他书写民俗是进行价值理性和人文精神的思考和辨析。"人们生活在民俗里，好像鱼儿生活在水里。没有民俗，也就没有了人们的生活方式。"② 民俗文化影响、塑造着社区居民的心理范式。关恒武用他的笔娴熟地描绘着两半屯的风俗民情，传达他对嫩江流域人的思想观念和生活观念的认识。民俗文化作为对某一地域群体文化的深度编码，透射着两半屯群体的文化心理及其对共有的文化的认同感。民俗元素的拓展，深化了关恒武小说的伦理意蕴。他利用民间文化、民间风俗的传承性与集体性的特

---

① 兰爱国：《土匪和农民：乡土文学的两种人生模式》，《小说评论》1993 年第 4 期，第 66 页。
② 钟敬文：《文学研究中的艺术欣赏和民俗学方法——在〈文学评论〉创刊 40 周年纪念会上的讲话》，《文学评论》1998 年第 1 期，第 27 页。

点，完美地呈现了一个声色化、人情化的流光溢彩的诗意民间世界。他巧妙运用民情风俗元素，有效地展现了笔下人物的精神状态和民间信仰的生活化场景，拓展了风俗的世俗化意蕴。民俗特有的审美结构引发了人的地域认同感。"民俗一旦产生，就会伴随着人们的生产及生活方式长期相对的固定下来，成为人们日常生活的一部分"①。民俗事象总是联系着"民"、联系着同一地域人的生命活动，它有一定的感性成分，但也具备理性的意蕴。民俗作为一种"有意味的形式"，最易于调动起人们的社会化感官，激起人的身份归属需求，从而使民俗成为集体的行为习惯。相同的民俗文化模塑群体心理，过年这一习俗是在民俗文化具体性建构和濡染下形成的，使生活在北大荒的民众不断深化着对群体文化的心理认同感，民俗文化归属感共同释放着某种隐蔽的情绪。对地域文化的认同感，犹如磁石吸引着北大荒人成为现代社会中最具感召力的社区一员。《两半屯》的年俗描写精准定位了这样的心理诉求，触动了群体心底最敏感的部位。由于民俗元素是对日常生活的深度编码，北大荒文化才能超越纯粹的物质性存在，而持续不断地激活群体的归属意识，释放出群体的超越物质性存在的精神诉求。这个颇具民俗意味的意象，成功营造出民众的"年味感"。人们在熟悉的甜蜜中回忆"我们的"生活，聚集在心灵深处的文化记忆密码被激活。人的记忆是一种生理、心理现象，这还要从民俗自身内在的本性中寻找。民俗本身是人类群体对某一现象共同认可的心愿凝聚而成的群体心愿的一致性，这也形成了民俗特有的凝聚力。这一种凝聚力使民俗具有向心力。民俗流传时，宛如打着旋儿的龙卷风，将相遇的一切都往自己的中心旋转。② 基于日常生活世界的民俗文化所弥散的民俗的活性离子，确有强化我们民俗文化心理认同的作用，

---

① 钟敬文：《民俗学概论》，上海文艺出版社1998年版，第17页。
② 陈勤建：《中国民俗学》，华东师范大学出版社2007年版，第76页。

其背后的推手是"我们的"精神需求的暗流涌动。文学对于民俗元素的展示不是进行简单拼贴和随意组合，而是用民俗元素的真正深度介入。寻求地域文化介入的精神通道，就会发现，具有生命力的民俗，能有效传达风俗背后的文化理念。民俗作为一种模式化的生活文化，全方位地渗透到民众生活中。民俗元素中的仪式，恰恰是对人们重复性的、没有新意的现实生活的一种补充或精神补偿。在小说中"结阴亲"的习俗恰巧就是体现了这种文化心理：

> 王老好家的大红棺材被三十二个杠子抬着，来到三爷家迎亲。三爷把迎亲的客人让进屋，又是倒水、又是点烟、又是吃糖。最后把倒在地上，穿着大红结婚礼服的彩云的尸首，抬出屋，装进结阴亲的棺材，与王老蔫并排放在了一起。
>
> 鞭炮响了。
>
> 喇叭匠奏起了欢快的迎亲曲。①

这毫不逊色于阳间的婚礼，这是生者对一对殉情的情侣的补偿，也是借此来使日子变得有起色，来满足人们的鉴赏评价心理。埋完了一对新人，亲朋好友们全都在王老好家院里喝开了喜酒。人们抽着喜烟，喝着喜酒，不时地划着拳。人们通过仪式来沟通感情，寻求群体性的认同方式。

《两半屯》地方气息浓烈，从语言到故事情节都充满北大荒特色，描绘了一幅生动的民情风俗画。关恒武实写自然环境，对北大荒地域文化特质进行象征性的书写，野逸中弥漫着神秘的色彩，质朴凝重。作品内涵丰富、深邃，将自然与道德的冲突展现出来。他试图从整体上书写北大荒的乡土气息。他对三爷60岁寿宴铺排的精细描写，对北方风俗的展示，对三爷这个人物的命运具有预示性的功能：

---

① 关恒武：《两半屯》，北方文艺出版社2011年版，第144—145页。

> 六凉六热五过油。六凉是：花生豆、咸鸡子儿、灌血肠、糖醋萝卜丝、黄瓜拌粉皮，还有一盘猪皮冻。六热是：小鸡炖蘑菇、猪肉炖粉条、红焖肉、炒干豆腐、炒青椒、麻辣豆腐。五过油是：熘肉段、酥白肉、四喜丸子、柳蒿牙炖鲫鱼，外加一个挂糖土豆。
>
> 细心的人一数，十七个菜，单数。
>
> 在中国北方，在两半屯，没有人不知道，办红事儿菜要双数，吉利；办白事儿菜才单数。①

三爷违背风俗的菜数具有预示性，这与其说是他的寿宴，不如说是他为自己预先置办的葬礼宴会，这是三爷自戕前的绝唱。这部小说以短句见长，却蕴含着巨大的张力：从容介绍着地方习俗，写到菜谱，写到秧歌队，用一些喜庆的内容来冲淡死亡的沉重。而单数的十七个菜已经超出实用和审美的功能，成为与民族心理素质密切相连的社会化功能符号，预示着不吉利。秧歌扭得更欢正是三爷期望的，这是他在人间六十年生命的最后狂欢，生命的荒凉感由此呈现。

民俗作为重要的人类文化现象，深刻地联系着人类的行为方式、情感方式与生存状态；文学以其关注社会、观照生命状态的人文性，展示民俗这一取自民间文化养分，创造性地展现"一方水土养一方人"的生存状态。关恒武的小说用大量的笔墨描写风俗民情，他不满足于只是展现人们原生态的生活状态，更着力于对迷信成分的民俗进行现代性解构。

> 蒸猫，是北方流传了很久的一种惩罚形式，带着浓重的迷信色彩。据说：丢东西找不到，就蒸猫，锅里温度一高，那猫受不住，连蹬腿带叫。
>
> ……

---

① 关恒武：《两半屯》，北方文艺出版社 2011 年版，第 5 页。

偷东西的人也跟着叫，猫蹬腿时，偷东西的人也跟着蹬腿，猫死了，偷东西的人也跟着断气。①

"我"也站在人群里，想饱一饱眼福，看一看事态的发展。但"我"不信，蒸猫竟能把偷东西的人蒸死。"我"极度的恐惧，怕让小巴出来认错。"我"开始怀疑自己，假如"我"是小巴，会怕被蒸死吗？会当场把偷的东西交出去吗？"我"不知道。"我"劝自己什么也不去想，就像什么事儿也没发生一样……这种民俗的震慑力，已经开始在年轻一代心中大打折扣。这种解构还体现在写萨满教的民俗时，作家写尽曹萨满的神通看似是无意间加上的："曹萨满这么深的道行，人们都以为他有神，其实他全靠师傅传给他的一本《民间万方》，那是一本药典。药典里全是民间偏方，这偏方说药又不是药，不是药吧还能治病，治大病。曹萨满的偏方不传人，给人看病时跳大神，围观的人不知里表，还真以为有神呢。曹萨满的偏方专治大病，治好了无数走近死亡的人，都服了。曹萨满夸过海口，只要能把病人的嘴撬开，把他的偏方灌进去，死人都叫他还阳。"② 关恒武以大量篇幅对跳大神的场面、过程作了详尽而生动地描述，揭示了借跳神以祛病消灾的荒诞性，这是现代文明对萨满教的解构和颠覆。虽然作家也肯定了萨满身上有神奇的法力，肯定其存在的世俗实用功能及合理性。但是，曹萨满还是借助医学治疗疾病，他没有能让王老好起死回生，这本身就表现了作者对萨满存在的虚妄一面的批判。这与萧红的小说中对跳大神的欺骗性的揭示有着一致性。

综观关恒武的创作，他着力表现人的苦难，奠定了具有苦难底色的文学基调。生存的现实困境与理想境界之间的矛盾是关恒武创作的全部内趋力。这注定了他成功地塑造了有生命质感的人物形象。他

① 关恒武：《天狗》，《阴阳先生》，北方文艺出版社 1991 年版，第 34 页。
② 关恒武：《两半屯》，北方文艺出版社 2011 年版，第 158 页。

说，"我写的是和我自身血肉相连的东西，结果却有许多人同样的感受着我的忧虑和痛楚。"① 这是他刻骨铭心的思想轨迹。生存困境与理想境界之间的矛盾成就了他的小说创作，使他坚守人文立场，关怀、追问人生的价值和人类的终极意义。他以对生命本真的记忆，展现无法消解的矛盾，这与他所生存的地理环境有关。他的小说中多次出现处在城乡的交界地带的"芳草营子"，这是他真实的生存环境。这给他接触城市文明的机会，城市生活的缤纷色彩昭示着现代文明的无穷魅力，而单调的、机械的、日复一日的田间劳作构成农村生活的全部。城乡交叉地带的地理环境，决定了他总是以城乡对比的视角，观照农村民众的困苦生活。他塑造了几个有别于父辈的农村青年，他们对土地没有生死相依的亲切感，有的则是蔑视、有意的忽略面朝黑土背朝天的农民。关恒武感受到无法消除城乡差别、代际差别，所以一直同情、理解笔下的农村青年。从他早期小说中科学种田的李凯明，到热爱家乡的"村下才子"，再逐渐到后来塑造的在生存困境中煎熬、挣扎的根子、小德子等人，作家展现了他们内心深处的焦灼不安，以及努力与严酷现实抗争的勇气。他讲述的清新流畅的田园牧歌式的故事，流露出一种人与命运抗争的主调，还有对人生价值和人类终极关怀和追问。关恒武一再展现青年农民不甘落后的情绪和一种无奈的心态。尤其是《同是一片土地》《两半屯》等小说，作家以上海知青插队到农村后的生活作为参照对象，写出了知青们对农村生活的厌倦和逃遁。在知青们的眼中，十年的插队生活就像劳改一样，在他们的灵魂深处都有对农村艰苦环境的强烈恐惧感。他们千方百计地逃离农村，回城成为他们的奋斗目标。而被城市知青痛恨的农村生活，对于青年农民来说意味着一生一世，农村青年们无力摆脱这种世世代代的

---

① 刘喜录：《丧失记忆的人在城市里游荡——对关恒武文学创作非文本意义上的批评》，《齐齐哈尔社会科学》1996 年第 2 期，第 41 页。

轮回。"知识青年是人，农村青年就不是人？农村青年能干的活，他们怎么就不能干？"① 这就是横亘在关恒武意识中的"天问"。关恒武的作品典型地强化了这种思维，并以特定的方式对这一思维进行情感评判。阿三喝醉了。"10 年……10 年，劳改犯一样的生活，从今以后结束了，结束了——"② 阿三哭了。根子站起身，"一脚把桌子踢翻，平静地对每一个人注视了一眼，慢慢地走出屋子。10 年，短短的 10 年，就劳改犯一样的生活，就蹉跎岁月了？而老蔫，而像根子这样的青年，却是一生，一生啊！"他执着地在多部作品中反复呈现"根子在路边铲地，那垄太长了，从他爷爷开始铲，到他爸爸接着铲，直到他，还是不能铲到头……"③ 这与其说是老蔫们的体验，不如说是关恒武作为农民后代的体验，"正是由于从本身生命经历中导引出来的对个体生命价值、意义的关怀和追问，使他的作品具有了更多的意象性和形而上的价值指向，并有别于一般意义上的乡土文学。"④ 关恒武在自己的生活天地里，努力扎根、锻炼自己。他直面自己的本真的生命经历，并将其视为文学创作的源泉。用自己的语言写作，这是关恒武的情趣与艺术追求，他的作品语言生动流畅，而且具有一股浓郁的乡土韵味，在妙趣横生中，还流溢出一点苦涩的幽默。他的写作实践逼近生活真实，因而"没有成败的负担"（冯骥才语）。关恒武的《两半屯》关注人的命运，民族的命运，更是关注人类的命运。仿佛是谶语，关恒武跳出农村后的写作，给人一种游离感，而不是他生命的本真，这就影响了他创作的生命力。

---

① 关恒武：《同是一片土地》，《阴阳先生》，北方文艺出版社 1991 年版，第 12 页。
② 同上书，第 16 页。
③ 同上。
④ 刘喜录：《丧失记忆的人在城市里游荡——对关恒武文学创作非文本意义上的批评》，《齐齐哈尔社会科学》1996 年第 2 期，第 41 页。

第四章　文化考察

　　乡土文学是百年中国文学的主流，作家创作的小说也多以乡土小说为主。从乡土文学的发展流脉来审察北大荒文学，发现北大荒兵团文学也是一个乡土性结构。北大荒文学是在多民族、多地域融合背景下形成的地缘文学。在国家意识形态因素的渗透下，全国性的主流文学自然会影响到地缘文学，北大荒文学在认识上与主流价值取向高度契合、达成共识，北大荒文学曾一度由边缘走向中心，地方文学渐趋主流化。北大荒文学作家是通过文本重建读者对北大荒的记忆，扩大北大荒的影响力。我们走进北大荒文学的内部对其进行考量，发掘到北大荒作家是在用文字表达地缘文学的特征，让读者看到一个真实的北大荒，他们以北大荒人的感知和体验书写北大荒，极力避免了北大荒被简单的描摹、被"风景化"。

第一节　北大荒文学的文化渊源

　　北大荒文化因为其经济形态的多样性而独具特色，畜牧业、渔业、林业、狩猎、种植业等多种经济并存，但最初是以渔猎业为主的经济形态，而种植业的发展是随着近代以来以山东为主的关内移民的大量进入而逐渐发展起来的。近代以来，汉族移民到北大荒先是淘金后是放排，最后买田置地，成为北大荒这片广袤土地的经营者和守望者。当然近代以来移民北大荒的还有外侨，朝鲜移民聚居务农，开拓水田，带来水稻种植业的发展，大量俄国移民随着中东铁路的修建而涌入北大荒。[①] 另外还有大量的日本农业移民，按照日本"二十年内向东北移民一百万户"的计划，进入北大荒。人口迁移往往促进了文化交流，各种途径移民北大荒的行为本身导致了移出地文化向移入地区扩散、传播，影响和熏陶了移入地民众的思想观念和生产生活方式，同时促进了文化融合。北大荒的游牧文化、渔猎文化与山东移民为主带来的中原农耕文化有机的融合，结束了北大荒土著居民以游牧和渔猎为主的生活，开创了以农牧渔相结合的经济文化范式。

一　独特的文化审美品格：由乡土书写进入民族灵魂

北大荒不但自然景观较为独特，人文景观也颇有特色。这里既有土著的少数民族的渔猎文化，汉族的移民文化、流民文化，又有以俄罗斯为主的西方文化和以日本文化为主的东方文化，它们都在北大荒交融汇合，北大荒作家的写作也颇为注重展示多元文化濡染下的地域风情。

（一）一方水土：独特的地域文化影响

从地域文化影响上看，北大荒作为一个特定的地缘文化概念，它包括自然地理环境方面的因素，也包括人文环境因素，北大荒地处东北部边陲地区，属于亚寒带气候，冬季漫长而严寒，全年有八个月为结冻期，北部地区甚至常年为冻土，半年以上被积雪覆盖，夏季短暂。北大荒人的性格与北大荒的地理环境、历史发展和民族文化的心理特征有着密切的关系。北大荒文化是在土著文化与外来文化相结合

---

① 据统计，1918 年哈尔滨就有 6 万多俄国人，到 1922 年增加到 15 万多人。孔经纬：《东北经济史》，四川人民出版社 1986 年版，第 212 页。

的基础上，在相当长的历史发展进程中相互间潜移默化地在对话、交流中形成的。北大荒人常年生活在天寒地冻，野兽成群的蛮荒之地，靠渔猎为生的生活方式影响了北大荒土著人的性格，他们要生存就必须具有勇敢和集体协作的精神；要有较强的情绪控制能力和近乎野蛮的性格；要有乐观、开朗的情怀；要有坚韧豪爽、吃苦耐劳的品质。这就造就了土著居民强悍的体魄，充沛的精力和极强的适应能力。

地理环境直接影响人的生活习俗，作为一种文化，生活习俗又以无形的力量影响着地理环境。北大荒人有地域群体独特的生活方式，出于御寒保暖的考虑，穿着都显得厚重，而且是就地取材，渔猎时获取的野兽毛皮等成为他们的服装，如用狍皮、鹿皮、鱼皮来缝制大棉袄、皮靴、皮帽还有靰鞡鞋，虽然穿起来温暖而舒服，但做工粗糙蠢笨。北大荒人平时都是大碗喝酒、大块吃肉，这主要是抵御寒冷的饮食方式，这种方式带来的是他们待客也是用大碗、大盘，由此显得精细不足而粗爽有余。一铺大火炕成了北大荒人冬季取暖和活动的主要场所，北大荒人开朗外向、乐于交流的性格特征显然与这种生活方式相通。

在北大荒，人们身上有一种匪气、豪横气，这不仅体现在战胜自然上，还体现在荼毒生灵上。

那个矮子屠夫，样子十分剽悍，他杀牛杀羊，像切豆腐一样不费吹灰之力。

他浑身都是血，凶狠的脸上也溅着血点子。一层层的沉血，滞在他的屠衣上，使得他的"血衣"厚而笨重。

被宰杀的牲口拼命地嚎叫，使得在这里瞅光景的闲人看客，个个脸上容光焕发，充满着亢奋的情绪。肉铺外面的土地，都被血浸透了，变成硬兮兮的暗红色。

小旅馆的客人闲了，趿着鞋，披着外衣，叼着烟卷儿，到这里来看热闹。

要知道，杀戮。是人世间最引人入胜的一出戏哩。①

这是北疆人骨血里残存的祖先余风。面对残酷的生存环境，他们养成了这种蔑视苦难，生活粗俗、随处找乐的性格特征。北大荒地远天寒、人烟稀少、物产丰富的自然环境，使土著居民身上携带着可贵的品质：热情好客，不排挤外来者，并能自觉地接受先进文化。当年"闯关东"的移民绝大部分是山东人，山东由于历史上人口迅速增长，导致了人多地少、生存艰难的恶果。水、旱、蝗虫等灾害严重，再加上战争频仍、赋税加重令他们生活雪上加霜，原本安土重迁的山东人不堪忍受现实的残酷开始了"闯关东"。② 要生存就必须在新的环境中奋斗，他们不畏艰险，有着强烈的开拓意识。他们具有粗犷刚烈、敢于抗争、热情质朴、鄙视奸猾等性格特征，他们幽默地领悟现实生活，将其升华为一种激情四射的精神传统，这些都与北大荒土著居民有着相似之处。对于山东农民来讲，"闯关东"是他们摆脱生存困境，远走他乡，冒险求生的选择。而北大荒由于开发较晚，更易于生存而吸引了大量的冒险者。从文化发展的层面讲，闯关东到北大荒的现象是齐鲁文化与北大荒土著文化的一次次大碰撞、大融合，最终构成北大荒文化的重要组成部分。山东移民身上有着儒家文化的精髓——自强不息、敢于开拓进取的人生态度。他们秉承了山东人正直礼让、果敢智慧、英勇无私的品德，浑身投射着豪气、正气与大气。

不同的自然环境，造成了不同的生产方式和生活方式，在鲜明的四季更替之中，北大荒人的性格棱角突出，他们敢作敢当，豪爽之气十足。他们将粗犷、朴实与诙谐融合到一起，形成了一种略带有荒蛮

---

① 阿成：《马尸的冬雨》，中国文学出版社 1996 年版，第 10—11 页。

② 据统计，在"闯关东"的移民数量上，以山东人最多。张秀民《山东人"闯关东"的人口学分析（1912—1931）》，硕士学位论文，河南大学，2008 年，第 17 页。

与野性、阳刚而乐观的群体性格特征，这种一致性表现在说话大嗓门、高声调，做事大大咧咧，有时甚至放任不羁。被北大荒知青称为"本地造"的男人大都有着长期在体力劳动中锻炼出来的那种彪悍、粗犷、瘦瘠的体格，北大荒生活的陶冶使他们具有坚韧、野蛮、无拘无束的性格特征，在知青冬季驻山伐木时会遭遇虎狼危险之际，是他们畅快淋漓的大笑，给外来的知青一种安全感。北大荒知青的生活有时像"土匪般"，有一股玩命的劲头，知青住的木板房坐落在小兴安岭深山洼里，一般八九十米长。尽管抵挡不住狂风大雪的袭击，这里却绝对不是一个平凡的住所。"不客气地说，在这里面住过的，哪怕是只住过一天的人，也算得上是英雄。"① 本来知青为解决精神饥渴而冒着生命危险去寻找书籍，就需要极大的勇气，更何况他经历的还是一个人夜战群狼，他可谓有武松打虎的气势："眨眼间，黑风卷来，狼的牙齿已经咬在了他的肩膀上。他也紧跟着双手摄住了狼的后腿。狼撕下他一大块肉，他扭断了狼一条腿。他们滚翻在地，盘打成一团。狼撕破了他的胸脯，他咬烂了狼的下巴；狼把他翻在下面，他马上叫狼仰面朝天；狼用一条后腿乱蹬，他用两条腿猛踢；他满身是血，狼也遍体黑红；狼把他的棉袄棉裤撕得褴褴褛褛，他手上嘴上全都是狼毛；狼爪抓破了他的额头，他掐住了狼的咽喉；狼挣脱他的手指，他又拧断狼的一支前腿；狼回身冲向他的下部，他飞起一脚把狼踢得嚎叫一声滚翻在地；他扑过去想再次掐住狼头，却被这畜生窜开，他只抓住了粗长的狼尾巴。狼自知不敌，想往树林里跑，他乘势站立起来，被狼带着跑了几步以后，竟然抓着狼尾巴旋转抡动起来。狼身离地，横飞起一米高。"② 北大荒独特的生活阅历，缔造出知青勇敢豪强的精神特质。由于北大荒地域文化的影响，"巾帼不让须眉"

---

① 吴欢：《黑夜·森林·傻青》，《当代杂志》1985 年第 6 期，第 212 页。
② 同上。

这句话在大兴安岭林区的女知青身上真正得到了体现，"在林场干采伐工需要有很好的体力以及与人合作的能力。我和朋友们一起上山扛木头，下山后一起喝烈酒，也学着别人的样骂骂咧咧，摆出了一副很豪杰的样子。"[1] 由于地理环境的相近性，外国移民（主要是俄罗斯人）与北大荒人有着较为相似的生活习惯和性格特征，他们勇敢顽强、坚韧不拔，尤其崇敬英雄，自尊心很强，这种性格使他们自主地形成了粗犷的审美观，影响了移民到此地的人，当然也包括知青。

（二）变动不居中的传奇色彩

北大荒人具有土地崇拜和怀乡情结。北大荒文化既有其稳定的一面，又有其变化的轨迹。从共时性上看，东北文化是北大荒文化的表层文化。北大荒人更重政治和精神、尊重群体需求的习惯性定式的文化，这是北大荒文化的深层文化，它使北大荒的风俗文化带有明显的地域性，北大荒文化最深层的本质是它是意识形态影响下的文化。"文化的深层结构指某一文化群体在长期的历史发展中积淀而成的固定心态，包括价值观念、审美情趣和思维方式等，它实际是人类在长期的历史演进中积淀而成的集体无意识"[2]。北大荒文化是"北大荒人"在开发建设中逐渐积淀而成的固定心态。从历时性上看，"地域文化景观内化为地域的文化风俗，文化风俗又内化为文化性格；反之，文化性格外化为文化风俗，文化风俗又外化为文化景观。"在地域文化景观、地域文化风俗和地域文化性格三个层面中，"地域文化性格是核心和深层放射源。"地域文化景观和文化风俗作为地域的显型文化，地域文化性格作为地域的隐型文化[3]。北大荒文学对地域文化的多彩表现是有价值的，这使得地域文化景观凸显出来。不同的自

---

① 朱哂之：《不是不流泪》，《萌芽》1990年第12期，第46页。
② 崔志远：《论中国地缘文化诗学》，《文艺争鸣》2011年第8期，第9—10页。
③ 同上书，第10页。

然环境条件常常会形成有差异的风俗民情，而社会环境的不同常常会影响民风民俗。北大荒文学对地域文化的深刻揭示往往不仅仅体现在作品中，更为直接地体现在作家身上。

北大荒文化是土著文化与移民文化长期交融、汇合而形成的一种特殊的文化。北大荒文化坚守了北大荒土著文化的某些特质：粗犷豪放，漠视儒学礼教的约束；对专制性有强烈的抵御心理；集体潜意识中崇尚自然、本真与乐观的处世之道；热衷于生动、诙谐、幽默的言说方式；善于创造狂欢化的场面。北大荒作家笔下的北大荒大森林、大油田、大煤矿，都是能开阔人的视野的，场面极其壮观。除了原始的土著居民外，来自四面八方的人们生活在这块土地上，复转官兵、"右派"流人、国民党战犯、"闯关东"的盲流、上山下乡的知青，他们的人生跌宕起伏，命运多舛，情感曲折，凡是来到北大荒的人，他们的人生经历都充满传奇性。杨宝琛的戏剧《北京往北是北大荒》中的窦婶就具有富于传奇色彩的人生经历。据说她是当年轰动京城的盗御马的窦尔敦的后代。窦尔敦因盗御马被发配到北大荒，为了活命传后，他和自己的亲妹妹成亲，于是就有了自己的后代。正是因为近亲结婚的原因，窦婶不但个子儿小，还畸形。窦婶和两个闯关东汉子一起开荒打鱼，引来了大批闯关东的人驻扎此地，后建成屯子。作为北大荒的早期开发者之一，窦婶在男人都难以生存的蛮荒中，练就了求生的本领。她凭着吃苦耐劳、精明强干，积累了大量的财富。作家对地域性特征的审美观照，凝结成北大荒人自觉和不自觉的精神追求。他们情感默契，文化心态相同，凶险迷人的北大荒自然环境使得拓荒者的行动本身就充满悲壮与豪迈气质，人物命运具有传奇性。北大荒作家对自然诗意地描写，渗透着生活在其间的人的粗犷豪放的风格和献身精神，北大荒虽然偏远荒凉，但却适合人的生存，淳朴和谐的人文环境又使北大荒成为人们精神的栖居地。拓荒中的勇敢与爽直，个体内在丰富的心灵世界与深邃都彰显在人物的行为中。作家在对北大荒亲近认同的同时，也批判愚昧落后、麻木的现象。如：梁晓声的小说《苦艾》、王治普的话剧《阿勾歪传》携带的审美力度和厚重感，源于作家对现实的批判与反思。

真诚与激情是北大荒作家的精神立场和人格力量。他们把气韵饱满的人物放到时代背景下，与北大荒生活环境融为一体，根植在乡土生活中，展现北大荒人面临困顿时的阵痛与更生，同时也展现了北大荒人高扬的精神气质。北大荒文学以其独特的地域性特征展现人的生活和精神面貌，挖掘自我灵魂的深邃，成为当代文学史上的一个精神标本。

北大荒文化又吸收了移民文化的元素，儒家文化的渗透与熏陶逐渐加强，使重文崇学的观念在北大荒民众中逐渐形成。移民的融入也渐渐改变土著居民对大自然的依赖心理，渐渐摆脱思想封闭、保守等的文化局限。由于原住民生产方式以迁徙为主，没有安土重迁的观念，中原移民也对"移"有心理认同，再加上北大荒土著不排外，移民在北大荒易于生存，容易使移民产生强烈的自我意识和归属感，双方的融合使得北大荒文化产生了新的变异，形成了新的文化格局。特别是54万知青在北大荒生活的十年时间，恰是他们人生最为关键的时期，占据绝对强势的北大荒文化影响并塑造了他们，北大荒人的性格特征沉淀在他们的生命中。俗话说"一方水土养一方人"，在东北这片神奇的土地上，有广袤的松嫩平原，浩瀚的兴安岭，雄伟的白山黑水等众多自然风光，在这里居住着达斡尔族、满族、蒙古族、赫哲族、汉族等各民族同胞，大自然让他们在长期与酷寒恶劣的气候做斗争的同时，使他们的生活赋有传奇性，使他们的性情得到陶冶渐趋豪爽、粗犷，也造就了他们勤劳、宽容、坚韧、顽强和重情重义的民魂世风。他们爱交朋友，重义气，为朋友两肋插刀，当朋友有困难时，不需要过多的语言，而只需用行动来表示。东北汉子阳刚、豪爽，大碗喝酒、大口吃肉，不拘小节，坐到一个酒桌上就是朋友。北大荒大

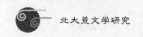

汉的豪爽、果敢、坚韧，不择手段地变不自由为自由。东北女人也不示弱，她们的性格亦是不服输，坚韧，且能吃苦，面对生活中的苦难不抱怨，这样的人物在阿成的笔下得到了灵动的展示，洋溢着东北独特的地域性情。

二　生死抉择间彰显人性的高贵

北大荒主流文化显现出人在生死抉择中彰显出的人性的高贵，这是随着北大荒开发的进程产生的，其具有军旅文化的根基、移民文化的底蕴、北大荒土著文化的特征，尤其是北大荒军垦文化核心精神。它推动了北大荒向北大仓的沧桑巨变。北大荒文学具有崇高的审美文化意蕴，这里包含了齐鲁文化精神与北大荒精神的耦合。北大荒民间文化深受齐鲁儒家正统文化的影响，北大荒文学创作中一直秉承着"主旋律"的审美理念。

（一）向荒原要粮：北大荒军垦文化

在考察北大荒文化区别于关东文化的独特性构成因素中，不容忽视的是北大荒军垦文化的影响。文化是对在一定的历史条件下、一定的地域范围内、一定的人类种群生存状态的反映。北大荒文学作为根植于黑土地上的艺术样式，它本身就是北大荒人生活的反映，它涵养了独特的地域环境影响下人们对生活的理解和审美情趣。北大荒文学汇聚了北大荒人刚劲、悲怆、野性的审美观。这种审美观受自然环境影响，尤其是野性美，它实际上是一种原生态的自然美。北大荒地处寒温带，四季分明，变化显著，这种变化的差异性影响了文学创作，自然描写灵动逼真，形成野趣横生的美感，地理环境通过生产方式和生活方式对人产生作用。北大荒文学在以北大荒自然地理环境和人文环境作为背景的共同作用下，形成了"以凄切、强劲为主体的，并以广阔、深厚，抒情、欢快为其辅助的这样一个总体美学风格。"① 北大荒作家把知青放到北大荒人的圈子里，写他们之间思想上的联系与冲突。此前，北大荒文化经历了土著游猎文化与中原文化融合的过程。齐鲁人的豪侠仗义，燕赵人的慷慨悲歌与北大荒土著有着极其相似之处。黑龙江漫长的冬季形成黑（土地）白（雪野）分明的对峙色彩，冷峻、雄浑、肃穆的氛围使得寒地居民精力充沛、崇尚意志力量，热情豪爽。他们在长期与自然斗争中练就了不畏艰险，勇于挑战极限的心理品格。新中国成立前移民到北大荒的人已成为土著，"闯关东"这一举动本身在很大程度上是一种走投无路的选择，他们都具有非凡的气魄与胆量。此后，北大荒移民并没有改变北大荒之前形成的稳定的文化特征。他们开发建设北大荒的壮志豪情，使北大荒文学的强劲之风愈加强烈。而且"强劲、激越之风成为主旋，深厚的意蕴、抒情的色彩和热烈而欢快的情绪亦附丽于强劲之中，凄切之情则被弱化。"② 作为一种文化现象，北大荒知青文学十分鲜明地表现了北大荒的地域特征，使人有一种如睹其貌、如临其境的感受，体现出北大荒地域文学的风格，这是其他地域知青文学整体上所不具备的。北大荒知青崇尚自然的灵气，他们与大自然打交道，直接接触的是森林、荒原、野兽，这也必然形成与地域环境特色一致的以粗为美的性格特点。在长期的斗争中，他们养成了勇敢顽强、豪爽无畏，开拓疆土的人文精神，他们崇尚人的天性，珍视世俗情感，在诙谐幽默的言语间显现出他们达观的性格特征。

黑龙江生产建设兵团以人民解放军军垦文化为文化主体，"1968年生产建设兵团共有十四万一千余军人，五万大专院校毕业生，二十

---

① 张觅：《北纬45°亚寒带冻土文艺主体风格简论——兼谈黑龙江文化（文艺）史的分期（上）》，《文艺评论》1989 年第 5 期，第 48 页。

② 张觅：《北纬45°亚寒带冻土文艺主体风格简论——兼谈黑龙江文化（文艺）史的分期（下）》，《文艺评论》1989 年第 5 期，第 53 页。

万支边青年，知青五十四万。"① 此外，还有来自北京、天津等城市的
2000 多名青年垦荒队员。他们虽然有着不同的背景和身份，但一踏上
荒原，就汇聚成一支为了一个大目标而舍生忘死、奋斗不息的浩荡大
军。这是靠屯垦戍边、反修防修的崇高理想联合起来的独特群体，人
人向往着为了理想悲壮地献身。因而在文化的发展进程中，他们必然
要发挥积极的作用，引领每一种文化心态朝着共同的方向发展。北大
荒军垦文化突出的是兵团特色，它是由十万复转官兵在继承中国人民
解放军文化光荣传统的基础上，把军旅文化渗透到黑土文化中再与北
大荒地区文化相互融合，而创造出的一种文化。他们"解甲归田"后
成为北大荒的开拓者，他们秉持一往无前敢打硬仗的军魂，继承少数
服从多数，下级服从上级，顾全大局而又雷厉风行的传统，发扬国家
和集体利益高于一切的爱国主义精神和集体主义精神，与党中央的各
项决策保持高度的一致性。他们担负着屯垦戍边的历史使命，在环境
最艰苦、条件最恶劣的北大荒建立功绩。寒冷、偏僻、荒蛮、瘟疫，
曾是历史上北大荒的代名词，北大荒是令人望而却步的地方。在自 20
世纪 50 年代至今的 60 多年的漫漫岁月中，浓缩着拓荒人悲壮而辉煌
的人生旅程。

军垦文化是随着屯垦戍边创业实践的逐步推进而不断丰富和发展
起来的。从 20 世纪 50 年代开始，复转军人和现役军人中的大批文艺
骨干创作了以反映北大荒军垦战士开发建设和保卫边疆生活的作品，
弘扬了他们艰苦奋斗、无私奉献和大无畏的革命精神。由于上级部门
对文艺工作的重视，基层的文学创作也非常活跃。在很多农场，一些
油印刊物、快报及板报常刊载百十字乃至千余字的小故事。在劳动之
余，他们将开垦建场的艰苦生活和乐观进取的气概写成通讯式"小

---

① 韩乃寅、高明山：《北大荒精神论》，时代文艺出版社 2008 年版，第 29 页。

说"散见于地方报纸的副刊上。① 同时，北大荒也出现了反映军人艰苦卓绝的奋斗精神的代表作品，如：李准的电影文学剧本《老兵新传》，后被拍成电影，这是我国第一部"彩色宽银幕立体声"电影，在我国电影史上具有划时代的意义。《老兵新传》作为建国十周年献礼片，1959 年在全国公映，引起强烈反响。林予的《雁飞塞北》是北大荒文学史上的第一部长篇小说，也是新中国成立后黑龙江文学史上的第一部长篇小说，并被茅盾列为优秀之作。话剧《北大荒人》是黑龙江垦区第一部自编、自导、自演的多幕话剧，后来被拍成电影《北大荒人》在全国上映，从此"北大荒人"的称呼享誉全国。"北大荒的开发史，从某种意义上说，就是一部军垦史"②，也是北大荒军垦文化的发展史，是一部艰苦创业的奋斗史。军垦文化的特征是英雄主义、爱国主义，它的内涵是无私奉献。英雄主义、爱国主义是作为兵团战士的北大荒知青们所崇尚的精神，无私奉献是他们屯垦戍边的全部内涵。由此所形成的北大荒兵团文化不仅熔铸在兵团的生命力、创造力和凝聚力中，也是兵团赖以生存和发展的精神支柱。"艰苦奋斗、勇于开拓、顾全大局、无私奉献"是人们概括的北大荒精神。在此精神下写就的历史，是一部人类历史上悲壮、辉煌的拓荒史诗，厚重得让所有的概括都失去分量。百万个肩负着意识形态使命的拓荒人的情感和命运，已经融入这方用他们的青春和生命开垦出的神圣土地，它们化作北大荒精神的旗帜代代高扬。开荒种地、多产粮食，是一代代北大荒人的神圣使命，甚至是"宿命"。这也是北大荒人作为中国农业"国家队"员的使命和自觉。

在北大荒博物馆里陈列的为开发建设北大荒的牺牲者的名字就有12000 多个，其中有近千名知青永远留在了北大荒。这种牺牲带有人

---

① 韩乃寅、高明山：《北大荒精神论》，时代文艺出版社 2008 年版，第 182 页。
② 安会茹、刘娜：《当祖国需要的时候：北大荒精神》，黑龙江人民出版社 2008 年版，第 34 页。

类在生死抉择间体现的高贵的理想主义和英雄主义的情怀，牺牲者的事迹震撼人心。十万复转官兵用军人的品质书写着"老兵新传"，开启了人生的新征程：他们用人力拉犁、播种开荒种地；肩扛手拉向"大酱缸"的燕窝岛运送生产生活资料；冒着生命危险在寒冷的沼泽地里三次潜水挂钩，把陷进"大酱缸"的 6 台机车拉出来；将几十吨的绞盘机拆成零件一点点扛进燕窝岛……他们用军人的气质铸就了北大荒人的荣耀。严峻的自然环境让北大荒人对生存有了更本真的理解：人生既是物质的，包含了人的基本需求，更是精神的，包含了灵魂的提升。这样的人生经历培养了他们乐观豁达的性格。北大荒文学所表现的政治意识倾向不是一个简单思想观念的问题，同样，虽然经济是北大荒作家生存的重要基础，但也不能够成为他们生存的唯一条件。对特殊的政治和经济环境的描绘，对于北大荒作家们而言，既是再现一种文化表征，又是一种传递文化信息策略，还是一种文学创作方式。

由于黑龙江建设兵团是继中国人民解放军新疆军区生产建设兵团后建立的，知青上山下乡比较集中，向北大荒知青们进行的北大荒军垦精神教育和军垦文化宣传对北大荒兵团的发展有重要的示范作用。曾经是兵团战士的梁晓声、陆星儿、蒋巍、陈可雄等知青作家，他们的创作符合意识形态话语的要求，源于他们在兵团所接受的教育和影响，最有代表性的是梁晓声。他以北大荒人质朴的热情，时时注视着知青在苦难中所迸发出的人性闪光点，他的《这是一片神奇的土地》《今夜有暴风雪》《雪城》《年轮》等小说都是以慷慨、悲凉的笔调，张扬了北大荒知青的理想主义和英雄主义精神。他用直白、简洁的语言显示出人物性格特征，体现出北大荒文化的审美意义。尤其值得一提的是，他的《今夜有暴风雪》大胆性的超越显示出作家的胆识和卓见。梁晓声自觉地用军垦文化中的军垦精神守望兵团人的道德高地，塑造了具有高尚道德情操的兵团战士形象。他们自觉自愿地扎根边疆、保卫边疆，为北大荒的开发建设舍生忘死、无私奉献。这凝结成一股神奇的力量，创造出了辉煌而独特的北大荒物质文化和精神文化。黑龙江生产建设兵团给了知青一种终身受益的品质：到任何时候都不会失去理想、失去追求，他们的人生辞典里就没有"颓废"二字。即使是在经历了暴风雪之后，他们踏上人生的"本次列车终点"，走上了属于自己的人生轨道，他们在四面楚歌的困境下，依旧有重新投入现实生活中寻求一种新的人生价值的勇气。

（二）为祖国献石油：大庆文化

如果说，粮食是共和国的命脉，那么，石油则是共和国工业的血液。1959 年 9 月 26 日，大庆发现石油。石油人头顶青天，脚踏荒原，在极端恶劣的工作环境中开始了石油大会战。为了鼓舞会战职工的斗志，各探区基层单位利用墙报、黑板报、工地宣传栏和广播站等阵地，广泛深入地展开了以业余诗歌创作为主的文化宣传活动，这不仅大大激发了石油人创作的积极性，还为石油文化的发展奠定了坚实的思想和组织基础。伴随意识形态"工业学大庆"号召的提出，大庆成为全国工业关注的焦点，半个多世纪的石油开采历程，使大庆石油文化繁荣。宣传大庆精神的文学，也为社会主义工业文学树立了典型的标本。虽然在 20 世纪六七十年代的意识形态下，大庆文学所体现出的是图解政治话语，但其呈现的鲜明的时代性、地域性特征是其他作品所无法替代的，这尤其彰显出大庆文学的精神性价值。歌颂石油大会战中"我为祖国献石油"的冲天干劲，是首批开发、建设大庆的人们的精神状态的真实写照。开发初期，艰苦、恶劣的自然环境是人难以想象的，石油人在艰苦岁月中与严寒、暴雪、蚊虫、地下石油相伴，与激情、自豪相伴"我当个石油工人多荣耀/头戴铝盔走天涯茫茫草原立井架/云雾深处把井打/地下原油见青天/祖国盛开石油花……"（《我为祖国献石油》歌词）。在面临困境的时候，在意识形态的引领下，石油工人产生一种强烈的使命感和责任感，他们在抗争中体验到人旺盛的生命力量，"大庆精神""铁人精神"就是这种顽强生命力的体现。铁人王进喜的那句誓言"宁肯少活 20 年，拼命也要拿下大油田"，蕴藏着无比巨大的精神能量，是石油工人献身石油事业的永恒的人生风向标。

和垦荒的文学一样，"从某种意义上讲，石油文学成了荒原、大漠、钻井架、抽油机、头盔的行业符号，基本主题是苦乐观、荒野的欣赏、钻工生活中没有女性的悲苦、只有奉献没有索取和比较单一的追求性格的粗犷豪迈。"[1] 文学创作凸显出人在困境中的坚强意志，成为北大荒文学的一个明显特征。其间高扬着革命的理想主义激情："风是电扇/大雪是炒面/天南地北大会战/誓夺头号大油田/干！干！干！"（《铁人诗钞》）这些朴实无华的诗句，是特定历史时期的文化符号，体现了北大荒建设者的乐观奉献情怀。从文学地理学和发生学的层面考察，这些朴实无华的诗句，是现实中的人与事不断凝聚、激荡在北大荒作家们心中，并使他们为之怦然心动的结果，它们永远矗立在文学画廊中。

杨利民的八幕话剧《铁人轶事》把"铁人"放在世界石油风云大背景下，讲述了一代石油工人艰苦卓绝进行石油大会战的历程。全面展示了一个用钢铁脊梁担起民族重任的铁人形象，展现那些为了给共和国摘掉"贫油"帽子而奋斗甚至牺牲的人们的整体风貌。丁羽的长篇小说《大地之光》以 20 世纪 60 年代大庆石油会战为背景，真实全面地向人们展现了大庆石油勘探、开采的过程。"我从采访了的事件中，掂量来掂量去，首先觉得最震撼自己心灵的，还是 1960 年那场石油会战的情景。这远没有写透，正宜从新的角度树立一座丰碑。那时节，少说也有三大矛盾搅扰着每个人的心：大风大雪大冰坨子来

---

① 王祥龙：《石油小说创作的困惑》，《胜利油田党校学报》1990 年第 1 期，第 74 页。

叫阵，草原上无依无托，大军集结能站得住吗？难！要开发好大油田，就要科研开路，此时此刻，谈何容易，前三脚能踢得开吗？难！退下来就不难了吗？全国人民等着油，国际形势逼着油，能退吗？难！难！难！上也难，下也难，千军万马就是要过这座铁门关！只有学习解放军，集中优势兵力，打大仗，打恶仗，置之死地而后生，自力更生大搞干打垒，在干打垒里建设试验区……"① 广大石油工人响应党中央的号召，不远万里来到荒无人烟的北大荒，开始了为开采石油而忘我奋战的人生历程。攻取技术难关尤其错综复杂，各种人物都在经受前所未有的考验，然而在科技人员和工人们身上显示出了无畏、求实的创业精神和奉献精神。狂风暴雪、冰刀雪剑的艰苦生活环境并不能遏制人们高涨的热情，油井出现井喷，王进喜跳入泥浆中，用自己的身躯来搅拌泥浆，工友们面对此情此景无不为之感动，纷纷加入人工搅拌泥浆的行列。正是由于他们的这种忘我的牺牲精神才使得共和国能顺利产出石油。

大庆精神是由千千万万个无私奉献的石油工人共同铸就的。所以作家们笔下的主角是普普通通的创造奇迹的石油工人和北大荒松辽平原上的土著居民。作家塑造了一批积淀着深厚的地域集体无意识，闪耀着中华民族之魂的人物形象，其中科技人员的形象尤为动人。丁羽对某总地质师说的话深有感触："这石油，一抬手，一动足，都离不开科学技术。当然科技人员也是工人阶级的一部分，但毕竟工作性质上有区别。……"② 于是丁羽下定决心要为他们树碑立传。本土作家杨利民更是情意深沉地说："我在大庆生活了三十多年了，中间两次去北京读大本、读研，最后回到大庆，写过《黑色的石头》《大荒野》等，可我心里一直酝酿着写一部油田知识分子的戏，那些人是在历史

① 丁羽：《大地之光》，石油工业出版社1991年版，第334—335页。
② 同上书，第334页。

中被谨慎使用的人。20 世纪 60 年代初，他们远离母校，远离亲人，奔赴油田，他们从年轻的理想中一步步走向沉甸甸的真实生活。他们的情感体验、生活经历与生命意义，幻化成一匹匹骆驼行走在大漠中，也行走在我眼前，时常令我泪眼模糊。我想写那种骆驼精神，主要原型就是大庆油田开发研究院的高级地质师王启民同志。"[①]《地质师》全景式地展现了 20 世纪 60 年代一群北京地质学院毕业的学生奔赴大庆，在严寒中艰苦卓绝的进行石油会战的壮观场面，悲壮的牺牲事件随之出现：一个战友在寒冷的冬天冻掉了鼻子和耳朵；绰号为"骆驼"的洛明不计较个人的得失，哪怕身受不白之冤也依然为中国的石油事业而献身；罗大生盗用了洛明的成果，夺走了他深爱的芦敬，并凭借成果调回北京，洛明宽宏大量，装作不知道，30 多年从不提此事；"骆驼精神是新时代高尚的创业精神、奉献精神，同时又凝结着中国文化传统的忧患品质"，[②] 长期超负荷的工作使得洛明得了强直症；刘仁在零下 45 度的奇寒天气中坚守工作岗位，行程万里观察石油长途运输中的散热系数，冻伤双脚，最后截肢，永远坐在轮椅上依然无怨无悔、顽强乐观地生活。石油工人的主人翁意识和脊梁作用在杨利民的剧作中得以充分展现，他们累得经常几个月和衣而睡，头发长得像囚犯，浑身长满虱子，冬天手脚满是冻疮，夏天脸被蚊虫叮咬肿得像馒头……正是他们的艰苦奋斗和大无畏的牺牲，才解决了国家石油荒的危机。《大荒野》中塑造了一个看管天然气井的老石油工人老梁头的形象，他是一个转业军人，他恪尽职守、默默奉献，是千千万万大庆人中普通的一个，坚守自己的岗位直到生命的终点。他是个有担当和责任心的男人，为了工作，长年和妻子分居两地，直到妻

---

① 冯毓云：《大荒野中的老牛仔—杨利民论》，黑龙江人民出版社 2002 年版，第 187 页。

② 刘邦厚：《忧患人生中的骆驼精神》，《两栖地》，黑龙江人民出版社 2008 年版，第 285 页。

子去世也没能见上最后一面。这种牺牲和奉献精神，勾画出了北大荒人的崇高境界。

杨利民着力塑造了一系列在大荒原生活的人物群像，在精神品格上，他们都是与荒原血肉相连的人，生存在一种天高皇帝远的状态中，大胆顽强、敢作敢为、爱憎分明，但关键时刻却都会舍己为人。例如：小山东（《黑草垛》）具有"铁嘴钢牙不开口，钢刀剜胆心不变"的豪横的性格特征。杨利民塑造了一个个顶天立地的北大荒人形象。黑燕（《黑色的玫瑰》）狠狠地教训了妄图侮辱自己的人，只要她自己认定是对的事，就会不顾各种压力，执着地坚持到底。大黑（《黑色的石头》）面对弱者庆儿、小红袄，总是主动相助，特别是会保护柔弱的女人不受伤害。大海（《大雪地》）虽饱受磨难，但仍几十年痴情地爱着小翠，这是出于他对理想中的爱的执着认同。杨利民成功塑造了像荒野一样真实自然的人物群像，原因之一是真实，他们的价值标准来自高贵的天性，继而对世事做出合乎人性的判断，从不认同别人强加给自己的是非标准，更少承袭儒家所谓的伦理纲常观念，在人生抉择间彰显北大荒人崇高的品格。

第二节　北大荒文化形态

一　萨满文化

萨满文化来源于萨满教，萨满教是乌拉尔—阿尔泰语系的渔猎游牧民族原始的自然宗教形态。萨满教是人们在"万物有灵"的观念的支配下而形成的一种多神崇拜的精神现象。萨满教是中国北方原始文明的核心，是历史上起源最早、延续最久的原始宗教。就全球范围观察，它曾广布于北美、北亚、北欧辽阔的寒土之地，是地球北半部众多民族普遍信奉的一种宗教形态。我国北方少数民族聚居地是萨满教的主要发源地之一，"中国通古斯语系各民族的萨满教，是国际上公认的萨满文化的核心区域，是世界萨满文化最典型的代表"。① 萨满文化的高级形态在北大荒。萨满教成为北大荒的满族、鄂伦春族、鄂温克、达斡尔族、赫哲族、锡伯族、蒙古族等以渔猎、狩猎为主的少数民族的世界观和宗教信仰，"萨满文化大致分为两部分，一部分是反映一般的人与自然的关系，而另一部分是以宁古塔为中心流传的满族萨满文化，它反映了渔猎民族从低级的意识形态向高级有组织的意识形态转变的过程，形成了完整祭祀系统、神话传说，完整的宇宙观、创世说等，是东北地区萨满文化发展的高级形态"。②

（一）萨满教：北大荒民间文化的精神核心

萨满教是北大荒民间文化的精神核心，是融入先民原始想象力的历史活化石。"萨满"一词，在阿尔泰语系通古斯语族中，原意为"因兴奋而狂舞的人"，意思是"激动不安""狂怒之人"，是从事萨满宗教活动的"巫师"。在原始部落中，萨满是一个部落文化、历史及一些自然知识的传承者，是博学的智者，是沟通神灵和凡人的特殊使者。萨满也是氏族的精神文化代表，在部落中受到人们的尊崇。据说，只有出生时胞衣不破、患病由萨满治好或有过癫病的人，才能做萨满的继承人。早年的萨满都是女性，后来逐渐出现了男性萨满。萨满文化包括口头神话的传说故事，祭祀仪式、礼节、神系，还有萨满的法衣、法具、舞蹈、神器、神服、腰绫、神鼓和神偶等。萨满教是建立在原始渔猎经济基础上，集自然崇拜、图腾崇拜、祖先崇拜于一体的原始多神宗教。"泛神论"和"万物有灵论"是崇拜者崇拜观念

---

① 王松林：《远去的文明中国萨满文化艺术》，黑龙江人民出版社2004年版，第3页。
② 王心慧：《捡拾民间的萨满文化》，《黑龙江日报》2003年4月28日。

和萨满教形成的基础。北大荒土著人认为日、月、星辰，山、水、草木，熊、鸟等动物以及风雨、水火、雷电等自然万物都有人的情感。"萨满教保留了相当完整和生动的自然宗教特点，具有鲜明的中国北方地域特色。作为古代文化的聚合体，几乎囊括了北方人类史前宗教、历史、经济、哲学、婚姻制度、道德规范、文学、艺术、体育、民俗等各个方面的文化成就。这种活态'化石'，形象地记录了人类童年时代心灵发展的轨迹"[1]。萨满跳神是北大荒人十分重要的宗教信仰活动。萨满通常都是接受邀请而来表演的，有的是为氏族祭祖仪式，有的是为治病，有的是为祈福。"跳神大都在晚上进行，围着一堆篝火，萨满大神全身披挂停当，闭上眼睛慢慢击鼓请神，旁观者鸦雀无声。不久大神全身抖动、鼓声加紧，继而鼓声大作，神衣上的法器相互振撞发出激烈的响声，表明此时'神灵'已完全附体。随后，大神即开始抑扬顿挫地唱着讲话，申明他是在代神而言。这时须有与他相配合的'二神'，鄂伦春语称做'扎日也'，从容地回答'神灵'的训问。当大神一一数点众多神灵，认为确是冲撞其中的某一位时，鼓声和舞步再次激烈加快，推向高潮。为表示要制服魔鬼神祟，萨满当场作法，或吞针，或吃炭，或刀砍手臂，或赤脚蹈火；最后急速旋转，发出'嘿嘿'的声音"[2]，然后突然跌倒，"表示已降服魔祟，'神灵'离去，跳神仪式即告结束"[3]。萨满教文化是北大荒的重要组成部分，体现了北大荒人粗犷豪迈的气概和刚健质实的风格特征。北大荒人"不佩服软弱的文化人，他们佩服敢与自然挑战，敢与官府抗争的硬汉子。因此，他们相信自己家乡的土生土长的萨满教。"[4] 萨满

---

① 王松林：《远去的文明中国萨满文化艺术》，黑龙江人民出版社2004年版，第3页。
② 陈晓丹：《中国地理博览2》，中国戏剧出版社2009年版，第95页。
③ 同上书，第95—96页。
④ 许宁、李成：《别样的白山黑水：东北地域文化的边缘解读》，黑龙江人民出版社2005年版，第141页。

教是一种多神教，它的基本观念是有灵论和有神论，即相信灵魂不死，相信人世之外还存在一个神的世界。"认为宇宙间万事万物都是寓神之所，神无所不在"①。从天地星辰到大自然的动植物，从最高神灵到本部落已故酋长及长辈亲人，都被选为本部落或部族的保护神和遵奉的神祇。谁拥有的神灵越多，谁的势力就越大，因而形成了庞杂的多神信仰的神灵体系。民族的日常生活中，如举行某项仪式、祭天祭地、祭祀祖先等活动及生产活动的一切方面，都离不开萨满宗教的参与。

人要想将自己的意愿传达给神，祈求神的庇护或得到神的帮助，人与神通过"萨满"这一中介进行沟通，"'萨满'是具有通神的能力、得到神助、用神法能知道神异的现象、承担共同人神世界使命的人，'萨满'即'知道'"②。每次与神灵沟通时，萨满都会手击神鼓，口中念念有词，在激越的鼓声诱发下进入了如痴如狂的状态，这一点又与汉人民间的"跳大神"类似。"神是通过萨满的嘴来和人间说话"③，萨满本身就是神或者是以神的符号而存在的。北大荒地理环境严酷，在这个地方，人的力量显得极其微小，因此人们想寻求神的庇护，得到一种精神慰藉，萨满教对北大荒文化和民俗都产生强大的影响，"'萨满'们那灵佩斑驳、森严威武的神裙光彩，那激越昂奋、响彻数里的铃鼓声音，那粗犷豪放，勇如鹰虎的野性舞姿……一代又一代地铸造、陶冶、培育着北方诸民族的精神、性格和心理素质。实际上，世界上任何宗教本质上都与人战胜生老病死的生存性目的相关，

---

① 许宁、李成：《别样的白山黑水：东北地域文化的边缘解读》，黑龙江人民出版社2005年版，第151页。

② 童革：《迟子建寻求精神超越的宗教情怀》，王红旗主编：《中国女性文化6》，中国文联出版社2004年版，第166页。

③ 龙建春：《人类精神与艺术之源：世界上古散文浅论》，浙江大学出版社2008年版，第111页。

宗教表达了人战胜自然、解放自身的愿望。"① 萨满教是一种最古老最有影响力的原始的、土著的民间宗教形态，是东北诸民族的文化和民俗形态的母源。从全国各地移居到这里的汉族人深受这种宗教形势和文化底蕴的影响。人和萨满的对话，在已经被汉人汉化的"跳大神"仪式中，萨满已经变成了二神，仪式结束后神灵隐去，萨满复归人行。与北大荒土著民族中的萨满仪式相比，这种"跳大神"仪式在一定程度上已经改变了的北大荒先在的萨满仪式。

(二) 北大荒文学：萨满教的标本

"萨满与民间一般的神汉巫婆相比较，保持了原始宗教的庄严性和人类童年时代文化传承人的质朴性。"② 萧红在《呼兰河传》中写了"跳大神"的场面。她在描写的同时批判、否定"跳大神"这一活动，认为"跳大神"是愚昧的、戕害百姓的民间文化。小团圆媳妇的惨死就是愚昧的人们相信巫术的结果，萧红在表现这一场景时显然带有理性的批判意识。她所写的跳大神场面越是生动，越是对以"跳大神"为幌子的封建迷信活动深刻的批判，这种鬼把戏是以骗取钱财为目的的。"跳大神"的时日和放河灯、唱野台子戏的时日一样，是呼兰百姓生活中的重大节日。他们像看戏一样对"跳大神"持一种娱乐欣赏的态度，在真实的人间悲剧中，他们满足于借此宣泄自己生活苦难的精神需要。落后蒙昧的民众们急需超自然的大神的保护，这种带有巫术性质的原始宗教具有超现实的力量，它向民众解释他们的人生命运。尽管荒谬，但人只能接受这种绝对"权威性"的解释，并产生一种轻松的解脱感。因为这是来自神的力量，无可置疑。于是，人就可以放心地观看来自神的命令是怎样传达到人间的。这之间的神秘

①　许宁、李成：《别样的白山黑水：东北地域文化的边缘解读》，黑龙江人民出版社2005年版，第152页。
②　王松林：《远去的文明中国萨满文化艺术》，黑龙江人民出版社2004年版，第3页。

由萨满完成，二神负责将神的意志传达给观看的人。因此，"跳大神"是作为民间节日而发挥作用的，它本质上是融宗教性、世俗性、审美性为一体的民间性娱乐活动，带给人极大的满足感和享受感。但是"跳大神"不是为有病滥投医的人禳除病患，就是蛊惑愚民，萧红就是在这种变形的萨满教民间文化滋养中长大的。所以，她写"跳大神"的场面热烈而精彩，具有极大的观赏价值，也淋漓尽致地揭示了"跳大神"的欺骗性。更为重要的是，萧红对跳大神持否定态度，将它与愚昧、落后、不觉悟的民众联系在一起。跳大神作为一种群众娱乐文化传统，已经成为呼兰河人民间日常生活的一部分。它不受时间、空间的限制而随时进行。请神的人家将自己的血汗钱都供奉给了"大神"，人们需要寻找"大神"这种超我力量来支撑自己。这种集体无意识营造了一种行为本身合理合法性的文化空间，揭开了司空见惯的生活帷幕后鲜血淋漓的本质特征。真是成也跳神，败也跳神。老胡家让人羡慕并有兴家的兆头，源于两个儿媳妇总是隔长不短地给病婆婆花钱跳大神。败家也归于不惜花钱跳大神却没有治好小团圆媳妇的"病"。跳大神蕴涵着呼兰河人的思维方式和文化心理，同时也左右着人们的精神状态和情感取向。观看跳大神的人们并不关心其是否能驱邪治病，而是像在欣赏文艺节目表演。在漫长的岁月里，北大荒民间形成的这种蚕食力量，融化在人们的灵魂里，流淌在人们的血液里，人们在倾听跳大神实在的鼓声和观看跳大神的舞蹈时，将自己的人生痛苦、忧虑和对死亡的恐惧宣泄出去。跳大神以其特有的形式，把复活生命的愿望传递给观看者。尽管一场跳大神过后，留下的是凄凉的夜，但下一场跳大神来临时，人们还会争相观看。可见，萨满教在北大荒已经成为全民竞相观看的普遍性的娱乐活动。它对民间社会的地域心理、生活方式等有着深刻的影响。萨满文化作为影响地域文化心理和生活习俗的标志性特征，沉淀在萧红的审美指向中。

真正的萨满是"大爱"精神的诠释者。萨满作为人和神交流的中介，能预见神异的现象，得到神助。所以，萨满是神在人世间的特定存在载体，人与萨满的对话就是人与神的对话。阿成的小说是一部百科全书式的萨满文化大全。萨满教是一种泛神论，信教者信仰多神，各种动物，甚至草木都可成为神灵意志的传达者。所以，阿成笔下出现这样的场景："粗硬的祖宗杆上，还绘有一条大蛇，也称'太阳蛇'。在通古斯语中，蛇被称为'慕度尔'。满语叫'木克'，即龙神的意思。当地的土人认为'慕度尔'是天空和水的主宰。萨满们说，在开天辟地之初，是一条威力无穷的大蛇统治着北满大地。是它开凿了河床和湖底，养育了这里的人们，守护着他们的安全"。① 所以人们格外尊崇动植物。他写萨满"身穿灿烂服装，头上插着天鹅、鹰、乌鸦羽毛"②，"他们脸上都画着妆，主要为黑、白、红、蓝四色。仔细辨认，竟是林中各种猛兽的'脸谱'。其发型也千姿百态，或立鬃，或瀑散，或结成若干条小辫子，分别染成白、红、黄、蓝四色。人人都披着各种兽皮。模样庄严、神秘、冷眼，并且咄咄逼人。让旁观者一时人神难辨。宛若一条斑斓的大蟒蛇。他们一边往一块走，一边分别学着各种野兽的叫声，互相应答着某种神秘的语码。"③ 这仿佛进入人、兽、神共聚，共同交流的境界。萨满"口中念念有词，如醉似痴地沉浸在身躯之外、博大无涯的灵魂世界中，正在与天神、与先祖共语"，④ 阿成写萨满的舞蹈"一会儿学山大王老虎的动作，长啸起来；一会儿学狐狸的样子，机灵着身子、眼睛，探头探脑，并配以叫声；一会儿又学蛇的样子，软荡着身子与手臂，一猛一猛地"前进"着，啸叫着，不断地吐着紫色的舌头；一会儿又改学猿，抓耳挠腮，吱吱

---

① 阿成：《与魂北行》，《胡天胡地胡骚》，北京出版社 1999 年版，第 82—83 页。
② 同上书，第 83 页。
③ 同上书，第 82 页。
④ 同上书，第 83 页。

乱叫。忽而鹿，忽而狼，忽而豹，斯生斯动，惟妙惟肖。"① 在神秘的交流中，希望神灵、先祖们来享受祭品，降福给人间。萨满有神秘的预测能力，"古书上就说他们善观月，向无历书，视月盈亏，能知大小建"②。《蟒珠河》中的那个博学、有神力的萨满舅舅对临峰镇泥石流的预测，显示了萨满的神秘功力。作家自然而然地表现出对自然的尊崇与敬畏之情。驿站人也如此，他们感受到了"惊悸着阴暗的森林里，只有白桦树，水腥腥地闪烁着鱼鳞一样的光——这起伏的光斑，是它们与宇宙交流的另一种语言，并更加神秘地在水尘脆响之中游弋"③。萨满教中人们将白桦树当作神灵崇拜，人们崇拜神树，认为神树能和天神沟通，帮助人消灾治病，保佑全家人平安。流放到北大荒的人入乡随俗，为了明日的婚礼而猎熊，又怕触怒了熊神。世世代代居住在北大荒的少数民族民众崇拜熊，赫哲族人认为熊是他们的祖先。鄂伦春人把熊作为图腾崇拜物，认为自己和熊有某种血缘关系，称熊为"阿玛哈"（舅舅）或"雅亚"（祖父）、"太帖"（祖母）。他们一般不猎熊，如果打死了熊也不能说"熊死了"，而要说"熊睡着了"。吃熊肉前要举行仪式，"假哭"以示哀悼，对熊骨和熊头实行风葬（树葬）。鄂温克人认为熊是和自己的远祖有着某种特殊的血缘关系的，所以把公熊称为"和克"（祖父），母熊称为"额戎"（祖母）。熊被打死了，要说成是"睡了"，把枪说成是"吹火筒"。在吃熊肉时，要先学乌鸦"嘎——嘎——"地叫，表示"是乌鸦在吃熊的肉，不是我们在吃熊的肉"。为熊举行风葬时，还要"假哭"以示"哀悼"，还要在上风处点火以烟熏熊骨，意为"敬烟"。这些都表明了北大荒土著人对熊崇拜的心理。④ 因此，"驿站里，站丁、老人、妇女和

---

① 阿成：《与魂北行》，《胡天胡地胡骚》，北京出版社1999年版，第83页。
② 阿成：《蟒珠河》，《胡天胡地胡骚》，北京出版社1999年版，第406页。
③ 阿成：《驿站人》，《胡天胡地胡骚》，北京出版社1999年版，第426页。
④ 宋有：《黑龙江经济与文化》，黑龙江人民出版社2006年版，第133—134页。

孩子，遵土人之法，学着乌鸦，呀呀，呀呀，叫得更加焦灼了。它们淌着泪水呢，祈求熊神宽恕猎熊的驿站人。"① 他们在这里与自然抗争，又与之共存，向自然索取，同时也敬畏自然，人与自然就这样紧密地联系在了一起。

迟子建生活在一个与大自然亲密接触的环境里，这是一个非常盛行萨满神话的神秘地带，她在自然的怀抱中"诗意地栖居"。在她笔下，自然万物都与人有着一样的敏锐感觉，被披上了神性的光辉。她的长篇小说《伪满洲国》中描写萨满们聚会的盛况："记得五月春祭时，远远近近的萨满都来了，他们戴着镶有铁角的神帽，穿着怪异的服装，然后在一个空场地上跳神。参加的鄂伦春人骑着马赶来，马背上驮着完整的袍子和犴等祭品，将他们摆放在达子香枝条上。萨满在场地中夹跳，而鄂伦春的百姓则在场地四周祈祷。祈祷的神有'太阳神'、'月亮神'、'火神'、'萨满神'、'男人神'、'女人神'、'孟姓神'、'郭姓神'、'狐仙神'、'小孩神'、'灶王神'等，真是神气十足，无所不在。似乎你手触之处都是神。鄂伦春人信奉万物有灵，所有静止不动的事物在他们看来都有生命，这使紫环走在路上时总有些战战兢兢，……"② 如果说这生动地再现了生活化的萨满教，那么《额尔古纳河右岸》则是萨满的形象再现。鄂温克人敬畏的是玛鲁神，萨满是玛鲁神的使者。萨满是神的化身，是神的象征。人们对神灵的依赖和尊敬几乎渗透到日常生活中的每一个环节：出门打猎要祈祷，打猎归来宰杀或者分食猎物时要先用猎物心脏的鲜血等祭祀神灵，人生中的重要仪式如结婚、葬礼等都需要请萨满主持，而且像迁移牧场这样重大的决定也要听从萨满的安排。萨满肩负着部族的生存、发展重任。同时他们也肩负着祛病消灾、拯救生命的责任……小说通过塑

---

① 阿成：《驿站人》，《胡天胡地胡骚》，北京出版社1999年版，第429页。
② 迟子建：《伪满洲国》（上卷），作家出版社2000年版，第230页。

造尼都、妮浩一男一女两个萨满形象，来诠释他们共同的"大爱"精神，身为萨满意味着牺牲自我成全他人。尼都萨满是鄂温克部落的首领，他是个忍辱负重的博爱者。他与弟弟林克都深爱达玛拉，在以比武的方式解决难题时他有意输给弟弟，让弟弟娶了心爱的女人。他的牺牲没有得到包括弟弟在内的部落人的理解，反而遭到嘲笑。尽管如此，他仍然深爱着达玛拉，并为她因多次生产所遭遇的痛苦而伤心，一次次救助她的孩子。当弟弟意外故去后，尼都一改过去邋遢、古怪的面貌，变得整洁而阳刚，但因为鄂温克族有兄不能娶弟媳的习俗，他又为达玛拉终身未娶。尼都萨满花费几年时间将积攒起来的鸡羽毛为达玛拉拼接成羽毛裙，这凝聚了他全部的爱。作为萨满，他最后选择牺牲自己，保全部族人的生存不受日本人的威胁。他的爱是不谋私欲、甘于奉献的，他是部落中的精神主宰者，是延续部落生存力的守护神。他与《蟒蛛河》中重情的舅舅一样，成为情圣。"舅舅并不是我的亲舅舅，是父亲让我们这样称谓他的""舅舅因为热恋着我的母亲，而一生独身。我的父亲、姐姐和我，都为此感到好笑。但父亲和我们都很尊敬他。"① 他只是从山上远远地注视着心爱的人，从不打扰她的生活。当人们遇到困难需要解救时，萨满总是义无反顾地挺身而出，妮浩萨满屡次以舍弃自己孩子生命为代价拯救处于死亡危险中的人，不管他曾经有无罪孽。

（三）生态意识：萨满文化的遗存

在漫长的历史长河中，居住在北大荒的各民族一直信仰萨满教，这是一种十分重要的精神文化现象。"萨满们那灵佩斑驳、森严威武的神裙光彩，那激越昂奋、响彻数里的铃鼓声音，那粗犷豪放，勇如鹰虎的野性舞姿……一代又一代地铸造、陶冶、培育着北方诸民族的

---

① 阿成：《蟒珠河》，《胡天胡地胡骚》，北京出版社 1999 年版，第 390 页。

精神、性格和心理素质。"① 这种文化信仰主要包括图腾崇拜、自然崇拜、神灵崇拜、祖先崇拜等信仰习俗。图腾崇拜的信仰来源于人对自身的产生和存在的原始思考，认为大自然中的某一动物或植物和自己的民族有着某种亲缘关系，这种认识长期传承，使人们形成了神秘的图腾崇拜意识。先祖是把养育他们的动物尊之为神的，如对熊的"风葬""假哭"等行为是对动物的哀悼，含有真诚的成分，因为首先是动物养活了他们，他们把动物当作自己的恩人；其次，先民们也害怕动物的灵魂对他们进行报复，所以，为之举行仪式是一种赎罪的行为。古罗马诗人和哲学家卡尔·卢克莱修说："以朴素的唯物主义思想阐述神的来源时说：'世上的神，最先是恐惧创造出来的！'这句话的意思是，愚昧无知的原始人类对自然界的一切变化由于不知其原因而恐惧，他们只好赋予这些不能解释的现象以神性，幻想出各种各样的神来解脱自己的恐惧。这个看法揭露了所谓'神'的实质。"② 我们的先民在和自然长期相处中，由于无法理解自然现象，神秘的自然使人产生恐惧心理，继而崇拜自然万物。

在北大荒土生土长的人，都得到自然的恩赐，他们与生俱来的对自然的依赖感使他们珍惜这份财富。中国自古就有天人合一、顺势而为的思想，人应尊重和顺应物质世界的客观规律。这种思想极大地影响了北大荒作家的创作，最为典型的是迟子建。她 20 岁之前没离开过大兴安岭，是一个生活在自然怀抱中的作家，她的生活方式和思维方式，都与萨满教有着关联，广袤无垠的自然环境紧紧包裹着她，给她带来创作的灵性和冲动，赋予她丰厚的神性写作资源。她为当代文坛提供了一种进入神性领域的路径，消弭了世人对神性认知的主客观之间的界限，营造了诗意和神秘的氛围，这就是迟子建的神性魅力所

---

① 许宁、李成：《别样的白山黑水：东北地域文化的边缘解读》，黑龙江人民出版社2005年版，第152页。

② 潘裕明：《外国成语典故》，辽宁人民出版社1986年版，第77页。

在。这最初来源于她家乡的馈赠，"也许是因为神话的滋养，我记忆中的房屋、牛栏、猪舍、菜园、坟茔、山川河流、日月星辰等等，它们无一不沾染了神话的色彩和气韵，我笔下的人物也无法逃脱它们的笼罩。"① 在《额尔古纳河右岸》中，鄂温克族的每一个氏族都有自己的萨满，他们有很高的社会地位，有的氏族族长就是由萨满来兼任的。萨满有神服、神裙、神帽、神鼓、神槌等法具。神衣上有许多图腾装饰，主要有天鹅、熊、狼、野猪、鱼等图腾物的造型。神帽后的垂饰是表示吉祥的红、黄、蓝三色的布条。神鼓是以鹿皮或犴皮制作的，鼓槌背上刻有"火"纹图案。他们有一些祭祀仪式，如祭祀"乌麦"神（"乌麦"被视为是儿童灵魂的图腾神）的仪式。在鄂温克族内，儿童患病，被认为是因为儿童灵魂受惊吓飞离而去所造成的，萨满祈求"乌麦"神把儿童灵魂找回来，病就会好。可见，萨满教都有一套完备的神灵体系，每个萨满都拥有属于自己的保护神，这些保护神多是萨满所在民族供奉的祖先。信奉萨满教的各民族，都有相同的图腾崇拜、自然崇拜、祖先崇拜的观念。萨满都是本民族中有威信，能主持祭祀仪式的人。

北大荒作家并不是从科学理性的角度去观照和审视他们所生长的地域的自然环境的，而是以一种与生俱来的亲近自然的感性展现情感世界，于无形中又与现代环保意识相契合。他们以一种孩童般的天性去亲近自然，无论其有无生命。他们的作品表现出的生态意识不是有意为之，而是源于对自然万物的崇拜和感同身受的倾听意识。北大荒虽然气候寒冷，但物产丰富，人们与自然抗争，也是在向自然所取。他们非常依赖这样的物质环境，人与大自然的关系异常亲密。人与自然需要平衡发展，萨满就是这样的平衡者，人们崇拜萨满教，通过萨

---

① 迟子建：《寒冷的高纬度——我的梦开始的地方》，《小说评论》2002 年第 2 期，第 37 页。

满与自然界沟通，或者向自然祈福，或者自然降祸于人间。生活在北大荒的先民们很早就意识到了自然的重要性，意识到了人与自然之间相互依存的关系。在这种关系中，人类更多是向自然索取，如果一味地索取甚至是掠夺性的破坏，自然也会降祸于人间，自然界中的"神"，时刻在注视着人间的活动。萨满教告诉人们，人应该懂得有所敬畏和感恩，人与自然只有和谐相处，才会得到自然的庇护。尽管北大荒的文明程度不如中原地区，但人们敬畏自然的思想却是超前的。

无论人们是在物质上还是精神上依赖大自然，都与萨满教文化息息相关。它是把自然万物当作神灵一样敬畏和保护，看作一个至高无上的神顶礼膜拜。"在萨满教的宗教体系中有一套调适生态平衡、协调人和自然以及植物之间和谐关系的生态调控机制。萨满教禁忌体系中有一部分禁忌是出于对生存环境和生态平衡进行保护的目的。萨满教的一些观念和禁忌以神灵的名义要求人们爱护自然、尊敬自然并保护自然。萨满教生态环境观中蕴含着人只能适应环境、与环境和谐共生才能生存下去的朴素的生态哲学思想。"[1] 萨满教作为一种自然宗教，它的产生是因为在生产力低下的环境中，人与自然的关系紧张，人们对自然力产生一种畏惧感，因此对自然崇拜有加，哪怕是一草一木都不敢破坏，这维护了人与自然和谐共生的存在状态。萨满教维护了生态平衡，在人与神的情感交流中，在信奉萨满教的人们的思想观念和实际行为中，都蕴涵着热爱自然、维护生态平衡和回归大自然的生态意识。萨满教文化是借自然，以神灵的名义，对人们进行原始的朴素的教育。它对于自然万物始终是崇拜和畏惧的，神是君临于世的一种掌控自然万物的存在，主宰着人世间的一切旦夕祸福。

---

① 色音：《萨满教与北方少数民族的环保意识》，《黑龙江民族丛刊》1999 年第 2 期，第 83 页。

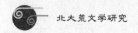

二　主流意识形态文化——北大荒文化与东北文化的差异

　　阐释北大荒地域文化特征，既要全面考察自 20 世纪初这一个多世纪以来东北文化的嬗变过程，又要因北大荒文化与东北文化在地缘上具有相似性而厘清二者的差异。这既有利于考察北大荒文学生成的文化背景和政治背景，又有利于深入挖掘北大荒文学在中国当代文化场域中的独特性。北大荒文学的文化生成与时间、空间的关系，和 20 世纪的文化空间一样，都是一个动态的变动过程。这个过程不仅与北大荒的自然地理环境、文化背景有关，更值得关注的是，它与 20 世纪中国政治、文化环境的变化关系密切，较为明显地体现在 20 世纪 50—70 年代，甚至可以说，中国的政治、文化明显地影响着北大荒文化，北大荒文化又以强大的包容性融化着主流意识形态文化。北大荒文化与东北文化有着明显的差异。"东北文化作为一个区域文化，内部发展是不平衡的，具体表现为南北差异甚大，东西与南部差异也十分明显。"① 虽然北大荒文化是东北文化的一部分，新中国成立前，相对于东北文化而言，北大荒文化整体上属于一种更为边缘的文化。北方少数民族文化以渔猎、游牧、采集为主，中原文化以农耕为主，俄罗斯文化以半牧半农为主，这三种主要的文化相互融合，形成了东北文化。而北大荒文化较少受到中原文化的影响，流寓文化是北大荒文化的重要特征。历史上不同类型的群体或个人因各种原因而转徙于江湖间，形成流寓这种文化现象。北大荒独特的历史造就了流人文化、站人文化、京旗文化、柯尔克孜族文化以及近代以来山东、河北移民谋生闯荡的"闯关东"文化等。长久以来，大量的中原文化和本土文化融合，而后形成多元互融的文化形态。这些文化通过日常生活习俗、行为准则、社交礼仪等形式展现出来。除历史原因外，地理、政

---

　　① 李治亭、田禾、王升：《关东文化》，辽宁教育出版社 1998 年版，第 415 页。

治等因素共同作用形成独特的文化形态。这就在一定程度上改变了北大荒的文化结构。尽管北大荒的发展相对滞后，但国家有组织、大规模的开发行为，使其后来居上，甚至引领了中国现代化大农业的发展方向。再加上新中国成立后开发和建设的热潮中，北大荒人自己创造的"大庆精神""铁人精神"和"北大荒精神"。可以说，北大荒文化有鲜明地域特色，它的生成过程因其特定的时代，特定的地域，特定的人群而有别于"东北文化"，是意识形态的主流话语改写了北大荒的历史，引领了北大荒的文化导向。北大荒文化并不荒，以北大荒精神、北大荒核心价值观为主流的北大荒文化，成为民族文化的精髓。北大荒文化是由多种文化交融、互动而形成的。北大荒文化中的中原汉族文化、本地少数民族文化以及以俄罗斯文化为主的外侨文化。但在城市和农村以及在不同的社区①，上述三种文化的碰撞、组合及影响强度是有区别的。

首先是国家意识形态组织，精英文化汇聚，迅速改变、提升了北大荒的地缘文化素质。② 北大荒文化是由国家意识形态化打造的，有明确的指向性。来自全国各地的百万移民构成了北大荒文化的精英群体，他们大部分是在中国共产党夺取执政权以后，着手将革命的意识形态国家化。他们是在国家进行整体建设规划的背景下，为解决 4 亿多人的吃饭问题，融入创造历史奇迹的伟大实践中来开发、建设北大

---

① 地理气候和自然环境内部构成的地域板块特点，尤其是全国范围内的移民，对社区文化的形成产生影响。

② "（1）由中国共产党领导，传承南泥湾精神，以 1947 年为起点。（2）由五大主体为基本构成：①14 万转业官兵；②20 万支边青年；③54 万城市知青；④5 万科技知识分子；⑤各地支援北大荒的干部和移民群众。（3）融汇了 5 大文化源流：①共产党人的科学世界观；②人民军队的光荣传统；③中华民族的优良传统；④城市文明的生活方式；⑤新中国尊重科学、重视人才的科技意识。（4）实践载体是党中央国务院的宏观决策，开发建设北大荒的伟大事业，创造了世界垦殖史上的伟大业绩。（5）目的是建设公营的粮食工厂，用大工业方式，走出一条解决中国粮食问题的出路。区别于传统的农业生产方式。（6）组织行为：有系统化的组织领导，不同于历史上的民族迁徙，移民垦殖。"北大荒文化：http://www.baike.com/wiki。

荒的。虽然国人对北大荒的垦殖已有 4000 多年的历史，早在 4000 多年前，满族肃慎部族就在此繁衍生息，其后裔挹娄、勿吉、秣鞨、女真以至满族，都生活在北大荒。但是，数千年来，由于征战、清朝的封禁政策和时代等的局限，大片荒原仍沉睡不醒。民国年间，虽有大批"闯关东"的饥民，为谋生进行垦殖，但在阶级剥削等压榨下，对北大荒的垦殖仍处于一家一户的谋生阶段。日本帝国主义的拓荒计划，也因北大荒自然环境的威势，外加侵华战争的失败而终结。可见，北大荒垦荒史是曲折徘徊的历史。由于恶劣的自然环境及战乱等诸多因素的限制，历史上对北大荒的开发，都成为一厢情愿的美梦。新中国成立前，北大荒依旧是处于未开垦的状态，一片荒蛮景象。难怪聂绀弩在《北大荒歌》中写道："千年万年人不到，但有雁字排成行，年年来，自南方。不能牧牛羊，不能治田庄，不能比刀枪，古往今来留死角，白山黑水吮脓疮。偶为暴客捕逃薮，间作逸民生死场。"① 写到此，诗人不禁怅然喟叹："不有天神下界，匠星临凡；天精地力，鬼斧神工，何能稍改其面庞！"② 只有在中国共产党的领导下，以转复军人为主力的垦荒大军，才在北大荒的垦殖史上鬼斧神工般地描画了崭新的一笔。③ 文化本身就有底蕴的深浅之分，北大荒文化、东北文化落后与东北历史情况密切相关。④ 北大荒是全国耕地面

---

① 罗孚编、朱正等笺注：《聂绀弩诗全编》，学林出版社 1999 年版，第 177 页。

② 同上。

③ 1947 年，第一批荣复军人，按照党中央关于"建立巩固的东北根据地"的重要指示，从烽火弥漫的战场转战到沉睡千年的北大荒，创建了第一批国有机械化农场，拉开了北大荒开发建设的序幕。20 世纪 50 年代，北大荒成为国家经济建设重点投资的区域，于是大批掌握了科学技术的人员，被派到这片蛮荒之地至今科学技术队伍在全国也处于先进行列。同时，在很大程度上改变了北大荒人文落后、大众文化根底疏薄的状况。马凤才：《制度创新与黑龙江垦区农业经济发展研究》，黑龙江科学技术出版社 2006 年版，第 70 页。

④ "约在一九五九年冬天，周恩来同志到哈尔滨，在干部大会上有个讲话。其中约略提到：东北文化落后，文风不盛，人才甚少。他还作个解释，说东北文化落后，不是指应用的现代科学技术，在这方面，东北并不落后。说落后，是指文史学科，这是由东北历史情况造成的。"关山复：《〈中国东北史〉·序》，佟冬主编：《中国东北史》，吉林文史出版社 2006 年版，第 1 页。

积最大的地域，人均耕地面积大约是全国平均水平的 3 倍，后备土地资源是全国人均占有量的 10 倍左右。1958 年春，王震将军亲自率领中国人民解放军 14 万转业官兵开赴北大荒，掀起了北大荒历史上第一次大规模开发建设的高潮，这在北大荒历史上有着非凡的意义和影响。复转官兵发扬艰苦创业、不怕牺牲的革命精神，硬是靠双手在荒原上创造了农业机械化的大农场。"北大荒的开发史，从某种意义上说，就是一部军垦史。"[①] 对北大荒大规模、集团式地开发，是以复转官兵为骨干的。在北大荒的开发中，他们起到率先垂范的作用。"广大复转官兵不是一支普通的队伍，他们是军队中的精英，英雄的群体。"[②] 他们赤手空拳地"向地球开战"，最初完全靠的是"人海战术"，他们创造了人间奇迹。他们以忠于革命的英雄主义气概，以无坚不摧、战无不胜的革命勇气，激励了一批又一批的拓荒者艰苦奋斗、无私奉献。十万复转官兵是北大荒精神的主要开创者和践行者。北大荒军垦文化主要指 20 世纪 50 年代后期，尤其是 1958 年 14 万复转官兵开发北大荒，创造的北大荒文化。他们的垦荒主要是屯垦，是为了解决新中国粮食供应不足的问题。他们展现了新中国的屯边文化，十万复转官兵具有坚定的理想信念，他们经历战火的洗礼，使他们无论遇到什么挫折和磨难，都会勇敢面对。在强化"国家本位"、淡化"个人本位"的社会语境下，肩负起建设新中国的重任，他们创造了北大荒

① 安会茹、刘娜：《当祖国需要的时候：北大荒精神》，黑龙江人民出版社 2008 年版，第 34 页。

② "参加北大荒开发建设的 14 万多名复转官兵中，有老红军 60 余人，老八路 2000 余人，有参加过解放战争的 16000 余人，参加过抗美援朝战争的 53000 余人。截至 1985 年末，垦区尚有荣获各级战斗英雄称号的 128 人，立特等功的 408 人，立大功的 2929 人。他们当中有 5 次被中央军委命名为全国一级战斗英雄的赵中华；有被授予华东一级战斗英雄、应邀参加全国开国大典的王宪法；有在朝鲜战场击落敌机 4 架、被华东炮兵命名为'对空射击英雄'的孙福祥；有淮海战役中的战斗英雄周惠忠；有三五九旅南泥湾开荒英雄刘海；有老虎团团长张海峰；有白云团团长赵世贤；还有一些如黄振荣、向俊选等对北大荒开发建设事业坚贞不渝无怨无悔的斗士……"安会茹、刘娜：《当祖国需要的时候：北大荒精神》，黑龙江人民出版社 2008 年版，第 34 页。

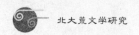

军垦文化与北大荒精神。

北大荒军垦文化的形成始于 1958 年，随着时间的推移，其内涵越来越丰富。从最初单一的 14 万复转军人，到城市支边青年，再到黑龙江生产建设兵团 54 万知青，还有外省流动移民，错划的右派文化名人以及留场就业的劳动改造人员等，各种不同的文化元素交叉融合，它们在北大荒这个极具凝聚力的集合体内共同发展，形成了矛盾统一、立体交叉的多元、多层文化形态。当然，在这些文化形态中，军旅文化是主流。因为人民解放军文化是军垦、黑龙江生产建设兵团的支柱。

从 1958 年到 1978 年，共有 6 路垦荒大军来到北大荒，① 这 6 路垦荒大军响应国家"屯垦戍边、保卫边疆、建设边疆"的伟大号召，从全国各地奔赴北大荒。他们以顽强的意志和抗争精神克服了各种艰难险阻。他们开发北大荒，继承和发扬了军垦的光荣传统，并为北大荒文化注入了新的因子。他们在北大荒，用青春、激情甚至生命书写了激昂、悲壮的垦荒史。

北大荒文化有深厚的历史内涵和鲜明的时代特征，它由多元文化融合而成，有鲜明的地域特色。应该说，北大荒乡土文化，是由本地

---

① 除了 1958 年的十万复转官兵外，还有 1959 年，6 万山东支边青年从齐鲁大地开赴北大荒；1966 年，万名复转官兵从沈阳军区所属部队到黑龙江垦区，组建黑龙江生产建设兵团农建第一师和第二师；1968 年 6 月，沈阳军区 3 千现役军人进驻黑龙江垦区，组建黑龙江生产建设兵团；从 1968 年起，54 万城市知青从京、津、沪、浙和黑龙江省各城市，来到北大荒；第 6 路是一支"特殊"的垦荒队伍，他们是 1957 年"反右斗争"扩大化制造出来的一批当代"流人"。1958 年春，由中央国家机关下放到北大荒，虽然"右派分子"只有 1500 多人，却有包括一些在全国甚至国际上有影响的作家、画家、音乐家、诗人、剧作家、编辑、记者等，还有一批司、局级领导干部。军队包括从八一电影制片厂下放的"右派" 97 人。安会茹、刘娜：《当祖国需要的时候：北大荒精神》，黑龙江人民出版社 2008 年版，第 58—59 页。他们在当时，以至后来都对北大荒的发展产生巨大影响。他们随复转官兵来到北大荒，分别被安排在铁道兵复转官兵建立的"宝清县境内的八五三、八五二农场和虎林县境内的八五 农场"。丁继松：《北大荒现代"文化流人"纪事》，《北大荒文学》2011 年第 9 期，第 59 页。

积淀的少数民族文化和以齐鲁文化①为主的华北、中原地区文化，在北大荒特有的自然地理和经济发展模式下，相互交汇、渗透影响而形成的。除了这些文化元素外，北大荒文化的洋文化特征亦非常明显。大批外国移民带着异国文化融入北大荒文化中。② 以哈尔滨为代表的城市，受到俄罗斯和东欧文化的影响。"那个时候有 25 万的俄侨，包括两万左右的犹太人，这些人对这个地方文化影响应该说很大，这样一来黑龙江起码有一个特别好的文化就是：'包容'。这是一种开放的、包容的文化。"③ 这种文化渗透在建筑风格、产品造型和人们的日常生活中，哈尔滨是一座文化品格深厚的城市，外侨文化成为其作为国际化都市的文化标签。此外，新中国成立以来，随着几次大规模人口移入，还有几种文化在整体或局部，与北大荒文化交汇、融合，对北大荒文化产生影响。如北大荒作为日本投降后最早的解放区，受到延安等老根据地文化的影响，在局部地区受到军旅文化、石油文化以及知青文化的影响等。需要特别指出的是，新中国成立以后包括知识青年支边和上山下乡、部队干部屯垦戍边和"反右"时期一些作家、艺术家到黑龙江劳动改造等，几次大规模、高素质的人口迁入黑龙江，主要分布在东部、北部边境一带。这影响了北大荒至今形成的人文生态格局：东部、北部沿江地带（特别是沿乌苏里江一带），人们

---

① 1959 年山东支边青年；20 世纪 60 年代，东北三千万人口有二千万是山东移民，主要是清末民初山东闯关东的移民。

② 近现代俄国向黑龙江地区第一次移民是非法越境漠河淘金，曾达到 9000 余人。第二次移民是为修筑中东铁路，移民多为工程技术人员、商人、职员。1912 年哈尔滨有俄国移民 43091 人，占当时全市人口的 63.7%。第三次是"十月革命"，大批"白俄"逃亡黑龙江地区。到 1922 年，黑龙江的俄国移民多达 155402 人。到 1931 年以前日本在中国东北的移民就有 24 万人左右。日本投降时，在东北的开拓团就有 1131 个，日本移民共 270428 人。哈尔滨在 1934 年欧美移民就达 3256 人。其国家有波兰、希腊、捷克、德国、匈牙利、南斯拉夫、伊朗、英国、法国、意大利、荷兰、瑞士、美国、土耳其、澳大利亚、加拿大等 23 个国家。韩春燕：《风景颗粒：当代东北地域文化小说解读》，春风文艺出版社 2007 年版，第 26—27 页。

③ 黑龙江省互联网宣传管理领导小组办公室编：《2007 中国网络媒体龙江行》，黑龙江人民出版社 2007 年版，第 58 页。

的文化素养和文化程度往往高于内地农村社区。北大荒文化，包含着土著文化对中原文化的撞击和吸纳。北大荒长期以来形成了以主流文化为主体的多元文化。在当代，北大荒尤其形成了以军垦文化为主体，城市知青文化、中原移民文化、本土文化相结合的北大荒多元文化，打破了以军旅文化为主体的一元化文化结构，为提升其文化素养起到了决定性的作用，丰富了北大荒的文化内涵，实现了优质文化资源融合的北大荒新质文化。

一个国家、一个民族的价值体系，取决于其所持有的核心价值观，弘扬核心价值观是执政党及其政府的责任。在调节群体的价值观念和行为方式时，建构高尚的精神空间能够起到引领主流价值的作用。北大荒文化融汇了优质文化源流，这是其他地域所不具备的。对于作为流寓主体的十万复转军人来说，有组织地集体移民，只是使他们的身份和生存空间发生了转换，他们并不存在这种疏离感。因为他们移民目的明确，不单纯是屯垦戍边，而是担负着国家赋予的重要使命。他们移民北大荒，是一种政治行为，有政府支持。虽然他们在恶劣环境中艰苦创业，承受着生离死别的打击，但是也领略了北大荒的丰饶。他们的灵魂接受了一次洗礼，使他们给自己的人生重新定位。北大荒垦荒生活改变了他们军人的身份，开发荒原、多打粮食的现实任务，也使他们更具责任感，军旅文化已经渗透到北大荒人的生产和日常生活中。在生产方面，北大荒开发建设目标就是建设高度机械化的大农业。这种现代化的大农业完全不同于传统的小农经济式的耕作方式，机械化的农业经营生产方式是北大荒文化最外在的特征。大农场、大农业的美好前景引领着他们的人生，他们的人性在北大荒锤炼、升华，散发出诗意的光辉。因此，新建的北大荒农场不同于宗法成分浓厚的聚居村落，这里没有固定的传统习俗，也没有传承下来的地域文化，他们的生产方式、生活方式完全是适应新中国大农业发展的，这是北大荒文化生成的特定的时空环境。后来的支边干部、青年和科技人才身上不但具备了中华民族的优良传统，还给北大荒带来了尊重科学、重视人才的科技意识。54万知青为北大荒带来了知青文化的同时，也带来城市文明的生活方式，在整体上改造了北大荒人口的素质。北大荒是当时全国接纳知青最多的三个地域之一（黑龙江、云南、内蒙古是知青最多的），历经十年的历练，知青裹挟着青春的激情、智慧甚至是生命为北大荒的经济建设做出巨大的贡献。同时，他们也对北大荒的文化建设起到引领示范和开拓的作用，尤其体现在提升北大荒人文化素质方面。北大荒各个农场，成为一座座现代化的卫星城镇的标本。在第二代人北大荒身上，一批转业军人、"右派"担任教师，他们的教学水平非常高，改变了北大荒人的文化素质结构。尤其是一代知青教师播下希望的种子使其生根、发芽，这样大规模的学校教育，使得北大荒人的文化素质又远远高于东北其他地域的农民。知青对北大荒的文化建设影响是深远的，这也会随着时间的推移日益得到凸显。开发北大荒是国家行为，塑造了北大荒文化，对东北文化产生深远影响。从移民文化的角度来看，现在占北大荒总人口90%以上的汉族人，主要都是中原一带（山东、河北、河南、山西、京津等地）的移民或是他们的后裔。

其次，闯荡到北大荒的移民更具有冒险精神和开拓意识。北大荒作为东北地域的重要组成部分，是具有东北文化特点的。东北人共同特征分为优劣两方面：其一，热情豪爽、为人坦诚，易于沟通合作，这是东北人的优点。由于受自然、历史等原因的影响，东北地域辽阔、土地肥沃、自然资源优越，易于生存；受气候条件的限制，农民一年只干半年活，具有小农经济的特征。其二，东北人有知足常乐、小富即安的思想，这明显成为制约东北发展的因素。农业文明条件下"日出而作、日落而息"，使东北人缺少忧患意识和创新观念。文化的积淀方式受到文化基础和制度因素的影响。从整体上看，北大荒文化具有自身的文化积淀疏薄，对外来文化的吸纳相对较容易的特点，这使得各种文化较容易在北大荒生长。一般来说，他们对外来文化的表层（如服饰、生活方式等）吸收相对快，而对观念变革等深层文化相对吸收慢。但较为特殊的是，由于体制性因素，推动着北大荒快速地吸纳先进文化。所以，相对于中华传统文化积淀厚重的地区，尤其是在先进文化集团化进驻的特定时期，北大荒更容易成为现代化发展较快的地区和引领风气之先的地域。历史上北大荒几次较大文化品质的提升，都源于先进文化的传播和高素质人口移民的涌入。具有包容品格的北大荒文化在交流中迅速发展。相对于东北文化而言，北大荒文化又有其独特的特征。"黑龙江文化严格来说不是最典型的东北人文化。黑龙江的历史文化资源是多元复合体，一是从新石器时代（或许更早）开始所形成的许多历史文化，……另外还有最重要的两个因素：一个是移民流人文化，另一个是外来文化，这带给黑龙江很多开放的一面。移民流人从辽宁、山东一带，一家老小带着行李一路走，那个时候走就是随意走，好多走到黑龙江这里走不动了，留了下来，一直到60年代，辽宁和山东的移民还很多。"① 这是一种开放的、包容的文化。至今，没有一个地域能够拥有一种更为多元的文化，能够超越北大荒文化。在主流意识形态影响下的生活环境中，北大荒人既坚守了豪爽、厚道的个性，豪放、豁达心态，也摆脱妄自尊大、目光短浅、因循守旧的小农心理态势，消除了谨小慎微、安于现状、缺乏开拓创新精神的消极保守心态。

自发移民更具有闯荡东北的勇气和亡命天涯的豪气，尤其是闯到北大荒的人的拼劲和冒险精神更为可贵。清代以来，大量的中原移民闯入关东，大多数人在辽宁、吉林扎根，还有少数人闯到北大荒。他们多出生于贫苦潦倒的下层社会，一生需要靠冒险奋斗生存，他们的

---

① 黑龙江省互联网宣传管理领导小组办公室编：《2007 中国网络媒体龙江行》，黑龙江人民出版社 2007 年版，第 57—58 页。

创业史,弥漫着浓重的草莽英雄的传奇色彩。他们把从祖先那儿继承的勇敢品德升华为一种无惧生死、野蛮的冒险精神。自然环境恶劣,他们与大自然进行残酷的斗争,他们以这种的独特方式维持生存,发展自己,在精神世界中练就了强烈的竞争意识和生存意识。闯到辽宁和吉林,他们也可以生存,一部分人不满足现状,继续北上,闯到了渺无人烟的北大荒。没有敢于冒险、大胆进取的闯劲的人是做不到这点的。淘金者不满足于生活的现状,敢于直面人生的风险,甚至是触及他们生存的根基。透视安土重迁的文化观念和心理,不难发现这是一种不安于现状的开拓闯荡精神。

自发移民的闯荡精神与土著渔猎的生活有着精神上的相通性。北大荒是一个多民族聚集的社区,汉族、满族、朝鲜族、达斡尔族、锡伯族、鄂伦春族、鄂温克族、赫哲族、蒙古族等都是这一地域的族群。各民族有自己的文化,多民族文化构成了北大荒文化的基本特征,创造出各具特色、多民族融合的历史文化。北大荒因不排斥其他文化,而不断充实、补充新的文化要素。北大荒少数民族不是游牧,而是逐水草而居。渔猎或兼有耕牧渔猎,流动性较大,因此具有勇于开拓进取的精神,较少安土重迁的观念。多种文化类型的北大荒具有极其丰富的内涵,渔猎、游牧文化带有原始部落活动的特性,长期以来形成的民族风俗习惯、生活方式构成了独特的古朴、雄健的文化形态。北大荒的自然地理环境、人文生活环境、生产方式,尤其是严酷的自然条件和自然环境影响下的生产方式,对北大荒人文精神的形成起到决定性的作用。土著居民具有独特的品格,他们忍受着大自然风暴雨雪的不断侵袭,铸就了他们坚强的意志,勇于进取、无畏的精神。他们为生存而搏斗,时刻与险恶的自然环境甚至是和猛兽进行斗争,这需要力量、勇气,这体现了他们的豪迈气概。

北大荒的最初发展,是由自发的移民和土著居民共同推动的,"闯关东"的人大都是破产或失去土地的流民,闯关东行为本身包含着敢于冒险、自强不息的精神内涵，无论生活多艰苦，都难以阻挡他们追求美好生活的信念。闯荡带有拿一家老小性命赌博的悲壮，恶劣的环境、无路可走的境遇，贫苦潦倒的经历，练就了他们强烈的冒险、进取意识。他们的豪气和开拓精神又与大批拓荒者的气质相吻合。黑龙江所属"性质朴，好射猎，兼习礼让，务农敦本而不逐末"。① 这种质朴、达观的性格与敢于冒险闯到北大荒的关内移民有很多相似性，形成整体性格的一致性。因此，他们很容易受到"政治移民"的影响，而逐步改变了小农意识。"政治移民"是共和国历史上最引人注目的一个文化现象，对于北大荒来说，大规模"政治移民"发生在 20 世纪 50 年代，这对北大荒土著居民影响很大。"政治移民"作为一种社会现象，展示出一系列复杂特殊时代国家的意志脉动。移民，本质上就是一种生命的"移植"，而"政治移民"是国家意志强行推行的行为，更何况对于十万复转军人、知青和科技人员来说，响应国家号召在"新的土壤"深深扎"根"才是符合国家意志的。这种"移植"的本身不带有来自"根"与"土壤"的冲突。在时空的转换中，他们的"根"要自然伸展也必须符合意识形态的规约：符合党中央国务院的宏观决策，开发建设北大荒的伟大事业，创造了世界垦殖史上的伟大业绩。"马克思主义认为，作为观念形态的文化，都是一定时代经济发展的产物。"② "政治移民"最重要的目标是建设公营的粮食工厂，用大工业方式，走一条解决中国粮食问题的出路。因此，他们在北大荒的农垦生活，是以大农业，机械化农业作为标志性的，这就明显区别于一般东北农村的传统的农业生产方式。剔除了移

---

① （清）吕耀曾等修，魏枢等纂：《盛京通志》卷二五风俗志，乾隆元年（1736 年）刻本，第 4 页。

② 吉林省社会科学院编：《佟冬同志百年诞辰纪念文集》，吉林文史出版社 2005 年版，第 333 页。

民们因长期去"个性化"① 状态，而滋生的粗俗心态、流氓心态和去责任化的倾向。其行为蕴含中华民族的精神脉动，极富神圣性和感召力，移民们的价值坐标越来越富有国家意志的时代特征。他们开发北大荒的目的是为国家建设公营的粮食工厂，用大工业的方式，走一条解决中国粮食问题的出路。这明显与为了一家一户的生存而劳作的传统的农业生产方式相区别。② 移民东北的原因主要是饥荒、贫困、政治迫害等，而移民绝大多数来自社会底层，他们没有对传统文化中优秀因子进行吸收，但却带来了传统文化中的劣质因子，使生活恶俗化。在北大荒却很少是这样，因为是意识形态的宣传，移民文化并不一定导致文化的断裂、失落、无依，而是与优秀的文化成分融合，这使得北大荒文化在整体上依然保持着与主流社会的一致性和认同感。而文化在制度层面的兼容性，又保证了主流文化的持续性和完整性。

再次，建设初期，北大荒包容多元的文化形态，造就了独树一帜的北大荒文化群。北大荒不仅是地理区位，而且是现代化大农业的标志。除此之外，它还具有原生态的土著文化。达斡尔族、鄂温克族、赫哲族、鄂伦春族等世代生活于此，主要靠渔猎畜牧和粗放耕作维持生存。他们固守本族文化，信奉原始宗教，操本族语言，有自己独特的生活习俗……他们成为北大荒土著文化的活化石。北大荒地处边

---

① "去个性化也称为个人意识消退，是指处于群体中的个体由于不易被识别，具有匿名性，因而也就失去了个人的责任感，同时个人对自己在别人心目中将留下何种印象的关心程度减低，进而使其行为变得为所欲为，做出一些违反群体规范的事。"刘志华：《"黑土情结"与龙江人的传统心理》，《理论探讨》2002 年第 1 期，第 30 页。

② 新的生产力带来新的生产方式，北大荒垦区是以规模化、精细化、信息化为基础的全方位、全过程现代农业，这是中国农业最为先进的生产力的代表。以此为基础，以食品工业为基本内容，形成了新的工业化生产方式。生产方式的区别决定了从事生产的人的素质的不同，经过半个世纪的艰苦奋斗，在昔日的亘古荒原上，建成了我国耕地面积最大、机械化程度最高的国有农场群，成为国家的重要商品粮基地，农副产品精深加工基地和奶牛基地。即使是家庭农场也实现了具有农垦特色的"规模化承租"。新的生活方式的创造了以现代化农业为基础，具有现代农业文明性质的新的现代农垦城市生活方式。这种气魄也是其它东北地域文化所不具备的。北大荒文化：http：//www.baike.com/wiki。

疆，历史上就是农耕民族文化和游牧民族文化冲突、融合之地。艰难的生活环境与险恶的自然条件，使北大荒少数民族形成粗犷剽悍、质朴豪爽的性格特征，折射为文化形态上的乐观格调：刚健磊落、开拓进取、慷慨激昂。北大荒文化中有中原农耕文化的厚重，有游牧文化的雄豪粗犷，有兼容并蓄、相互渗透的文化个性。北大荒的移民和土著居民绝大部分都是北方人，"北方人民，他们服习于简单之思想与艰苦之生活，个子结实高大，筋强力壮，性格诚恳而忭急，喜啖大葱，不辞其臭，爱滑稽，常有天真烂漫之态，他们在各方面是近于蒙古族的，……脑筋来得保守，因之他们对于种族意识之衰颓，如不甚关心者。"① 正是这种独特的地缘特征，孕育了北大荒文化特有的个性。北大荒文化在物质层面上也不乏现代性的文化符号，北大荒文化个性既具有独立性又具有包容性。北大荒特有的移民史，显现出北大荒巨大的包容性。无论是主动的移民还是被动的移民，都为北大荒输入异质文化，北大荒文化既具有客观的稳定性又具有主观的导向性，表现出一贯的、经常的并持久存在的特征。只有这种个性特征，才能被称作地区文化个性。在特殊的时间和情境中，偶然表现出来的文化特点，是不能代表这一地区的文化特点的。只有稳定的个性特点才能构成独特的个性类型。北大荒文化是既具有整体性又具有多维的组合性。那些处处体现军旅文化、移民文化、知青文化、原住民文化基因的北大荒文化，是中国东北角唯一可以佐证国家有组织开发荒蛮之地的有力证据，也是其在全国各地文化中最值得骄傲的、最本真的个性所在。在那个时期，不论个体还是整体都极具时代激情和献身精神，这种健康的文化形式必定有其生存的土壤，大批人才和高品位文化，使北大荒文化进入高产期。融合交流的历史惯性促进北大荒文化的大发展，他们为北大荒文化树立了标尺。北大荒特殊的自然环境和人文

---

① 林语堂：《吾国与吾民》，群言出版社 2010 年版，第 4 页。

环境有别于东北其他地域，这里的土著居民养成了独特的文化心态，粗犷豪放、质朴直率是土著居民共有的最核心的性格基因。北大荒的自然环境恶劣、气候异常寒冷，所以人们的脾气较为暴躁，粗豪、健壮、易于冲动，甚至是有放浪形骸、玩世不恭的集体特征，同时，他们受意识形态的影响而逐步得以改观。

北大荒文化更主要的是渗透到人的日常生活中，影响人们的认知、行为方式。移民集聚式的定居打造了北大荒文化，所以北大荒文化缺少历史感具有迅速模塑的特征，这种意识形态的行为决定了北大荒人对事物的认知和决策水平较高。反映在行为方式上，往往表现为对文化规范引导作用的高度认同，很少受本位思想、宗族观念等消极因素的影响。一个社区的文化积淀有一个积累、储存的过程，现有的文化积淀和散落民间的文化表现形式，将对于开放的北大荒文化的积淀、发展方式产生深远影响。

北大荒文化个性的内涵是多元的，但在表现过程中，它们外化为一个整体的特点。如果忽视、规避这种个性的整体特点，我们就不能很好地判断、预测其对北大荒发展的影响力。同时，北大荒文化个性并不是单一孤立存在的，它是一组文化个性的有机组合体。在共有的文化历史背景下，观照北大荒文化与东北文化，发现二者有很多共性。然而，在同一时代的意识形态和经济政策杠杆调控的背景下，就会发掘到北大荒文化独特的个性。北大荒文学作为北大荒文化的有机组成部分，叙写着北大荒文化的个性。恰恰是这种个性不断丰富着作为共性的东北文化。这片土地上没有因袭传统文化的重负，所以易于展露北大荒生灵强烈的生命意识。

三　北大荒民间文化的呈现

北大荒文学是地域文学的重要组成部分。北大荒本土作家没有文坛上以集团式亮相的规模和气势，并产生轰动效应。文学中存在着本

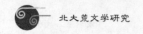

土文化中的粗俗成分，这不是在夸大俗文化的形态，它和关东文化中的傻大黑粗似的外形有着明显的区别，天然的成分较多，有低层次的俗文化，不拒绝糟粕和腐朽，夸大生活形态中的审丑的成分。在远离中原文化浸染的生存之所，人烟稀少、物产丰富，形成了当地人粗犷大度、热情好客、好大喜功、不拘小节的性格。长期以来形成的游牧、渔猎文化使北大荒土著居民形成了勇猛尚武的习俗和开放包容的心态。生存的艰难使人往往会产生取乐的俗文化，这种文化就像污浊不堪的空气，使刚刚进入的人感到窒息，久而久之，更会入乡随俗，甚至是靠着这些娱乐兴奋自己的神经，他们不会自觉地加以批判。

（一）粗俗：粗鄙化

北大荒这片土地由于偏远荒凉，相对封闭，使其文化最易形成相对独立的地域文化特征。北大荒作家追求一种本土化的创作，用简朴而又鲜活的方言来表现北大荒原生态的生活，具有普通语言所不能传达的北大荒人特有的思想和情感，它容纳了生动鲜活的民间生活范式，具有浓郁本真的生活气息。不仅从风俗、景物，还从语言上还原了北大荒的生活场景，在广袤而荒凉的自然环境背后蕴藏着强烈的生命张力。北大荒的方言有一种铿锵的力度感，有一种乡土的味道，这样的语言只能在北大荒存在，也最能深刻地表现乡土气息，北大荒土著作家长期生活在底层人民中，能深刻认识和娴熟运用北大荒的方言，同时不拒绝民间的污言秽语，这些带有土气味的语言最能本真地反映北大荒人的情感，具有地方特色的语言几乎覆盖了他们的创作。在《渤海公主》中，运用"善茬子、吵儿八火、稀里哗啦"等方言，还有《女大十八变》中出现的"斜巴楞、黏糊、聊骚、急眼、埋汰、糊弄"等。《当代酒仙》中的"嘞嘞、着噶大、仰歪、晕的乎、拉钩、小鼻子他爹——老鼻子"等等。"吵儿八火"指吵嚷，"斜巴楞"指斜视，"着噶大"指这个地方，这类词汇的运用，生动形象，使作品极具亲和力。"毛驴子"形容张淑兰"一分钱买个小王八——贵贱不是个正经物"①，简洁明了地刻画出张淑兰的反面性格特征，同时也勾勒出东北百姓质朴爽朗，爱憎分明的黑土地性情。王治普说："作为一个编剧，当然有自己的追求。我追求的是三个字：真、情、味。所说的真，就是不能再凭空胡编滥造了，要反映农民的真实，也就是源于生活。再不写点儿真的，老百姓就真的跟话剧绝缘了。所说的情，就是要让观众和台上的演员情感交融在一起。没有情就扣不住观众的心。所说的味，就是地域性。我是北方人，满族的后代，我知道没有黑土味的作品，北方老百姓难以接受。"② 这是作家自觉地反映生活的审美意识。杨宝琛的《北京往北是北大荒》中窦婶的"我这十个男人给俺留下的东西老鼻子了"③ 和队长的"人小嗓门大，属驴的?!"④ 典型地体现了地域的泥土味，也是北大荒农村生活真、情、味的彰显。

北大荒乡土作品呈现出明显的粗鄙化倾向。所谓粗鄙化，不仅仅是人物语言和动作的粗俗鄙陋，也是创作机制因为缺少了艺术力量必要的介入与规范，从而使文学在现实主义的路径下更多地演绎，不加节制地叙述。首先，这些作品在满足人们的神奇北大荒想象、深化民族记忆和史实表现方面往往显得传奇，呈现出粗鄙化倾向。其次，北大荒的陋习、现象比较复杂，即错位的幽默与品味。北大荒人的大度和幽默源于艰难生存条件下的乐观和自信，也源于他们的胸怀和在多彩的生活中养成的睿智。这种粗俗的民间生活给北大荒人带来无穷的乐趣，这最贴近百姓生活，活生生的扑面而来的是泥土气息。

---

① 王治普：《我写〈女大十八变〉》，《王治普剧作集》，北方文艺出版社 1999 年版，第 34 页。
② 同上书，第 50 页。
③ 杨宝琛：《北京往北是北大荒》，《剧作家》1991 年第 1 期。
④ 同上。

作为肃慎族的后代，他们承袭着祖先"粗糙的，略略有一点凶煞、强悍的面孔"，① 北疆男人和女人们，和这块土地一样仍充溢着"一股与历史俱来的、浓郁的'胡气'"。② 北大荒人粗犷的生活方式，是人本真、原始味道遗留的结果。人在原始、灵动的自然环境中成长，他们的生命境遇和精神追求带有粗俗野逸的气息。

> 车厢里，有两对夫妇正在座位上用扑克赌钱，一把伍拾元。个体户的形锐得扎眼。其中一位妇女输了，说："不掏不掏，你们有鬼儿！"对面的一位男人笑着说："不掏钱也中，用旁的顶也中。"
>
> 女人认真地问："用啥顶？"
>
> 这女人的爷们笑着说："傻货，这还不明白。"
>
> 女人忽拉一下明白了，马上把上衣搂了上去，欲解腰带，说："中！咱们就地！当你大哥的面儿。敢不敢？累死你！"
>
> 几个人嘎嘎大笑起来。
>
> 另一位妇女说："别猛了，嫂子，旁人听着。"③

这种带有狂欢的粗俗场景只是北大荒人生活的一个小插曲，体现出肃慎人子孙的豪爽与傲视传统、蔑视礼俗的粗俗野性。王治普的剧作中的人物都有一个极具地域特色与个性色彩的绰号。尤其体现在《女大十八变》中，作家称耿直、认死理的为"毛驴子"；称凭着青春、姿色来搞对象，骗取钱财的张淑兰为"军用品"和"填不满的坑"；称不把女人当人，想用一窝猪崽换回一个"身板好"，"扛造"媳妇的缺心眼的人为"大埋汰"；称因能喝酒而去应聘陪酒员的人为潘半斤、陈三两、李酒篓等；就连师长级的大干部返乡也被儿时的玩

---

① 阿成：《胡天胡地胡骚》，《胡天胡地胡骚》，北京出版社1999年版，第4页。
② 同上。
③ 同上。

伴"耗子""黄瓜妞""扁屁"称为"牤牛蛋"。知青们受到北大荒这种文化氛围的影响也会给土著人起绰号，如称男人为"本地造"，称当地姑娘为"柴禾妞"等。绰号能概括人的性格特征，还方便人们记忆，更能体现出北大荒的文化粗俗的特征。像杨宝琛的《大江弯弯》中的绰号"膘子""大憨""三条腿"等都是北大荒人对于人物的特殊称谓。

（二）民间生存的韧性

何凯旋以描绘人生命韧性为核心，在荒凉偏远的北大荒，人的首要目标是生存下去，而要生存除了面朝黑土、辛勤劳作外，别无选择。因此，北大荒人对大地的皈依和崇敬，使他们的生命更富有韧性，带着令人动容的蓬勃意志力。小说《梦想山峦》中父亲带着怀孕的妻子和一头只有一个月大的小牛犊，面对一片荒山坡，他只能凭借劳苦和意志开辟家园，他需要自己在荒凉的地域开拓家业，沉重的生活负担锻炼了他的生命强力，创建了一个牧场，有了安定富足的家园。他的生命本质力量在家园建造中得以实现，也将他由一个毛头青年慢慢地塑造成一个沉默如山、坚忍顽强的中年农民。他的心地善良、处事达观，与人为善是北大荒人的精神象征。《江山图画》中着重要展示的就是北大荒韧性的民间生活品格。农民与土地生死相依，完全是一种宠辱不惊的淡定与从容，从土地中生长出来的人物，北大荒孕育了他们的生命，他们转过来又用生命的韧性把土地装扮，把北大荒建设起来。这些具有十足的泥土味的人物没有战天斗地的意识形态的豪情，他们在生活中踏踏实实地劳动的韧性恰恰是民间希望的所在，他们安分守己地承担生活的苦难和重任。在生老病死中，他们坦然地接受着生命的悲欢离合。农民的朴实和狡黠是在多灾多难的社会中生存的法宝。三杨一家人顽强简单而蒙昧地生存，家里一贫如洗，三杨是个光棍，照顾着卧床不起的病妈，靠着小酒、小辣椒和膀大腰圆的寡妇郑喜凤生活着。他妈把铜佛作为精神寄托，贫病交加，瘦得皮包骨，也没有寻死觅活，而是很满足地活着。三杨和郑喜凤的男欢女爱则表现的是北大荒农民的生命力，三杨的母亲死后，郑喜凤就顺理成章地搬去与三杨同住，和他家人一同劳动。几乎是个残疾人的杨香又锉又丑，但她是个能泄欲也能生育的女人，杨香和国顺才十七岁，顽强地住着苞米楼子熬日子。这种生活显露出北大荒生活的原始性，他们俩靠着简单的欲望得到满足便可生存。北大荒民间生态环境是坦然接受生死，更坦然地接受自己角色的转变。生存是第一位的，他们的生活简单、纯净，脑子里根本没有什么道德伦理的羁绊。叙述者表现了在完达山这个山区土地上，一家人顽强的生存意志：放火烧荒时，爹的房子让荒火烧了，他并不垂头丧气，马上盖起了一座光鲜整齐的简易房；他心爱的马一死一丢，他没有抱怨，而是租用农具过日子，把将来马群的希望寄托在怀孕的母马身上；当母马也死了后，他将希望寄托在小马驹身上……这就是民间生生不息的希望所在。"妈"是京城一个大家闺秀，被迫离别了心爱的人和私生子，嫁给北大荒的一个庄稼汉，和他一起生儿育女。她身上有着与出身完全不搭边的顽强，她总是从容镇定地料理一切家务事，默默地踏上探亲的旅程。这就是民间生命落地生根的顽强生命力之所在。

北大荒民间人物具有桀骜不驯、特立独行的个性，外在地表现为一种"野性美"，同时内在地凝聚着人们对自由的执着追求。"野性美"包孕野逸、野趣、朴野等诸多审美元素，幻化出沧桑、旷远、寂寥的时空境地，涵养了人物的无限生命力。当"野性"在精神维度无法通过身体的机能展现时，作家还将其转化为精神的力量，即坚强独立的人格，回归人性的本真，实现人的自由。北大荒作家塑造了一群"原生态"的人，他们身上没有任何的政治色彩，甚至不带有社会色彩。在生存和欲望的层面上赤裸裸地表现人性的本真。话剧《红蒿白草》中爹是个典型的过日子的人，他永远闲不住，长了一双干活的手，好像天生是为干活生下来的。他寡言少语，把全部生命和精神都寄托在不停的劳作上，寄托在通过劳作建设起来的家园上。母亲与他一块努力创家立业，后来，母亲死于坯场上的意外事故，这让爹受到严重的打击，一蹶不振。女屠户的到来改变了孤独而悲伤的他。身材高大、浑身透出旺盛生命力的女屠户，独自赶着一辆木轱辘牛车，腰里别着杀猪刀，乌黑的头发盘到头顶，手里拎着一条牛鞭，挽着袖子，还用粗壮的女中音唱着歌，具有浓郁的吉卜赛人气质，她性情刚烈，独自一人四处漂泊，有着北大荒女人的生命韧性。爱情抚慰了两颗孤苦的灵魂，女屠户和爹的爱没有过多的道德羁绊，也没有多余的伦理顾虑，有的只是生命意志的肆意挥洒。他们精心地经营着坯场的生意，女屠户多情重义，非常怜爱两个没有妈的儿子。但在爹死后，她感到这里没有她需要的东西了，不顾大狗怎样哀求，毅然决然地继续流浪。这个孤独的、富有野性活力的灵魂就在民间游荡，她以顽强的韧性完成着人生之旅。

（三）揭示与批判

北大荒作家展现民间豪爽、侠义又夹杂着英雄气质的生存，同时也有对人性扭曲的批判。梁晓声的短篇小说《苦艾》通过一个插队城市知青"我"的眼睛，写了最偏远的小村庄松树沟沉滞封闭小社会的种种弊端和春梅子父母的寡廉鲜耻的生活，以及这个畸形家庭带给她的悲哀。她的母亲是一个风流成性、毫无母性可言的农村妇女，她在一次次的野合中使自我的尊严与人格丧失殆尽。她的父亲连自己都无力保护，成为村里人们的谈资和笑料，由于她"摊上这样的爹，这样的妈，这样的一帮弟弟妹妹"①，其境遇便可想而知了。春梅子以17岁的年龄接受文明的教育，展示旷世荒村的愚昧落后。父亲的愚钝窝囊、毫无羞耻，母亲的风骚、放浪，致使不谙世事、纯情的春梅子在

---

① 梁晓声：《苦艾》，《梁晓声作品精选》，长江文艺出版社2001年版，第3页。

一次以"集体开心的一种名正言顺的方式"的晚会上被某些人出于不可告人的心理耍弄，这种庸俗透顶的"耍狗蹦子"做派虽然遭到老队长严厉制止，但野俗的少女以过分任性地胡闹来报复羞辱她的人，她在成功表演后大哭起来，一句"你们都耍弄够我了！"① 倔强的野性的她以决绝的表演来反抗。几千年封建思想意识的毒汁给人们心灵造成了灾难，那些对春梅子怀有邪念又讨不到便宜的家伙，开始制造耸人听闻的流言蜚语。"我"被村民认为和春梅子有勾搭，并去捉奸，无中生有地制造出一场闹剧，"松树沟的回忆，在我心里种下了一棵苦艾。"② 在一个寒冷、漫长、多雪的冬季，17 岁的春梅子被一个 40多岁的黑大汉带走了，被卖给了她不爱的男人。什么都想知道，什么又不知道的凄楚与叹惋，在她的心头生长。郑传发及老婆还有松树沟的村民们在封闭的环境中生活，缺失了农村人朴实憨厚的性格，而成为守旧与麻木的一类人。这类悲剧表现在长期封闭的环境泯灭了这类人作为"人"应该具有的性格品质，一个保守、冷漠、沉滞、闭塞的小村庄，一群粗俗卑劣的村民，在这样一个暮气沉沉的环境里，自然容不下自由和文明。故事的发展有其难以抹去的时代印痕，封建社会遗存的伦理道德和传统文化观念酿成春梅子的人生悲剧，成为一种隐形在场的力量。春梅子人生悲剧的深刻性，表现在悲剧犹如苦艾一般挥之不去的苦味，而且也如同苦艾那般普遍的存在态势。苦艾成为一种悲剧性的意蕴象征，那些纯然源于生理的、欲望的、疯癫的，那些扭曲的心理、卑劣的神情、异化的形象，同时也是僵死的、低俗的、浮躁的，在那样的一种"狂欢"背后是没有大脑的沉重肉身、没有精神的行尸、没有灵魂的走兽。他们在可怜的欲望中醉生梦死，这是对松树沟生活的尖刻讽喻。北大荒的风景不仅是原生态健康的、从容适

---

① 梁晓声：《苦艾》，《梁晓声作品精选》，长江文艺出版社 2001 年版，第 3 页。
② 同上书，第 21 页。

度的，还有变异疯狂的、情欲膨胀的存在。《苦艾》展示松树沟人的粗野乃至愚昧的举动，他们的生活习性和复杂性格的形成，有其复杂的现实缘由。通过偏僻的小山村的凡俗的日常生活这样一个审美视角去烛照乡村人的生存境况。描述的生活是真实的常态，表现的人的生存境况却又是令人触目惊心的，作家并没有回避这些。重要的是作家慧眼独具地发现了春梅子这个遗落在民间的"爱斯梅拉达"，看到了在阴暗之下的金子的闪光。他用自己饱含深情的笔，发出了对贫困、愚昧的生存状况的无限感慨，又特别着力描绘了她那像苦艾一样苦楚的心灵。松树沟的人们那种愚昧麻木，那种极端的无耻，包含着老中国儿女的沉滞的悲哀，这些落后的因素有力地概括了人物身上蕴含的深广历史内涵，这就使得这篇现实主义的作品具有一种深广的历史感。梁晓声把那些隐藏在生活肌体内的病原体呈现于读者面前，让我们看到多年来存在于社会生活中一种摧残人们灵魂和肉体的顽固的病症源于人们的思想愚昧。

何凯旋的《永无回归之路》写"文化大革命"时代的生活对一个年仅9岁的男孩心灵的影响。他是叙述者也是作品的主人公，出生在密山兴凯湖劳改农场。父亲被关进监狱，母亲带着他和姐姐在农场里生活。为了孩子不受伤害，在农场养猪的母亲被迫和疤脸张队长相好。男孩偶然间发现了这个秘密，他对世界的认识源于意识形态的教育——阶级斗争，不知道母亲的苦衷。男孩告发了此事。并从最敬佩的边防军军官那里得到的一朵小红花，还当上了红小兵。张队长被判10年徒刑，母亲被劳教3年，男孩毫无悔意。在那个父子反目、亲人相残的年代，一个9岁的孩子不放过自己含辛茹苦的母亲，自然也身受其害。《坏腿的杆子》讲述的是一桩农村恶性的杀人案件。"本来就是一个废物"① 的杆子和母亲一起过着贫苦的生活，最苦的是他们还

---

① 何凯旋：《坏腿的杆子》，《永无回归之路》，人民文学出版社 2012 年版，第173 页。

要遭到别人的取笑。最让他难以忍受的是，和他相好、刚从劳教所放回来的卖淫妇女郑喜凤竟然也敢讥讽耻笑他，他怒不可遏地像对付墙上的蜻蜓一样掐死了她。帮他家拉豆秸的杨三回来后，强逼着他的母亲喝酒，看着母亲"张合着嘴，已经咳嗽不出来，眼睛不断地翻白眼，酒水顺着嘴角流出来"①，杆子用镰刀杀死了杨三。他的人性中已经没有了顾忌或敬畏，开始为所欲为，他又跑出去杀死了在窗外看热闹的邻居郑发和一条狂叫的狗。他背着母亲出逃后，被追来的警察击毙在一片黄豆地里。作家将杆子人性的残暴和情感的冷酷表现得淋漓尽致，让人难以置信。作家在展现残暴的景象，也在批判人性的荒凉。这种批判性一直贯穿于何凯旋的创作中，他对人性的冷漠荒寒的揭示，是对虚假生活的深切痛恶，这就是他小说最重要的价值所在。当人们远离社会革命和激进的运动后，当北大荒作家重新放眼这片苍茫大地的时候，他们的作品如实地展现了冷硬荒芜的人性幽灵在游走，北大荒的荒凉不只是表层的，更是深入人的内心深处的。

第三节　交相呼应的审美形态

从某种意义上说，北大荒文学为中国当代文学创造了一个独具魅力的艺术标本。"一个大作家决不能有一颗印章，在不同作品上都盖上同一印章，这就暴露出天才的贫乏。"② 北大荒作家们的作品具有多种审美形态，如粗犷豪放、自然和谐之美，诗性的人情美等，而其中粗犷豪放的格调尤为突出。这与北大荒独特的地域性群体生活方式有

---

① 何凯旋:《坏腿的杆子》,《永无回归之路》,人民文学出版社 2012 年版,第187 页。
② 〔法〕布封:《布封文抄》,任典译,人民文学出版社 1958 年版,第14 页。

关，而这种生活方式又受到地理环境的影响：北大荒茫茫的荒原，自然生存环境恶劣，冬季时间漫长而酷寒，野兽成群、沼泽遍地，这不仅使北大荒人外形粗壮高大，还决定了谁都不能离群索居，大家必须依靠、互助帮衬才能生存，这就定型了北大荒人粗犷豪爽、崇德尚义、耿直热情的群体性格特质，而恰恰是这种性格的影响，造就了北大荒作家以粗犷为美的文学审美取向。

一 豪放美：改造自然的豪情

由于地理环境、历史发展、移民活动等因素共同造成了北大荒文化的活性因素远远高于那种惰性和稳定性的文化，使得北大荒人更易于接受外来文化的影响，不同地域的文化在新的环境中碰撞交融，产生了新的文化理念，随着时间的流逝，这些文化元素会发生变化，但却像人的胎记一样不会消失。即使是大规模的移民，如 54 万知青上山下乡也不能从根本上改变北大荒的文化元素。

（一）地域环境质素的融入

残酷恶劣的自然环境造就了北大荒土著居民坚韧勇敢、豪爽刚烈的性格和崇拜英雄的心理。开疆拓土的过程滋养了他们强烈的生命意识和悲怆感。北大荒地域宽广，住所距离较远，见面相对较少，再加之平常都为着生存而艰苦地劳作，人们平常很难聚在一起。他们情感真挚，感情表达方式也很直白和火辣，亲友间相聚异常热闹的场面浓烈而纯正。这种浓重的情感，将人们引向北大荒这方由汉族、满族、蒙古族、赫哲族、鄂伦春、鄂温克、达斡尔、锡伯等民族共同生活的土地上产生的文化深处，折射了北大荒人的精神追求和生活状态。广阔的北大荒充满着苍凉悲壮的气息，艰险的自然环境造就了人们顽强的生命力和蔑视礼俗的倔强，这就使得他们的性格粗犷而又不乏野性，豪爽而又桀骜不驯，粗鄙化的言行中又不乏英雄情怀。在这种文化背景下的地域文化升华，对生活地域的血脉指认就是文化根系整体性的特征，是对北大荒地域文化的高度认同，这种认同本身充满激情和动力。诗人陆伟然的《北大荒春耕曲》书写了复转官兵"向地球开战"的拓荒者的革命英雄主义豪情：

> 冰消雪化春风急，
> 原野上，银光闪闪万张犁，
> 拖拉机吼天地动：
> 要粮食！要粮食！！要粮食！！！①

拓荒者披荆斩棘的壮志豪情与神圣的自豪感，看不到退缩和悲叹。这与北大荒地域环境因素相吻合，更与复转官兵的革命英雄气质和乐观精神相一致。知青长期与北大荒人生活在一起，北大荒人的仗义豪爽性格与复转官兵的英雄主义豪情和军人雷厉风行的作风影响了知青，特别是改变了一些性格懦弱的知青的世界观、人生观和价值观。在生活上，知青们也渐渐地入乡随俗，用于御寒的白酒居然成为知青们的饮品，特别是女孩子们也学会喝五六十度的当地产白酒，至于辣椒就更不在话下。山珍野味都成为知青们口中的美食。新中国成立前，那些闯关东过来的山东、河北等地的移民，他们已经变成真正的北大荒人，岁月的雕琢让他们"都属于那种魁梧、瘦瘠、坚韧型的，有着长期体力劳动中锻炼出来的彪悍、粗犷的体格和性格"②。这些都影响和感染着北大荒知青，尤其是非本土的知青。北大荒知青在北大荒文化的陶冶中逐渐成为北大荒人，他们也逐渐认同了自己是北大荒人的身份，于是更加自觉接受北大荒文化。知青作家也以饱蘸着

① 罗振亚、杨丽霞：《百年新诗·乡情卷》，百花文艺出版社 2013 年版，第 178—179 页。
② 吴欢：《雪，白色的，红色的……》，《奇侠吴欢作品精选》（第 1—2 卷），华艺出版社 1999 年版，第 78 页。

真情的笔墨，描写在被放逐的岁月中，那些曾给过他们温情与扶持的淳朴的北大荒人。吴欢的小说《雪，白色的，红色的》中的大兴安岭林区的伐木父子老黑和大黑，他们在年复一年的伐木、扛木头的艰苦劳动中，不仅展现出人在与自然搏斗中不屈不挠的顽强精神，还显示出北大荒人对知青的独特的关爱方式。他们虽然性格粗鲁、率真，但内心深处却怀有对工友的深挚感情，并为此不惜耗尽生命的最后一息。在"我"这个北京知青眼中，老黑和大黑就是浓缩的北大荒人形象。吴欢的小说《大黑》和蒋巍的小说《大野地》都塑造了朴实、坚韧而又不失柔情的北大荒男子汉的形象，他们在女知青遭受冷落、受人凌辱的关键时刻站出来保护她们；在女知青最绝望的时候为她们撑起一片晴空；在回城大潮中无私地支持她们返城，无论是忍受着骨肉分离的痛苦还是独自抚养孩子的艰辛，都为了曾经的挚爱而无怨无悔。北大荒的汉子如此的侠骨柔情，北大荒的女性也毫不逊色。梁晓声的小说就成功地塑造了这类形象：《阿依吉伦》中的鄂伦春姑娘阿依吉伦纯真而又不乏野性，敢爱敢恨、关键时刻挺身相救素不相识的落难知青；《今夜有暴风雪》中的农场职工的女儿秀梅用她博大的爱救赎了刘迈克，使他成为真正的北大荒人。王治普的剧作《勇敢的乌娜姬》中鄂伦春姑娘乌娜姬戈兰救助了一个上海知青李文焕，他被陷害定为"现行反革命分子"而逃进鄂伦春人居住的深山老林。戈兰与父亲极力为李文焕辩护，揭露阴谋。戈兰一家人帮助李文焕逃走，为照顾他的生活，戈兰陪他在深山中生活了五年，两人相爱并结婚生子。知青纷纷返城，李文焕决意回上海并与戈兰离婚。戈兰坚持将儿子留在身边，因为她觉得儿子是鄂伦春人的骨血，不能被负心的丈夫带走，坚强的戈兰不怕恶狼，但对负心的丈夫却绝不撒野耍蛮横，更不会乞求他的感情。李文焕回上海后，混不下去，当他在走投无路时再次来到大兴安岭躲进从前的树洞时，戈兰再次救了他，原谅他的过失。"友善、慷慨，衔人之恩，誓心以报"① 是北大荒人的高贵品质。虽然他们粗糙、不讲究仪表，虽然她们不知书，但通情达理，甚至是无比宽容；他们那股不服输的劲头，那博大的、无私的爱震撼着知青们的灵魂，北大荒人以牺牲自己幸福为代价留给知青们的精神财富是给知青们的人生最丰厚的馈赠。

蛮荒的自然环境唤醒了北大荒人开拓进取的意识，豪爽热情的人文环境培养了知青雪中送炭的济困精神和笑对人生的豪迈气势。知青心底蕴藏的那种独立开拓、顽强生存的意识和坚忍不拔、艰苦耐劳的精神是北大荒独特的自然和人文环境造成的。就连女知青都成为真正的北大荒人，梁晓声的《为了收获》中有情有义的知青肖淑芸，在满盖荒原出血热流行的时候，同贪生怕死当逃兵的男友分手，毅然决然地留下来抢救战友；张抗抗的《隐形伴侣》中的肖潇为了爱勇敢地和陈旭走到一起，但当发现陈旭虚伪的真面目后，决定和他离婚，她作为一个主动追求真爱最终离婚的女子，选择承担随之而来要面临的困境；陆星儿的《达紫香悄悄地开了》中的小芳大学毕业后，为了北大荒的发展义无反顾地回来承担教书育人的责任。北大荒文化传统和军垦文化影响了知青群体，使他们养成顾全大局、无条件服从的行为方式，这在很大程度上影响和感染了北大荒群体。返城后的知青依然保持着北大荒人扶危济困、豪爽友爱的精神，他们总是以群体的方式发出声音，北大荒知青频繁聚会的热情就是最好的证明。

（二）半军事化管理体制的塑造

新中国成立前到北大荒的移民逐渐成为北大荒的土著居民。他们对北大荒有一种浓厚的情感，作为移民定居下来，逐渐接受了土著文化，产生了一种家园意识。由于北大荒易于生存，经过岁月的淘洗，

---

① 梁晓声：《阿依吉伦》，《今夜有暴风雪梁晓声知青小说选》，经济日报出版社、陕西旅游出版社 1997 年版，第 86 页。

创业时的那种锐气和冒险开拓的精神逐渐丧失。但在新中国开发建设北大荒的号召下，一大批政治移民的加入裹挟着土著居民开拓精神继续发扬下去。"在地方发展中，文化的冲突和整合正是人类社会的缩影。……地方文化的冲突和整合是地方发展的镜子。"① 20 世纪 40 年代末的一批军人开进北大荒，大批移民进入北大荒主要是意识形态推行的结果，从 20 世纪 50 年代国家有组织的移民（10 万复转官兵开发北大荒，20 万支边青年支援北大荒）到 60 年代末期 54 万知青上山下乡屯垦戍边到北大荒，几次大规模的移民，既是国家意志的体现，又是国家力量的彰显。10 万移民不仅传播了各自带来的先进文化，而且将共和国开发建设北大荒的意志渗透到居民的观念中。他们在国家与地方、民间生活的复杂关系中起到了主导的作用，部分地改造了地方文化的原生态的生命精神，使北大荒文化逐渐摆脱野性、边缘性特征，使北大荒文化成为一种强势文化，它有一套自己言说的话语，"用扛惯枪的肩头把犁耙牵引。"② 他们向新中国献礼："过去，我们高举胜利的红旗接受过你的检阅，/今天啊，我们双手捧来了一个'北大仓'"。③ 一批文化名人作为"右派"被下放北大荒，这大大提升了北大荒的文化水平，构建了文化知识谱系，长期的文化建设实践，凝聚了北大荒文化，弘扬了北大荒精神，增强了北大荒人的文化认同感。

从历史的沿革承续上看，半军事化管理对个人精神的塑造是不容忽视的。"文化大革命"期间全国共组建了 12 个生产建设兵团，其中

---

① 周尚意、孔翔：《文化与地方发展》，科学出版社 2000 年版，第 38 页。
② 郭小川：《刻在北大荒的土地上》，1962 年 12 月—1963 年 1 月 24 日，虎林—北京。
③ 王忠瑜：《北大荒人的献礼》，《合江农垦报》1959 年 10 月 1 日。

从规模上看，黑龙江生产建设兵团最大，① 1976 年被撤销。它与内蒙古、云南、广州生产建设兵团一道被列为除新疆生产建设兵团之外的生产建设兵团的"四大主力"。② "1968 年到 1970 年年底，兵团先后接收北京、上海、天津、杭州、哈尔滨等地知青 36 万人，加上兵团成立前各农场接收的青年，兵团知青总数达 47 万人。"③ 当时，接收外省、市知青的地多人少、有待开发的边疆或偏远省份，如黑龙江、新疆、内蒙古、云南、贵州、甘肃、青海、宁夏、吉林，安置的外省、市知青总计近 84 万人（占全部跨省、区安置知青人数的 62%）。其中黑龙江省安置的人数最多，将近 40 万人；其次为新疆、内蒙古、云南，人数均在 10 万人以上。④ 因此，黑龙江生产建设兵团具有典型性。知青当时生活的北大荒兵团的环境、结构体制对知青们的影响也是不容忽视的。当时全国的生产建设兵团基本上采用军队编制，兵团的半军事化管理方式、现役军人担任营级以上正职的制度设计、练兵习武与生产劳动相结合的生活节奏，又在相当程度上顺应了那个时代的年轻人对军人和军旅生活的向往。兵团组织性严密、纪律严格、集体化程度比较高。特别重要的是，兵团里的每个知青都是严格置于集体中的个体，他们受到的意识形态的控制和接受的各种"教育"远远超过其他地区的知青。"爱国主义、英雄主义、集体主义的传统教育一直贯穿其中，盲目崇拜、信仰狂热等蒙昧主义比较盛行，相对缺少

---

① 新疆生产建设兵团虽是当时全国最大的生产建设兵团，但早已自成体系，与其他在"文化大革命"中组建的生产建设兵团有明显的不同，所以很多研究资料都不将其列入。参见史卫民，何岚《知青备忘录：上山下乡运动中的生产建设兵团》，中国社会科学出版社 1996 年版，第 12 页。

② 何岚、史卫民：《漠南情——内蒙古生产建设兵团写真》，法律出版社 1994 年版，第 170 页。

③ 陈吉才：《八年兵团春秋史—部屯垦戍边书》，吕书奎《亲历兵团——记住北大荒这段历史这代人》，中国青年出版社 2008 年版，第 4 页。

④ 刘小萌：《中国知青史大潮 1966—1980》，当代中国出版社 2009 年版，第 115 页。

个性和自由。"① 黑龙江生产建设兵团在管理上也是军事化，为了始终保持旺盛的斗志，兵团会经常性的举行动员会、誓师会、表决心、展开革命竞赛等活动，甚至还要抓住中间休息的机会开"地头会"总结和部署工作。兵团战士一个个革命加拼命地比着干，在这样一个特殊的生存条件下共患难十年，知青的革命精神和凝聚力在很大程度上来源于他们所受的教育。此外还有一个重要因素是黑龙江生产建设兵团处于反修防修的最前沿，中苏关系紧张，战争一触即发。当时能够来到兵团的知青都是要经过严格的政治审查的，不仅仅是出身好，相当一部分人还是重点中学的优秀分子，可以说北大荒知青是优中选优，这在全国来说也是最为严格的。② 当时全国知青中约有 80% 插队，去农场的不到 20%，而在北大荒兵团农场知青就占 80%。1969 年珍宝岛事件发生后，中苏边境形势紧张，面对苏方百万大军压境，黑龙江生产建设兵团做好了随时打仗的准备。后来的很多知青中包含了一些希望天塌地陷、期盼战争、渴望建功立业、渴望献身的激进分子，他们带着英雄主义的青春朝气，赶上时代的列车，向往着能到广阔天地大有作为。同时，也有知青因"家庭出身问题"受到歧视，他们期待在保卫祖国的战斗中用行动证明自己对祖国和人民的忠诚。"黑龙江生产建设兵团地处'反修'前线，军事化程度较高、兵团征集了北京、天津、哈尔滨等 11 个城市数千名男知识青年，编组了类似现役部队的'兵团值班步兵团'。"③ "黑龙江兵团的其他团场，大多建有

---

① 龚凯进：参与《北大荒青春纪事》拍摄回忆之一——为什么我们要参与 http: // i. cn. yahoo. com/05965597063/blog/p_ 406/。

② 当时内蒙古生产建设兵团就出现违反政策私自收人的现象，接受了没有任务地区的青年，接收插队青年和已经回到农村的退伍军人，甚至接受了尚未毕业的学生。参见何岚、史卫民《漠南情——内蒙古生产建设兵团写真》，法律出版社 1994 年版，第 22 页。有一位北京知青，本已在黑龙江农场（黑龙江兵团成立后农场改为兵团），但他却因父亲是"死不改悔的走资派"而被逐出北大荒，改在山西农村插队。参见史卫民、何岚《知青备忘录：上山下乡运动中的生产建设兵团》，中国社会科学出版社 1996 年版，第 49 页。

③ 史卫民、何岚：《知青备忘录：上山下乡运动中的生产建设兵团》，中国社会科学出版社 1996 年版，第 165 页。

专门的武装营或连队。'珍宝岛'事件之后，黑龙江省已经处于'最前线'，接近中苏边境的兵团各团，在武器装备、人员配置等方面都颇下功夫。"① 在全国的 12 个兵团里，黑龙江生产建设兵团是真正参加过实战，并常与苏联边防军打交道的兵团。知青所受到的教育和影响是身边发生的、真实的事情，尤其是珍宝岛之战，生动地给他们上了英雄主义和理想主义的一课。边疆的生活满足了知青对崇高的政治荣誉感和责任感的需求。

为了实现垦荒戍边的理想和目标，知青尤其是兵团战士继承革命军人勇敢、顽强的战斗精神，在现役解放军干部指挥下，在老转业官兵的带领下，餐风饮露，卧雪爬冰，整整奋战 7 个月修筑二抚公路，在冰天雪地中奋战开荒，扩建农场。战斗英雄们魁伟健壮、无比刚勇，尤其是他们将已经花费 12 年心血建成的家园交给新成立的炮团战友的举动，这些都深深地影响了知青，在英雄部队的模范引领和示范下，兵团战士服从指挥，开始了声势浩大的迁移垦荒运动，他们崇拜英雄、志气深沉，在北大荒磨炼了顽强的意志力。所有这些构成因素，都使北大荒知青群体有一种崇高的革命理想主义精神和高涨的革命英雄主义气概。作为北大荒知青中的优秀分子，他们不可能不通过建功立业来实现自身价值的强烈愿望。兵团知青是幸运儿，"兵团知青在知青群体中，类似工农联盟中的工，有团队意识，有集体荣誉感，有自己的领袖和代言人。"② 占北大荒知青 58.3% 的兵团知青精神面貌足以影响和代表了北大荒知青的精神立场，兵团知青作者们写作的作品总是高扬着一种奋发向上的激情。

虽然当年北大荒知青上山下乡的聚集地不是统一的，他们下乡的

---

① 吴洵、妮娜等：《中国知青总纪实》（上卷），中国物资出版社 1998 年版，第 631 页。

② 马旷源：《论知青文学——读〈中国叙事·中国知青文学〉》，《边疆文学》2006 年第 12 期，第 61 页。

方式和所在聚居地的管理方式也不一样，但无论哪种方式，也无论他们先前的文化背景，他们都受到北大荒兵团文化的深刻影响。即使是插队的知青，也自觉地接受这种影响，成为悲壮苍凉的负重者，具有浑厚的气魄。知青生活经受了挫折和苦难的洗礼，北大荒培育了北大荒人粗犷豪爽、质朴率真的性格特征。

（三）粗犷豪放的文化精神书写

北大荒作家怀着理想主义的激情，从审美意义上强化了悲壮豪放的美学特征，这种粗犷豪放，鲜明地体现在人物形象的个性特征上。人物形象的个性特征，在某种程度上，传达了作家的某种观念，寄托了作家的某种情感。北大荒知青作家笔下的人物群像具有坚强的性格和改变现实的昂扬斗志，这是作家价值观念、情感倾向的折射。从时间上看，北大荒的历史就是一部开发建设史，在某种意义上说，也是一部移民史。生活在北大荒这片富有生气的土地上的各民族与闯关东的谋生者、10 万转业官兵、54 万知青共同创造了北大荒文明。北大荒作家形成了带有地域性的思维方式和表达习惯，创作了展现北大荒人的生存方式、思想情感等地域风情的作品。从空间上看，人物总是在一定的环境中活动的，一方水土养一方人，北大荒独特的地理环境对生活在其间的北大荒人的思想、性格、心理都具有重要影响，使他们养成了一种粗犷、豪爽的品格。从文学传承上看，"近代以来，东北作家群的形成以及反满抗日文学的成长，带给文坛创作的繁荣，东北作家群独特的'审美力学'，带血的旷野、剽悍的民风和铁的人物，交融成一种和这块土地的历史相默契的阳刚之美。"① 新中国成立后的北大荒文学以崭新的姿态出现在中国当代文坛上，于是 20 世纪 40 年代后期的周立波（《暴风骤雨》）、曲波（《林海雪原》）等人享誉全国。阿成笔下的流人图景具有亡命天涯、开疆拓土的悲壮："这真是

---

① 杨义：《中国现代小说史》（第二卷），人民文学出版社 1988 年版，第 529 页。

一幅壮美绝伦的彩色图景啊，狗爬犁，火把，狼的眼睛，大雪原，满天穹的星斗，呼啸的西北风，象一组流动的交响乐，一篇偌大的、活的史诗，在 19 世纪的荒原之夜，展示这别一种活法的悲怆。"① 尤其是在十万转业官兵开发北大荒的雄伟壮举出现后，林予、钟涛、范国栋、韩乃寅等作家讴歌了官兵们的战天斗地的英雄气概。北大荒人独特的思维方式和情感表达方式影响了 20 世纪 60 年代末到来的北大荒知青，虽然北大荒知青们的来源地不尽相同，他们也受着来源地的地域传统、情感思维方式和风俗伦理观念的影响，但是北大荒对他们的影响却是刻骨铭心的。20 世纪 80 年代崛起的北大荒知青文学，让读者感受到北大荒人的豪爽与质朴以及北大荒文化的魅力。"它作为自然与文化的同构总是以某种地域性的文化生存形态在不自觉中规囿着人们的生活和思维程式，使生存其中的人们逐渐形成具有某种特定价值观念的文化心理结构。当它作为艺术家审美情感传达的载体和契机时，为他们表现自己的审美理想提供了相对稳定的参照系统。作家们在揭示人类生命的丰富形态、体验生命的生存境遇时，往往无法撇开地域风情的多重融铸。"②

北大荒原有的民风粗犷豪放、质朴强悍，这种精神能源又影响了北大荒知青作家，决定了北大荒文学的总体艺术风格。北大荒知青秉承了北大荒人粗犷、雄浑的气质，开拓者阳刚豪迈的品格。梁晓声以粗犷豪放的气势见长，韩乃寅以浑厚质朴的乡土气息取胜，肖复兴因全身心的融入而动人，这就是作家自身的人生态度和审美取向所溢出的独特魅力。在知青文学血淋淋地控诉声中，"由于梁晓声的出现，知青文学被注入了粗犷的情愫，并被涂抹上一层浓厚的英雄主义色调。""梁晓声的小说叙事也颇为刚健雄劲，充沛浓烈的抒情意识与一

---

① 阿成：《与魂北行》，《胡天胡地胡骚》，北京出版社 1999 年版，第 77 页。
② 洪治纲：《论小说中的地域风情》，《山花》1994 年第 5 期，第 67 页。

些细致的感情纠葛相交织，使这篇小说在激越的书写中还不失委婉动人的情致。"① 20 世纪 80 年代《这是一片神奇的土地》《今夜有暴风雪》等作品以其悲壮的英雄主义气概令人耳目一新，北大荒知青作家以他们生气勃勃、坚强达观、敢于抗争的精神特质塑造了一系列具有人性美的人物形象。梁晓声笔下的王志刚、李晓燕、曹铁强、刘迈克、肖淑芸、邹心萍，陆星儿笔下的龚达、杨小辉，肖复兴笔下的蓉蓉父女俩、曹大肚子父女俩，韩乃寅笔下的贾述生、高大喜、肖书记、李晋、许诺等人，他们都是北大荒水土养育的有着雄浑质感的人物。他们外表强悍，内质刚毅，性格豪爽，重情好义，带着扑面而来的浓郁的北大荒气息。北大荒的的确确塑造人，当年的书生气、孩子气几乎消失了，取而代之的是一个个敦敦实实的身影，一张张纯朴黝黑的面容，一个个既有北京、上海，又有北大荒人特点的新一代北大荒人。上海人的机灵、北京人的厚重、杭州人的温婉、北大荒人的豪爽……他们带着不同地区的文化相互撞击、糅合、渗透，互相吸收营养，正在成长为一代新型的北大荒建设者，他们那种为理想无所畏惧的献身精神，那些阳刚、豪爽、粗犷的带有地域美学特征的人物，恰恰是北大荒知青生活馈赠给作家的丰厚礼物。

事实上，文学是作家切身体验的结晶，阅读文学作品就是感受作家的体验，如果作家没有相关体验是难以写出优秀作品的。北大荒文学以宏大悲壮的美学风格吸引了众多的读者。"读者能强烈地感受到作家的社会感、历史感和北大荒人对社会的责任感。"② 北大荒作家身处激情四射的开发大时代，肩负历史使命，强烈的责任感和使命感使他们不甘平庸，不断冒险进取，从不言退。所以，北大荒作家为当代

---

① 陈晓明：《表意的焦虑：历史祛魅与当代文学变革》，中央编译出版社 2003 年版，第 56—57 页。
② 蒋子龙：《从兵团到文坛：不惑文谈》，上海文艺出版社 1984 年版，第 246—247 页。

文坛塑造了硬汉形象，硬汉精神是硬汉的灵魂，具有硬汉精神的人物形象其实就是自身审美理想的对象。在硬汉们的人生字典里，生命的尊严与价值是第一位的，张扬自我的生命力与实现自我的发展是不能被压抑的，世俗地活着是他们所不能接受的，生命的目的反而是其次的，因为不论为了什么人生目的，都不能诋毁生命与人格的尊严。即使在"文化大革命"的高压下，他们也决不违背自己做人的原则，这典型地体现在处于人生发展关键时期的知青身上。梁晓声为一名知青抱不平而成为连里唯一被精减的知青，他到了木材加工厂，患着严重的肝病仍倔强地抬着大木头；肖复兴为队里平白无故打成反革命的老农垦工人讲了几句公道话，竟被工作组指责成"过年的猪，早杀晚不杀"，甚至要将他打成反革命，但他不屈服；蒋巍替被打成"特务"的无辜者秉笔直书，奔走呼吁而险些遭难……这就是北大荒知青作家坚强勇敢、不畏强权、伸张正义的无私品格。作家性格会直接或间接地体现在他们创作的作品主人公的身上。"人物都是很多年在作家的思想上，作家的性格上，作家的感情中，作家的社会经历中慢慢积累和形成的。当你到生活中去，看到一个人，得到了启发，就把你旧有的人物都勾引出来了。很自然的就把旧有的人物和新认识的人物溶化在一起了。"① 因此北大荒文学中会密集地出现硬汉形象。

北大荒作家在对自然场景的艺术描写中，外化了北大荒粗犷豪放的地域风格特色。雄浑壮美的自然陶冶了北大荒人的情趣，蛮荒的环境因素孕育了北大荒人的性格，由于北大荒物产丰富，自然资源得天独厚，久而久之，他们对自己赖以生存的这方水土产生了依恋之情。在北大荒生活的满族、蒙古族、锡伯族、朝鲜族、赫哲族、鄂伦春族、鄂温克族、达斡尔族等少数民族都有记载着人与自然和谐相处的传说、故事。北大荒知青作家善于场景描写，他们笔下大都是活动着

---

① 丁玲：《生活·创作·修养》，人民文学出版社 1981 年版，第 166 页。

的人物场景，烘托出粗犷雄浑的艺术氛围。在场景描写上，北大荒知青小说注重表现那些具有冷硬荒寒、带有力度的场面，传达出雄浑强劲、粗犷野性的气息。"在自然界我们要借一种对自然形象充满敏感的观照来维持真正的审美态度。"① 北大荒文学不仅真实地再现了北大荒风情，而且将场景描写与北大荒人交织在一起，构成北大荒知青文学中流动着的蛮荒、苍茫、辽远、雄浑而又有神奇壮丽特色的风情美，展现了北大荒充满蓬勃生机的富有野性、力量美的世界。北大荒的冬天尤其是雄浑浩荡，奇寒冷峻。北大荒冬九歌的歌谣唱道："一九冰上打滑溜，二九冻得不出手，三九夜里起寒流，四九出门风咬肉，五九冻掉下巴头……"北大荒的酷寒奇冷令人望而生畏，一九到数九，三天两头就有冻脸冻耳朵的，有经验的人知道只能用雪搓搓缓过来，如果用热水洗，就会成冻疮，烂掉，要是三九天就会寒风刺骨，"那是一种刻骨铭心的严寒。仿佛五脏六腑都冻得凝结在一起，连语言动作也冻僵了似的变得迟缓。前几天气温竟低达52度！……这天凡是外出的人脸上都冻起了大泡。戴口罩的就更惨了。一揭口罩，竟生生能揭下一层皮！几天后，化脓流水，奇痒难熬，不少人脸上都留下暗褐色的瘢痕。"② 这种足已冻结人的思维的寒冷，已经让人望而生畏了。北大荒有名的大烟泡儿刮得更让人备感彻骨的寒冷。阿成写绝了这寒冷的威势："即便是三伏天气，矿下仍有不融化的永冻层，""只好用火烤，烤化一层，挖一层。挖一层之后，再烤，轮番往复。"③ 天气奇寒，暴风雪肆虐，"尖啸的寒风，漫成无形的怒潮，在雪覆的漠漠大野之上，掀起一面面，又一面面透明的、数十米高的烟雪的屏风。朔风在硬邦邦的冰地上，锐利地一刮，不断地发出呛呛的

① ［德］黑格尔：《美学》（第一卷），朱光潜译，商务印书馆1979年版，第166页。
② 徐小斌：《青春回眸——我的兵团生涯》，《北方文学》2008年第1—2期，第242—243页。
③ 阿成：《与魂北行》，《胡天胡地胡骚》，北京出版社1999年版，第101页。

进响,"① "其势如万匹疾驰的胡马,扑棱棱,清凛凛,如雾如潮。几丈高的清雪粒子,由西线向东线逶迤,搏展大气,蔚为壮观,"② 这一地域不仅风大,而且雪花如掌,"霜降后,即行飞雪。是真正的鹅毛大雪。横飞起来,有速度,像胡马群奔。又春之二月,这一域朔风最猛最狂,竟兼轰然雷声"③。而且"大雪从容,把好端端的日头囚起来,连绵一个月。四野都白了,山是白的,屯子也是白的。雪揉揉厚厚,没了膝,深处可齐腰。开门,行走,都很辛苦"④。

北大荒文学中所蕴含的精神气韵和豪爽风度是一种摄魂动魄的恢宏与豪气。其内在精神肌理与北大荒有着一种精神的相通。北大荒是一个凝重的符码,北大荒文学包含着作家们强大的主体意识,这就是北大荒精神。从茫茫的北大荒深处浮现出来的坚韧和质朴,那种勇于担当的精神气度是北大荒人的骄傲与魅力所在。难能可贵的是,作家们以睿智和批判的勇气审视北大荒,在创作中注入的自我意志也构成了群体的精神元素。这种审视和批判精神本身就熔铸着在相同的地域环境、文化环境、时代环境以及文学思潮发展中,这些不可缺少的元素最终形成了北大荒文学的豪放美。

二 和谐美:人与自然的共融

(一) 寄情自然:作家的灵魂栖息

不管是土生土长的北大荒作家,还是迁移到北大荒的知青作家,都十分眷恋大自然,大自然成为他们的灵魂栖息地。大自然对迟子建文学创作产生的影响是非常大的,她就是靠着大自然支撑起自己的艺术世界。迟子建对于北大荒的书写犹如舒缓的轻音乐,尤其体现在她

---

① 阿成:《驿站人》,《胡天胡地胡骚》,北京出版社1999年版,第431页。
② 同上书,第68页。
③ 阿成:《胡天胡地胡骚》,《胡天胡地胡骚》,北京出版社1999年版,第23页。
④ 阿成:《梁家平话》,《城市笔记》,安徽文艺出版社1997年版,第170页。

的散文中，她的写作与大自然密切相关。《春天是一点一点化开的》写故乡北纬五十度迟来的春天："靠着自身顽强的拼争，逐渐摆脱冰雪的桎梏，曲曲折折地接近温暖，苦熬出来的"①。《北方的盐》由那雪白的盐联想到故乡的雪，写"盐与雪正如雷与电，它们的美是裹挟在一起呈现的"②。《我的世界下雪了》由故乡的雪景引发、融入感恩大自然的情愫，写"所幸青山和流水仍在，河柳与青杨仍在，明月也仍在，我的目光和心灵都有可栖息的地方，我的笔也有最动情的触点。所以我仍然喜欢在黄昏时漫步，喜欢看水中的落日，喜欢看风中的落叶，喜欢看雪中的山峦。我不惧怕苍老，因为我愿意青丝变成白发的时候，月光会与我的发丝相融为一体，让月光分不清它是月光呢还是白发；让我分不清生长在我头上的，是白发呢还是月光。"③《年画与蟋蟀》写那笼罩着蟋蟀叫声的年画，氤氲成故乡独特的年味，与白雪红灯的年相映成趣。对北大荒自然的那种炽热的深情，是北大荒作家创作的原动力之一，他们将自身栖息的自然环境作为安身立命的灵魂栖息地。无论北大荒多么寒冷、多么荒凉，他们都始终念念不忘神奇的自然，只有脚踏在这片土地上的作家才有这种切身的体验。即使是短时期的"流浪"，迟子建也不能忘怀故乡，她的《寒冷也是一种温暖》是因为到繁华都市香港之后，越发思念寒冷的家乡而写的。迟子建经常抒写自己对故乡的眷恋之情，"故乡对我来说就是创作中的一道阳光，离开它，我的心都是灰暗的。"④ 因此，迟子建来到哈尔滨后内心一直很惶惑，其实她离故乡并不远，但她却说："我背离遥远的故土，来到五光十色的大都市，我寻求的究竟是什么？真正的阳

① 高洪波：《春天一点一点化开》，晨光出版社2011年版，第112页。
② 迟子建：《迟子建散文》，浙江文艺出版社2009年版，第103页。
③ 同上书，第102页。
④ 迟子建：《从山峦到海洋：关于〈额尔古纳河右岸〉（随笔）》，《文学界》2010年第1期，第36页。

光和空气离我越来越远，它们远远的隐居幕后，在不知不觉中已经成为我身后的背景；而我则被这背景给推到前台，我站在舞台上，我的面前是庞大的观众，他们等待我表现生存的悲剧或者喜剧，可我那一时刻献给观众的唯有无言和无边的苍凉。"① 情牵魂系的故乡自然是她最难以割舍的，她毫不隐晦地说："我之所以喜欢回到故乡，就是因为在这里，我的眼睛、心灵与双足都有理想的漫步之处。"② 这种生命体验里蕴含着作家潜意识状态中的自然观，即人与生俱来是和大自然融为一体的。

王立纯虽然将创作题材从林区转到都市，但林区灵动的自然在他的精神世界中根深蒂固，他执着地表现乡土自然的韵律。他说："实际上我最熟悉的领地还是林区和乡镇，其他都是浮光掠影，犹如跟在收获的大车后面捡几枝麦穗而已。尽管我进入城市已有二十年之久，但我总有客居的感觉，始终不能准确把握城市的神韵和气脉。不过任何题材都是载体，并不影响所要表达的主旨。我的作品里大都是带着乡土气息的小人物，他们生活在社会底层，生存状态更为真实和显露。文学如果背离了真实，靠虚假和矫饰取悦于人，那就很没出息了。"③ 综观王立纯的创作，他写得最多的还是那些与自然密切相关的小人物，在他的创作中自然不仅为他们提供了生存的物质基础，在某种程度上也决定了他们的思维方式和生活方式。

北大荒的自然传递给知青一种强大的精神力量，支撑着他们的精神世界，给了他们一种诗性的人生体验和永久的家园情怀。即使是在之后也不能割舍掉这给予他们人生给养的脐带。自然是知青心灵的寓

---

① 迟子建：《原始风景》，《迟子建文集2 秧歌》，江苏文艺出版社1997年版，第160页。

② 迟子建：《迟子建散文》，浙江文艺出版社2009年版，第100页。

③ 连秀丽、王立纯：《"要想往前走，还得靠你自己"——王立纯访谈录》，连秀丽《含泪微笑的歌者——王立纯论》，黑龙江人民出版社2002年版，第133页。

所，无论多么凶险，无论多么美丽，无论多么丑陋，还是多么神奇，她都宽容地接纳远方的孩子，从此以后，无论知青身处何地，北大荒总是他们梦萦魂牵的心灵驿所。

北大荒知青们在度尽知青年代的余波后书写自己的知青生活时，一种对北大荒风土深沉的思恋之情油然而生，他们借手中的笔复原自己的青春记忆。此时的他们对人生有新的理解，他们不仅仅哀叹、幽怨自己在北大荒的生活，而且更勇敢、平淡地面对过往的一切，他们把自己10年在北大荒深厚的生活积累，描画成一幅色彩斑斓的风俗画卷。最能触动他们心灵深处最为柔软的情愫的还是北大荒的自然。北大荒夏天葱茏的生机，秋天丰腴的成熟，冬天单纯的肃杀，给人一种充实感和力量感。作家或寓坚韧刚强的心性于细腻的文字中，或寄深情地诉说于大气的笔端，虽然不再有当年的壮怀激烈，但油然而生的沧桑感，使他们更加怀恋自然。即使是在繁华的都市中，在死亡来临的时刻，知青依然会强烈地想回到北大荒。

知青对北大荒知青岁月是眷恋的，这是因为北大荒承载着他们的青春岁月，北大荒接纳了他们，他们的价值在那片土地上得以实现。有的作品写到主人公回城之后，在生活上遇到种种不如意，或者是经济的拮据，或者是人情的冷漠，使得他们开始怀念自己逝去的韶华，深化对北大荒的感情，比如陆星儿的《小清河流个不停》、肖复兴的《抹不掉的声音》《北大荒奇遇》。有些作品则表现在城市中开始新生活时，严酷的现实使他们备受打击，勾起了他们对过去岁月的重新发现与体认意识，遗留在北大荒的前夫和孩子不是一段孽缘或孽债，而是她一生一世的牵挂，如陆星儿的《达紫香悄悄的开了》中的潇潇、蒋巍的《大野地》中的李兰娅。随着时间的推移，他们对北大荒的眷恋更多地指向了自然，他们将对北大荒的思念之情寄托于山水草木间。出生于杭州的张抗抗，19岁就离开了杭州，她以理性审视知青这段生活的姿态而著称，而八年的北大荒知青经历，使她用充满诗情的

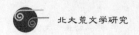

文字表达了对这里的自然山水的依恋之情。

（二）自然情怀：朴素的生存观照

自然文化环境、文学环境的滋养，使北大荒作家浑然不觉地叙写北大荒哺育的万物生灵的真实生存镜像。"自然之美有别于认识论的'自然的人化'之美，也有别于生态中心论的'自然全美'，而是生态存在论的'诗意栖居'与'家园之美'。"① 由于北大荒毗邻俄罗斯，相对来说，二者的自然环境较为接近，俄罗斯民族以对自然的无比热爱与讴歌而著称，俄罗斯文学中的自然描写潜移默化地影响了北大荒作家。屠格涅夫、肖洛霍夫等人的作品都以其对俄罗斯广袤土地和自然的礼赞征服了世界。而深受俄罗斯文学影响的迟子建把故乡和大自然看作自己文学世界中的太阳和月亮，认为是它们照亮和温暖了自己的写作和现实的生活世界。剧作家杨利民说："我在《大荒野》中试图想写人与自然，人与人，人与万物，人与生死，人的情感这样一种意象。在评论我的作品时，有一位学者说：在他每一部作品中，都有着某种打动人心的力量，这力量来自于何处，人们一时理不清楚，后来大家用了一个词'自然'。在大千世界中，有什么可以称为'自然'呢？来自于自然，回归于自然。出生于天地，回归于泥土，死亡也是快乐的。除了人心，从人心中生长出来的东西，还有什么能与永恒的自然混为一体呢？"② 这种自然情怀涵养了杨利民博大的心胸，一如北大荒涵养了来自各地的落难者、建设者、谋生者、寻梦者一样，"北方的博大的苍凉，使我的灵魂在大荒野中徘徊与漂泊，那是一种伟大的力量，我的一切思想、性格、情感、行为、欢乐与痛苦和我所描写的对象，都来自于大自然，来自于北方的我灵魂的天堂与

---

① 曾繁仁：《生态存在论美学视野中的自然之美》，《文艺研究》2011 年第 6 期，第 43 页。

② 冯毓云：《寻觅心中的梦——杨利民访谈录》，《大荒野中的老牛仔：杨利民论》，黑龙江人民出版社 2002 年版，第 185 页。

精神家园。"① 杨利民像大荒野中的老牛仔用剧本真诚地探索着有意义的生命形式。

相对于对自然的物质依赖而言，迟子建笔下的人物更加从情感上依赖自然，萨满教源于大自然，如神冥般贯注在他们的生存世界中。"长久以来，被学者称为'封尘的偶像'的萨满教是狩猎和游牧民族文化的中心，也是鄂温克民族集体无意识情结，曾被归入非理性、原始性和异常的迷信中。"② 但它深深扎根于少数民族意识中，显示出其强悍的生命活力。《额尔古纳河右岸》中几近耄耋的酋长女人说"我不愿意睡在看不到星星的屋子里，我这辈子是伴着星星度过黑夜的。如果午夜梦醒时我望见的是漆黑的屋顶，我的眼睛会瞎的；我的驯鹿没有犯罪，我也不想看到它们蹲进'监狱'。听不到那流水一样的鹿铃声，我一定会耳聋的"，"我一直呼吸着山野清新的空气，如果让我去闻布苏的汽车放出的那些'臭屁'，我一定就不会喘气了。我的身体是神灵给予的，我要在山里，把它还给神灵"。③ 有史以来，鄂温克人不仅在生产方式上完全依赖于自然，他们还有一套完整的观念，这来源于北方民族萨满教神灵体系和观念体系，使人们形成朴素的认知心理与环保意识。萨满教对自然万物始终持有一种崇拜和畏惧的心态。敬畏、顺应自然是鄂温克族群幸福安康的重要保障。鄂温克民族依赖萨满教，萨满教是鄂温克民族的核心文化，指导和规范着他们的一切生产活动。

北大荒作家创作中渗透着一种自然情怀，即人与自然合一，人与天地并生。这种人与自然的生死相依的存在状态，使得万物绽放蓬勃

① 冯毓云：《寻觅心中的梦——杨利民访谈录》，《大荒野中的老牛仔：杨利民论》，黑龙江人民出版社2002年版，第183页。
② 田青：《神圣性与诗意性的回归》，《民族文学研究》2008年第1期，第163页。
③ 迟子建：《额尔古纳河右岸》，北京十月文艺出版社2008年版，第4页。

的生命力。"平静的乡村生活环境更具有宗教倾向"①，人对这种鲜活的、触手可摸的、质感鲜明的景物的依赖感和敬畏感源于他们钟情的大自然情怀。北大荒作家的情怀大都是一种根植于民间的草根情怀，是生命在与自然荣辱与共的过程中赤裸裸流露的人性的本真。大自然中的万物对于人来说具有无限的魅惑力和塑造性，对于作家来说，故乡是永远不会干涸的创作源泉。阿成笔下的自然则是生存的基础，"松花江，唐曰'粟末'，两岸有的是野生的粮食，主食不愁；辽曰松花江为'鸭子河'，吃肉也不成问题，还有硕大的鸭蛋佐酒。且松花江有的是鱼虾王八。饿是绝对饿不着。"② 闯关东的汉子们靠着自然的恩赐，体格雄雄勃勃，他们无忧无虑、自由自在地生活。阿成说："若从 20 世纪初开始算起，我的家乡黑龙江仍然是少数民族、汉人、包括外来异人的杂居之地。在这片神奇的土地上，不仅有剽悍的达斡尔族，有狩猎能手又善于巫术的鄂温克和鄂伦春族，有以渔猎为技的赫哲族，有马背上的民族蒙古族，还有神秘而宁静的满族等等。在这片黑色的土地上，始终流行着天人合一的萨满教。当地的人们将大地、阳光、山川、河流奉之为万能的神。同时每个人又据自己个性、经历、业绩、爱好等等，将虎、狼、豹、蛇、白乌鸦、熊、鹰等等，奉之为自己的保护神。——生活在这片土地上的人们大都属于索伦部，讲通古斯语，在历史上曾经有属于自己的、诗一样的语言、文字和几乎与世隔绝的辉煌岁月。我一直为自己诞生于生活在这片土地上感到骄傲和自豪。在我的内心有一个浪漫的想法，那就是，成为这片土地上的一名歌手，为生活在这里的人们纵情放歌。"③ 并且说"或

---

① [德]卡西尔：《人论》，甘阳译，上海译文出版社 2003 年版，第 27 页。
② 阿成：《年关六赋》，作家出版社 1991 年版，第 4 页。
③ 阿成：《走进千手千面的女神》，《风流闲客》，地震出版社 2012 年版，第 110—111 页。

许，我阿成的这点儿血，只有流到小说里才能看出一点灿烂来。"[1] 自然是人类灵魂的诗意栖息地，是抚慰生存痛苦的一剂良药。何凯旋的作品洋溢着豪迈而从容的诗情，他细腻地描绘北大荒农民放火烧荒、春种、秋收、建房等劳动场景，充满勃勃生机的自然蕴涵着人物的劳动和创造之美，也是对人的生命力的肯定与欣赏，生活在这里的人已经融入了这片自然，成了人化自然的象征。北大荒文学对蕴涵着拓荒者本质力量的自然之美的描绘，尤其让人心潮澎湃。王立纯写人一边在广袤的大自然中劳动，一边受到大自然的滋养，还能够通过劳动与大自然亲密地交流。人与大自然紧密相连，构成了有机的生命整体。

（三）生态审视：生存之沉思

人类生存、发展需要向大自然索取物质财富，在人与自然和谐共生的观念下，人们看到自然正默默地为人类生存提供着丰富的养料，这是自然对人类的无私馈赠。而人类对自然的敬畏、崇拜之意日减，人类为了生存对自然进行毁灭性地掠夺，这妨碍了自然生命的自我完善与更新，森林消失，土地沙化等恶果随之而生。阿成在自己的创作中，一次又一次呼唤人与自然的和谐，重述本土民族文化经验。他曾急切地通过一位林区工人大眼珠子的话表达这种焦灼和悔恨，"小爷们儿，你是看不见哪，山都被大雪覆盖着，里头都是秃山！唉，我们这一代人哪，把重孙子的饭都给抢着吃啦——"[2] 人永远离不开大山，大山需要森林的覆盖，山秃了，不堪重负的动物们也去闯关东了。人们世世代代赖以生存的大森林被无节制地开发，大小兴安岭的森林所剩不多了，野兽也寥寥无几了。先前的那种荒草迷天、寒烟锁地的景观，已经慢慢地消亡了。阿成不无痛心地写到"山水的氛围，亦不如

---

① 阿成：《胡天胡地胡骚·跋》，长江文艺出版社 1996 年版，第 385 页。
② 阿成：《小酒馆》，《胡天胡地胡骚》，北京出版社 1999 年版，第 421 页。

祖辈的雄烈与残忍。风过来的很和气，亦谦卑"①。杨宝琛作为从北京来参加开发建设北大荒的一员，多次提到对自然破坏时感慨："我在林区干了十八年，从人工弯把锯到油锯采伐，从人工抬木头集材、装车到实现绞盘机、龙门吊的全部机械化的过程我都经历了，从密不透风的原始森林到荒山秃岭的变化历历在目。过去，每个新建林场和连队，都是从家门口开始采伐，有时倒树险些把帐篷伙房给砸了。今天你走遍全省的林业局、林场的居民区，找不到一棵当年原始森林保留下来的大树，一律剃光头伐光！伐木者谁也没为生存环境和子孙后代的生存想过。我原来的那个林业局，头头们退休后搬进早在城市、在海边盖好的楼房里安度晚年，可扔下个烂摊子几万子孙后代却发不出工资。今日当伐木者醒来时，一切已晚了，只有置之死地而后生了！"② 十八年的林区生活感受深深地刻在杨宝琛的脑海里，于是《大青山》《青山不老》两部林业题材的剧作问世了。杨宝琛的反思代表了北大荒作家阿成、王立纯、张抗抗、梁晓声、肖复兴等人对生态的审视力度，显示出人类作为自然之子的真诚忏悔和反思之意。

人与自然和谐共存才是人类对大自然深层次的文化认同。这种自觉认同实际上是把人的物质需求与精神需求都建立在人与自然和谐相处的前提下。人首先是一种自然存在物，是自然界长期发展进化的产物，是自然界的一个组成部分。"人本身是自然界的产物，是在他们的环境中并且和这个环境一起发展起来的。"③ 人与自然的亲缘性更为直接地体现在北大荒人的生产生活中。这让北大荒作家更钟情于表现人的活动与自然的互渗关系，人作为自然之子，他的生活永远离不开

① 阿成：《胡天胡地风骚》，《胡天胡地风骚》，北京出版社 1999 年版，第 23 页。
② 王咏梅：《拓荒者的生命交响——杨宝琛论》，黑龙江人民出版社 2002 年版，第 173—174 页。
③ 马克思、恩格斯：《马克思恩格斯全集·第 20 卷》，中共中央马克思恩格斯列宁斯大林著作编译局译，人民出版社 1971 年版，第 38—39 页。

自然。作家在透彻体悟到人与自然的关系后，不是单纯写自然景物而是将其内化为一种心灵的情愫，进而搭建心灵与自然景物交流的平台，此时的自然景物已经成为传达作家情感的载体，作家笔下的人物与外界景物融为一体。如元人刘将孙说："天地间清气，为六月风，为腊前雪，于植物为梅，于人为仙，于千载为文章，于文章为诗。"①这说明自然本身成为人们的审美对象。而自然能否成为审美对象，完全取决于人，自然审美是人化的结果。作为人类生产和生活于其中的自然界，是人类生存栖息、繁衍发展的家园，人与大自然应该是水乳交融地生活在一起的。此时的自然景物并非完全属于客观的现实自然，而是符合作家审美期待视野的。作家在真实的自然基础上加以审美的想象，这是诗人构建的精神上的自然乌托邦。以精神上的富足来克服现实的失落，这也是作家作为人的主体性的体现。"人的主体性包括两个方面：首先人是实践主体，其次人又是精神主体。""所谓精神主体，指的是人在认识过程中与认识对象建立主客体关系，人作为主体而存在，是按照自己的方式去思考，去认识的。"② 在北大荒作家笔下，无论是十万复转官兵战天斗地向荒原要粮，还是北大荒知青屯垦戍边彰显青春的创造力，无论是本土作家展现拓荒移民的艰难生存境况，还是展现洋化的"东方小巴黎"——哈尔滨的前世今生，自然山水孕育出的北大荒人充分显现出人作为自然中的一个生物种群，其生存、发展依赖自然生态系统的进化性与稳定性。人的智慧体现在依靠自然的创造性上。

在王治普、郭大彬、何凯旋等作家的笔下，在北大荒拓荒的人与自然的关系表现为一种原生态的和谐关系。北大荒作家往往"浪漫"化地舒展自然风情，处理人与自然的关系。"人化自然"之韵在王治

---

① 李壮鹰：《中华古文论释林南宋金元卷》，北京大学出版社 2011 年版，第 315 页。

② 刘再复：《论文学的主体性》，《文学研究》1985 年第 6 期，第 45 页。

普与郭大彬合著的剧作《勇敢的乌娜姬》中得到充分流露。鄂族姑娘戈兰与落难的上海知青李文焕在深山老林里举行婚礼，白雪为媒，青松证婚。浪漫的婚礼洋溢着作家的浪漫激情：人性化的自然中青松、白雪让生命找到最后的归宿。粗犷、神奇的自然蕴含着无限的生机与活力，北大荒人生活在这种风情中，劳动也变得异常的富有诗性魅力。何凯旋的小说《江山图画》描写"我"和爹去开荒："咣咣咣，斧头的声音在无遮无拦的旷野上尽情地奔跑，成块的木头顺着新鲜的木茬溅出来。我向灌木丛深处走去，停在一片埽条和软椴木跟前，准备使用镰刀把它们割倒。"① 爹碰到了粗树，为了节省体力和时间"爹把辕马的缰绳从犁上解下来，拴在树根下面，鞭子在马头上摇晃着，喔喔喔地喊着。辕马往前迈开步伐，感到来自树根的力量，它低下头，新钉的铁掌吃进土里边，树叶哗啦啦地响起来。我听见树叶的响声，听到马嘶的叫声，马蹄很快在灌木丛中践踏起来，树枝在它的肚子周围摇摇晃晃，它身后拖着一棵树，树根带着崭新的泥土和新鲜的草皮，在我们能够看见的地方。辕马停下来，马背上渗出来一层纤细的汗珠儿，被初升的太阳照亮。咳咳咳，马甩动着脖子，脸转向我们，一副轻松自如的神态挂在树丛上面，就像听到招呼，朝我们走过来。走过我身边的时候，伸过头朝我喷出来一串儿响鼻儿，带出来一股潮湿的鼻息。四肢并没有停下来，继续趟着树丛，宽厚的胸廓撞得树枝弯曲下去，划过腹部，从两股之间抬起头，长鬃的尾巴俯在树枝上面，被抬起头的枝头弹起来又落下去。"② 这是评论者对开荒的赞赏，昭示着无论人类多么富有智慧，力量如何强大，每一个生灵都是大自然中的一个存在物，人的生活依靠自然，包括人的肉体生活和精神生活在内的生存同自然界密切相连，来自民间的人的生产劳动把人

---

① 何凯旋：《江山图画》，黑龙江人民出版社 2009 年版，第 5 页。
② 同上。

与自然紧密地联系在一起。在"以农为本"的中国社会里，人与自然结下了不解之缘，在劳动中自然地生成"天人一体"的观念。

三　人情美：个体精神的成长

每个作家都应该拥有自己的自留地，他们用笔在北大荒"跑马占荒"，阿成将哈尔滨作为自己的责任田，专注于展现东方小巴黎的风情；杨宝琛将农场、林场、煤矿圈进了自己的地界；王治普成为"老屯长"，专写农村的生活；杨利民占据了大庆油田。他们在各自熟悉的领域经营着、开拓着北大荒的文学园地，但他们的共同之处在于开掘人物身上的人情美。

（一）走出阴影：宽容之美

伤痕文学是新时期文学的第一个潮流，"伤痕文学"停留在对往昔的哭诉与追悔的表层上，北大荒作家的创作超越了这种对伤痕的沉郁诉说，也超越了"反思文学"对悲剧年代的思考和追问，作家们只是将其作为一个时代背景，展现主人公们宽容的美德，他们走出过去的阴影，在展望明天中抒发自己的理想主义激情。王立纯的短篇小说《重返绿草营》、梁晓声的长篇小说《知青》都以自己独特的生活感受传达出这种审美体验。

《重返绿草营》写了林业专业毕业的大学生甘江的故事。甘江是"文化大革命"中被打成牛鬼蛇神而屈死的林场老甘书记的儿子，他顶着来自家庭的反对和机关大员刻薄议论的压力，放弃营林科长这一省心而实惠的工作，重新回到伤心地，回到当年父亲被毒打折磨的林场，继承父业，回到每年都亏损 20 万元，几任书记都雄心勃勃地来又"刑满释放"般走的小林场，当上了第七任书记。女友肖茜不理解他"我想你的就任也许是一场历史误会吧。你的气质和风度，完全应该是诗人、作家，起码也是哲学家，和现在这种钻山沟的角色一点也不谐调。在一片知识贫乏的荒野里生活，你不觉得这将是千古憾事吗？"① 此时，甘江脑子里一直想着爸爸临终前的嘱托："你是我的儿子，务林吧，救救大海……"② 正是爸爸的眼泪和深沉的话语，让他做出痛苦而果断的抉择。甘江手下的人，也曾是父亲的下级，在"文化大革命"时都曾批斗过父亲，有些人还陷害过父亲。他们心里的忧虑和惊恐可想而知，他们担心甘江报复他们。甘江内心深处也是波涛翻滚，那些身为"狗崽子"时的痛苦的回忆，那些批斗折磨父亲的场面，他永远不能忘记。他的人性经受着严峻的考验，他重返绿草营不是为报复，而是为了甩掉林业局身上的包袱。他首先拒绝了当年的那个打手、虎贲大汉严再新的调离的请求，他重申了爸爸那句"绿草营不改变面貌，从他开始，谁也不能走，这话今天仍有效！"③ 他带着礼物去看望参与过摧残父亲的仇人，历史把他熔铸成了畸形，但甘江却不缺失人性的善良，他理智地、宽容地开出疗救心灵的处方，"把仇恨化为激奋，把忧伤换作勇气，把悔恨变成动力"④。他以一种人道、温和的心态解除了仇者们的忧虑，使他们能够放下思想包袱，全心全意地为林区建设事业奉献出一切。严再新把悔过之情化作努力工作的行动；那个肝癌晚期患者把打算给远房侄子的 4700 元存款折给了林场作为发展资金；在家养病已久的老主任托着一支伤残的胳膊也出来工作了。甘江像一块磁石将林场的人吸引到一起。小说在两个视点上"疗救"结构故事。一是通过甘江与女友肖茜的对话来表露人物的心迹，人们心灵的创伤，往往是针石药剂所不能疗理好的。肖茜是治病救人的医生，但并非所有人的病体都能医治，只能看着得了肝癌的患

---

① 王立纯：《重返绿草营》，杨锡春：《牡丹江文艺作品精粹》，黑龙江人民出版社 2002 年版，第 161 页。
② 同上书，第 168 页。
③ 同上书，第 163 页。
④ 同上书，第 171 页。

者死去；甘江是一位高明的郎中，他在疗治自己的伤痕的同时，也在疗治那些迫害过父亲的人们，使他们没有遗憾地离世。甘江为什么能够做到这一点？他向女友解释了爸爸为什么喜欢大海的原因。"因为大海很大，它能容纳下所有的流水"①。二是甘江以自己的实际行动感化、接纳着那些负疚的人，同时也在和自己的狭隘、懦弱做斗争。甘江战胜自己，以宽容的心胸、昂扬的激情和振兴林场的决心，打动了绿草营。大海的胸怀才能使得甘江在面对当年曾殴打父亲和自己的虎贲大汉"造反派"头头严再新时，不是居高临下的报复，而是用自己的行动主动宽恕、消除他的疑虑。对于诬陷过父亲的垂死的退休工人，他亲自上门理智地安慰"那段历史，是用曲笔蘸着血和泪写成的。同根相煎，好人整好人，坏人作壁上观，从这个意义上讲，你和老甘都是受害者"②。这就是甘江面对不堪回首的那段历史的思考。事实就是这样，愚蠢而耿直的严再新教育女儿要有骨气，死到临头也不能下跪，但他没有意识到自己和老甘书记都是那场运动的受害者。甘江感化了自己当年的那些仇人，而且对未来充满期待，他从严再新的女儿嘴里得知采花是为了纪念老甘书记，这是人们对未来充满信心的原因。梁晓声的《知青》中哈尔滨知青孙曼玲和齐勇两家人因为"文化大革命"中的武斗而结怨，齐勇的弟弟被孙曼玲的哥哥打死，齐勇为此而偷偷折磨孙敬文。在生死考验下，孙敬文在生死关头没有放弃救助齐勇的机会。历经磨难，孙曼玲和齐勇摒弃前嫌真诚相爱，化解了两家因历史原因造成的悲剧。

作为右派下放到农村的王治普展现了农村淳朴的人情美。他的话剧《女大十八变》写"文化大革命"时的一场误会，佟书记、破锣夫妇和"毛驴子"、洋拉子夫妇是多年仇家。而这场恩怨的出发点却

---

① 王立纯：《重返绿草营》，杨锡春：《牡丹江文艺作品精粹》，黑龙江人民出版社2002年版，第175页。
② 同上书，第166页。

是佟支书出于好意要保护"毛驴子",他却以为佟书记有意在"文化大革命"中陷害他。他因为养木耳段被开除党籍,两家产生的矛盾波及子女的恋爱。喜鹊与得福相爱的阻力主要来源于两家老人的积年恩怨,但事实上他们都是心地善良、忠厚淳朴的农民,为了儿女幸福,最终两家结秦晋之好,仇恨灰飞烟灭。女青年喜鹊从农校毕业后,回乡带领群众改变家乡面貌,他一家富裕起来之后,对佟支书家充满关怀之情。"毛驴子"虽然性格有些粗鲁,火暴脾气,爱打架骂人,但他在抗美援朝前线英勇杀敌,并在火线上光荣入党。然而,他却因极"左"路线被开除了党籍,这件事本身就是他心中的痛。他支持喜鹊去佟支书家交组织关系,还自豪地说:"我家的党员断不了根!"①这话出自一个被开除了党籍的老党员之口,可见他对党仍然满怀着深厚的情感,这本身就印证着人高洁的品格。在喜鹊的带动下,经过一家人的共同努力,家里很快就富裕起来。他不仅慷慨解囊翻修村里小学校的房舍,还不计前嫌,主动地帮助佟支书家发家致富。他一家除去喜鹊,从与佟家吵得难分难解到一改初衷的关怀备至的感情变化,溢满了感人的人情美。在关键时候,喜鹊不但成功地改变家乡的贫穷落后面貌,还在得知得福在前线负伤锯掉一条腿,瞎了一只眼的情况下,决定照顾他一辈子。佟家深受感动,最后洋拉子终于拿出了她扣压下的得福写给喜鹊的情书,佟支书向"毛驴子"真诚道歉。两家人终于走到一起,而得福编造自己身受重伤残疾的谎言,不但吓退了张淑兰这个婚姻骗子,还检验出喜鹊身上存有的人情之美,王治普的剧作充满了浓郁饱满的人情美。

北大荒作家以纪实风格的创作展现出北大荒人崇高的人情美。真正能够走出民族积怨和仇恨的大爱体现在何凯旋的剧作《1945年以后……》中,它极力讴歌了王永霞的伟大与母性的崇高。日本投降

---

① 王治普:《女大十八变》,《王治普剧作集》,北方文艺出版社1999年版,第10页。

后，大量孤儿被遗弃在北大荒，在方正县吉兴村年仅 20 岁的姓张姑娘为了养活一个日本孤儿，终身不嫁，背井离乡，改名王永霞。她带着孩子四处流浪，最后又跑回到北大荒……为了日本孤儿，她当一辈子的盲流，为把孩子王冬生教育成人，她受尽种种非人的侮辱和折磨，最后儿孙满堂。当参加过侵华战争的日本士兵冈田春夫来到中国，得知王永霞是如何抚养自己的儿子时，年近九十的他在她的遗像前跪下了，赞叹她是一位伟大的母亲。韩乃寅以勤得利农场第七管理区女职工、优秀共产党员康金环为原型，创作了长篇小说《特别的爱》。她 28 年如一日，收养了一名患精神病的下乡知青，表现了一名共产党员为党分忧的高尚情操。小说叙述一个普通的北大荒女性的艰辛付出唤醒一个因不堪打击而精神失常的老知青的感人故事。在北大荒知青大返城前，勤得利农场 8 连滨城知青陈文魁将农场推荐自己上大学的机会给了女友黄春燕。上大学返城后的黄春燕写信断绝了与他的关系，陈文魁因迷恋寒地水稻的研究受挫，再加上女友的变心，他的精神世界彻底崩溃，患精神病住院。出院后无处可去的他回到了勤得利农场。如何照顾生活无法自理的陈文魁成了困扰全场的大难题，妇女主任善良淳朴的杨丽环没有和家人商量，毅然收养了陈文魁。她家的幸福和睦氛围因陈文魁的加入而被打破了：陈文魁的精神失常造成了她母亲的死、儿子婚变、儿媳流产，老伴一气之下搬出了家，女儿也要离家出走，亲家母接走了儿媳……杨丽环没有被一系列打击吓倒，顶着来自家庭和社会的各种压力，用慈母般的爱使陈文魁病情日益好转。她身上散发着中华民族传统美德和北大荒人的人性光辉，韩乃寅在人性开掘的过程中展现着主人公生命体中深蕴的人情之美。人性中最崇高的爱超越了一己之爱，正是这人性的伟大力量支撑着她能为了大爱而自主地舍弃小爱。

（二）相互间的宽慰与同情

在荒草迷天、寒烟锁地的北大荒，贫苦人的生存方式自然决定他们特有的精神文化特征。他们沉默寡言、坚忍地承受命运的安排，一种苦涩的悲凉之气渗透于他们的言谈举止之中。阿成怀揣着包容去对待他们。他站在艺术审美的视角去平视每一个复杂的个体，流露出对生命关爱的脉脉温情。他们是有情感的人，是有生命的个体，阿成的这点感受彰显了博大的人道主义襟怀。小说字里行间流露出的人文关怀是阿成创作的审美力度，《春风自在扬花》中写自己终有一天谅解了为爱夺去父亲的二母亲，因为："人生于世上，总然是捧着一个'情'字的。过错了也罢，恶事了也罢，人非圣贤孰能无过？何况，人活着，脚上总拖着一个'难'字。过多地憎恶以示凛烈，过多地轻蔑以示纯正，其实都蠢得很。"① 阿成笔下的人物都是这样一些充满着温情的北大荒人。《小酒馆》里的小酒馆成为人们向往温暖的所在地："热情的老板娘和关东爷们儿使得小酒馆顿时消融了外面的严寒和风雪，再加上火炕、热酒、烫茶、杀猪菜、羊肉萝卜馅饺子、二人转。这温馨的小酒馆，化解着人生的坎坷和悲凉。北大荒人具有古道热肠和侠义气概，他们判断朋友的理由有两点：一是'我'对绝症朋友够意思，二是'我'和他们喝了一顿掏心窝子的酒。"② 北大荒人的豪爽乐观、重义轻利的文化人格可见一斑。

　　人与人的温情照亮了流民的生活，闯关东的人回乡之路异常艰辛，甚至是永远不能实现的梦，家是他们心灵深处最柔软，也是最受伤的所在。《正正经经说几句话》中，从山东闯到松花江的王翠娥在男人死后，带着伤痛和迷茫，以补网为生勉强带着孩子生活。后来她遇到了从山东久县的老乡、以修伞为生的李十二，两颗远离故土的孤寂的心灵，默默地连在一起并相互温暖着。对于每个背井离乡来到北大荒的流浪者来说，寻找家园的文化心理使他们产生相濡以沫、相依

---

① 阿成：《春风自在扬花》，《欧阳江水绿》，中国文学出版社 1996 年版，第 286 页。
② 阿成：《小酒馆》，《胡天胡地胡骚》，北京出版社 1999 年版，第 410 页。

为命的共同情感。阿成《马尸的冬雨》中的老胡木匠和俄罗斯女人相互沟通、相互体谅、相互信任，甚至为爱付出一生。俄罗斯女人相信，回家乡看自己妻子的老胡木匠一定会回到她的身边，她每天都在等待他回来。日复一日年复一年，每天都多摆一副碗筷在桌子上，如同她的丈夫在家里一样。无论刮风下雨，她都去街口等丈夫回来。多年后的一天，儿子从不认识的父亲真的回来了。正是这种相互间理解和信任的情怀，才能促使她几十年如一日地坚守，才使老胡木匠回乡后重返马尸，这种不是夫妻胜似夫妻的情感真挚动人，他们拥有这种"自在"的生命体验。对于有家不能回、有国不能归的俄罗斯女人，她需要家庭，也需要爱，这种理解和包容才是真正意义上人灵魂深处的大美。

在《北京往北是北大荒》中窦婶的眼里"见死不救那还叫人？"[①]是建立在"人本主义"的生命意识基础上的一种人性美，同时也鲜明地体现出以窦婶为代表的北大荒人的热情、豪爽的性格。《大江弯弯》中的马莲玉善良的天性使得她救活了落难的善涛的女儿，并与他患难与共、一起生活。马莲玉在回答善婕的提问时，给她讲述了大马哈鱼的传说，以及老母狼、老母熊发疯般寻找幼崽儿的情形，不仅颇具象征意义，而且也生动地揭示了其善良的品质源于一种最起码的人性。"畜牲都这么护崽儿，何况人呢？天性啊！哪个当娘的都会这么干！"[②] 为了保护善婕，马莲玉杀死了大憨，为了让落实政策后的善涛与前妻焦颖破镜重圆骨肉团聚重归故里，自己又主动退出，选择以自首入狱的方式来赎罪并脱身。王治普写了反映人情美的文章，其中有描写在乡下改造生活的作品，如《萝卜和白菜》。他写的是自然灾害期间的 1961 年，主人公的爱人生孩子，家里什么吃的都没有。他揣

---

① 杨宝琛：《北京往北是北大荒》，《北京往北是北大荒》，中国戏剧出版社 2001 年版，第 153 页。

② 同上书，第 302 页。

着仅有的 10 元钱，到菜窖找队长想买几斤菜。队长埋怨他有困难不早吱声，没收他的钱，给装了一袋子萝卜、白菜（要在市场上买，得用他两个月的工资），这写出了农民善良大方的可贵品格。王治普还写了《几个朝鲜族哥们儿》这类反映"文化大革命"期间农民兄弟对他的保护之情。《人鹿缘》中土地佬和老沾包都是心肠热，啥事都管，有点像二村长，这样的叙述饱含着对人物人情美的赞赏。刘亚舟的长篇小说《男婚女嫁》中三湾屯的苗海夫妇忠厚、耿直，有一副侠义心肠，苗大娘为烈士哺育遗孤费尽心血，他们一直热心的帮助乡邻，这些都表现出一种传统的美德和浓浓的地域风情。更重要的是作品体现了传统美德与北大荒人情美的结合。刘亚舟执着于书写自己身边的生活，通过营造饱含浓厚北大荒韵味的空间，凸显主人公鲜活个性和生命张力。在淳朴的乡间生活方式中，既包含着蔑视传统礼教规范的顽强生命力，也有独属于北大荒的独特魅力，他们有自己的主见，敢于反抗时代荒唐谬误，走出樊篱寻找生活的真，敞开性情恣意展现人性的美。正是有了这些人，北大荒的荒凉才被赋予了生命的温度。在北大荒活着，自然需要脚踏实地，需要足够的生命韧性，更需要闪光的人性作为情感支撑。

（三）作家温情的审美向度

北大荒文学中的人情美是对现实生活的反映，也体现出作家的审美理想，与作家的审美情感活动相伴而生，揭示人的尊严，情感的伟大和崇高，生命的脆弱与坚强等，都闪耀着人性的光辉，散发着醇厚的人情味。阿成曾说："我一直认为，我与故乡之间，有一种默契。那就是，我应当尽可能地记录发生在这块土地上的每一件值得记录的事情"[1]。在作家看来值得记录的大都是饱含着人情美的事情。"他的小说叙事常常在民俗、历史、人等几个层面上同时展开，在短小的篇

---

① 阿成：《东北的吉卜赛》，广州出版社 2002 年版，第 256 页。

幅中容纳世事变迁、人生百态"① 这里有浩浩荡荡的黑龙江、乌苏里江和松花江；有散发着神秘气息的荒原和森林；还有投射着人性光彩的风情男女。由于俄罗斯、意大利、捷克等国人流亡于与本国地理位置接近的北大荒，其中以俄罗斯人居多，他们在哈尔滨顽强地生存、发展、创造着。他们有着背井离乡异国飘零的忧愁，有着天涯沦落客居他乡的伤感，更有对故乡刻骨的思念之情，他们更需要相互间的宽慰与同情。阿成笔下的侨民常常是在尴尬的生存境遇下过着一种真挚、本性的生活。在阿成笔下的流亡者看来，"如果一个人只为自己活着，就活得没有意义"②。他们不光为自己活着，享受生活，对别的流亡者也是极为宽容的。在阿成的笔下我们经常看到的是那些生活的弃儿、边缘人，他们生活窘困，在生存线上艰难地挣扎着。阿成抱着同情心态去写这些无助的小人物的悲哀，给冷漠的人世中增添了热度。阿成真实地呈现出小人物的生存状态，深入他们内心世界探究他们的情感，表达了一个充满温情的作家的思考。温饱、低层次的生存需要是人最基本的需求。对没有任何权势的小人物来说，生活的贫困、高压的生存环境考验着他们的生存意志。但是，他们却过着平凡而不平庸，自尊而又温情的生活。底层人形象寄植在他的小说世界中，谢辽沙用残缺的手指拉"巴扬"，不是仅仅为了谋生，他不停地拉"巴扬"，"拉得活泼，拉得精神，拉得顽皮，拉得有爆发力，拉得如醉如痴，同时也拉得很伤感。"③ 行人或听众可以把钱施舍到他面前仰面放的破礼帽里。"谢辽沙拉的都是俄国曲子……拉起来，谁也不看，包括有人把钱扔到礼帽里也不看。一曲连着一曲，有点像现在的

① 韩春艳：《民俗·人·历史：阿成笔下的文化北国》，《齐鲁学刊》2008年第5期，第145页。
② 刘文荣：《西方文化之旅——从阿波罗到"阿波罗"》，文汇出版社2003年版，第135页。
③ 阿成：《人间俗话》，《胡天胡地胡骚》，北京出版社1999年版，第253页。

歌曲连奏。总是不停地拉……雨天，他也来。靠在大幅面的橱窗前，凭房檐避雨，站着拉琴。琴声于潇潇的雨界，传至每一个街头，树下，门洞，以及在商亭下避雨的人。"① 这种演奏已经成为他生命中的一部分了。对于带着战争的伤残之躯流亡异国的谢辽沙来说，生存固然重要，但有尊严的生命才是最为可贵的，这是作家内敛而又温情的审美态度。

北大荒作家钟情于表现人的率真、纯情。阿成的《年关六赋》中写了这种率真、纯情的人情美。老三的爷爷与漂漂女的情感历程，以及他们上岸后的生活，继而有了老三的父亲，老三的父亲读过书、有文化，在日本机关做事，与日本女人木婉也有过一段情史，"光复后，木婉回国，他哭得真不行。老三的母亲说：'你爷爷死的时候，你爹也没那么哭，一把鼻涕，一把泪的，贱叽叽，抓住人家的手就是不放……'"②而当年红色造反派因此事来调查母亲时，率真泼辣的她却说："怎么，干了日本娘们不行？我看，干日本娘们是革命的，大方向是正确的。"③ 过年时，母亲一边包饺子，一边心直口快地给儿媳们讲解似地说："你爸的品行不好，是根儿上的毛病。啧！还上供？瞅他孝的！……年年扯这个淡，'文化大革命'也没把他这毛病斗过来。"④ 这些都是老三的母亲在过年时断断续续介绍出来的，她说的竟是那样随意自然，老三的父亲也不过挺狼狈地说一句"嘿嘿，什么木婉，木盆的……"了事，儿女们也就听着而已。正如《礼记·礼运》中所说："饮食男女，人之大欲存焉；死亡贫苦，人之大恶存焉。故欲、恶者，心之大端也。"⑤ 这对于他们来说是很平常的事，没有什么

① 阿成：《人间俗话》，《胡天胡地胡骚》，北京出版社 1999 年版，第 253—254 页。
② 阿成：《年关六赋》，作家出版社 1991 年版，第 10—11 页。
③ 同上书，第 11 页。
④ 同上书，第 20 页。
⑤ 谭国清：《中华藏典·传世文选四书五经1》，西苑出版社 2003 年版，第 253 页。

可以违背人的本性去生活的必要。

北大荒作家善于在人性层面开掘人性之美。北寒之地人心并不冷，虽然在这片土地上的人不乏野蛮气，除了原始的野性外还有善良，更多的是勇敢、仗义、包容的品性和情怀。杨宝琛的《天鹅湖畔》中战斗、卢英、吴双印为了让忍饥挨饿坚持生产的职工们在大年初一吃上一顿黑面熊肉馅儿饺子，与巨熊进行了殊死的搏斗，战斗、吴双印身受重伤，卢英献出了年轻的生命。《北京往北是北大荒》中为了让北大荒人顿顿吃上香喷喷的大米饭，40 岁的延河将青春全部献给了北大荒的高寒水稻栽培事业；那小勤在"学大寨夺高产"的运动中，为了保住农场的水稻田，不惜搭上性命，这是一种朴素的人性意识。《大江弯弯》中的善涛三十余年义务救治了无数患者和禽畜；杜恒无条件地辅导了二百多名北大荒孩子的外语，把他们培养成大学生、翻译。这些行为，显示出北大荒人身上具备的一种无私奉献、勇于牺牲的高尚情操，这也是作家人格理想的审美投射。"解释历史，就是要描绘在世界舞台上出现的人类的热情、天才和活力。"[1] 作家不只用小说展示了北大荒的历史，还让人们在追忆历史的过程中印证了真实存在的北大荒人的人性美。

---

① ［德］黑格尔：《历史哲学》，上海书店出版社 1999 年版，第 13 页。

余论　文学史视野中的北大荒叙事

一　独占"风景"：北大荒文学的特殊性

北大荒文学是地域风俗民情、民族心理积淀和集体无意识等文化质素的重要载体，各种文化要素成为文学中的活跃成分，这是民族文化心理的重要组成部分。在地理意义上重绘中国文学地图，北大荒文学为丰富充实中国文学版图的完整性，补全一隅做出了贡献。从中国文学史的角度来看，北大荒文学作为文化边缘地带的文学，特别是长期处在弱势文化状态的边缘文化传统中，从 20 世纪 50 年代开始已经摆脱疏离主流话语的状态，充分展现北大荒文学的时代性和地域性，为文坛提供了永远鲜活的记忆。北大荒特殊的地缘、人缘结构，铸就了北大荒文学粗犷、宁静和苍凉的底色，激发人倾听天籁的生命感觉，在世俗的世界里保留一块心灵的栖息地。北大荒土著居民的观念是自然界的万事万物都是平等的，人与其他的动植物都是自然界中的一部分，相互依存。这种思想体现在迟子建的小说中。北大荒的气质和神韵在小说中闪现。在看似简单清纯的人与自然的组合中，尊重每一个生命个体，万物有灵、物我齐一的天籁般的神圣境界成为人向往的境界。迟子建的小说呈现出一种美好的人际关系，人性并非是复杂的而是本色纯真的，日常生活也不再光怪陆离。在"心为物役"成为一种普遍的生存状态的当下，人沦为欲望的奴隶，以迟子建为代表的北大荒作家指给人们摆脱精神世界虚空，回归自然，返归自身的途径。

相对而言，北大荒文化更多地体现在主流文化的影响上。北大荒开发题材的作品往往具有双重的话语诉求：一是英雄化人物的塑造，北大荒的开发建设的确为打造符合意识形态文化氛围的人物提供了现实生活基础，英雄化人物通过作家的不断构建和文学想象而生成定型；二是人性化的特质，相对于20世纪80年代以前文学普遍用阶级性遮蔽人性的一元化塑造，北大荒文学将英雄人物的内心世界大大丰富了，强调其作为个体的尊严和人性的释放，这使得昔日的战斗英雄，今天的复转军人垦荒大军形象在北大荒的开发中不断被原生态塑造。这些写作共同体现了人的意识的觉醒和作家文学观念的蜕变。作家们从对人的价值观念的充分观照，来挖掘作为人的本质力量对象化的文学应具有的审美意蕴。"地方文化的方方面面，都或多或少受到主流文化的影响导向以至制约，地方文化的核心，往往就是传统文化的精髓。"① 北大荒文学作为一种地域文学的独特风景，构成了中国现当代文学不可或缺的文学资源，同时它的存在也与其他地域文学一样，反映出文学创作的丰富性和独特性。

客观上说，北大荒文学始终没有进入渐次形成的文化中心。地方写作要以各种方式进入文学史视野，大体是以流派、主义、集团为前提的，而没有进入文学史的写作往往显示出最有价值的多元性、丰富性和复杂性的特征。迄今为止，没有一个版本的中国当代文学史提到北大荒文学，这就是文学研究中难以避免的一个现象，这有中心文化对边缘文化的忽视甚至是排斥的因素，在主流话语对其他声音忽视的过程中，也存在着体系中作家对体系外作家的遮蔽。但真正影响人们全视角地研究作家与文学的原因，与地域的位置有关，也与研究者历来比较注意群体性现象有关。所以考察中国当代文学研究现象，我们就不难发现，能够进入研究者视野的，要么是处于文化中心地带的作

---

① 章开沅：《历史视角下的区域文化研究》，《湖北日报》2005年2月17日。

家，如京、津、沪地带，要么隶属于某一个文学思潮，如"伤痕文学思潮""反思文学思潮""改革文学思潮""文化寻根文学思潮"等，要么被纳入某一个文学种群的作家，如陕西作家群、巴蜀作家群、黔南作家群等，要么是表现共和国大开发战略题材的，如北大荒的小说新疆诗，要么是较为突出的现象，如新世纪以来的"底层写作""打工诗"和代际现象。因为研究者的注意力容易被这样的现象所吸引，研究这样的现象也更容易被人关注。从这个意义上说，这对作家和研究者都会产生一种双赢效应。但我们不能否认文化边缘地带的创作资源优势尚未被研究者发掘，因此这种双赢效应容易忽视中心、思潮、群体或开发热点之外的作家的创作，而这是构成一个时代文学的重要现象。北大荒作家一直游离于主流之外创作，他们以独具特色的作品，提供给我们地域文学的价值，虽然他们中只有迟子建、阿成以一种特立独行的边缘写作姿态受到学界关注。大多数北大荒作家因其地处偏远，坚守自己熟悉的生活背景、文化环境，把目光定位在广大的民间和边缘而不能在主流文坛占据一席之地，而恰恰是他们自身的生命体验和感受挖掘出更多更有价值的、纯粹的写作资源，这就是北大荒作家最有独特性的个人追求和写作品质。北大荒文学一直以波澜不惊的状态呈现在当代文坛，任何一种文学思潮都不能影响其创作的自在状态。但家园却具有永恒的魅力，存在于北大荒作家的生命中。在这个喧嚣的尘世，品读瞩望家园的北大荒文学不啻是一种生命享受和安慰。在文坛此起彼伏的交响中，北大荒文学代表着这个时代人的精神和德行持守。今天，家园是正在流失的风景线，作家们世俗的心灵被物欲所俘虏，灵魂流离失所，永无回归，北大荒作家却把家园留在灵魂的书写中，这是中国当代文坛的独特风景，也是北大荒文学的生命力所在。

二　众声"喧哗"：北大荒文学的多视角观照

北大荒文学作为一种有生命的存在，她记录着作家们的思想轨迹，透视着这一方水土上的灵魂和特定的文学生态，展示着地域文学的繁荣和发展。北大荒作家，无论是土生土长的，还是后来生活在这片土地上的，他们心灵深处总是怀有这方水土的气息和声色。今生今世，他们都很难走出这种情思。

在作品风格中"作家本人的地域文化心理素质、地域文化知识积累，以及他对不同地域文化传统和特色的敏锐感受力等，就成为最关键的了"[①]。作家从小的生活环境塑造了他们的地域文化心理素质，地域文化内蕴的生命文化精神对探查北大荒边地民族尤其是少数民族文化心理具有先天优势。北大荒文学作为地方性民风民俗、心理积淀和民族无意识等文化质素的重要载体，渗透了各种各样复杂的要素。因此，要重绘中国文学地图，北大荒文学的加入才有可能构成一幅真正的、最起码是地理意义上的中国文学地图。北大荒作家创作整体上虽然并未形成像20世纪80年代北大荒小说新疆诗的影响力，但也是在多视角观照中形成独特的审美品格。在某种意义上，北大荒文学正是中国当代文学发展鲜活的标本，在动态性的多元的开放性的环境下彰显着独特的魅力。她掠过浮华纷乱的世态表象，洞穿俗世的喧嚣与躁动，北大荒文学直指文学的现实意义，在看似通俗的题材里蕴含着深刻严肃的主题。观照现实是北大荒文学的重要特征，逼近现实的人文关怀彰显了北大荒文学的特质，其创作呈现出由于意识形态的组织和引导形成了对北大荒精神的阐释，呈现出移民群体对地域生活的讴歌和怀想，"外来者"对北大荒的风俗民情描绘，进而抒发眷恋之情，对北大荒人生活的关注与思考，在北大荒文学作品中，似乎作家的精

①　何西来：《文学鉴赏中的地域文化因素》，《文艺研究》1999年第3期，第52页。

神价值取向已疏离了那种理想主义和英雄主义，而变为对一种平凡的、庸常的生活的认同与品评。看似没有对"北大荒精神"的精确把握，但仔细探究不难发现，那种凡俗生活中的日复一日的持守才真正代表了"北大荒精神"，真正创造了北大荒历史的是那种在日常生活中敢于拓荒进取的精神，这恰恰是北大荒作家的精神性思考的基点。

三 无处"安放"：地方写作的困惑、突围与展望

不可否认，正如论者所说："地域文学史上纷集蚁聚着太多庸碌的末流作家，有些甚或只是未入流的文献文字型'作者'；他们的因循冗滥制作缺乏审美活力和生命热情，却浩瀚如海，穷年皓首也难得遍览尽知。而作为一种文学文化遗存，一方面固然是取用无竭的资料渊薮，但另一方面同时也是大堆累赘沉重的'包袱'，那积极意义与负面影响往往相依附并存，都围绕着对'文学'的本质理解和'文学史'主旨、目的的实现而时相转换偏移。"[①] 一个地域文学要想长久繁荣下去，创作上的手法固然重要，但这不是决定性的因素。本土地域写作经验、体验和事象铸就了作家的精神底色，独特写作经验和个体情绪带来强烈的本土意识和文化意识形成了北大荒文学独特的生命力，展现北大荒独特的地域文化固然成为文学独特的魅力，暴风雪、鬼沼、荒原、狼群、黑熊等作为意象符号，已经成为表现北大荒文化的承载物。广阔的人类视野才应该成为影响地域文学发展的关键所在。在中国当代作家中，梁晓声、张抗抗、迟子建、阿成、韩乃寅、杨宝琛是最为精准地捕捉并表现北大荒地域文化精神内涵的，并成功表现北大荒地域风貌的作家，但北大荒文学不能完全靠本土经验来保持地域文学的优势。

文学作为作家认识世界的表达方式，传达出自身对生存的精神探

---

① 乔力：《地域文学史学原论》，《光明日报》2007年3月2日。

求，蕴含着深刻的精神内涵。在北大荒作家笔下书写的多是自己的生活，带有"自叙传"叙事性质的精神表征，缺少超越自身经历的"他者"叙事视角，这不能不说是北大荒文学写作的困惑。"有些作家往往从个体生存经验出发去思考和把握这个生存世界，其精神探索也往往囿限于个体生存经验的范围，而许多超出作家个体经验的东西则无从进入作家的视域之内，或者尚不能为作家所统览透识，这就不能不限制着作家的精神探索的含量和纵深度。"① 诚然，展现心理情感世界的"成长故事"，尤其是成长中的困惑、内心的冲突和决斗，都能揭示历史和人性目的。但是，体验自我经验之外的生存景象和精神状况，才更具有深邃历史意蕴。从这个意义上说，北大荒文学创作要想厚重仍需要一个漫长的历史酝酿过程。缺乏深刻的精神探索，精神含量不足成为制约地方写作的瓶颈。

北大荒文学 60 多年的发展历史书写了光荣与荣耀，面对着融入世界文学的机遇与挑战，如何确立地域文学应有的精神立场成为重要的话题。保持地域文学的根基，这种精神立场的确立，需要作家倾其一生去不断探索，必须指出的是，由于作家的土生土长性，北大荒文学要持久发展必须摆脱知识结构较为单一的局限，夯实作家文化底蕴，不断拓展审视世界和人生的视角，北大荒作家不能沉湎于自己的写作境界这一狭小的空间。作家反映生活的真实固然可贵，但仅仅停留在生存方面的写实，缺乏对现实生活更为深层的反思和批判，地方写作不会冲出自身的围困。

---

① 韩瑞亭：《时代需要有深度的文学批评》，《文艺报》2002 年 6 月 22 日。

参考文献

［俄］托尔斯泰：《艺术论》，陈宝丰译，人民文学出版社 1958 年版。

［法］布封：《布封文抄》，任典译，人民文学出版社 1958 年版。

［美］苏珊·朗格：《情感与形式》，中国社会科学出版社 1986 年版。

［美］露丝·本尼迪克：《文化模式》，何锡章、黄欢译，华夏出
　　版社 1987 年版。

［德］尼采：《悲剧的诞生》，周国平译，北京三联出版社 1987 年版。

［德］胡塞尔：《现象学与哲学的危机》，吕祥译，国际文化出版
　　公司 1988 年版。

杨治经等：《北大荒文学艺术》，北方文艺出版社 1988 年版。

宗诚：《风雨人生——玲传》，中国文联出版公司 1988 年版。

政协黑龙江省委员会文史资料委员会编辑部、黑龙江省国营农场
　　总局史志办公室编：《唤醒沉睡的土地十万官兵开发北大
　　荒》，黑龙江人民出版社 1988 年版。

"东北现代文学史"编写组：《东北现代文学史》，沈阳出版社
　　1989 年版。

［美］基辛：《文化人类学》，张恭启、于嘉云译，巨流图书公司
　　1989 年版。

刘小萌、定宜庄：《萨满教与东北民族》，吉林教育出版社 1990
　　年版。

林惠祥：《文化人类学》，上海文艺出版社 1991 年版。

姜志军：《鲁迅与萧红研究论稿》，黑龙江人民出版社 1994 年版。

陈侃言等：《中国地域文化论》，广州出版社 1994 年版。

钱穆：《中国文化史导论》，商务印书馆 1994 年版。

逄增玉：《黑土文化与东北作家群》，湖南教育出版社 1995 年版。

魏建、贾振勇：《齐鲁文化与山东新文学》，湖南教育出版社
    1995 年版。

邓灿等：《北大荒文学艺术史》，黑龙江人民出版社 1996 年版。

史卫民、何岚：《知青备忘录：上山下乡运动中的生产建设兵
    团》，中国社会科学出版社 1996 年版。

吴同瑞等：《中国俗文学概论》，北京大学出版社 1997 年版。

［奥地利］诺伊曼：《大母神》，李以洪译，东方出版社 1998
    年版。

李治亭：《关东文化》，辽宁教育出版社 1998 年版。

钟敬文：《民俗学概论》，上海文艺出版社 1998 年版。

徐秉琨、孙守道：《东北文化：白山黑水中的农业文明》，上海远
    东出版社、商务印书馆 1998 年版。

费孝通：《乡土中国生育制度》，北京大学出版社 1998 年版。

钱中文、晓河等译：《巴赫金文集》（第 3 卷），河北教育出版社
    1998 年版。

钱中文、白春仁、顾亚铃译：《巴赫金文集》（第 5 卷），河北教
    育出版社 1998 年版。

李治亭、田禾、王升：《关东文化》，辽宁教育出版社 1998 年版。

吴洵、妮娜等：《中国知青总纪实》（上卷），中国物资出版社
    1998 年版。

杨至今、刘新风：《新时期文坛风云录（1978—1998）》，吉林人
    民出版社 1999 年版。

余虹：《艺术与精神》，社会科学文献出版社 2000 年版。

孟慧英：《中国北方民族萨满教》，社会科学文献出版社 2000 年版。

赵国春：《荒野灵音名人在北大荒》，北方文艺出版社 2000 年版。

［美］杰姆逊：《后现代主义与文化理论》，北京大学出版社 2000 年版。

周尚意、孔翔：《文化与地方发展》，科学出版社 2000 年版。

孙天彪：《北疆戏剧论集》，中国戏剧出版社 2001 年版。

［美］弗朗西斯·福山：《历史的终结与最后的人》，黄胜强、许铭原译，中国社会科学出版社 2001 年版。

［英］约翰·斯道雷：《文化理论与通俗文化导论》，杨竹山译，南京大学出版社 2001 年版。

郭淑云：《原始活态文化萨满教透视》，上海人民出版社 2001 年版。

［英］戴维·莫利、凯文·罗宾斯：《认同的空间：全球媒介、电子世界景观和文化边界》，司艳译，南京大学出版社 2001 年版。

［法］莫里斯·哈布瓦赫：《论集体记忆》，毕然、郭金华译，上海人民出版社 2002 年版。

冯毓云：《大荒野中的老牛仔——杨利民论》，黑龙江人民出版社 2002 年版。

罗振亚：《雪夜风灯——李琦论》，黑龙江人民出版社 2002 年版。

刘绍信：《胡地天籁——阿成论》，黑龙江人民出版社 2002 年版。

黄光伟：《高擎理想之火——贾宏图论》，黑龙江人民出版社 2002 年版。

郭力：《"北极光"的遥想者——张抗抗论》，黑龙江人民出版社 2002 年版。

方守金:《北国的精灵——迟子建论》,黑龙江人民出版社 2002 年版。

连秀丽:《含泪微笑的歌者——王立纯论》,黑龙江人民出版社 2002 年版。

孙时彬:《从地层深处走来——孙少山论》,黑龙江人民出版社 2002 年版。

吴井泉、王秀臣:《以生命作抵押——张雅文论》,黑龙江人民出版社 2002 年版。

王咏梅:《拓荒者的生命交响——杨宝琛论》,黑龙江人民出版社 2002 年版。

曹文轩:《20 世纪末中国文学现象研究》,北京大学出版社 2002 年版。

丁一夫:《东北人是咋样的》,金城出版社 2002 年版。

彭放:《黑龙江文学通史》(四卷本),北方文艺出版社 2002 年版。

黄希庭:《人格心理学》,浙江教育出版社 2002 年版。

陈越:《哲学与政治:阿尔都塞读本》,吉林人民出版社 2003 年版。

金元浦:《文艺心理学》,中国人民大学出版社 2003 年版。

黄晓娟:《雪中芭蕉:萧红创作论》,中央编译出版社 2003 年版。

叶舒宪:《文学与人类学》,北京社会科学文献出版社 2003 年版。

[捷克] 米兰·昆德拉:《无知》,许钧译,上海译文出版社 2004 年版。

陈思和:《谈话岁月》,复旦大学出版社 2004 年版。

叶春生:《区域民俗学》,黑龙江人民出版社 2004 年版。

[捷克] 米兰·昆德拉:《小说的艺术》,董强译,上海译文出版社 2004 年版。

费孝通：《论人类学与文化自觉》，华夏出版社 2004 年版。

王松林：《远去的文明中国萨满文化艺术》，黑龙江人民出版社
　　2004 年版。

樊星：《当代文学与多元文化》，武汉大学出版社 2005 年版。

孟慧英等：《鄂温克族的萨满教》，吉林文史出版社 2005 年版。

许宁、李成：《别样的白山黑水东北地域文化的边缘解读》，黑龙
　　江人民出版社 2005 年版。

〔美〕威廉·哈维兰：《文化人类学》，瞿铁鹏、张玉译，上海社
　　会科学院出版社 2006 年版。

宋有：《黑龙江经济与文化》，黑龙江人民出版社 2006 年版。

卡丽娜：《驯鹿鄂温克人文化研究》，辽宁民族出版社 2006 年版。

丁帆：《中国乡土小说史》，北京大学出版社 2007 年版。

何青志：《东北文学五十年》，吉林人民出版社 2007 年版。

滕宗仁：《北大荒作家研究》，中国戏剧出版社 2007 年版。

顾奎相：《东北古代民族研究论纲》，中国社会科学出版社 2007
　　年版。

韩乃寅、逄金明：《北大荒全书》，黑龙江人民出版社 2007 年版。

韩乃寅、高明山：《北大荒精神论》，时代文艺出版社 2008 年版。

刘邦厚：《两栖地》，黑龙江人民出版社 2008 年版。

陈晓丹：《中国地理博览 2》，中国戏剧出版社 2009 年版。

刘小萌：《中国知青史大潮 1966—1980》，当代中国出版社 2009
　　年版。

张福贵：《"活着"的鲁迅：鲁迅文化选择的当代意义》，社会科
　　学文献出版社 2010 年版。

崔志远：《中国地缘文化诗学以新时期小说为例》，人民出版社
　　2015 年版。

后　记

　　《北大荒文学研究》是我所承担的国家社科基金项目最终成果。记得我在出版的专著《北大荒知青文学：地缘文学的另一副面孔》的后记说过："生于斯，长于斯，在我的人生词典里，北大荒已经不仅仅是一个地理称谓，她已经成为我生命的一部分，于无形中塑造了我"。我的愿望是研究北大荒文学。

　　昔日的北大荒变为今天的北大仓，这是三代人用青春甚至是生命换来的，对于十万复转官兵来说，北大荒是他们铸剑为犁，建造家园的地方；对于北大荒知青来说，北大荒是寄存青春的地方；对于70后的我来说，北大荒是融入自我生命体验探询的地方。以文学研究的名义，对这片神奇的土地有个交代，对在这方水土上生活过的人有交代，也对自己有个交代。学术兴趣和个人生活相结合，在神奇的土地上留下一行足迹，在中国现当代文学地图上描上一笔，这是我的梦想。

　　本书不是地域文学史，也不是地域文学断代史，而是地域文学现象的研究。遵循史学、文学和美学等逻辑建构，选取有代表性的北大荒作家和作品，探究其蕴含的某些个性精神特质，既追溯到土著文化对其整体上的豪爽性的影响，也揭示当代北大荒人在本能与意识形态上的双向度亲和，虽然本研究尚不能得出北大荒文学与意识形态合理共存的本质结论，但大量的文学创作的确是朝着这一方向努力的。本研究将一种兼容并包的文化融入其中，从更深层、更广阔的文学现象中抓住了北大荒文学的个性存在。

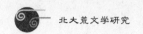

  本书稿的写作是一个不断发现、不断自我修正的过程，也是与作家、作品中的人物进行心灵对话的过程，通过及时分析文献、补充新的文献为论文提供逻辑支撑。我在学术之路上刚刚艰难起步，希望得到同行们的批评指正。如果我的书稿能够给后来研究者提供一些借鉴或者成为批评的目标，我就已经很满足了。

  我已过不惑之年，似乎从容了许多，但有些事想起来还是让我为之动容，有些话是不能不说的。感谢我的恩师刘中树教授，感谢张福贵教授，感谢罗振亚教授，今生有幸得到三位恩师的教导。记得2003年到长春求学，自己是懵懵懂懂地开始学术研究的，尽管因为愚钝，十多年来成长缓慢，但与过去的自己相比，我是有所进步的。这都得益于恩师们的教诲，心存这份感激，我前行的路充满了幸福。感谢我的父母，是他们让我心无旁骛地寻梦；感谢我的爱人，是他让我懂得理解和支持的分量；感谢我的儿子，是他给了我如许的骄傲与感动；感谢我的同事们，是他们给了我包容与鼓励。

  对于我的职业生涯来说，除了教书，也许我只能做点自己喜欢的研究。真是很怀念当初为完成项目而努力的时光，虽无闲看花开花落，望云卷云舒，但也怀念调研时流连过的一情一景。真正走进了民间，扑面而来的不是传说中的"棒打狍子瓢舀鱼，野鸡飞到饭锅里"的神奇与诗意，而是领略到作为中国农业机械化领跑者的雄浑，也领略到独属于北大荒的"落霞与孤鹜齐飞，秋水共长天一色"。又到一年黑龙江开江的季节，虽远隔千里，却能通过微信视频清楚地看到冰排的壮观。北大荒的春天已经绽放了。

车红梅

2017 年 4 月 26 日

于牡丹江